Mannen som log

Henning Mankell

Mannen som log

O

ORDFRONT FÖRLAG

Stockholm 1999

Henning Mankell, född 1948, är författare, regissör och dramatiker,
bosatt i Moçambique.

*

Detta är en roman. Alla eventuella likheter
med fysiska eller juridiska personer är tillfälligheter.

Henning Mankell: Mannen som log
Ordfront förlag, Box 17506, 11891 Stockholm
www.ordfront.se forlaget@ordfront.se

© Henning Mankell 1994
Omslagsbild: Mikael Eriksson
Tionde tryckningen
Satt med Sabon
Tryck: Svenska Tryckcentralen AB, Avesta 1999

ISBN 91-7324-625-5

*…» Vad vi har anledning att frukta
är inte de stora männens omoral,
men det faktum att omoral ofta
leder till storhet.«*

DE TOCQUEVILLE

1

Dimman.

Den var som ett ljudlöst smygande rovdjur, tänkte han.

Jag vänjer mig aldrig vid den. Trots att jag har levt hela mitt liv i Skåne, där dimman ständigt omger människorna med osynlighet.

Klockan var nio på kvällen den 11 oktober 1993.

Dimman kom hastigt rullande in från havet. Han satt i bilen på hemväg mot Ystad och hade just passerat Brösarps Backar när han körde rakt in i det vita.

Rädslan inom honom blev omedelbart mycket stark.

Jag är rädd för dimman, tänkte han. Istället borde jag frukta mannen jag just besökt på Farnholms slott. Den vänlige mannen med de skrämmande medarbetarna som alltid diskret ställer sig i bakgrunden där deras ansikten faller i skugga. Jag borde tänka på honom och vad jag nu vet gömmer sig bakom hans vänliga leende och hans oförvitlighet som en medborgare höjd över alla misstankar. Det är honom jag bör vara rädd för. Inte dimman som smyger in från Hanöbukten. Nu när jag inser att han inte ens tvekar att döda de människor som kommer i hans väg.

Han lät vindrutetorkarna arbeta för att gnida bort fuktigheten på framrutan. Han tyckte inte om att köra bil i mörker. I strålkastarnas reflexer mot vägbanan hade han svårt att urskilja hararna som virvlade förbi framför honom.

En enda gång, för över trettio år sedan, hade han kört på en hare. Det hade varit på vägen mot Tomelilla, en tidig vårkväll. Han kunde fortfarande minnas foten som förgäves hade huggit mot bromspedalen, därefter den mjuka dunsen mot plåten. Sedan hade han stannat och stigit ur bilen. Haren hade legat på vägen bakom honom och sprattlat med bakbenen. Överkroppen hade varit förlamad, harens ögon hade oavbrutet betraktat honom. Han hade tvingat sig att leta reda på en sten vid vägrenen och han hade blundat när han slungat den mot harens huvud. Sedan hade han skyndat sig tillbaka till bilen utan att se sig om.

Han hade aldrig glömt harens ögon och de vilt sprattlande bakbenen. Det var en minnesbild han aldrig hade lyckats göra sig av med. Den återkom ständigt, oftast när han var helt oförberedd.

Han försökte skaka av sig olusten.

En hare som varit död i trettio år kan förfölja en människa utan att skada, tänkte han. Jag har mer än nog av de levande.

Plötsligt märkte han att han oftare än vanligt kastade en blick mot backspegeln.

Jag är rädd, tänkte han igen. Först nu inser jag att jag är på flykt. Jag flyr från det jag nu förstår döljer sig bakom murarna på Farnholms slott. Och jag vet att de vet att jag vet. Men hur mycket? Tillräckligt för att de ska bli oroliga för att jag ska bryta den tysthetsed jag en gång avlade som nyutexaminerad advokat? I en avlägsen tid när eden fortfarande innebar en helig förpliktelse. Fruktar de den gamle advokatens samvete?

Backspegeln var mörk. Han var ensam i dimman. Om en knapp timme skulle han vara tillbaka i Ystad.

Tanken gjorde honom för ett ögonblick lättare till mods. De hade alltså inte följt efter honom. I morgon skulle han bestämma sig för vad han måste göra. Han skulle tala med sin son som också var hans medarbetare och delägare i advokatbyrån. Det fanns alltid en lösning, det hade han lärt sig i sitt liv. Det måste finnas en även nu.

Han letade i mörkret med handen tills han hittade radion. Bilen fylldes av en mansröst som talade om nya genetiska forskningsrön. Orden strömmade genom hans medvetande utan att fastna. Han såg på klockan, strax halv tio. I backspegeln var det fortfarande mörkt. Dimman tycktes tätna alltmer. Ändå ökade han försiktigt trycket mot gaspedalen. För varje kilometer han la Farnholms slott bakom sig kände han sig lugnare. Kanske han trots allt ängslades i onödan?

Han försökte tvinga sig att tänka alldeles klart.

Hur hade det börjat? Ett rutinsamtal på telefonen, en lapp på hans skrivbord där han ombads kontakta en man om ett brådskande affärskontrakt som behövde kollationeras. Namnet hade varit okänt för honom. Men han hade ringt; ett mindre advokatkontor i en obetydlig svensk stad hade inte råd att avböja kunder osett. Han kunde fortfarande erinra sig rösten i telefonen, verserad, med en uppsvensk dialekt, men samtidigt med den bestämda klangen hos en människa som mätte sitt liv i dyrbar tid. Han hade presenterat sitt ärende, en komplicerad transaktion mellan ett rederi registrerat på Korsika och en serie cementtransporter till Saudi-Arabien där ett av hans företag fungerade som agent för Skanska. I bakgrunden hade funnits vaga antydningar om en ofantlig moské som skulle byggas i Khamis Mushayt. Eller kanske hade det varit ett universitet i Jeddah.

Några dagar senare hade de träffats på Hotell Continental i Ystad. Han hade kommit tidigt, matsalen hade ännu inte börjat ta emot lunchgäster, och han hade suttit vid ett hörnbord och sett honom komma, ensam med en jugoslavisk servitör som dystert hade stirrat ut genom ett av de höga fönstren. Det hade varit i mitten av januari, en våldsam blåst hade jagat in från Östersjön och det skulle snart börja snöa. Men mannen som kom emot honom hade varit solbränd, han hade burit en mörkblå kostym och alldeles säkert inte varit över femtio år gammal. På något sätt hade han varken passat in i januarivädret eller i Ystad. Han hade varit en främling med ett leende som inte riktigt tillhörde det solbrända ansiktet.

Det var det första minnet av mannen på Farnholms slott. En man utan tillhörigheter, ett alldeles eget universum i blå och måttbeställd kostym, där leendet varit centrum och de skrämmande skuggorna nersläckta satelliter som snurrade i sina vaksamma banor runt honom.

Redan den gången hade alltså skuggorna funnits där. Han kunde inte erinra sig att de ens hade presenterat sig. De två männen hade satt sig vid ett bord i bakgrunden och ljudlöst rest sig när mötet var över.

Den gyllene tiden, tänkte han bittert. Jag var dum nog att tro att den kunde finnas. En advokats föreställningsvärld får inte grumlas av illusionen om ett väntande paradis, åtminstone inte på jorden. Efter ett halvt år svarade den solbrände mannen för halva advokatbyråns omsättning, efter ett år var den totala inkomsten dubblerad. Utbetalningarna kom punktligt, aldrig behövde påminnelser skickas ut. De hade till och med haft råd att renovera huset där de hade sitt kontor och alla transaktioner hade varit ärbara, om än komplicerade och diffusa. Mannen på Farnholms slott tycktes dirigera sina affärer från alla kontinenter, från skenbart slumpvis utvalda platser. Ofta kom faxmeddelanden och telefonsamtal, emellanåt även radiosända meddelanden från egendomliga städer som han knappt kunde hitta på jordgloben som stod intill lädersoffan i besöksrummet. Men allt hade alltså varit ärbart, om än svårfångat, svårtydbart.

Den nya tiden, kunde han minnas att han tänkt. Så ser den ut. Och som advokat ska jag vara oändligt tacksam över att mannen på Farnholm råkat hitta just mitt namn i telefonkatalogen.

Hans tankar klipptes av som av en stöt. För ett kort ögonblick trodde han att han hade inbillat sig. Sedan upptäckte han de två billjusen i backspegeln.

De hade smugit sig på honom och var redan mycket nära.

Genast återkom rädslan. De hade alltså kommit efter honom. De var rädda för att han skulle svika sin advokated och börja tala.

Hans första impuls var att trycka hårdare på gaspedalen och fly bort genom den vita dimman. Redan hade svetten börjat rinna innanför skjortan på honom. Ljusen låg nu tätt intill hans bil.

Skuggorna som dödar, tänkte han. Jag undkommer dem inte, lika lite som någon annan.

Därefter körde bilen om. Han skymtade ett grått ansikte, en gammal man, när han blev omkörd. Sedan försvann de röda bakljusen i dimman.

Han drog fram en näsduk ur kavajfickan och torkade sig i ansiktet och nacken.

Jag är snart hemma, tänkte han. Ingenting kommer att hända. Fru Dunér har med egen hand skrivit in i min bordsalmanacka att jag i dag besöker Farnholm. Ingen, inte ens han sänder ut sina skuggor för att döda en äldre advokat på hemväg. Det vore för riskabelt.

Det hade dröjt nästan två år innan han första gången hade insett att det var något som inte stämde. Det hade varit ett obetydligt ärende, en genomgång av ett antal kontrakt där Exportrådet varit inblandat som garantigivare för en stor kredit. Reservdelar till turbiner för Polen, skördetröskor till Tjeckoslovakien. Det hade varit en obetydlig detalj, några siffror som plötsligt inte hade stämt. Han hade tänkt att det varit en felskrivning, kanske bara två resultat som blivit omkastade. Men han hade letat sig tillbaka till utgångspunkten igen och då hade han insett att ingenting var tillfälligt, allt var medvetet gjort. Ingenting saknades, allt var rätt, och resultatet var förfärande. Han hade lutat sig bakåt i stolen, det hade varit sent på kvällen mindes han, och han insåg att han kommit ett brott på spåren. Först hade han inte velat tro det. Men till slut hade det inte funnits någon annan förklaring. Först i gryningen hade han gått hem genom Ystad och någonstans i närheten av Stortorget hade han stannat och tänkt att det inte fanns någon annan förklaring än att mannen på Farnholm begått ett brott. Grov trolöshet mot Exportrådet, ett omfattande skattebedrägeri, en hel kedja av urkundsförfalskningar.

Efter det hade han ständigt letat efter de mörka hålen i alla dokument som kommit från Farnholm till hans bord. Och de hade funnits där, inte alltid, men nästan. Långsamt hade han insett omfattningen av brottsligheten. Han hade in i det längsta vägrat tro sina ögon. Men till slut hade det varit omöjligt.

Ändå hade han inte reagerat. Han hade inte ens talat med sin son om upptäckten.

Var det för att han innerst inne ändå inte ville tro att det var sant? Ingen annan, vare sig skattemyndigheter eller andra, hade alltså heller upptäckt någonting?

Hade han upptäckt en hemlighet som inte fanns?

Eller var det redan från början alldeles för sent? När mannen på Farnholms slott redan var advokatbyråns helt igenom dominerande klient?

Dimman tycktes tätna alltmer. Han tänkte att den skulle lätta när han närmade sig Ystad.

Samtidigt visste han att det inte gick längre. Nu när han hade förstått att mannen på Farnholm hade blod på händerna.

Han måste tala med sin son. Trots allt fanns fortfarande en rättvisa i Sverige, även om den i allt raskare takt tycktes urholkas och försvagas. Hans egen tystnad hade varit en del av denna process. Att han själv under så lång tid hade blundat kunde inte längre ursäkta en fortsatt tystnad.

Att ta livet av sig skulle han aldrig kunna förmå sig till.

Plötsligt tvärbromsade han.

Någonting hade skymtat i strålkastarljuset. Först trodde han att det varit en hare. Sedan såg han att det stod någonting på vägen i dimman.

Han stannade bilen och slog på helljuset.

Det var en stol som stod mitt på vägen. En enkel pinnstol. På den satt en docka i människostorlek. Ansiktet var vitt.

Det kunde också vara en människa som påminde om en docka.

Han kände hur hjärtat krampaktigt slog i bröstet.

Dimman drev i strålkastarljuset.

Stolen och dockan gick inte att tänka bort. Lika lite som han kunde tänka bort sin egen förlamande rädsla. Han tittade i backspegeln igen. Ingenting annat än mörker. Försiktigt körde han framåt tills stolen och dockan befann sig ungefär tio meter från bilen. Sedan stannade han igen.

Dockan var som en människa. Inte en tillfälligt hopsatt fågelskrämma.

Den är till mig, tänkte han.

Han stängde av radion med en hand som skakade, och lyssnade ut i dimman. Allt var mycket tyst. In i det sista var han obeslutsam.

Det var inte stolen där ute i dimman, eller den spöklika dockan som gjorde att han tvekade. Det var någonting annat, där bakom, något han inte kunde se. Någonting som förmodligen inte fanns annat än inom honom själv.

Jag är rädd, tänkte han igen. Rädslan urholkar min förmåga att tänka klart.

Till slut tog han ändå av sig säkerhetsbältet och öppnade bildörren. Den kyliga och fuktiga luften överraskade honom.

Sedan steg han ur bilen med blicken fäst på stolen och dockan som stod i bilstrålkastarnas sken. Hans sista tanke var att det påminde honom om en teaterscen där en skådespelare snart ska göra entré.

Sedan hörde han ett ljud bakom sig.

Han vände sig dock aldrig om.

Slaget träffade honom i bakhuvudet.

Han var död innan han hade sjunkit ihop på den blöta asfalten.

Dimman var nu mycket tät.

Klockan var sju minuter i tio.

2

Vinden var byig och rakt nordlig.

Mannen som befann sig längst ute på den frusna stranden hukade i den kalla blåsten. Då och då stannade han och vände ryggen mot vinden. Han stod alldeles stilla, med huvudet böjt mot sanden och händerna nerstuckna i fickorna. Sedan fortsatte han sin skenbart obeslutsamma promenad tills han inte längre syntes mot det grå ljuset.

En kvinna som dagligen luftade sin hund på stranden hade med tilltagande oro betraktat mannen som tycktes befinna sig på stranden från tidiga gryningen tills mörkret åter föll om eftermiddagen. Plötsligt en dag några veckor tidigare hade han bara funnits där, som om han sköljts upp på stranden likt ett stycke mänskligt vrakgods. I vanliga fall brukade de enstaka människor hon såg ute på stranden nicka mot henne. Eftersom det var senhöst, snart november, var det dock sällan hon mötte någon alls. Men mannen i den svarta överrocken hälsade inte. Först hade hon trott att han var blyg, därefter oförskämd, möjligen också av utländsk härkomst. Sedan hade hon fått ett intryck av att han tyngdes av en stor sorg, att hans vandringar längs stranden var en pilgrimsfärd bort från någon okänd smärta. Han rörde sig med en oregelbundet knyckig gångart. Ibland gick han långsamt, nästan släpande, för att sedan plötsligt rycka till och halvspringande fortsätta sin egendomliga vandring. Hon hade tänkt att det inte var benen som ledde honom utan att det måste vara hans oroliga tankar. På samma sätt hade hon föreställt sig att nävarna i hans fickor var hårt knutna. Hon kunde inte se dem men visste ändå med säkerhet att det måste vara så.

Efter en vecka tyckte hon att hon hade bilden klar för sig. Den ensamme mannen som kommit till stranden från ett okänt ingenstans höll på att lotsa sig igenom en allvarlig personlig kris, likt ett fartyg som med hjälp av ofullständiga kartor letar sig fram längs en förrädisk farled. Därav hans slutenhet, hans oroliga promenader. Hon hade diskuterat den ensamme vandraren på stranden med sin reumatiske och förtidspensionerade man om kvällarna. Vid ett tillfälle hade han också följt henne ut med hunden trots att han plågades svårt av sin sjukdom och helst inte ville röra sig utomhus. Han hade hållit med henne om hennes iakttagelser. Men han tyckte att mannens beteende var så påfallande onormalt att han ringt en god vän som var polis inne i Skagen och i all förtrolighet meddelat sina och hustruns iakttagelser. Kanske var det en man som var förrymd, efterspanad, en avvikande från ett av landets få kvarvarande mentalsjukhus? Men polisen, en luttrad man som sett många udda skepnader vallfärda till Jyllands yttersta utpost för att få lugn och ro, manade honom till besinning. De skulle bara låta honom vara ifred. Stranden mellan klitterna och de två haven som möttes var ett ständigt skiftande ingenmansland som tillhörde dem som behövde det.

Kvinnan med hunden och mannen i den svarta överrocken fortsatte att passera varandra som två mötande skepp under ytterligare en vecka. Men en dag, för att vara exakt den 24 oktober 1993, inträffade en händelse som hon sedan satte i samband med mannens plötsliga försvinnande.

Det var en av de sällsynta dagar då det var vindstilla och dimman låg orörlig över stranden och havet. Mistlurarna hade bölat på avstånd som övergivna, osynliga kreatur. Hela det säregna landskapet höll andan. Plötsligt hade hon fått syn på mannen i den svarta överrocken och tvärstannat.

Han hade inte varit ensam. Han hade fått sällskap av en kortväxt man i ljus vindtygsjacka och keps. Hon hade betraktat dem, det var den nyanlände som talade och han tycktes försöka övertyga den andre om något. Då och då drog han upp händerna ur fickorna och gestikulerade för att understryka sina ord. Hon hade inte kunnat uppfatta vad de sa, men någonting i den nyanlände mannens sätt gjorde att hon anade att han var upprörd.

Efter några minuter hade de börjat gå längs stranden och sedan uppslukats av dimman.

Dagen efter hade mannen varit ensam på stranden igen. Men fem dagar senare var han försvunnen. Till långt in i november gick hon varje morgon ut på Grenen med hunden och förväntade sig att möta den svartklädde mannen igen. Men han kom inte tillbaka. Hon såg honom aldrig igen.

I över ett år hade kriminalkommissarien vid Ystadspolisen, Kurt Wallander, varit sjukskriven och oförmögen att utföra sitt arbete. Under denna tid hade en tilltagande vanmakt kommit att dominera hans liv och styra hans handlingar. Gång på gång, när han inte längre förmådde vara kvar i Ystad och dessutom hade tillräckligt med pengar, hade han gett sig ut på planlösa resor i den fåfänga förhoppningen om att han skulle må bättre, kanske till och med kunna återerövra ett grundläggande livsmod, om han befann sig någon annanstans än i Skåne. Han hade köpt en charterresa till den Karibiska övärlden. Redan under utresan på flygplanet hade han blivit kraftigt berusad och under de fjorton dagar han tillbringade på Barbados hade han aldrig någonsin varit helt nykter. Hans allmäntillstånd kunde under den resan inte beskrivas som något annat än ett växande paniktillstånd, en allt överskuggande känsla av att inte höra hemma någonstans. Han hade gömt sig i palmernas skugga, och vissa dagar hade han inte ens lämnat sitt hotellrum, oförmögen att bekämpa en primitiv skygghet för andra människors närhet. En enda gång hade han badat och det hade skett när han vinglat till på en brygga och ramlat i vattnet. En sen kväll när han trots allt vågat sig ut bland människorna för att förnya sitt förråd av alkohol hade han blivit tilltalad av en prostituerad. Han hade försökt vifta undan och hålla kvar henne på en och samma gång. Men sedan hade desperationen och självföraktet tagit överhanden. I tre dygn, från vilka han efteråt bara hade vaga och ofullständiga minnesbilder, tillbringade han sin tid tillsammans med flickan i ett kyffe som stank av vitriol, i en säng där lakanen var smutsiga och luktade mögel, och där kackerlackorna trevade med sina antenner över hans svettiga ansikte. Han kunde inte påminna sig flickans namn och var heller inte säker på att han någonsin fått veta det. Han hade lagt sig över henne i något som måste ha varit en ursinnig lustutlevelse. När hon hade tappat honom på hans sista pengar kom två kraftiga bröder och kastade ut honom. Han återvände till hotellet, levde på att plocka med sig av den frukostmat som ingick och kom tillbaka till Sturup i ännu sämre skick än när han hade rest. Läkaren som hade honom under regelbunden kontroll förbjöd honom upprört att ge sig ut på liknande resor i fortsättningen eftersom det fanns en uppenbar risk att han skulle supa ner sig fullständigt. Men två månader senare, i början av december, gav han sig iväg på nytt, efter att ha lånat pengar av sin far för att, vilket han använde som ursäkt, skaffa sig nya möbler och därmed kanske känna sig bättre till mods. Under hela denna tid hade han i möjligaste mån undvikit att besöka sin far, som dessutom var nygift med den trettio år yngre kvinna som tidigare varit hans hemhjälp. Med pengarna i handen gick han raka vägen till Ystads Resebyrå och köpte en treveckorsresa till Thailand. Mönstret från Karibien upprepade sig, bara med den skillnaden att en fullständig katastrof med knapp nöd kunde undvikas genom att en pensionerad apotekare som suttit bredvid honom på flyget och sedan råkade bo på samma hotell, hade fattat sympati för honom och ingripit när Wallander börjat dricka redan till frukost och bete sig allmänt underligt. Genom hans myndiga ingripande kunde Wallander skickas hem en vecka tidigare än planerat. Även denna gång hade han gett vika för sitt självförakt och kastat sig i armarna på olika prostituerade, den ena yngre än den andra, och sedan följde en mardrömsaktig vinter när han levde i en konstant skräck för att ha dragit på sig den dödliga sjukdomen. I slutet av april, när det redan hade gått nästan ett år, konstaterades att han undsluppit smittan. Men han reagerade knappt på beskedet, och ungefär samtidigt började hans läkare allvarligt överväga om inte Kurt Wallander hade gjort sitt som polisman, som yrkesarbetande överhuvudtaget, och var mer än kvalificerad för att snarast bli sjukpensionerad.

Det var då han reste – rymde är förmodligen en riktigare beskrivning – till Skagen för första gången. Då hade han lyckats sluta att dricka, inte minst tack vare att hans dotter Linda kommit tillbaka från Italien och upptäckt den misär som fanns både inom honom och i hans lägenhet. Hon hade reagerat precis som hon skulle, hade hällt ut allt som fanns i flaskorna som var spridda i lägenheten och sedan skällt ut honom. Under de två veckor hon bodde hos honom på Mariagatan fick han äntligen någon att tala med. Tillsammans skar de upp de mest plågsamma bölderna i hans själ och när hon reste tyckte hon sig våga lita på hans löfte att hålla sig ifrån spriten. När han åter var ensam och inte orkade med tanken på att sitta i den tomma lägenheten, hade han i tidningen sett en annons om ett billigt pensionat på Skagen.

Många år tidigare, när Linda var nyfödd, hade han tillbringat några sommarveckor på Skagen med sin fru Mona. Han mindes veckorna som bland de lyckligaste han upplevt i sitt liv. De hade knappt med pengar, bodde i ett läckande tält men var uppfyllda av en känsla av att befinna sig i livets och världens mittpunkt. Han ringde samma dag och beställde ett rum. I början av maj tog han in på pensionatet. Ägarinnan som var änka av polskt ursprung lät honom vara ifred, lånade honom en cykel och han gav sig varje morgon av ut på Grenen och den oändliga stranden. På pakethållaren hade han en plastpåse med lunchmat och han återvände först sent på kvällen till pensionatet. De övriga gästerna var äldre människor, ensamma eller i par, och stillheten var som i läsesalen på ett bibliotek. För första gången på över ett år började han sova ordentligt, och han tyckte sig märka att hans översvämmade inre äntligen långsamt började torka upp igen.

Under detta första besök på pensionatet i Skagen skrev han tre brev. Det första var till hans syster Kristina. Hon hade under året som gått ofta hört av sig för att höra hur han mådde. Trots att han blivit rörd över hennes bestämda omtanke hade han sällan eller aldrig förmått sig till att skriva eller ringa till henne. Det hela hade förvärrats av att han hade ett vagt minne av att ha skickat ett dunkelt formulerat vykort till henne från Karibien när han varit svårt berusad. Hon hade aldrig kommenterat det, han hade inte frågat och han hoppades att han varit så full att han inte skrivit rätt adress eller glömt att sätta dit ett frimärke. Men under dessa dagar i Skagen låg han i sängen innan han somnade och skrev till henne med sin portfölj som stöd under pappret. Han försökte beskriva den känsla av tomhet, av skam och skuld som förföljt honom ända sedan han dödat en människa året innan. Även om han hade handlat i uppenbart självförsvar, även om inte ens den mest polishatande och rovgiriga pressen kastat sig över honom, insåg han att skuldbördan hade kommit över honom för att stanna. Han skulle aldrig bli av med den, möjligen kunde han en dag lära sig att leva med den.

»Jag föreställer mig att en bit av min själ har ersatts av en protes«, skrev han. »Fortfarande lyder den mig inte. Ibland, i mörka stunder, tror jag heller inte att den någonsin kommer att göra det. Men ännu har jag inte alldeles gett upp.«

Det andra brevet var till kollegorna på polishuset i Ystad och när han till slut la det på den röda brevlådan utanför postkontoret i Skagen, insåg han att mycket som han skrivit inte var sant. Ändå måste han skicka det. Han tackade för den musikanläggning som de hade samlat ihop till och gett honom sommaren innan. Han bad om ursäkt för att han hade dröjt så länge med att tacka. Så långt menade han naturligtvis det han hade skrivit. Men när han slutade brevet med att säga att han var på bättringsvägen och snart hoppades kunna återgå i tjänst, var det snarast en besvärjelse, eftersom verkligheten såg ut precis tvärtom.

Det tredje brevet han skrev under denna sin första resa till pensionatet i Skagen var till Baiba i Riga. Under året som gått hade han sänt henne ett brev ungefär varannan månad och varje gång hade hon svarat. Han hade börjat uppleva henne som sitt privata skyddshelgon, och rädslan för att oroa henne, kanske göra att hon slutade svara, fick honom att dölja de känslor han hade. Eller åtminstone trodde att han hade. Den utdragna processen där han deformerades av vanmakt innebar att han inte längre var säker på någonting alls. Under korta ögonblick av absolut klarsyn, oftast när han befann sig ute på stranden eller hade satt sig bland klitterna för att få skydd mot den bitande vinden, kunde han tänka att det hela var meningslöst. Han hade träffat Baiba under några korta dagar i Riga, hon hade älskat sin mördade man, poliskapten Karlis, och varför i herrans namn skulle hon plötsligt börja hysa kärlek för en svensk polisman som bara hade gjort det hans yrke påbjöd, även om det hade skett på ett föga reglementsenligt sätt? Men han hade inga större problem med att förneka ögonblicken av klarsyn. Det var som om han inte vågade förlora det han innerst inne visste att han inte ens hade. Baiba, drömmen om Baiba, var hans yttersta utpost. Det var den sista skans han tyckte sig vara tvungen att försvara även om det bara var en illusion.

Han stannade på pensionatet i tio dagar. När han reste tillbaka till Ystad hade han bestämt sig för att återvända så fort han kunde. Redan i mitten av juli var han tillbaka och av änkan fick han sitt gamla rum. På nytt lånade han cykeln och tillbringade sina dagar vid havet. Till skillnad från första gången var stranden nu full av sommarlediga människor, och han tyckte han rörde sig som en osynlig skugga bland alla dessa som skrattade, lekte och plaskade. Det var som om han hade upprättat sitt alldeles personliga, av alla andra helt okända vaktdistrikt ute på Grenen där de två haven möttes. Där bedrev han sin ensamma patrulltjänst, vakande över sig själv, samtidigt som han försökte hitta en utväg ur sitt elände. Efter den första resan till Skagen hade hans läkare tyckt sig iaktta en viss förbättring hos Wallander. Men fortfarande var signalerna för vaga för att en definitiv förändring skulle kunna anses ha inträffat. Wallander hade frågat om han inte kunde få sluta med de mediciner han tagit i mer än ett år, eftersom de gjorde honom tung och trött. Men läkaren hade avrått och bett honom att ha tålamod ytterligare en tid.

Varje morgon han vaknade i sin säng frågade han sig om han skulle orka stiga upp även denna dag. Men han märkte att det gick lättare när han befann sig på pensionatet i Skagen. Ögonblick av viktlöshet, av lättnad över att slippa bördan av händelserna året innan, gjorde att han i korta glimtar tyckte sig ana att det trots allt fanns en framtid.

På stranden, under de timslånga promenaderna, började han långsamt leta sig tillbaka till allt som låg bakom och söka efter ett sätt att behärska plågan, kanske hitta en kraft som gjorde honom till polisman igen, polisman och människa.

Det var också under denna resa han slutade att lyssna på opera. Ofta när han gick på stranden hade han sin lilla bandspelare med sig. Men en dag var det som om han hade fått nog. När han på kvällen kom tillbaka till pensionatet la han ner alla sina operakassetter i resväskan och ställde in den i garderoben. Dagen efter cyklade han in till Skagen och köpte några kassetter med popartister som han bara vagt visste vilka de var. Det som förvånade honom var att han inte för ett ögonblick saknade den musik som följt honom genom så många år.

Jag har inte plats för mer, tänkte han. Någonting inom mig har fyllts till brädden, väggarna kommer snart att ge vika.

I mitten av oktober återvände han till Skagen. Han gjorde det med den bestämda föresatsen att han denna gång måste nå klarhet om vad han skulle göra med sitt liv. Hans läkare som nu tyckte sig se klara tecken på ett långsamt tillfrisknande, en trevande återkomst från den utdragna depressionen, uppmuntrade honom att återvända till pensionatet i Danmark som uppenbarligen gjorde honom gott. Utan att bryta den läkared som band honom lät han också polischefen Björk vid ett förtroligt samtal förstå att det kanske fanns hopp om att Wallander vid tillfälle skulle kunna återgå i tjänst.

Han kom alltså till Skagen igen och gav sig ånyo ut på sina vandringar. Nu under hösten var stranden åter övergiven. Människorna han mötte var få, oftast äldre, en och annan svettig löpare, en nyfiken kvinna som luftade sin hund. Han återupptog sin ensliga patrulltjänst, inrättade på nytt sitt okända vaktdistrikt och marscherade med alltmer bestämda steg tätt intill den nästan osynliga, ständigt skiftande gräns där stranden och havet möttes.

Han tänkte att han var mitt i sin medelålder, om några få år skulle han fylla femtio. Under året som gått hade han magrat och ur sina garderober i Ystad hade han kunnat plocka fram kläder han inte fått på sig de senaste sju–åtta åren. Han insåg att han var i fysiskt bättre form än på mycket lång tid, nu när han helt hade slutat dricka. Där tyckte han sig också finna en utgångspunkt för att leta efter sin framtid. Om inget oförutsett inträffade skulle han leva i minst tjugo år till. Ytterst handlade hans vånda om ifall han skulle orka återgå till sin polistjänst igen, eller om han måste försöka göra någonting helt annat. Han vägrade att ens tänka tanken att han kunde bli sjukpensionerad. Det var en tillvaro han inte trodde sig om att uthärda. Han tillbringade sin tid ute på stranden, oftast insvept i den drivande dimman, som vid ett par enstaka tillfällen ersattes av dagar med hög och klar luft, glittrande hav, måsar som hängde på uppvindarna. Emellanåt kunde han känna sig som den mekaniske gubben som mist nyckeln i ryggen och nu saknade förmåga att vrida upp sig till förnyad energi. Han övervägde vilka möjligheter han hade om han bestämde sig för att lämna polisbanan. Möjligen kunde han bli underordnad vakt- eller säkerhetschef någonstans. Han hade svårt att inse vad en polismans erfarenhet egentligen kunde användas till annat än att bedriva spaning efter brottslingar. Alternativen var få om han inte bestämde sig för att göra en radikal förflyttning, långt från de många årens polisverksamhet. Men vem ville anställa en snart femtioårig före detta polisman som inte kunde någonting annat än att bedöma mer eller mindre oklara brottsscenarier?

När han blev hungrig lämnade han stranden och sökte sig i lä bland klitterna. Han tog fram paketet med smörgåsar och termosen och satte sig på plastpåsen för att komma ifrån den kalla sanden. Medan han åt brukade han, dock utan att särskilt ofta lyckas, försöka tänka på någonting helt annat än sin framtid. Bakom kampen för att tänka förnuftiga tankar rörde sig hela tiden ett antal orealistiska drömmar som avvaktade möjligheten att göra sina röster hörda.

Liksom andra polismän kunde han ibland hemfalla åt tankar om att ägna sig åt motsatsen, att börja begå brott. Det hade ofta förvånat honom att poliser som hamnat på brottets bana så sällan tycktes använda sig av sina kunskaper om de mest elementära spanings- och utredningsrutiner och därmed undvika att infångas. Han lekte alltså ibland i tankarna med olika uppslag till brott som i ett slag skulle göra honom rik och oberoende. Men oftast dröjde det inte länge förrän han med avsmak jagade drömmarna på flykten. Minst av allt ville han bli som sin kollega Hanson, som med något som föreföll honom vara besatthet ägnade större delen av sitt liv åt att satsa pengar på hästar som ändå nästan aldrig vann. Det var ett tillspillogivande som han aldrig skulle kunna stå ut med.

Sedan återupptog han sin vandring längs stranden. Han tyckte att hans tänkande rörde sig i triangelform, där den sista vinkelkilen var frågan om han ändå inte var tvungen att försöka återuppta sitt arbete som polis. Att återvända, bjuda minnesbilderna från året innan motstånd, och kanske en dag lyckas lära sig leva med dem. Det enda realistiska alternativ han hade var att fortsätta som tidigare. Det var också där han hade upplevt ett skimmer av meningsfullhet i sitt liv, detta att han kunde bidra till att människor levde i så stor trygghet som möjligt, att plocka undan de värsta brottslingarna från gatorna. Att överge detta skulle innebära att han inte bara miste ett arbete han visste med sig att han behärskade, kanske bättre än många av sina kollegor. Han skulle även slå undan benen på något som låg djupare begravet inom honom, känslan av att vara en del av något större, det som gav mening åt hans tillvaro.

Men till sist, när han hade varit en vecka på Skagen och hösten alltmer började dra mot vinter, insåg han att han inte skulle orka. Hans tid som polisman var över, såren efter det som hänt året innan hade oåterkalleligen förändrat honom.

Det var en eftermiddag när dimman låg tät över Grenen som han insåg att argumenten för och emot var uttömda. Han skulle tala med sin läkare och med Björk. Han skulle inte återgå i tjänst.

Någonstans inom sig kunde han känna en vag lättnad. Nu visste han i alla fall så mycket. Mannen som han dödat på fältet bland de osynliga fåren året innan hade fått sin hämnd.

Den kvällen cyklade han in till Skagen och drack sig full på en liten rökig restaurang där gästerna var få och musiken alldeles för hög. Han visste med sig att han denna gång inte skulle fortsätta att dricka dagen efter, att det bara var ett sätt att bekräfta och befästa den ödsliga upptäckt han till slut hade gjort, att hans liv som polisman nu var över. När han på natten cyklade hem vinglade han omkull och skrapade upp

23

ena kinden. Pensionatsvärdinnan som hade oroat sig över att han inte kommit hem som vanligt hade suttit uppe och väntat på honom. Trots hans lama protester hade hon torkat rent hans ansikte och lovat tvätta hans nersmutsade kläder. Sedan hade hon hjälpt honom att låsa upp dörren till hans rum.

– Det kom en man hit i kväll och frågade efter herr Wallander, sa hon när hon gav honom nyckeln.

Wallander betraktade henne oförstående.

– Ingen frågar efter mig, sa han. Ingen vet överhuvudtaget om att jag bor här.

– Den här herren gjorde det, sa hon. Han var angelägen om att träffa er.

– Sa han vad han hette?

– Nej. Men han var svensk.

Wallander skakade på huvudet och begravde tanken. Han ville inte träffa någon och ingen ville heller träffa honom, det var han säker på.

Dagen efter när han varit full av ruelse och gett sig av ut till stranden igen hade han också alldeles glömt pensionatsvärdinnans ord från natten innan. Dimman var tät och han var mycket trött. För första gången frågade han sig vad han egentligen gjorde där ute på stranden. Efter bara någon kilometer kände han sig så osäker på om han orkade fortsätta eller inte att han satte sig ner på det omkullvälta vraket av en stor roddbåt som låg halvt begravd i sanden.

Det var då han upptäckte en man som kom emot honom ur dimman.

Det var som om någon oväntat steg in på hans kontor ute på den oändliga stranden.

Först var mannen en otydlig främling, klädd i vindtygsjacka och en keps som tycktes för liten för hans huvud. Sedan drabbades Wallander av en aning om att han kände igen mannen. Men det var först när han själv hade rest sig från den omkullvälta båten och mannen kommit nära honom som han såg vem det var. De hälsade, Wallander med en stor undran inom sig. Hur hade hans vistelseort blivit känd? Hastigt försökte han tänka efter när han senast hade träffat Sten Torstensson. Han kom fram till att det måste ha varit vid någon häktningsförhandling den ödesdigra våren året innan.

– Jag sökte dig i går på pensionatet, sa Sten Torstensson. Jag menar naturligtvis inte att störa dig. Men jag behöver tala med dig.

En gång i tiden var jag polis och han advokat, tänkte Wallander, ingenting annat. Vi satt på varsin sida om brottslingarna, då och då men ändå ytterst sällan kunde vi träta med varandra om en häktning var välgrundad eller inte. Närmare varandra kom vi under den svåra tid då han företrädde mig vid skilsmässan från Mona. En dag insåg vi att någonting hade hänt, någonting som kunde påminna om inledningen till en vänskap. Och vänskap uppstår ofta ur ett möte där ingen förväntat sig att ett mirakel ska inträffa. Men vänskap är mirakel, det har jag lärt mig i livet. Han bjöd mig ut att segla en lördag–söndag; det var efter det att Mona hade lämnat mig. Det blåste för jävligt, jag avskydde tanken på att någonsin sätta mig i en segelbåt igen. Sedan började vi umgås, inte alltför ofta, med passande intervaller. Och nu har han letat reda på mig och vill tala med mig.

– Jag hörde att nån hade sökt mig, svarade Wallander. Hur i helvete har du hittat mig här?

Han märkte att han dåligt dolde sin motvilja mot att ha blivit ertappad i sitt av hav och sandklitter befästa härläger.

– Du känner mig, sa Sten Torstensson. Jag är inte den som stör. Min sekreterare påstår att jag ibland till och med är rädd för att störa mig själv, vad hon nu kan mena med det. Men jag ringde din syster i Stockholm. Rättare sagt, jag tog kontakt med din far som gav mig hennes nummer. Hon visste vad pensionatet hette och var det låg. Jag for hit. I natt bodde jag på hotellet uppe vid Konstmuseet.

De hade börjat gå längs stranden med vinden i ryggen. Kvinnan som ständigt luftade sin hund hade stannat och betraktade dem, och Wallander tänkte att hon säkert undrade över att han fått besök. De gick under tystnad, Wallander väntade, och kände ovanan att ha någon vid sin sida.

– Jag behöver din hjälp, sa Sten Torstensson till slut. Som vän och som polis.

– Som vän, svarade Wallander. Om jag kan. Vilket jag betvivlar. Men inte som polisman.

– Jag vet att du fortfarande är sjukskriven, sa Sten Torstensson.

– Mer än så, svarade Wallander. Du kan få bli den första som får veta att jag kommer att sluta som polis.

Sten Torstensson stannade i steget.

– Det är som det är, sa Wallander. Men berätta hellre varför du har kommit hit?

– Min far är död.

Wallander hade känt honom. Även han hade varit advokat. Men bara undantagsvis hade han använts som försvarare vid olika brottmål. Såvitt Wallander kunde minnas hade han mestadels sysslat med ekonomisk rådgivning. Han försökte tänka efter hur gammal han kunde ha varit. Närmare sjuttio, en ålder där många redan sedan länge är döda.

– Han omkom i en bilolycka för några veckor sen, sa Sten Torstensson. Strax söder om Brösarps Backar.

– Jag beklagar sorgen, svarade Wallander. Vad hände?

– Det är just det som är frågan, sa Sten Torstensson. Det är därför jag kommit hit.

Wallander såg undrande på honom.

– Det är kallt, sa Sten Torstensson. På Konstmuseet kan man dricka kaffe. Jag har bilen med mig.

Wallander nickade. Cykeln hängde ut från bagageluckan när de körde mellan sanddynerna. På Konstmuseets kafé var det få människor så tidigt på morgonen. Flickan bakom serveringsdisken gnolade på en melodi som Wallander till sin förvåning kände igen från en av sina nyinköpta kassetter.

– Det var en kväll, sa Sten Torstensson. Den 11 oktober för att vara exakt. Pappa hade varit på besök hos en av våra viktigaste klienter. Enligt polisen hade han kört med hög fart, förlorat kontrollen, bilen hade gått runt och han hade avlidit.

– Det kan gå fort, sa Wallander. En sekund av ouppmärksamhet kan få katastrofala följder.

– Det var dimma den kvällen, sa Sten Torstensson. Min

pappa körde aldrig fort. Varför skulle han då ha gjort det när det var dimma? Han hade en panisk rädsla för att köra ihjäl harar.

Wallander betraktade honom fundersamt.

– Du tänker nånting, sa han.

– Det var Martinson som hade hand om utredningen, sa Sten Torstensson.

– Han är duktig, svarade Wallander. Om han säger att det har gått till på ett visst sätt så finns det inga skäl att inte tro honom.

Sten Torstensson betraktade honom allvarligt.

– Jag betvivlar inte att Martinson är en duglig polisman, sa han. Inte heller betvivlar jag att man fann min pappa död i bilen, som låg upp och nervänd, sönderknycklad, ute på en åker. Men det är alltför mycket som inte stämmer. Nånting måste ha hänt.

– Vad då?

– Nånting annat.

– Som till exempel vad då?

– Jag vet inte.

Wallander reste sig och hämtade påfyllning.

Varför säger jag inte som det är, tänkte han. Att Martinson är både fantasifull och energisk, men emellanåt också slarvig.

– Jag har läst polisens utredning, sa Sten Torstensson när Wallander hade satt sig ner igen. Jag har gått med den i handen på platsen där min pappa dog. Jag har läst obduktionsprotokollet, jag har talat med Martinson, jag har tänkt och jag har frågat igen. Nu är jag här.

– Vad kan jag göra? sa Wallander. Du som är advokat vet att det i varje rättsfall eller i varje utredning finns olika hålrum som vi aldrig helt lyckas förklara. Din far var ensam i bilen när det hände. Om jag förstår dig rätt fanns inga vittnen. Den ende som alltså skulle ha kunnat ge oss den fullständiga redogörelsen över vad som inträffade var din far.

– Nånting hände, sa Sten Torstensson igen. Det är nånting som inte stämmer. Jag vill veta vad det var.

– Jag kan inte hjälpa dig, sa Wallander. Även om jag skulle vilja.

Det var som om Sten Torstensson inte hörde honom.

– Nycklarna, sa han. Bara som exempel. Dom satt inte i tändningslåset. Dom låg på golvet.

– Dom kan ha pressats ut, invände Wallander. När en bil knycklas samman kan vad som helst hända.

– Tändningslåset var oförstört, sa Sten Torstensson. Ingen av nycklarna var ens böjd.

– Ändå kan det finnas en förklaring, sa Wallander.

– Jag skulle kunna ge dig fler exempel, fortsatte Sten Torstensson. Jag vet att nånting hände. Min pappa dog i en bilolycka som var nånting annat.

Wallander tänkte efter innan han svarade.

– Skulle han ha begått självmord?

– Jag har tänkt på möjligheten, svarade Sten Torstensson. Men jag avskriver den som omöjlig. Jag kände min pappa.

– Dom flesta självmord kommer oväntat, sa Wallander. Men du vet naturligtvis bäst själv vad du vill tro.

– Det finns ännu ett skäl till att jag inte kan acceptera bilolyckan, sa Sten Torstensson.

Wallander betraktade honom uppmärksamt.

– Min pappa var en glad och utåtriktad man, sa Sten Torstensson. Hade jag inte känt honom så väl hade jag kanske inte märkt förändringen, den lilla, knappt synliga, men ändå alldeles bestämda sinnesförändringen hos honom under sista halvåret.

– Kan du beskriva det närmare? frågade Wallander.

Sten Torstensson skakade på huvudet.

– Egentligen inte, svarade han. Det var bara en känsla jag hade. Av att nånting upprörde honom. Nåt som han absolut inte ville att jag skulle märka.

– Talade du aldrig med honom om det?

– Aldrig.

Wallander sköt ifrån sig den tomma kaffekoppen.

– Hur gärna jag än vill så kan jag inte hjälpa dig, sa han. Som din vän kan jag lyssna på dig. Men som polisman finns jag helt enkelt inte längre. Jag känner mig inte ens smickrad av att du reser ända hit för att tala med mig. Jag känner mig bara tung och trött och nerstämd.

Sten Torstensson öppnade munnen för att säga någonting men ångrade sig och avstod.

De reste sig och lämnade kaféet.

– Det måste jag naturligtvis respektera, sa Sten Torstensson till slut, när de stod utanför Konstmuseet.

Wallander följde honom till bilen och tog ut sin cykel.

– Vi lär oss aldrig rå på döden, sa Wallander i ett tafatt försök att uttrycka förståelse.

– Det begär jag inte heller, svarade Sten Torstensson. Jag vill bara veta vad som hände. Det var ingen vanlig bilolycka.

– Tala med Martinson igen, sa Wallander. Men det är kanske bäst att du inte säger att det var jag som föreslog det.

De tog adjö och Wallander såg bilen försvinna bland sandkullarna.

Plötsligt hade han bråttom. Nu kunde han inte dra ut på det längre. Samma eftermiddag ringde han till sin läkare och till Björk och meddelade sitt beslut att sluta som polis.

Sedan stannade han ytterligare fem dagar på Skagen. Känslan av att hans inre var som ett utbränt krigslandskap minskade inte. Men ändå kände han en lättnad över att han trots allt hade förmått att fatta ett beslut.

Söndagen den 31 oktober återvände han till Ystad för att underteckna de dokument som gjorde att hans tid som polis fick sitt formella slut.

På måndagsmorgonen den 1 november låg han med öppna ögon i sin säng när väckarklockan ringde strax efter sex. Frånsett korta stunder av orolig slummer hade han varit vaken hela natten. Flera gånger hade han stigit upp och stått vid fönstret mot Mariagatan och tänkt att han än en gång i sitt liv hade fattat ett felaktigt beslut. Kanske var det så att det inte längre fanns några naturliga vägar för honom att gå i livet? Utan att hitta något tillfredsställande svar hade han uppgivet satt sig i soffan i vardagsrummet och lyssnat på den nerskruvade nattradions dämpade musik. Till sist, just innan klockan ringde, hade han accepterat att han inte hade något val. Det var ett resignationens ögonblick, det insåg han alldeles klart. Men förr eller senare kom resignationen till alla, hade han tänkt. Osynliga krafter övermannar oss alla till slut. Ingen undkommer.

När klockan hade ringt steg han upp, hämtade Ystads Allehanda i tamburen, satte på kaffe i köket och gick sedan och duschade. Att för en dag återvända till den gamla rutinen kändes ovant. Medan han torkade sig försökte han i minnet återkalla sin senaste arbetsdag för nästan ett och ett halvt år sedan. Det hade varit sommar den gången när han städat ut sitt kontor och efteråt gått ner till hamnkaféet och skrivit ett dunkelt brev till Baiba. Han hade svårt att bestämma sig för om det kändes länge sedan eller nära.

Han satte sig vid köksbordet och rörde med skeden i kaffekoppen.

Den gången hade det varit hans senaste arbetsdag.

Nu var det hans sista.

I nästan tjugofem år hade han varit polis. Vad som än kom att hända honom i framtiden skulle de tjugofem åren alltid utgöra ryggraden i hans liv. Det kunde ingenting ändra på. Ingen kunde be om att få livet förklarat ogiltigt och begära lov att slå tärningarna ytterligare en gång. Det fanns inga steg tillbaka. Frågan var om det ens fanns några steg framåt.

Han försökte tänka efter vilken känsla som egentligen behärskade honom denna höstmorgon. Men allt var insvept i tomhet. Det var som om höstens dimmor hade trängt ända in i hans medvetande.

Han suckade och drog till sig tidningen och började bläddra frånvarande. Ögonen vandrade över sidorna och han tyckte att han hade sett fotografierna och läst texterna många gånger tidigare.

Han skulle just skjuta tidningen ifrån sig när hans uppmärksamhet fångades av en dödsannons.

Först förstod han inte vad han såg. Sedan knöt det sig i hans mage.

Advokat Sten Torstensson, född den 3 mars 1947, död den 26 oktober 1993.

Wallander stirrade vanmäktigt på dödsannonsen.

Det var ju pappan, Gustaf Torstensson som var död? Han hade ju träffat Sten för mindre än en vecka sedan på stranden vid Grenen?

Han försökte förstå. Det måste vara någon annan. Eller en sammanblandning av namn. Han läste annonsen ännu en gång. Men det var inget misstag. Sten Torstensson, mannen som sökt upp honom på Skagen fem dagar tidigare, var död.

Han satt alldeles stilla.

Sedan reste han sig, letade reda på sin telefonbok och slog ett telefonnummer. Han visste att den han ringde till var morgontidig.

– Martinson!

Wallander betvingade en impuls att lägga på luren igen.

– Det är Kurt, sa han. Jag hoppas jag inte väckte dig.

Det var länge tyst i luren innan Martinson svarade.

– Är det du? sa han. Det var oväntat.

– Jag vet, svarade Wallander. Men jag behöver fråga om en sak.

– Det kan inte vara sant att du ska sluta, sa Martinson.

– Det är som det är med det, sa Wallander. Men det är inte för att diskutera den saken som jag ringer. Jag vill veta vad som har hänt med Sten Torstensson, advokaten.

– Vet du inte det? sa Martinson.

– Jag kom till Ystad i går, svarade Wallander. Jag vet ingenting.

Martinson dröjde med svaret.

– Han blev mördad, sa han till sist.

Wallander märkte att han inte blev förvånad. I samma ögonblick han upptäckt annonsen hade han förstått att döden hade varit onaturlig.

– Han blev skjuten på sitt kontor i tisdags kväll, fortsatte Martinson. Det är fullständigt obegripligt. Och tragiskt. Hans pappa omkom i en bilolycka för några veckor sen. Men det visste du kanske inte heller?

– Nej, ljög Wallander.

– Gå i tjänst igen, sa Martinson. Vi behöver dig för att reda ut det här. Och mycket annat.

– Nej, svarade Wallander. Det blir som jag har bestämt. Jag ska förklara när vi träffas. Ystad är en liten stad. Man ses alltid förr eller senare.

Sedan avslutade han hastigt samtalet.

I samma ögonblick insåg han att det han nyss hade sagt till Martinson inte längre var sant. På några korta ögonblick hade allting förändrats.

Han blev stående orörlig i mer än fem minuter vid telefonen i tamburen. Sedan drack han kaffet, klädde sig och gick ner till bilen. Strax efter halv åtta steg han för första gången på ett och ett halvt år in genom dörrarna till polishuset. Han nickade till vakten i receptionen och gick raka vägen till Björks rum och knackade på dörren. Björk hade rest sig och inväntade honom stående. Wallander kunde se att han hade magrat. Han märkte också att Björk var osäker på hur han skulle hantera situationen.

Jag kommer att göra det lätt för honom, tänkte Wallander. Men först kommer han inte att förstå någonting alls. Lika lite som jag själv begriper.

– Vi är förstås glada för att du verkar må bättre igen, började Björk trevande. Men naturligtvis önskar vi att du hade återgått i tjänst igen istället för att lämna oss. Vi behöver dig.

Han slog ut med armarna mot sitt papperstyngda skrivbord.

– I dag har jag att ta ställning till så skilda saker som ett förslag till en ny polisuniform och ännu ett obegripligt utkast till förändring av systemet med länspolisstyrelser och länspolischefer. Känner du till det?

Wallander skakade på huvudet.

– Jag undrar vart vi är på väg, fortsatte Björk dystert. Om förslaget till ny uniform går igenom innebär det enligt min åsikt att poliser i framtiden kommer att se ut som ett mellanting mellan snickare och tågkonduktörer.

Han såg uppfordrande på Wallander som fortfor att tiga.

– På 1960-talet förstatligades polisen, sa Björk. Nu ska allt göras om igen. Nu vill riksdagen ta bort de lokala polisstyrelserna och skapa något som kallas en nationell polis. Men polisen har alltid varit nationell. Vad skulle den annars ha varit? Landskapslagarna upphörde på medeltiden. Hur ska det vara möjligt att fungera i det dagliga arbetet när man begravs i en flod av oklara promemorior? Dessutom måste jag förbereda ett anförande till en absolut onödig konferens om något som kallas *avvisningsteknik*. På vanligt språk handlar det alltså om hur man bär sig åt när personer som inte beviljats uppehållstillstånd ska förpassas ombord på bussar och färjor utan alltför mycket buller och motstånd.

– Jag förstår att du har mycket att stå i, svarade Wallander och tänkte att Björk var densamme som alltid. Han hade aldrig behärskat sin chefsroll. Positionen härskade över honom.

– Men du tycks inte förstå att vi behöver alla dugliga polismän som finns, sa Björk och satte sig tungt bakom skrivbordet.

– Jag har alla papper här, fortsatte han. Det är bara din namnteckning som behövs för att du ska förvandlas till en före detta polisman. Även om det tar emot måste jag acceptera ditt beslut. Jag hoppas för övrigt att du inte har nåt emot att jag kallat till en presskonferens klockan nio. Du har ju under de senaste åren blivit en känd polisman, Kurt. Även om du betett dig lite underligt emellanåt så har du onekligen betytt mycket för vårt goda namn och rykte. Det påstås att det finns nyantagna polisaspiranter vid Polishögskolan som säger sig ha inspirerats av dig.

– Det är säkert inte sant, sa Wallander. Och presskonferensen kan du avlysa.

Han märkte att Björk blev irriterad.

– Kommer inte på fråga, svarade han. Det är det minsta du kan göra för dina kollegor. För övrigt kommer *Svensk Polis* också att presentera ett uppslag om dig.

Wallander gick fram till skrivbordet.

– Jag ska inte sluta, sa han. Jag har kommit hit i dag för att börja arbeta igen.

Björk betraktade honom oförstående.

– Det blir ingen presskonferens, fortsatte Wallander. Jag går i tjänst i dag igen. Jag ska kontakta läkaren så han friskskriver mig. Jag mår bra. Jag vill arbeta igen.

– Jag hoppas att du inte står och driver med mig, sa Björk osäkert.

– Nej, sa Wallander. Nånting har hänt som gör att jag har ändrat mig.

– Det kommer mycket plötsligt, sa Björk.

– För mig också, svarade Wallander. Det är noga räknat knappt mer än en timme sen jag ändrade mig. Men jag har ett villkor. Eller ett önskemål.

Björk nickade avvaktande.

– Jag vill ta hand om fallet med Sten Torstensson, sa han. Vem har ansvaret för utredningen just nu?

– Alla är inkopplade, svarade Björk. Svedberg och Martinson bildar huvudgruppen tillsammans med mig. Per Åkeson har just nu åklagaransvaret.

– Sten Torstensson var en vän till mig, sa Wallander.

Björk nickade och reste sig ur stolen.

– Är det verkligen sant? frågade han. Har du ändrat dig?

– Du hör vad jag säger.

Björk gick runt skrivbordet och ställde sig framför Wallander.

– Det var den bästa nyhet jag fått på mycket lång tid, sa han. Nu river vi dom här papperen. Dina kollegor kommer att bli överraskade.

– Vem har mitt gamla kontor? frågade Wallander undvikande.

– Hanson.

– Jag vill gärna ha tillbaka det om det är möjligt.

– Naturligtvis. Hanson är för övrigt på en fortbildningskurs i Halmstad den här veckan. Du kan överta det på en gång.

De följdes åt genom korridoren tills de stannade utanför Wallanders gamla dörr.

Hans namnskylt var borta. Under ett kort ögonblick gjorde det honom upprörd.

– Jag behöver en timme för mig själv, sa Wallander.

– Klockan halv nio har vi satt spaningsmöte om mordet på Torstensson, sa Björk. I lilla konferensrummet. Du är säker på att du menar allvar?

– Varför skulle jag inte göra det?

Björk tvekade innan han fortsatte.

– Du har ju emellanåt agerat en smula omdömeslöst och nyckfullt, sa han. Det kan vi inte komma ifrån.

– Glöm inte att ställa in presskonferensen, svarade Wallander.

Björk räckte fram handen.

– Välkommen tillbaka, sa han.

– Tack.

Wallander stängde dörren om sig och la sedan genast av telefonluren. Han såg sig runt i rummet. Skrivbordet var nytt. Det hade Hanson flyttat med sig. Men stolen var Wallanders gamla.

Han hängde av sig jackan och satte sig ner.

Samma lukt, tänkte han. Samma skurmedel, samma torra luft, samma svaga doft av de oändliga mängder kaffe som dricks i det här huset.

Länge satt han alldeles stilla.

I över ett år hade han våndats, letat efter sanningen om sig själv och sin framtid. Ett beslut hade långsamt mognat och trängt igenom obeslutsamheten. Sedan hade han öppnat en tidning och allt hade förändrats.

För första gången på mycket länge kände han en ilning av välbehag gå genom kroppen.

Han hade fattat ett beslut. Om det var riktigt eller inte kunde han inte svara på. Men det var heller inte längre viktigt.

Han lutade sig fram över bordet, drog till sig ett kollegieblock och skrev ett enda ord:

Sten Torstensson.

Han hade gått i tjänst igen.

3

Klockan halv nio, när Björk stängde dörren till konferensrummet, hade Wallander känslan att han egentligen aldrig hade varit borta från sitt arbete. De ett och ett halvt år som gått sedan han senast deltagit i ett spaningsmöte existerade plötsligt inte längre. Det var som om han vaknat upp ur en lång sömn där tiden alldeles upphört att finnas till.

Nu satt de som så många gånger tidigare runt det ovala bordet. Eftersom Björk ännu ingenting hade sagt antog Wallander att hans kollegor förväntade sig att få höra ett kort tal och tack för de år som gått. Sedan skulle Wallander avträda och de skulle åter huka sig över sina anteckningar och fortsätta spaningen efter den okände gärningsman som mördat Sten Torstensson.

Wallander märkte att han hade satt sig på sin vanliga plats, till vänster om Björk. Bredvid honom stod stolen tom. Det var som om hans kollegor inte ville komma för nära någon som egentligen inte längre hörde till. Mitt emot satt Martinson och snöt sig ljudligt. Wallander undrade stilla om han någonsin hade upplevt att Martinson inte varit snuvig. Bredvid honom gungade Svedberg på stolen medan han som vanligt kliade sig på flinten med en penna.

Allt skulle med andra ord ha varit som vanligt, tänkte Wallander, om det inte varit för den kvinna i jeans och blå skjorta som satt för sig själv vid bordets nedre ände. Han hade aldrig träffat henne men han visste ändå vem hon var, även vad hon hette. För snart två år sedan hade det varit tal om att ytterligare en kriminalpolis skulle förstärka Ystadpolisen och det var då namnet Ann-Britt Höglund för första gången kommit upp. Hon var ung, hade utexaminerats från Polishögskolan knappt tre år tidigare, men hade redan hunnit utmärka sig. Vid sin examen hade hon varit en av två som fått premium för sina studieresultat och som allmänt gott föredöme för de övriga aspiranterna. Hon kom ursprungligen från Svarte men hade växt upp utanför Stockholm. Landets polisdistrikt hade slagits om henne, men hon hade låtit meddela att hon gärna återvände till sitt ursprungslän och till ett arbete hos polisen i Ystad.

Wallander fångade hennes blick och hon log hastigt till svar.

Ingenting är med andra ord sig likt, tänkte han hastigt. Med en kvinna bland oss kan ingenting förbli vid det gamla.

Längre kom han inte i sina tankar. Björk hade rest sig och Wallander märkte plötsligt att han kände sig nervös. Kanske allt hade varit för sent? Kanske han redan blivit avskedad utan att han visste om det?

– Normalt brukar måndagsmorgnar vara tunga, började Björk. Särskilt när vi har att hantera ett sällsynt olustigt och obegripligt mord på en av våra kollegor, advokat Torstensson. Men i dag kan jag ändå börja sammanträdet med att meddela en god nyhet. Kurt har förklarat sig frisk och börjar arbeta igen redan i dag. Jag är naturligtvis den förste att hälsa dig välkommen tillbaka. Men jag vet att samtliga dina kollegor tycker samma sak. Säkert också Ann-Britt som du ännu inte har träffat.

Det blev tyst i rummet. Martinson stirrade vantroget på Björk medan Svedberg la huvudet på sned och oförstående betraktade Wallander. Ann-Britt Höglund såg ut som om hon inte hade förstått vad Björk just hade sagt.

Wallander insåg att han var tvungen att säga någonting.

– Det stämmer, sa han. Jag börjar arbeta i dag igen.

Svedberg slutade gunga på stolen och slog handflatorna i bordsskivan med en ljudlig smäll.

– Det var bra det, Kurt. För här hade det jävlar i min själ inte gått en dag till utan dig.

Svedbergs spontana kommentar gjorde att alla i rummet brast i skratt. I tur och ordning tog de Wallander i hand, Björk försökte organisera wienerbröd till kaffet, och Wallander själv hade svårt att dölja att han kände sig rörd.

Efter några minuter var det hela över. Mer tid fanns inte för personliga utgjutelser, något som Wallander för ögonblicket var glad för. Han slog upp kollegieblocket han tagit med sig från sitt kontor, där ett enda namn stod skrivet, Sten Torstensson.

– Kurt har bett mig om att få gå rakt in i mordutredningen, sa Björk. Det ska han givetvis få. Jag antar att vi lämpligast gör en sammanfattning av var vi står. Sen får vi ge Kurt tid att sätta sig in i detaljerna.

Han nickade åt Martinson som tydligen var den som övertagit Wallanders tidigare roll som föredragande.

– Jag är fortfarande lite omtumlad, sa Martinson medan han bläddrade bland sina papper. Men i huvudsak ser det ut så här. På morgonen onsdagen den 27 oktober, alltså för fem dagar sen, kom fru Berta Dunér som är advokatbyråns sekreterare till kontoret som vanligt några minuter i åtta. Där hittade hon Sten Torstensson skjuten inne på sitt rum. Han låg på golvet mellan skrivbordet och dörren. Han hade träffats av tre skott varav alla tre, vart och ett för sig, skulle ha varit dödande. Eftersom det inte bor nån i huset och advokatbyrån ligger i ett gammalt stenhus med kraftiga murar och därtill vid en genomfartsled, är det ingen som har uppfattat skotten. Ingen har i varje fall hört av sig hittills. De preliminära obduktionsresultaten tyder på att han blivit skjuten vid elvatiden på kvällen. Det kan stämma med fru Dunérs uttalande om att han ofta satt kvar till långt in på kvällarna och arbetade, inte minst efter det att hans far så tragiskt omkommit.

Här gjorde Martinson ett uppehåll och såg frågande på Wallander.

– Jag vet att fadern omkom i en bilolycka, sa Wallander.

Martinson nickade och fortsatte.

– Det är i huvudsak vad vi har. Vi har med andra ord ytterst lite. Vi har inget motiv, inget mordvapen, inget vittne.

Wallander övervägde hastigt om han redan nu skulle berätta om Sten Torstenssons besök på Skagen. Vid alltför många tillfällen hade han begått den polisiära dödssynden att hålla inne med information som han borde ha delgett sina kollegor. Varje gång hade han förvisso ansett att han hade haft ett motiv för sin tystnad, men han insåg också att förklaringarna nästan alltid varit ytterst bräckliga.

Jag gör fel, tänkte han. Jag börjar mitt andra liv som polisman genom att förneka allt jag tidigare tillägnat mig av erfarenheter.

Någonting sa honom dock att det just i detta fall var viktigt.

Han betraktade sin instinkt med respekt. Den kunde både vara hans mest pålitliga inre budbärare och hans värsta fiende.

Han visste att han denna gång gjorde rätt.

Det var någonting Martinson hade sagt som bet sig fast i honom. Eller kanske var det någonting han inte hade sagt.

Han blev avbruten i sina tankar av att Björk lät handflatorna falla mot bordsskivan. Oftast betydde det att polischefen var irriterad eller otålig.

– Jag har sagt till om wienerbröd, sa han. Men de kommer naturligtvis inte. Jag föreslår därför att vi bryter här och att ni sätter in Kurt i fallets detaljer. Sen ses vi i eftermiddag igen. Till dess kanske vi har kaffebröd att bjuda på.

När Björk hade lämnat rummet flyttade de samman vid bordsänden han övergivit. Wallander kände att han måste säga någonting. Han hade inte rätt att bara klampa in i gemenskapen igen och låtsas som om ingenting hade hänt.

– Jag får försöka börja om från början, sa han. Det har varit en arbetsam tid. Jag har länge tvivlat på om jag skulle kunna gå i tjänst igen. Att döda en människa, även om det var självförsvar, tog hårt. Men jag ska försöka göra så gott jag kan.

Det blev tyst i rummet.

– Du ska inte tro att vi inte förstår, sa Martinson till slut. Även om man som polis tvingas vänja sig vid nästan allt, som om vidrigheterna aldrig tycks ha en ände, så berör det på djupet när det drabbar nån som står en nära. Om det kan vara till nån glädje så ska du veta att vi saknat dig lika mycket som vi saknade Rydberg för några år sen.

Den gamle kriminalkommissarien Rydberg som avlidit på våren 1991 hade varit deras skyddshelgon. I kraft av sina stora polisiära kunskaper och sin förmåga att förhålla sig till var och en på ett både personligt och rättframt sätt hade han alltid varit en mittpunkt i det löpande, ständigt föränderliga spaningsarbetet.

Wallander förstod vad Martinson menade.

Han var den ende som kommit Rydberg så nära att han blivit en personlig vän. Bakom Rydbergs vresiga yttre hade han lärt känna en människa som bar på stora kunskaper långt bortom de arbetsuppgifter de delade.

Jag har fått ett arv, tänkte Wallander.

Vad Martinson egentligen säger är att jag ska axla den mantel som Rydberg aldrig hade. Men även osynliga mantlar existerar.

Svedberg reste sig från bordet.

– Om inte nån har nåt emot det så åker jag ner till Torstenssons advokatkontor, sa han. Det har kommit några tjänstemän från Advokatsamfundet som håller på att gå igenom alla papper. Dom vill gärna att polisen är närvarande.

Martinson sköt över en hög med utredningsmaterial till Wallander.

– Det här är vad vi har hittills, sa han. Jag antar att du behöver en stund för dig själv för att gå igenom det.

Wallander nickade.

– Bilolyckan, sa han sedan. Gustaf Torstensson.

Martinson betraktade honom förvånat.

– Det är avskrivet, sa han. Gubben hade kört av vägen.

– Om du inte har nåt emot det vill jag gärna se rapporten ändå, sa Wallander försiktigt.

Martinson ryckte på axlarna.

– Jag lämnar in den på Hansons rum, sa han.

– Inte nu längre, svarade Wallander. Jag har fått tillbaka mitt gamla kontor.

Martinson reste sig.

– Du försvann fort, sa han. Du kommer tillbaka fort. Det är lätt att säga fel.

Martinson lämnade rummet. Kvar fanns nu bara Wallander och Ann-Britt Höglund.

– Jag har hört mycket talas om dig, sa hon.

– Det du har hört är säkert alldeles sant. Tyvärr.

– Jag tror du kommer att kunna lära mig mycket.

– Det betvivlar jag starkt.

Wallander reste sig hastigt för att avsluta samtalet och plockade ihop de papper och pärmar han fått av Martinson. Ann-Britt Höglund höll upp dörren för honom när han gick ut i korridoren.

När han hade kommit in på sitt kontor och stängt dörren märkte han att han var genomsvettig. Han tog av sig kavajen och skjortan och började torka sig på en av gardinerna. I samma ögonblick öppnade Martinson dörren utan att först ha knackat. Han hajade till när han fick syn på den halvnakne Wallander.

– Jag skulle bara lämna rapporten om Gustaf Torstenssons bilolycka, sa Martinson. Jag glömde att det inte var Hansons dörr längre.

– Jag är nog fortfarande gammalmodig av mig, svarade Wallander. Knacka gärna innan du kommer in.

Martinson la en pärm på bordet och försvann hastigt. Wallander fortsatte att torka sig, tog på sig skjortan igen och satte sig vid bordet och började läsa.

Klockan hade blivit över elva innan han sköt den sista rapportpärmen ifrån sig.

Allting kändes ovant. Var skulle han egentligen börja?

Han tänkte tillbaka på Sten Torstensson som ur dimman kommit emot honom på den jylländska stranden.

Han bad mig om hjälp, tänkte Wallander. Han ville att jag skulle ta reda på vad som hade hänt hans far. En bilolycka som var någonting annat, utan att vara självmord. Han talade om faderns förändrade sinnestillstånd. Några dagar senare blir han en sen kväll själv ihjälskjuten på sitt kontor. Han talade om sin fars upprördhet. Men han var inte upprörd själv.

Wallander drog tankfullt till sig det block där han tidigare skrivit Sten Torstenssons namn. Nu gjorde han ett tillägg, Gustaf Torstensson.

Sedan kastade han om de två namnen.

Han lyfte telefonluren och slog ur minnet numret till Martinsons rum. Ingenting hände. Han försökte igen utan att lyckas. Sedan insåg han att internkommunikationen på något sätt måste ha blivit förändrad sedan han senast använt telefonen. Han reste sig och gick ut i korridoren. Martinsons dörr stod öppen och han steg in.

– Nu har jag läst genom utredningsmaterialet, sa han efter att ha satt sig på Martinsons vingliga besöksstol.

– Som du ser har vi inte mycket att gå efter, sa Martinson. En eller flera gärningsmän tar sig in på Sten Torstenssons kontor en sen kväll och skjuter ihjäl honom. Ingenting tycks ha blivit stulet. Han hade sin plånbok kvar i innerfickan. Fru Dunér som har varit anställd på advokatbyrån i över trettio år påstår sig vara säker på att ingenting är borta.

Wallander nickade tankfullt. Han hade fortfarande inte kommit på vad det var i det Martinson tidigare sagt eller inte sagt som fångat hans uppmärksamhet.

– Du var den förste som kom till mordplatsen, sa han.

– Peters och Norén var dom som ryckte ut, invände Martinson. De var dom som kallade på mig.

– Man brukar få ett intryck, fortsatte Wallander. En första uppfattning. Vad tänkte du?

– Rånmord, svarade Martinson utan att tveka.

– Hur många var dom?

– Vi har inte hittat några spår som pekar åt vare sig det ena eller det andra hållet. Men ett enda vapen har använts, det kan vi nog vara ganska säkra på, även om alla tekniska undersökningar givetvis ännu inte är klara.

– Alltså var det en man som bröt sig in?

Martinson nickade.

– Jag tror det, sa han. Men det är en reflexion som inte är vare sig bekräftad eller emotsagd.

– Sten Torstensson träffades av tre skott, fortsatte Wallander. Ett i hjärtat, ett i magen strax under naveln och ett i pannan. Har jag rätt i att jag tycker att det tyder på en person som verkligen kan använda sitt vapen?

– Jag har tänkt på det, sa Martinson. Men det kan naturligtvis också vara en ren tillfällighet. Det lär vara så att slumpskott dödar lika ofta som skott som avlossas av en siktkunnig person. Det har jag läst om i en amerikansk undersökning.

Wallander reste sig från stolen men blev stående.

– Varför bestämmer man sig för att bryta sig in på ett advokatkontor? frågade han. Nog för att det går rykten om att advokater tar hutlöst betalt. Men tror man verkligen att pengarna ligger staplade på hög på ett kontor?

– Det finns det bara en eller kanske två personer som kan svara på, sa Martinson.

– Dom ska vi gripa, sa Wallander. Jag tänker åka dit och se mig omkring.

– Fru Dunér är naturligtvis svårt skakad, sa Martinson. På mindre än en månad har hela hennes tillvaro störtat samman. Först omkommer gamle Torstensson. Hon hinner knappt avsluta alla bestyr med begravningen så blir sonen mördad. Men trots att hon är chockad går det tydligen förvånansvärt bra att tala med henne. Hennes adress står i utskriften av samtalet som Svedberg hade med henne.

– Stickgatan 26, sa Wallander. Bakom Hotell Continental. Jag brukar parkera där ibland.

– Jag undrar om det inte är förbjudet, sa Martinson.

Wallander hämtade sin jacka och lämnade sedan polishuset. Flickan som satt i receptionen hade han aldrig tidigare sett. Han tänkte att han borde ha stannat och presenterat sig. Inte minst för att ta reda på om trotjänarinnan Ebba hade slutat eller arbetade på kvällarna. Men han lät det bero. De timmar han hittills denna dag tillbringat på polishuset hade utåt sett varit odramatiska, men motsvarades inte av den högspänning han upplevde inom sig. Han märkte att han behövde vara ensam. Under lång tid hade han tillbringat sin mesta tid utan sällskap. Han behövde en period att vänja sig av med det. Han körde backen ner mot sjukhuset och kände för ett kort ögonblick en vag längtan tillbaka till ensamheten på Skagen, till sitt ensligt inrättade vaktkontor och sin patrulltjänst som var garanterat fri från ingripanden.

Men det var förbi. Han hade gått i tjänst igen.

Ovana, tänkte han. Det kommer att gå över, även om det tar tid.

Advokatbyrån låg i ett gulputsat stenhus vid Sjömansgatan, inte så långt från den gamla och snart färdigrenoverade teaterbyggnaden. En polisbil var parkerad utanför, och på den motsatta trottoaren stod några åskådare och diskuterade det som inträffat. Det blåste en byig vind från havet och Wallander huttrade till när han steg ur bilen. Han öppnade den tunga ytterporten och höll på att krocka med Svedberg som var på väg ut.

– Jag hade tänkt åka och köpa nånting att äta, sa han.

– Gör det, svarade Wallander. Jag kommer nog att stanna här en stund.

I ett förrum satt en ung kanslist sysslolös. Hon såg rädd ut. Wallander påminde sig från utredningen att hon hette Sonja Lundin och bara hade varit anställd ett par månader på advokatbyrån. Hon hade inte haft några upplysningar av värde att tillföra utredningen.

Wallander sträckte fram handen och presenterade sig.

– Jag ska bara titta mig omkring, sa han. Fru Dunér är inte här?

– Hon sitter hemma och gråter, svarade flickan enkelt.

Wallander visste plötsligt inte vad han skulle säga.

– Hon kommer aldrig att överleva det här, fortsatte Sonja Lundin. Hon kommer att dö hon med.

– Det ska vi väl inte tro, sa Wallander och hörde hur ihåliga hans ord lät.

Torstenssons advokatbyrå hade varit ensamma människors arbetsplats, tänkte han. Gustaf Torstensson hade varit änkling i över femton år, sonen Sten Torstensson hade således varit moderlös under lika lång tid och därtill ungkarl. Fru Dunér var frånskild sedan början på 1970-talet. Tre ensamma personer som dag efter dag mötte varandra. Och nu var två av dem borta och den kvarvarande mer ensam än någonsin.

Wallander kunde sannerligen förstå om fru Dunér satt hemma och grät.

Dörren till sammanträdesrummet stod stängd. Wallander kunde höra mummel därinifrån. På dörrarna som fanns på varsin sida av sammanträdesrummet kunde han läsa de två advokaternas namn, sirligt präglade på välputsade mässingsskyltar.

I en plötslig ingivelse öppnade han först dörren till Gustaf Torstenssons rum. Gardinerna var fördragna och rummet låg i dunkel. Han stängde dörren bakom sig och tände ljuset. En svag doft av cigarrök vilade över rummet. Wallander lät blicken vandra och tänkte att det var som att stiga in i en annan tid. Tunga lädersoffor, marmorbord, konst på väggarna. Han insåg att han hade förbisett den möjligheten, att de som mördat Sten Torstensson kanske hade varit ute efter konstföremål. Han ställde sig tätt intill en av tavlorna och försökte tyda signaturen, samtidigt som han försökte värdera om det var ett original eller en kopia som hängde där. Utan att vare sig kunna tyda signaturen eller värdera äktheten lämnade han tavlan och gick runt i rummet. En stor jordglob stod intill det bastanta skrivbordet. Frånsett några pennor, en telefon och en diktafon fanns där ingenting. Han satte sig i den bekväma skrivbordsstolen och fortsatte att se sig runt samtidigt som han än en gång tänkte på det Sten Torstensson hade sagt när de druckit kaffe på Konstmuseet i Skagen.

En bilolycka som inte varit någon bilolycka. En man som de sista månaderna av sitt liv försökt dölja att någonting gjorde honom upprörd.

Wallander funderade på vad som egentligen utmärkte en advokats tillvaro. Att försvara när en åklagare ville åtala. Att bistå med juridisk rådgivning. En advokat mottog ständigt olika förtroenden. En advokat var bunden av en strängt tillämpad tystnadsed.

Wallander insåg något han inte tidigare reflekterat över: Att advokater var bärare av många hemligheter.

Efter en stund reste han sig.

Ännu var det för tidigt för att dra några slutsatser.

När han lämnade rummet satt Sonja Lundin fortfarande orörlig på sin stol. Han öppnade dörren till Sten Torstenssons rum. Ett kort ögonblick hajade han till, som om den döde Torstenssons kropp skulle ha legat kvar på golvet, precis som han sett det på fotografierna i utredningsmaterialet. Men allt som fanns där var en plastduk. Den mörkgröna mattan hade polisens tekniker tagit med sig.

Rummet påminde om det han just hade lämnat. Den enda

skillnaden var att där fanns några moderna besöksstolar intill skrivbordet.

Bordet var tomt på papper. Wallander undvek denna gång att sätta sig i skrivbordsstolen.

Ännu skrapar jag bara på ytan, tänkte han. Det är som om jag lyssnade lika mycket som jag försöker registrera min omgivning med ögonen.

Han lämnade rummet och stängde dörren bakom sig. Svedberg hade återkommit och försökte bjuda Sonja Lundin på en nyinköpt smörgås. Wallander skakade på huvudet när han i sin tur blev erbjuden smörgåsen. Han pekade på sammanträdesrummet.

– Där sitter två så kallade gode män från Advokatsamfundet, sa Svedberg. Dom går igenom alla dokument som finns här. Dom registrerar, plomberar, funderar över vad som ska ske. Klienterna kommer att kontaktas, andra advokater kommer att ta över. Torstenssons advokatbyrå har i praktiken upphört att existera.

– Vi måste naturligtvis få tillgång till materialet, sa Wallander. Sanningen om vad som har hänt kan mycket väl ligga dold i deras klientförhållanden.

Svedberg rynkade frågande pannan.

– Deras? undrade han. Du menar väl Sten Torstenssons? Pappan körde ju ihjäl sig?

Wallander nickade.

– Du har rätt, sa han. Jag menar naturligtvis Sten Torstenssons klienter.

– Egentligen är det synd att det inte är tvärtom, sa Svedberg.

Wallander hade nästan missat Svedbergs kommentar när han insåg att den var viktig.

– Varför det? frågade han förvånat.

– Det verkar som om gamle Torstensson hade väldigt få klienter, svarade Svedberg. Medan Sten Torstensson var inblandad i ett mycket stort antal ärenden.

Svedberg nickade mot sammanträdesrummet.

– Dom tror att dom kommer att behöva mer än en vecka till för att bli färdiga, sa han.

46

– Då behöver jag inte störa dom nu, sa Wallander. Jag tror att jag hellre ska tala med fru Dunér.

– Vill du jag ska följa med? undrade Svedberg.

– Det behövs inte, sa Wallander. Jag vet var hon bor.

Wallander satte sig i bilen och startade motorn. Han kände sig tvehågsen och obeslutsam. Sedan tvingade han sig till ett avgörande. Han skulle börja i den ände som endast han kände till. Den ände som Sten Torstensson hade gett honom vid sitt besök på Skagen.

Det måste hänga ihop, tänkte Wallander medan han långsamt körde österut, passerade tingshuset och Sandskogen och snart lämnade staden bakom sig. De två dödsfallen har med varandra att göra. Någonting annat är inte rimligt.

Han betraktade det grå landskapet genom sidorutan. Ett svagt duggregn hade börjat falla. Han skruvade upp värmen i kupén.

Hur kan man älska den här leran, tänkte han. Ändå är det det jag gör. Jag är en polisman som lever med leran som ständig följeslagare. Och inte skulle jag vilja byta bort den tillvaron mot någonting annat.

Det tog honom drygt trettio minuter att komma fram till den plats där Gustaf Torstensson hade kört ihjäl sig på kvällen den 11 oktober. Wallander hade tagit med sig utredningen över olyckan och steg ut i blåsten med rapportpärmen i jackfickan. Ur bagageluckan tog han fram ett par stövlar och bytte om innan han började se sig omkring. Blåsten hade tilltagit, liksom regnet, och han frös. En vråk satt på en halvt nerfallen stängselstör och betraktade honom vaksamt.

Olycksplatsen var ovanligt ödslig till och med för att vara i Skåne. Det fanns inga gårdar i närheten, bara de bruna fälten som bredde ut sig som förstenade dyningar runt honom. Vägen var rak och övergick hundra meter längre bort i en stigning och en tvär vänsterkurva. Wallander la ut skissen över olycksplatsen på motorhuven och jämförde kartan med verkligheten. Olycksbilen hade legat upp och ner på vänster sida av vägen, tjugo meter in på åkern. Några bromsspår hade

47

inte funnits på vägbanan. Vid olyckstillfället hade det varit tät dimma.

Wallander la in rapportpärmen i bilen. Återigen stod han mitt i vägbanan och såg sig runt. Ännu hade ingen bil passerat. Vråken satt fortfarande kvar på sin stör. Wallander klev över diket och klafsade ut i den våta leran som genast klumpade sig under hans stövlar. Han mätte upp tjugo meter och såg sedan tillbaka mot vägen. En slakteribil passerade, strax därefter två personbilar. Regnet tilltog hela tiden. Han försökte värdera vad som hade hänt. En bil med en äldre förare befinner sig djupt inne i ett dimbälte. Plötsligt mister föraren kontrollen, bilen går av vägen och snurrar ett eller två varv innan den blir liggande med hjulen i vädret. Föraren sitter fastspänd död i säkerhetsbältet. Frånsett vissa skärsår i ansiktet har han slagit nacken hårt i någon av bilens hårda och utskjutande metalldelar. Döden har med all sannolikhet varit ögonblicklig. Först i gryningen upptäcker en lantbrukare på sin traktor vad som har hänt.

Han behöver inte ha kört fort, tänkte Wallander. Han kan ha mist kontrollen och i panik trampat på gaspedalen. Bilen har skjutit fart ut över åkern. Vad Martinson har skrivit om olycksplatsen är förmodligen både heltäckande och korrekt.

Han skulle just gå tillbaka till vägen när han upptäckte ett föremål som låg halvt begravt i leran strax intill honom. Han böjde sig ner och såg att det var ett ben till en vanlig brunmålad pinnstol. När han slängde det ifrån sig lyfte vråken från stängselstören och flaxade bort på tunga vingar.

Återstår bilvraket, tänkte Wallander. Men inte heller där kommer jag förmodligen att upptäcka något påfallande som inte Martinson redan skulle ha reagerat på.

Han återvände till sin bil, skrapade av leran så gott han kunde och bytte tillbaka till sina skor. På vägen mot Ystad övervägde han om han skulle passa på tillfället att besöka sin far och hans nya hustru ute i Löderup. Men han lät det bero. Han ville gärna samtala med fru Dunér och helst också hinna se olycksbilen innan han måste återvända till polishuset.

Han stannade på OK-macken vid infarten till Ystad och drack en kopp kaffe och åt en smörgås. Han såg sig runt i lokalen. Det slog honom att den svenska ödsligheten aldrig var så tydlig som på de matserveringar som var sammanbyggda med bensinstationer. Han lämnade kaffekoppen i det närmaste orörd, driven av en plötslig oro. Genom regnet for han in till staden, svängde höger vid Hotell Continental och sedan höger igen för att komma in på den smala Stickgatan. Han gjorde en tvivelaktig parkering halvvägs uppkörd på trottoaren utanför det rosa hus där Berta Dunér bodde. Han ringde på dörren och väntade. Det dröjde nästan en minut innan dörren öppnades. Ett blekt ansikte skymtade i den smala dörrspringan som öppnades för honom.

– Jag heter Kurt Wallander och är polis, sa han, medan han förgäves letade i fickorna efter sin polislegitimation. Jag skulle gärna vilja tala med er om det går bra.

Fru Dunér öppnade dörren och släppte in honom. Hon gav honom en galge och han hängde av sig den våta jackan. Sedan bjöd hon honom att stiga in i ett vardagsrum med blänkande parkettgolv och ett stort väggfönster som vette mot en liten trädgård på baksidan av huset. Han såg sig runt i rummet och förstod att han befann sig i en lägenhet där ingenting var tillfälligt, möbler och prydnadssaker var organiserade in i minsta detalj.

Säkert hanterade hon advokatkontoret på samma sätt, tänkte han. Att vattna blommor och sköta almanackor prickfritt kan förmodligen vara två sidor av samma sak. Ett liv utan plats för tillfälligheter.

– Varsågod och sitt ner, sa hon med en oväntat barsk stämma. Wallander hade förväntat sig att den till synes onaturligt magra kvinnan med sitt grå hår skulle tala med en låg röst. Han slog sig ner i en gammaldags rottingstol som knakade när han satte sig till rätta.

– Kanske får jag bjuda på en kopp kaffe, frågade hon.

Wallander skakade på huvudet.

– Te?

– Inte det heller, svarade Wallander. Jag vill bara ställa några frågor. Sen ska jag ge mig av igen.

Hon satte sig ytterst på en blommig soffa på andra sidan ett bord med glasskiva. Wallander insåg att han varken hade penna eller anteckningsblock med sig. Inte heller hade han, vilket tidigare hade varit en grundläggande vana, förberett åtminstone de första frågorna. Han hade tidigt i livet lärt sig att det inte fanns några förutsättningslösa förhör eller samtal under en brottsutredning.

– Låt mig först beklaga alla sorgliga händelser som har inträffat, började han trevande. Jag hade nog bara träffat Gustaf Torstensson vid ett fåtal tillfällen. Men Sten Torstensson kände jag väl.

– Han skötte er skilsmässa för nio år sen, svarade Berta Dunér.

I samma ögonblick insåg Wallander att han kände igen henne. Det var hon som tagit emot honom och Mona vid de tillfällen de kommit till advokatbyrån för det som oftast slutat som upprivna och söndertrasade möten. Hennes hår hade varit mindre grått, kanske hon också varit något kraftigare. Ändå förvånade det honom att han inte genast hade känt igen henne.

– Ni har gott minne, sa han.

– Jag kan glömma namn, svarade hon. Men aldrig ansikten.

– För mig är det nog på samma sätt, svarade Wallander.

Det blev stilla. En bil passerade ute på gatan. Wallander insåg att han borde ha väntat med att besöka Berta Dunér. Han visste inte vad han skulle fråga om, han hade ingenting att börja med. Och de dystra minnen han hade från den utdragna skilsmässan ville han helst inte bli påmind om.

– Ni har redan talat med min kollega Svedberg, sa han efter en stund. Tyvärr är det oftast nödvändigt vid svårare brottsfall att fortsätta med frågorna. Inte heller kan det alltid bli med samma polisman.

Han stönade invärtes över sitt otympliga sätt att uttrycka sig. Det var mycket nära att han hade rest sig med en ursäkt och lämnat hennes hus. Men han tvingade sig att samla tankarna.

– Jag behöver inte fråga om det jag redan vet, sa han. Vi behöver inte beröra vidare hur ni kom till kontoret på morgonen och fann Sten Torstensson mördad. Om det inte är så att ni har kommit på nånting ni inte tidigare har sagt?

Hennes svar kom bestämt, utan tvekan.

– Ingenting. Det var som jag sa till herr Svedberg.

– Kvällen innan, fortsatte Wallander. När lämnade ni kontoret?

– Klockan var ungefär sex. Kanske fem över, inte mer. Jag hade kontrollerat några brev som fröken Lundin skrivit ut. Sen ringde jag in till herr Torstensson och frågade om det var nånting mer. Han sa att det inte var det och önskade god kväll. Sen tog jag på mig kappan och gick därifrån.

– Dörren slog i lås? Och Sten Torstensson var ensam kvar?

– Ja.

– Vet ni vad det var han skulle göra den kvällen?

Hon betraktade honom förvånat.

– Han skulle naturligtvis fortsätta att arbeta. En advokat med Sten Torstenssons arbetsbörda kunde inte gå hem hur som helst.

Wallander nickade.

– Jag förstår att han arbetade, sa han. Jag undrar bara om det var nåt speciellt ärende som brådskade?

– Allting var bråttom, svarade hon. Eftersom hans far blivit dödad några veckor tidigare hade han naturligtvis en förfärlig arbetsbörda. Det säger sig väl nästan självt.

Wallander hajade till inför hennes ordval.

– Ni talar om bilolyckan?

– Vad skulle jag annars tala om?

– Ni sa att hans far blivit dödad? Det var bara ett märkligt sätt att uttrycka det på.

– Man dör eller blir dödad, sa hon. Man dör i sin säng av nåt som man brukar kalla naturliga orsaker. Men omkommer man i en bilolycka så måste ni väl ändå erkänna att man blir dödad?

Wallander nickade långsamt. Han förstod vad hon hade menat. Ändå var han osäker på om hon också hade sagt någonting annat, om hon ofrivilligt hade sänt ut ett meddelande som kunde påminna om de misstankar som drivit Sten Torstensson att besöka honom på Skagen.

En tanke slog honom plötsligt.

– Kan ni påminna er på rak arm vad Sten Torstensson gjorde veckan innan, frågade han. Tisdagen den 24 och onsdagen den 25 oktober?

Svaret kom utan tvekan.

– Då var han bortrest, svarade hon.

Sten Torstensson hade alltså inte rest i hemlighet, tänkte han.

– Han sa att han behövde komma bort några dagar, från sorgen över faderns död, fortsatte hon. Jag ställde naturligtvis in alla möten han hade dom två dagarna.

Plötsligt, alldeles oväntat brast hon i gråt. Wallander kände sig med ens helt handfallen. Stolen knarrade oroligt under hans kroppstyngd.

Hon reste sig hastigt ur soffan och gick ut i köket. Han kunde höra hur hon snöt sig. Sedan kom hon tillbaka.

– Det är så svårt, sa hon. Det är så oändligt svårt.

– Jag förstår, sa Wallander.

– Han skickade mig ett vykort, sa hon med ett svagt leende. Wallander tänkte att hon alldeles säkert snart skulle börja gråta igen. Men hon var mer samlad än han hade föreställt sig.

– Vill ni se det? frågade hon.

Wallander nickade.

– Det vill jag gärna.

Hon reste sig och gick till en bokhylla som stod vid ena långväggen. Ur en porslinsskål tog hon upp ett vykort och räckte det till honom.

– Finland måste vara ett vackert land, sa hon. Jag har aldrig varit där. Har ni?

Wallander stirrade oförstående på vykortet. Det föreställde ett sjölandskap i kvällssol.

– Ja, sa han långsamt. Jag har faktiskt varit i Finland. Det är som ni säger ett mycket vackert land.

– Ni får ursäkta att jag blev upprörd, sa hon. Men vykortet kom samma dag som jag hade funnit honom död.

Wallander nickade frånvarande.

Han tänkte att han hade mycket mer att fråga Berta Dunér om än vad han hade kunnat ana. Men samtidigt insåg han att tiden ännu inte var mogen. Till sin sekreterare hade alltså

Sten Torstensson sagt att han reste till Finland. Ett vykort hade kommit därifrån som ett gåtfullt bevis. Men vem hade skickat det? När Sten Torstensson samtidigt befann sig på Jylland?

– För utredningens skull behöver jag behålla det här vykortet några dagar, sa han. Men jag garanterar personligen att det kommer att återlämnas.

– Jag förstår, sa hon.

– En sista fråga innan jag går, sa Wallander. Ni märkte inget ovanligt sista tiden innan han dog?

– Hur menar ni?

– Att han betedde sig ovanligt?

– Han var naturligtvis djupt skakad och sorgsen över att hans far hade omkommit.

– Ingenting annat?

Wallander hörde själv hur illa frågan lät. Men han inväntade ändå hennes svar.

– Nej, svarade hon. Han var som han brukade vara.

Wallander reste sig ur rottingstolen.

– Jag kommer säkert att behöva tala med er igen, sa han.

Hon förblev sittande i soffan.

– Vem kan göra nåt så gräsligt? frågade hon. Att gå in genom en dörr och döda en man och sen bara gå därifrån igen, som om ingenting hänt.

– Det är det vi måste ta reda på, sa Wallander. Ni vet inte om han hade några fiender?

– Vilka skulle det ha varit?

Wallander tvekade ett ögonblick innan han ställde ännu en fråga.

– Vad tror ni det är som har hänt?

Hon reste sig ur soffan innan hon svarade.

– En gång kunde man förstå även det som verkade obegripligt, svarade hon. Men inte nu längre. Inte ens det är möjligt längre i vårt land.

Wallander satte på sig jackan som fortfarande var tung av väta. Ute på gatan blev han stående. Han tänkte på den besvärjelse han i sin ungdom, som nyutexaminerad polisman, hade gjort till sin.

Att leva har sin tid, att vara död har sin.

Han tänkte också på vad Berta Dunér hade gett honom som avskedsreplik. Han föreställde sig oklart att hon hade sagt någonting viktigt om Sverige. Någonting han borde återvända till. Men för ögonblicket slog han bort hennes ord.

Jag måste försöka förstå de dödas tankar, tänkte han. Ett vykort från Finland, avstämplat en dag när Sten Torstensson bevisligen drack kaffe tillsammans med mig på Konstmuseet i Skagen, berättar att han inte sagt sanningen. Åtminstone inte hela sanningen. En människa kan inte ljuga utan att själv veta om det.

Han satte sig i bilen och försökte bestämma sig för vad han skulle göra. Som privatperson hade han mest lust att återvända till sin lägenhet på Mariagatan och lägga sig i sovrummet med gardinerna fördragna. Som polisman måste han tänka andra tankar.

Han såg på sitt armbandsur. Kvart i två. Senast klockan fyra måste han vara tillbaka på polishuset för spaningsgruppens eftermiddagsgenomgång. Han funderade ett kort ögonblick innan han bestämde sig. Han startade bilen, svängde ut på Hamngatan och höll sedan vänster för att komma ut på Österleden igen. Sedan fortsatte han Malmövägen tills han kom till avtagsvägen mot Bjäresjö. Duggregnet hade upphört, blåsten kom och gick i byar. Efter några kilometer svängde han av från huvudvägen och stannade utanför ett inhägnat område där en rostig skylt meddelade att Niklassons Bilskrot höll till. Grindarna var öppna och han körde in bland bilskeletten som låg staplade på varandra. Han undrade hur många gånger i sitt liv han hade besökt bilskroten. Niklasson hade vid ett otal tillfällen varit misstänkt och tilltalad i olika hälerimål. Han var legendarisk hos Ystadspolisen eftersom han aldrig hade blivit fälld, trots ofta till synes överväldigande bevisning. Men till slut hade där alltid funnits en osynlig nål som stuckit hål på hela beviskedjan och Niklasson hade kunnat återvända till de två sammansvetsade husvagnar som var hans kombinerade bostad och kontor.

Wallander slog av motorn och steg ur bilen. En smutsig katt betraktade honom från den rostiga motorhuven på en gammal Peugeot. I samma ögonblick upptäckte han Niklasson som steg fram från en stapel med bildäck. Han var klädd i en mörk överrock. På huvudet hade han en smutsig hatt hårt nerdragen över det långa håret. Wallander kunde inte påminna sig att han någonsin hade sett honom bära andra kläder.

– Kurt Wallander, sa Niklasson och log. Det var länge sen. Har du kommit för att hämta mig?

– Borde jag det? frågade Wallander.

Niklasson skrattade.

– Det vet du bäst själv, svarade han.

– Du har en bil som jag vill se på, sa Wallander. En mörkblå Opel som ägdes av advokaten Gustaf Torstensson.

– Jaså den, sa Niklasson och började gå. Jag har den här borta. Varför vill du se på den?

– För att en människa som satt i den dog när olyckan inträffade.

– Folk kör som fan, sa Niklasson. Det enda som förvånar mig är att det inte är fler som kör ihjäl sig. Här är den. Jag har fortfarande inte börjat hugga upp den. Den är som när den släpades hit.

Wallander nickade.

– Nu klarar jag mig själv, sa han.

– Det gör du säkert, svarade Niklasson. Jag har förresten alltid undrat över hur det känns att döda en människa.

Frågan kom överraskande.

– Det känns för jävligt, sa Wallander. Vad trodde du?

Niklasson ryckte på axlarna.

– Ingenting, sa han. Jag bara undrade.

När Wallander blivit lämnad ensam gick han långsamt runt bilen två gånger. Han förvånades över att den verkade vara nästan utan yttre skador. Trots allt hade den gått hårt över en stenmur intill åkern och sedan slagit runt minst två gånger. Han satte sig på huk och tittade in mot förarsätet. Genast fångades hans uppmärksamhet av bilnycklarna som låg på golvet intill gaspedalen. Med visst besvär lyckades han få upp dörren, tog upp knippan och prövade startnyckeln i tändningslåset. Sten Torstensson hade haft alldeles rätt. Varken nyckeln eller tändningslåset var skadade. Fundersamt gick han runt bilen ännu en gång. Sedan kröp han in i den och försökte upptäcka var Gustaf Torstensson hade slagit i nacken. Han letade noga utan att förstå hur det hade gått till. Trots att det fanns spridda fläckar i bilen som han förstod var intorkat blod kunde han inte hitta den punkt där smällen mot bakhuvudet måste ha inträffat.

Han kröp ur bilen igen med nyckelknippan i handen. Utan att han riktigt visste varför öppnade han bakluckan. Där låg några gamla tidningar och resterna av en trasig pinnstol. Han mindes stolsbenet som hade legat ute i åkern. Han drog ut en bit av en tidning och läste datum. Den var över ett halvt år gammal. Sedan stängde han bakluckan igen.

Då förstod han vad han hade sett utan att omedelbart reagera.

Han mindes tydligt vad som hade stått i Martinsons rapport. På en punkt hade han varit grundlig. Alla dörrar utom den vid förarplatsen hade varit låsta, likaså bagageluckan.

Han stod alldeles stilla.

En trasig stol ligger inlåst i en bagagelucka, tänkte han. Ett ben från stolen ligger ute i leran. En man sitter död inne i bilen.

Hans första reaktion var att han blev upprörd över den slarviga undersökningen och de slentrianmässiga slutsatserna. Sedan tänkte han att inte heller Sten Torstensson hade upptäckt stolsbenet och alltså inte reagerat på den låsta bagageluckan.

Han gick långsamt tillbaka mot sin bil.

Sten Torstensson hade alltså haft rätt. Hans far hade inte omkommit i någon vanlig bilolycka. Även om han inte kunde se vad det var så visste han nu att någonting hade hänt den där kvällen i dimman, på den ödsliga vägsträckningen. Ännu minst en människa måste ha funnits där. Men vem?

Niklasson steg ut från sin husvagn.

– Vill du ha kaffe? frågade han.

Wallander skakade på huvudet.

– Rör inte bilen, sa han. Vi behöver undersöka den igen.

– Var försiktig bara, sa Niklasson.

Wallander rynkade pannan.

– Varför det?

– Vad hette han? Sonen? Sten Torstensson? Han var här och tittade på bilen. Och nu är han också död. Det var bara det. Ingenting annat.

Niklasson ryckte på axlarna.

– Det var bara det, sa han. Ingenting annat.

Plötsligt slogs Wallander av en tanke.

– Har nån annan varit här och undersökt bilen? frågade han.

Niklasson skakade på huvudet.

– Ingen alls.

Wallander körde tillbaka mot Ystad. Han kände att han var trött. Ännu förmådde han inte göra en översikt av vad det var han egentligen hade upptäckt.

I grunden tvekade han dock inte. Sten Torstensson hade haft rätt. Bilolyckan hade bara varit en yta som dolt någonting helt annat.

Klockan var sju minuter över fyra när Björk stängde dörren till konferensrummet. Wallander kände genast att stämningen var glåmig och stillastående. Han kunde förutsäga att ingen av de närvarande polismännen skulle ha något att rapportera som på ett avgörande, kanske dramatiskt sätt skulle förändra hela mordutredningen. Det var ett ögonblick i polisarbetets vardag som alltid var bortklippt i filmerna, tänkte han hastigt. Ändå är det ur de här stumma ögonblicken, när alla är trötta, emellanåt också fientliga mot varandra, som det fortsatta arbetet växer fram. Vi måste tala om för varandra att vi ingenting vet för att tvinga oss vidare.

I samma ögonblick bestämde han sig. Om det var i ett fåfängt försök att tillförsäkra sig en ursäkt för att återvända och därmed begära sin tjänst tillbaka, kunde han senare aldrig helt reda ut inför sig själv. Men ur den där glåmiga stämningen tyckte han sig se en möjlighet att framträda igen, det var en bakgrund som dög för att visa att han trots allt fortfarande var polis, inte ett utbränt vrak som borde haft anständighet nog att dra sig tillbaka till en obemärkt tystnad.

Han avbröts i sina tankar av att Björk uppfordrande betraktade honom. Wallander gjorde en knappt synlig nekande rörelse med huvudet. Ännu hade han ingenting att säga.

– Vad har vi? sa Björk. Var står vi?

– Jag har knackat dörr, svarade Svedberg. Husen runt om, varenda trappuppgång. Men ingen har hört nånting ovanligt, ingen har sett nånting. Egendomligt nog har det heller inte kommit in ett enda tips från allmänheten. Hela utredningen verkar vara död.

Svedberg tystnade och Björk vände sig mot Martinson.

– Jag har gått igenom hans lägenhet på Regementsgatan, sa han. Jag tror aldrig i mitt liv jag tidigare varit så osäker på vad jag egentligen har letat efter. Det enda jag kan säga med säkerhet är att Sten Torstensson hade smak för fin konjak och att han var ägare till ett antal antikvariska böcker som jag gissar är mycket dyrbara. Sen har jag försökt pressa på teknikerna i Linköping om pistolkulorna. Men dom har bett att få återkomma i morgon.

Björk suckade och vände sig mot Ann-Britt Höglund.

– Jag har försökt ställa samman en bild av hans privata umgänge, sa hon. Av hans familj, vänner. Men inte heller där har nånting framkommit som omedelbart leder oss vidare. Hans umgänge var inte stort, han tycks ha levt nästan uteslutande för sitt arbete som advokat. Tidigare seglade han mycket om somrarna. Men det hade han slutat med, utan att jag riktigt kan svara på varför. Hans släkt är liten. Ett antal fastrar, några kusiner. Men han var nog mycket av en enstöring, tror jag man kan slå fast.

Wallander betraktade henne i smyg medan hon talade. Han tänkte att det fanns något eftertänksamt och redigt hos henne, kanske på gränsen till fantasilöshet. Men han bestämde sig för att vara försiktig i sin bedömning. Ännu kände han inte henne själv, bara hennes rykte som en sällsynt löftesrik polis.

Den nya tiden, tänkte han. Kanke är hon den nya tidens polis, den som jag så ofta undrat över hur den kommer att se ut?

– Vi står med andra ord stilla, sa Björk i ett tafatt försök att sammanfatta. Vi vet att Sten Torstensson har blivit skjuten, vi vet var och vi vet när. Men inte varför och inte av vem. Tyvärr måste vi väl bara acceptera att det här kommer att bli en besvärlig utredning. Tidskrävande och tung.

Ingen hade någonting att invända. Genom fönstret kunde Wallander se att det hade börjat regna igen.

Han insåg att hans stund hade kommit.

– Om vad som hände med Sten Torstensson har jag ingenting att tillägga, sa han. Där vet vi bara det lilla vi vet. Jag tror att vi måste börja i en helt annan ände. Med det som hände hans far.

En koncentrerad uppmärksamhet uppstod omedelbart kring bordet.

– Gustaf Torstensson omkom inte i en bilolycka, fortsatte han. Han blev mördad, liksom sin son. Vi måste utgå från att det hänger ihop. Nåt annat vore orimligt.

Han såg på sina kollegor som orörliga iakttog honom.

Plötsligt var Karibiens övärld och Skagens oändliga stränder långt borta. Han insåg att han på allvar hade spräckt sitt skal och återvänt till det liv han länge trodde sig ha lämnat för gott.

– Egentligen har jag just nu bara en sak till att säga, fortsatte han tankfullt. Jag kan bevisa att han blev mördad.

Det blev stilla kring bordet. Till sist var det Martinson som bröt tystnaden.

– Av vem?

– Av nån som begick ett besynnerligt misstag.

Wallander reste sig.

En kort stund därefter var de på väg i tre bilar mot den ödsliga vägsträckan i närheten av Brösarps Backar.

När de kom fram hade det redan börjat skymma.

4

Sent på eftermiddagen den 1 november upplevde den skånske lantbrukaren Olof Jönsson ett sällsamt ögonblick. Han hade varit ute i sina marker och i huvudet planerat för den kommande vårsådden när han plötsligt på andra sidan vägen fått syn på ett antal människor ute i leran, stående i en halvcirkel, som om de hade varit samlade kring en grav. Eftersom han alltid bar på en kikare när han inspekterade sina åkrar – det hände att skygga rådjur strövade i utkanterna av de små skogsdungar som omgav dem, hade han kunnat betrakta besökarna på nära håll. I kikaren tyckte han sig plötsligt känna igen en av dem. Det var något bekant med hans ansikte, utan att han kunde komma på vem det var. Samtidigt slog det honom att de fyra männen och den ensamma kvinnan befann sig på just den plats där en gammal man några veckor tidigare hade kört ihjäl sig. Som för att inte visa sig närgången tog han hastigt ner sin kikare. Förmodligen var det anhöriga till den döde som velat visa sin respekt genom att besöka det ställe där mannen hade omkommit. Han gick därifrån och vände sig inte om.

När de kom fram till olycksplatsen hade Wallander under ett kort ögonblick tänkt att han hade inbillat sig det hela. Det kanske inte alls var något stolsben han hittat där ute i leran och slängt undan. Medan han stegade ut i åkern stod hans kollegor kvar på vägen och väntade. Han kunde höra deras röster bakom sin rygg men inte vad de sa.

Sviktande omdöme, tänkte han medan han letade efter stolsbenet. De undrar om jag trots allt är lämplig att återfå min tjänst.

I samma ögonblick låg stolsbenet framför hans fötter. Han betraktade det hastigt och nu var han säker på att han inte hade misstagit sig. Han vände sig om och vinkade till sig de andra. Efter ett kort ögonblick stod de samlade runt stolsbenet som låg fastkilat i leran.

– Det kan stämma, sa Martinson tveksamt. Jag minns den trasiga stolen i bakluckan. Det här kan vara en bit av den.

– Ändå verkar det hela ytterst egendomligt, sa Björk. Jag vill att du upprepar din tankegång, Kurt.

– Den är mycket enkel, svarade Wallander. Jag läste rapporten som Martinson hade upprättat. Där stod att bakluckan varit låst. Det finns ingenting som tyder på att luckan flugit upp och sen gått i lås av sig själv igen. Då borde det ha funnits åtminstone några yttre tecken på att bilens bakände slagit emot marken. Men det gör det inte.

– Har du varit och sett på bilen? frågade Martinson häpet.

– Jag försöker bara komma ikapp er andra, svarade Wallander och märkte att han försökte urskulda sig, som om han genom besöket hos Niklasson hade uttryckt misstroende mot Martinsons sätt att sköta en enkel utredning av en bilolycka. Vilket också var sant, men saknade betydelse just nu.

– Jag bara menar, fortsatte Wallander, att en man som sitter ensam i en bil och snurrar ett par varv ute på en åker, inte sen stiger ur bilen, öppnar bakluckan, tar ut en del av en trasig stol, stänger luckan igen, går tillbaka in i bilen, sätter på sig säkerhetsbältet och sen plötsligt avlider av ett hårt slag mot bakhuvudet.

Ingen sa någonting. Wallander hade upplevt ögonblicket många gånger tidigare. En täckelse som faller och avslöjar något ingen har förväntat sig att se.

Svedberg drog fram en plastpåse ur rockfickan och stoppade försiktigt ner stolsbenet.

– Jag hittade det ungefär fem meter härifrån, sa Wallander och pekade. Jag tog upp det och kastade det sen ifrån mig.

– Egendomligt sätt att behandla bevisföremål på, sa Björk.

– Jag visste faktiskt inte då att det hade med Gustaf Torstenssons död att göra, försvarade sig Wallander. Jag vet inte heller vad stolsbenet bevisar i sig självt.

– Om jag förstår dig rätt, sa Björk och förbigick Wallanders kommentar, så måste det här betyda att nån annan varit närvarande när Gustaf Torstenssons olycka inträffade. Men

61

det betyder faktiskt inte att han blev dödad. Det kan ha varit nån som upptäckt olyckan och velat se om det fanns nåt att stjäla i bakluckan. Att personen ifråga sen inte kontaktade oss eller råkade slänga ut ett av den trasiga stolens ben kanske heller inte är så underligt. Likplundrare brukar ganska sällan ge sig till känna.

– Det är naturligtvis riktigt, sa Wallander.

– Men ändå sa du att du kunde bevisa att han hade blivit mördad, fortsatte Björk.

– Det var överilat, svarade Wallander. Jag bara menar att det här delvis förändrar situationen.

De gick tillbaka till vägen och bilarna igen.

– Vi får undersöka bilen på nytt, sa Martinson. Kriminalteknikerna kommer att bli förvånade över att vi skickar dom en trasig pinnstol. Men det kan inte hjälpas.

Björk visade uppenbara tecken på att omgående vilja avbryta sammanträdet på vägen. Regnet hade återvänt och vindbyarna var kraftiga.

– I morgon får vi bestämma hur vi går vidare, sa han. Vi måste pröva dom olika spår vi har, de är tyvärr inte så många. Jag tror inte vi kommer längre just nu.

De gick till sina bilar. Ann-Britt Höglund dröjde sig kvar.

– Kan jag åka med dig? frågade hon. Jag bor inne i Ystad. Martinson har barnstolar överallt och Björks bil är full med fiskeredskap.

Wallander nickade. De var de sista som lämnade platsen. Länge satt de sedan tysta. Wallander tyckte det kändes ovant att ha någon nära inpå sig. Han tänkte att han egentligen inte hade talat ordentligt med någon annan än sin dotter sedan den sommardag för snart två år sedan när han försvann in i sin långa tystnad.

Till slut var det hon som började tala.

– Jag tror du har rätt, sa hon. Naturligtvis måste det finnas ett samband mellan pappans och sonens död.

– Det måste i alla fall undersökas, svarade Wallander.

De skymtade havet till vänster. Vågorna bröt hårt mot varandra och skummet yrde.

– Varför blir man polis? frågade Wallander.

– Varför andra blir det kan jag inte svara på, sa hon. Men jag vet varför jag har blivit det. Från Polishögskolan minns jag att nästan ingen hade samma drömmar som nån annan.

– Har poliser drömmar? frågade Wallander förvånat.

Hon såg på honom.

– Det har alla människor, sa hon. Även poliser. Har inte du det?

Wallander visste inte vad han skulle svara. Men han insåg att hennes motfråga naturligtvis var riktig. Var är mina drömmar? tänkte han. När man är ung har man drömmar som antingen bleknar bort eller förvandlar sig till en vilja som man sedan följer. Vad har jag egentligen kvar av allt jag en gång tänkte?

– Jag blev polis eftersom jag valde att inte bli präst, sa hon plötsligt. Jag trodde på Gud länge. Mina föräldrar tillhör Pingstkyrkan. Men en dag var allting bara borta, en morgon när jag vaknade. Länge visste jag inte alls vad jag ville göra. Men sen hände nånting som gjorde att jag nästan genast bestämde mig för att bli polis.

Han kastade en blick på henne.

– Berätta, sa han. Jag behöver få veta varför människor fortfarande vill bli poliser.

– En annan gång, svarade hon undvikande. Inte nu.

De närmade sig Ystad. Hon förklarade var hon bodde, vid stadens västra infart, i en av de nybyggda ljusa tegelvillorna som låg med utsikt över havet.

– Jag vet inte ens om du har familj, frågade Wallander när de svängde in på villavägen som fortfarande bara var halvfärdig.

– Jag har två barn, sa hon. Min man är resemontör. Han installerar och lagar pumpar över hela världen och är nästan aldrig hemma. Men han har tjänat ihop till huset.

– Det låter som ett spännande yrke, sa Wallander.

– Jag ska bjuda hem dig en kväll när han är här, sa hon. Då kan han få berätta själv hur det är.

Han stannade utanför hennes hus.

– Jag tror att alla är glada för att du har kommit tillbaka, sa hon till avsked.

63

Wallander fick genast en känsla av att det inte var sant, snarare ett försök att uppmuntra honom, men han nickade och mumlade ett tack.

Sedan for han råka vägen hem till Mariagatan, slängde av sig den våta jackan över en stol och la sig på sängen utan att ens ta av sig de smutsiga skorna. Han somnade och drömde att han låg och sov bland sanddynerna på Skagen.

När han vaknade en timme senare visste han först inte var han var. Sedan tog han av sig skorna och gick ut i köket och kokade kaffe. Genom köksfönstret kunde han se hur gatlampan svajade i de kraftiga vindbyarna.

Snart vinter igen, tänkte han. Snö och kaos och stormar. Och jag är polis igen. Livet kastar och kränger. Vad styr man egentligen över själv?

Länge satt han och stirrade på kaffekoppen. Först när den hade kallnat gick han till en av kökslådorna och letade fram ett kollegieblock och en penna.

Nu måste jag bli polis igen, tänkte han. Jag har betalt för att åstadkomma konstruktiva tankar, utreda och kartlägga brottsliga handlingar, inte för att grubbla över mitt privata elände.

Klockan hade redan passerat midnatt när han la ifrån sig pennan och sträckte på ryggen.

Sedan lutade han sig åter över den sammanfattning han hade skrivit ner i blocket. Runt hans fötter på golvet låg många sammanknycklade papper.

Jag hittar inget mönster, tänkte han. Det finns inga synliga samband mellan bilolyckan som inte var någon bilolycka och det faktum att Sten Torstensson några veckor senare blir ihjälskjuten på sitt kontor. Det behöver inte ens vara så att Sten Torstenssons död är en följd av det som hände hans far. Det kan också vara tvärtom.

Han hade påmint sig några ord som Rydberg sagt sista året han levde, när de befann sig innestängda i en svårlöst utredning av ett antal mordbränder. »Orsaken kan ibland komma efter verkan«, hade han sagt. »Som polis måste du alltid vara beredd att tänka tvärtom.«

Han reste sig och gick in i vardagsrummet och la sig på soffan. En gammal man sitter död i sin bil på en åker en morgon i oktober, tänkte han. Han har varit på väg hem från ett möte · med en av sina klienter. Efter en rutinutredning avskrivs fallet som en bilolycka. Men den dödes son börjar omedelbart misstro olycksteorin. De två avgörande skälen är att fadern aldrig skulle köra fort när det var dimma och att han den sista tiden före olyckan varit orolig eller upprörd, dock utan att vilja visa det.

Plötsligt satte Wallander sig upp i soffan. Instinktivt hade han känt att han nu ändå var ett mönster på spåren, rättare sagt, ett icke-mönster, ett förfalskat mönster, utlagt för att det verkliga skeendet inte skulle avslöjas.

Han fortsatte sin tankegång. Sten Torstensson hade aldrig helt kunnat bevisa att det inte varit en vanlig olycka. Han hade aldrig sett stolsbenet ute i åkern, han hade aldrig reflekterat över att en trasig stol hade legat i hans fars bil. Just för att han inte kunde hitta något avgörande bevis hade han vänt sig till Wallander. Han hade gjort sig besväret att leta reda på hans vistelseort och åka dit.

Samtidigt hade han lagt ut ett villospår. Ett vykort från Finland. Fem dagar senare blir han skjuten på sitt kontor. Ingen behöver betvivla att det var mord.

Wallander märkte att han hade tappat tanketråden. Det han tyckte sig ha anat, ett mönster utlagt över ett annat, förlorade sig i ett ingenmansland.

Han var trött. Längre än så här skulle han inte komma i natt. Han visste också av erfarenhet att aningarna skulle återkomma om de hade någon betydelse.

Han gick ut i köket, diskade kaffekoppen och plockade bort de kasserade anteckningarna som låg strödda på golvet.

Jag måste börja från början, tänkte han. Men var är egentligen början? Gustaf eller Sten Torstensson?

Han gick och la sig men hade svårt att somna trots att han var mycket trött. Han undrade vagt vad det var som hade inträffat och gjort att Ann-Britt Höglund hade bestämt sig för att utbilda sig till polis.

Sista gången han såg på klockan var den halv tre.

Han vaknade strax efter sex, outsövd och trött, men steg genast ur sängen med en oklar känsla av att ha försovit sig. Några minuter i halv åtta steg han in genom dörrarna till polishuset och till sin glädje upptäckte han att Ebba satt på sin vanliga plats i receptionen. När hon fick syn på honom reste hon sig och gick honom till mötes. Han såg att hon var rörd och fick själv genast en klump i halsen.

– Jag trodde inte det var sant, sa hon. Har du verkligen kommit tillbaka?

– Det ser inte bättre ut, svarade Wallander.

– Jag tror jag börjar gråta, sa hon.

– Gör inte det, sa Wallander. Vi får prata sen.

Han lämnade henne så fort han kunde och skyndade genom korridoren. När han hade kommit in i sitt rum märkte han att det var grundligt genomstädat. Där låg också en lapp på bordet om att han skulle ringa till sin far. Av den svårlästa handstilen att döma var det Svedberg som hade mottagit samtalet kvällen innan. Ett kort ögonblick satt han med handen på telefonluren innan han bestämde sig för att vänta. Han tog fram den sammanfattning han åstadkommit under natten och läste igenom det han hade skrivit. Aningen han haft om att det trots allt var möjligt att redan nu urskilja ett vagt men otvetydigt mönster bland händelserna ville inte infinna sig igen. Han sköt pappren ifrån sig. Det är för tidigt, tänkte han. Jag återvänder efter ett och ett halvt år ute i kylan och har mindre tålamod än någonsin. Irriterat drog han till sig sitt kollegieblock igen och bläddrade fram en tom sida.

Han insåg att de måste börja från början igen. Eftersom ingen med säkerhet kunde säga var början fanns måste de organisera sin spaning brett och förutsättningslöst. Under en halvtimme var han sysselsatt med att skissera en uppläggning av arbetet. Men han tänkte hela tiden att det borde vara Martinson som ledde spaningsarbetet. Han hade återgått i tjänst men ville inte genast vara den som övertog allt ansvar.

Telefonen ringde. Han tvekade innan han lyfte luren.

– Jag hör stora nyheter, sa Per Åkeson. Jag måste säga att det gläder mig mycket. Per Åkeson var den av stadsåklagarna som Wallander haft den bästa kontakten med genom åren.

De hade många gånger haft hetsiga meningsutbyten om hur ett utredningsmaterial skulle tolkas. Wallander hade ibland varit upprörd över att Per Åkeson vägrat godkänna ett underlag som tillräckligt för ett gripande. Men i botten hade det ändå alltid funnits en gemensam syn på arbetet.

Båda tyckte lika illa om när slarv kom att prägla en pågående brottsutredning.

– Jag måste erkänna att det känns ovant, svarade Wallander.

– Det har gått ihärdiga rykten om att du skulle sjukpensioneras, sa Per Åkeson. Nån borde säga åt Björk att stävja den här tendensen till ryktesspridning inom kåren.

– Det var inga rykten, svarade Wallander. Jag hade bestämt mig för att sluta.

– Kan man få fråga varför du ändrade dig?

– Nånting hände, svarade Wallander undvikande.

Han kunde höra hur Per Åkeson väntade på en fortsättning. Men han sa ingenting mer.

– Jag är glad att du är tillbaka, sa Per Åkeson när Wallander hade varit tyst länge nog. Jag är dessutom säker på att jag även talar å mina kollegors vägnar.

Wallander började känna sig illa berörd av all den vänlighet som strömmade emot honom, men som han hade så svårt att tro på.

Blomsterängar och träsk, tänkte han. Livet igenom lever man med ett ben i vardera.

– Jag antar att du kommer att ta över utredningen av advokat Torstenssons död, sa Per Åkeson. Vi kanske skulle träffas under dagen och bestämma våra positioner.

– Inte ta över, svarade Wallander. Jag kommer att delta, det har jag begärt. Men jag förutsätter att nån av dom andra kommer att leda spaningarna.

– Det lägger jag mig inte i, sa Per Åkeson. Jag är bara glad över att du är tillbaka. Har du hunnit sätta dig in i det hela?

– Inte nåt vidare.

– Av det jag fått veta hittills har det tydligen inte framkommit nånting avgörande.

– Björk tror att utredningen blir långvarig.

67

– Vad tror du själv?

Wallander tänkte sig hastigt för innan han svarade.

– Än så länge ingenting.

– Vi lever i en tid när osäkerheten blir märkbarare, sa Per Åkeson. Olika hot, ibland som anonyma brev, ökar. Myndigheter som tidigare hade dörrarna öppna sluter till sina kontor som bunkrar. Jag tror det är ofrånkomligt att ni måste leta grundligt bland hans klienter. Som en tänkbar uppslagsända. Nån kan vara mer missnöjd än vad man tror.

– Vi har redan börjat, svarade Wallander.

De bestämde att träffas på åklagarmyndigheten under eftermiddagen och avslutade sedan samtalet. Han tvingade sig att återvända till den spaningsplan han hade börjat skissera. Men koncentrationen sviktade. Han la irriterat ifrån sig pennan och gick och hämtade en kopp kaffe. Han skyndade tillbaka till sitt kontor eftersom han helst inte ville träffa någon. Klockan hade blivit kvart över åtta. Han drack sitt kaffe och undrade hur länge det skulle dröja innan hans skygghet för människor hade försvunnit. När klockan blivit halv nio reste han sig, samlade ihop sina papper och gick till konferensrummet. På vägen dit slog det honom att ovanligt lite hade blivit uträttat under de fem eller sex dagar som trots allt redan hade gått sedan Sten Torstensson hade blivit funnen mördad. En mordutredning påminde aldrig om en annan. Men det brukade alltid uppstå en intensiv brådska bland de spanare som var inblandade.

Något hade förändrats under hans bortavaro, tänkte han. Men vad?

Tjugo minuter i nio var de samlade och Björk lät handflatorna falla mot bordsskivan som tecken på att spaningsgruppen skulle börja sitt arbete. Han vände sig direkt till Wallander.

– Kurt, sa han. Du som har kommit rakt in i det här och ser med klara ögon. Hur går vi vidare?

– Det är väl knappast jag som ska avgöra det, svarade Wallander. Jag har inte hunnit sätta mig in i fallet ännu.

– Å andra sidan är du den ende som kommit fram med nåt användbart, invände Martinson. Känner jag dig rätt satt du

68

säkert i går kväll och skisserade på en spaningsuppläggning. Eller hur?

Wallander nickade. Plötsligt insåg han också att han egentligen inte hade någonting emot att överta ansvaret.

– Jag har försökt göra en sammanfattning, började han. Men först vill jag berätta nåt som inträffade för en dryg vecka sen, när jag befann mig i Danmark. Jag skulle ha gjort det redan under gårdagen. Men för mig var det en minst sagt hektisk dag.

Wallander berättade sedan om Sten Torstenssons besök på Skagen inför sina förundrade kollegor. Han ansträngde sig för att inte förbise eller utelämna några detaljer.

Efteråt var det mycket stilla. Till slut var det Björk som grep ordet utan att försöka dölja att han var irriterad.

– Högst egendomligt, sa han. Jag förstår inte hur det kommer sig att du Kurt alltid hamnar i situationer som går utanför våra ordinarie rutiner.

– Jag hänvisade honom till er, försvarade sig Wallander och märkte att han höll på att bli arg.

– Det är ingenting vi ska hetsa upp oss över nu, fortsatte Björk oberört. Men nog är det en smula egendomligt, det måste du hålla med om. Rent faktiskt understryker det naturligtvis att vi måste bryta upp utredningen om Gustaf Torstenssons bilolycka.

– Jag anser det både naturligt och nödvändigt att vi går fram på två fronter, sa Wallander. Förutsättningen är trots allt att det är två personer som blivit mördade, inte bara en. Dessutom är det en far och hans son. Vi måste tänka två tankar samtidigt. Det kan finnas en lösning som döljer sig i deras privata liv. Men det kan också vara något i deras yrke, som advokater med en gemensam byrå. Att Sten Torstensson sökte upp mig och talade om faderns upprördhet kan tydas som att nyckeln finns hos Gustaf Torstensson. Men alldeles säkert är det inte, bland annat eftersom han sände ett vykort till fru Dunér från Finland, trots att han befann sig i Danmark.

– Det säger oss en sak till, insköt Ann-Britt Höglund plötsligt.

Wallander nickade.

– Att Sten Torstensson räknade med att det fanns ett hot även i hans egen bakgrund, sa han. Är det så du menar?

– Ja, sa Ann-Britt Höglund. Varför skulle han annars ha lagt ut ett villospår?

Martinson lyfte ena handen som tecken på att han ville säga något.

– Enklast är väl att vi delar på oss, sa han. Några koncentrerar sig på pappan, andra på sonen. Sen får vi se om vi hittar nåt som pekar åt två håll samtidigt.

– Just min tanke, sa Wallander. Samtidigt kommer jag inte ifrån känslan av att det är nånting som är egendomligt med allt det här. Nånting som vi borde upptäcka redan nu.

– Alla mordfall är väl egendomliga, invände Svedberg.

– Det är nånting annat, sa Wallander. Jag har svårt att uttrycka mig tydligare än så.

Björk manade till en sammanfattning.

– Eftersom jag har börjat gräva i vad som hände med Gustaf Torstensson kan jag lika gärna fortsätta med det, sa Wallander. Om ingen har nåt att invända?

– Då tar vi andra oss an Sten Torstensson, sa Martinson. Jag antar att du som vanligt helst arbetar på egen hand så här till en början?

– Inte nödvändigtvis, sa Wallander. Men om jag har förstått saken rätt finns det betydligt fler komplikationer när det gäller Sten Torstensson. Hans far hade färre klienter. Hans liv förefaller genomskinligare.

– Så gör vi, sa Björk och slog igen sin almanacka med en smäll. Vi stämmer av som vanligt klockan fyra varje dag. I övrigt vill jag ha hjälp med en presskonferens senare i dag.

– Inte jag, sa Wallander. Det orkar jag inte.

– Själv hade jag tänkt på Ann-Britt, sa Björk. Det skadar inte att folk får veta att hon finns här bland oss.

– Jag gör det gärna, svarade hon till de övrigas förvåning. Jag behöver lära mig.

Efter mötet bad Wallander Martinson att stanna kvar. När de blivit ensamma stängde han dörren.

– Vi behöver pratas vid, sa Wallander. Det känns som om jag klampar rakt in här och tar kommandot, när jag egentligen borde ha skrivit under min avskedsansökan.

– Vi är naturligtvis förvånade, svarade Martinson. Det måste du förstå. Osäkerheten är inte bara din.

– Jag är rädd för att börja trampa på andras tår, sa Wallander.

Martinson brast i skratt. Sedan snöt han sig.

– Den svenska poliskåren består av ömma tår och bakfötter, sa han sedan. Ju mer polisen förvandlas till ämbetsmän, desto starkare verkar karriärnerven. Samtidigt innebär byråkratiseringen som ökar dag för dag att missförstånd och oklarheter uppstår. Därav bakfötterna. Ibland tror jag att jag kan förstå Björks oro inför utvecklingen. Vart tar det enkla och grundläggande polisarbetet vägen?

– Poliskåren har alltid speglat sin omgivning, sa Wallander. Men jag förstår vad du menar. Redan Rydberg sa samma sak. Vad kommer Ann-Britt Höglund att säga?

– Hon är duktig, sa Martinson. Både Hanson och Svedberg är rädda för henne. För hennes skicklighet. Jag tror åtminstone Hanson är orolig för att hamna på efterkälken. Det är därför han numera tillbringar sin mesta tid på olika fortbildningar.

– Den nya tidens polis, sa Wallander och reste sig. Det är hon.

I dörren blev han stående.

– Du sa nånting igår som hängde sig fast, sa Wallander. Nånting om Sten Torstensson. Jag fick en känsla av att det var viktigare än det lät.

– Jag läste innantill från mitt block, svarade Martinson. Du kan få en kopia.

– Risken är stor att jag inbillar mig saker, sa Wallander.

När han hade kommit in i sitt rum och stängt dörren märkte han att han upplevde någonting som han nästan hade glömt vad det var. Det var som om han hade återupptäckt att han hade en vilja. Allt hade tydligen inte gått förlorat under den tid som varit.

Han blev sittande vid skrivbordet och tyckte sig nu kunna se sig själv på avstånd, den vacklande mannen på den västindiska ön, den hopplösa resan till Thailand, de många dagar och nätter när allt utom de mekaniska kroppsfunktionerna tycktes ha upphört. Han såg sig själv och insåg att det var en människa han nu inte längre kände. Han hade varit någon annan.

Han rös vid tanken på vilka katastrofala följder en del av hans handlingar kunde ha fått. Han tänkte länge på sin dotter Linda. Först när Martinson knackade på dörren och lämnade in en kopia av sina anteckningar från dagen innan, slog han bort minnesbilderna. Han tänkte att varje människa inom sig har ett hemligt rum där minnen och håkomster ligger samlade. Nu slog han för en regel och satte dit ett kraftigt hänglås. Efteråt gick han ut på en av toaletterna och spolade ner de antidepressiva tabletter han hade i en burk i byxfickan.

Sedan återvände han till sitt rum och började arbeta. Klockan hade blivit tio. Han läste grundligt igenom Martinsons anteckningar utan att förstå varför han hade fäst sig vid dem.

Det är för tidigt, tänkte han igen. Rydberg skulle ha manat mig till tålamod. Nu måste jag komma ihåg att påminna mig själv.

Han funderade ett kort ögonblick var han skulle börja. Sedan letade han reda på Gustaf Torstenssons hemadress i utredningen om bilolyckan.

Timmermansgatan 12.

Det var ett av Ystads äldsta och mest burgna villakvarter, bortom regementsområdet, i höjd med Sandskogen. Han ringde till advokatkontoret och talade med Sonja Lundin. Hon kunde berätta att nycklarna till villan fanns på kontoret. Han lämnade polishuset och såg att de tunga regnmolnen hade skingrats. Luften var klar och han märkte att han andades in de första kyliga stråken av en vinter som långsamt var på väg. När han stannade bilen utanför det gula stenhuset kom Sonja Lundin ut ur porten och gav honom nycklarna.

Två gånger körde han fel innan han hittade till den riktiga adressen. Den stora brunmålade trävillan låg dold djupt inne i en trädgård. Han sköt upp den gnisslande grinden och började gå längs den grusade uppfarten. Det var stilla och staden tycktes honom långt borta. En värld i en värld, tänkte han, medan han såg sig om. Torstenssons Advokatbyrå måste ha varit en mycket lönsam inrättning. Dyrare hus än det här lär knappast finnas att få i Ystad. Trädgården var välansad men egendomligt livlös. Spridda lövträd, stubbade buskage, fantasilöst sammanförda blomsterbäddar. Han föreställde sig att en äldre advokat kanske hade behov av att omge sig med raka linjer, inordnade i ett konventionellt trädgårdsmönster, utan överraskningar eller improvisationer. Han påminde sig vagt att han någon gång hade hört att advokaten Gustaf Torstensson var en man som hade utvecklat processförfarandet i en rättssal till tråkighetens Höga Visa. Han hade av illvilliga vedersakare påståtts kunna få en klient frikänd genom att åklagarna gav upp i ren desperation över den malande, temperamentslösa motståndaren. Han bestämde sig för att intervjua Per Åkeson om hans erfarenheter av Gustaf Torstensson. De måste ha stött på varandra många gånger genom åren.

Han gick uppför trappan till ytterporten och letade fram rätt nyckel och låste upp. Det var ett avancerat sjutillhållarlås av en modell han aldrig tidigare hade sett. Han kom in i en stor hall där en bred trappa i fonden ledde upp mot övervåningen. Tunga gardiner var fördragna för fönstren. När han drog en åt sidan upptäckte han att fönstret var gallerförsett. En ensam äldre man med ålderdomens ofrånkomliga rädsla, frågade han sig. Eller är det någonting han har här inne som han skyddar, frånsett sig själv? Är rädslan någonting som har sin grund utanför de här väggarna? Han gick runt i det stora huset, först nedervåningen med sitt bibliotek och ruvande släktporträtt och det stora kombinerade vardagsrummet och matsalen. Allt från tapeter till möbler var hållet i mörka färger, det ingav honom en känsla av tungsinne och tystnad, ingenstans upptäckte han en fläck av ljust tyg, av lätthet som kunde locka till ett leende.

Han fortsatte trappan upp till övervåningen. Gästrum med välbäddade sängar, övergivna som på ett vinterstängt hotell. Förvånad upptäckte han att även dörren till Gustaf Torstenssons sovrum hade en gallergrind på insidan. Han gick tillbaka nerför trappan, huset berörde honom illa. Han satte sig vid köksbordet och lutade hakan i handen. En köksklockas tickande var det enda som kunde höras.

Gustaf Torstensson hade varit 69 år när han dog. De senaste 15 åren hade han levat ensam sedan hans hustru hade dött. Sten Torstensson hade varit deras enda barn. Att döma av en kopierad oljemålning i biblioteket hade familjen i sina anor släktskap med härföraren Lennart Torstensson som gjort sig tvivelaktigt bemärkt under trettioåriga kriget. Wallander mindes vagt från sin skoltid att mannen varit exempellöst brutal mot bondebefolkningen i de områden där hans armé trampat fram.

Wallander reste sig och gick nerför källartrappan. Även här rådde en pedantisk ordning. Längst in i källarvåningen, bortanför pannrummet, upptäckte Wallander en ståldörr som var låst. Han prövade nycklarna på knippan tills han hittade rätt. Rummet innanför saknade fönster och Wallander trevade med fingrarna tills han hittade strömbrytaren.

Rummet var överraskande stort. Längs väggarna stod rader med hyllor, fyllda av östeuropeiska ikoner. Utan att röra vid dem började Wallander gå runt och betrakta dem på nära håll. Han var ingen kännare, hade aldrig hyst något egentligt intresse för antikviteter, men gissade att ikonsamlingen var mycket värdefull. Det skulle i så fall förklara gallren och låsen, utom möjligen grinden innanför sovrumsdörren. Wallanders känsla av obehag ökade. Han tyckte sig se in i en rik gammal mans innersta landskap, någon som hade övergivits av livet, låtit sig inspärras i ett hus, vaktad av girigheten som manifesterat sig i ett oräkneligt antal madonnagestalter.

Plötsligt hajade han till. Från övervåningen hördes ljudet av fotsteg, därefter en hund som skällde till. Han gick hastigt ut ur rummet, fortsatte uppför källartrappan och steg ut i köket.

Förvånat stirrade han på den uniformsklädda kollegan Peters som hade dragit sitt tjänstevapen och riktat det mot honom. Bakom honom stod en man från ett vaktbolag och drog i kopplet till en morrande hund.

Peters lät handen med vapnet falla. Wallander kände att hjärtat slog hårt i bröstet på honom. Åsynen av vapnet hade på ett ögonblick rivit upp de minnen han så länge hade försökt göra sig av med.

Sedan blev han rasande.

– Vad fan är det som pågår? röt han.

– Det gick ett larm hos vaktbolaget som varslade polisen, svarade Peters oroligt. Vi ryckte ut. Inte visste jag att det var du som var här.

I samma ögonblick kom Peters kollega Norén in i köket. Också han hade en pistol i handen.

– Här pågår en utredning, sa Wallander och märkte att ilskan rann av honom igen, lika hastigt som den hade kommit. Advokat Torstensson som körde ihjäl sig bodde i huset.

– Om larmet går så rycker vi ut, sa mannen från vaktbolaget bestämt.

– Slå av det, sa Wallander. Om ett par timmar kan ni sätta på det igen. Men vi undersöker det här tillsammans först. Vi kommer att gå igenom huset grundligt.

– Det här är kommissarie Wallander, sa Peters förklarande. Honom känner du väl igen?

Vakten var mycket ung. Han nickade. Men Wallander insåg att han inte hade känt igen honom.

– Ta ut hunden, sa Wallander. Ni behövs inte längre.

Vakten gick med den morrande schäfern. Wallander tog i hand och hälsade på Peters och Norén.

– Jag hörde att du hade kommit tillbaka, sa Norén. Jag får önska välkommen.

– Tack, sa Wallander.

– Det har inte varit sig likt medan du gått sjukskriven, sa Peters.

– Nu är jag i alla fall här, sa Wallander och försökte styra över samtalet på den pågående utredningen.

– Informationen är inte den bästa, sa Norén. Vi hade fått veta att du skulle pensioneras. Och då räknar man ju inte med att du ska dyka upp när larmet går i ett hus.

– Livet är fullt av överraskningar, svarade Wallander.

– Du ska vara välkommen tillbaka, sa Peters och sträckte fram handen.

För första gången fick Wallander känslan av att den vänlighet som mötte honom faktiskt var alldeles äkta. Hos Peters fanns inget tillgjort, hans ord var enkla och övertygande.

– Det har varit en svår tid, sa Wallander. Men det är över nu. Jag tror i alla fall att det är så.

Han lämnade villan och vinkade åt Peters och Norén när de försvann i polisbilen. Han strövade omkring en stund i trädgården och försökte reda ut sina tankar. Hans personliga känslor flätades samman med tankarna på vad som hade hänt med de två advokaterna. Till slut bestämde han sig för att redan nu göra ett återbesök hos fru Dunér. Nu tyckte han sig ha några frågor till henne som han behövde få svar på.

Klockan var strax före tolv när han ringde på hennes dörr igen och blev insläppt. Den här gången tackade han ja till en kopp te.

– Jag beklagar att jag kommer och stör redan nu, började han. Men jag behöver hjälp med att bilda mig en uppfattning om fadern och sonen. Vem var Gustaf Torstensson? Vem var Sten Torstensson? Ni arbetade i trettio år tillsammans med den äldre av dom.

– Och nitton år med Sten Torstensson, sköt hon in.

– Det är en lång tid, fortsatte Wallander. Man lär känna människor då. Låt oss börja med att tala om Gustaf Torstensson. Beskriv honom för mig.

Hennes svar överraskade honom.

– Det kan jag inte, sa hon.

– Varför inte?

– Jag kände honom inte.

Hennes svar lät alldeles äkta. Wallander bestämde sig för att gå långsamt fram, ta sig den tid han i otålighetens namn inte tyckte sig ha tillgång till.

– Jag hoppas fru Dunér förstår att jag tycker svaret är egendomligt, sa Wallander. Att ni inte skulle känna en man som ni har arbetat med under trettio år.

– Inte med honom, svarade hon. För honom. Det är en stor skillnad.

Wallander nickade.

– Även om ni inte kände Gustaf Torstensson så måste ni veta mycket om honom, fortsatte han. Och det måste ni berätta. Annars kommer vi aldrig att kunna lösa mordet på hans son.

Hon fortsatte att överraska honom.

– Kommissarien är inte uppriktig mot mig, sa hon. Vad var det egentligen som hände när han körde ihjäl sig?

Wallander bestämde sig hastigt för att säga precis som det var.

– Det vet vi inte än, svarade han. Men vi misstänker att det hände nånting där ute på vägen i samband med olyckan. Nåt som kanske orsakade den, eller nåt som hände efteråt.

– Han hade kört den vägen många gånger, sa hon. Han kände den utan och innan. Och han körde aldrig fort.

– Om jag har förstått saken rätt så hade han besökt en av sina klienter, sa Wallander.

– Mannen på Farnholm, svarade hon.

Wallander väntade på en fortsättning som aldrig kom.

– Mannen på Farnholm? frågade han.

– Alfred Harderberg, sa hon. Mannen på Farnholms slott.

Wallander visste att Farnholms slott låg i ett undanskymt område på Linderödsåsens sydsida. Han hade många gånger kört förbi avtagsvägen till slottet men aldrig besökt det.

– Han var advokatbyråns största enskilda kund, fortsatte fru Dunér. De senaste åren var han också Gustaf Torstenssons enda klient.

Wallander skrev upp namnet på en papperslapp han hittade i fickan.

– Jag har aldrig hört namnet, sa han. Är det en godsägare?

– Det blir man om man äger ett slott, svarade fru Dunér. Men i första hand sysslade han med affärer. Stora internationella affärer.

– Jag ska naturligtvis ta kontakt med honom, sa Wallander. Han måste ha varit en av dom sista personer som träffade Gustaf Torstensson i livet.

Några reklamlappar sköts plötsligt in genom brevinkastet i tamburen. Wallander märkte att fru Dunér ryckte till.

Tre rädda människor, tänkte han. Men rädda för vad?

– Gustaf Torstensson, sa han igen. Låt oss försöka en gång till. Beskriv honom för mig.

– Han var den mest reserverade människa jag träffat i hela mitt liv, svarade hon, och Wallander kunde ana ett svagt stråk av aggressivitet i hennes röst. Han lät aldrig någon komma nära inpå sig. Han var pedantisk, ändrade aldrig en rutin. Han var en av dom människor om vilka man brukar säga att man kan ställa klockan efter dom. I Gustaf Torstenssons fall var det alldeles sant. Han var som en urklippt, blodlös silhuettbild. Han var dessutom varken vänlig eller ovänlig. Han var bara tråkig.

– Enligt Sten Torstensson var han också en gladlynt människa, invände Wallander.

– Det märkte jag aldrig nånting av, sa fru Dunér avvisande.

– Hur var deras inbördes förhållande?

Hon tänkte inte efter utan svarade genast och bestämt.

– Gustaf Torstensson irriterade sig över att sonen försökte modernisera byrån, sa hon. Och Sten Torstensson tyckte naturligtvis att hans far på många sätt var en belastning. Men ingen visade nåt för den andre. Båda var lika rädda för öppna konflikter.

– Innan Sten Torstensson dog så gav han uttryck för att nåt hade oroat och upprört hans far under de senaste månaderna, sa Wallander. Kan ni kommentera det?

Den här gången tänkte hon efter innan hon svarade.

– Kanske, sa hon. Nu när kommissarien säger det. Det fanns nåt frånvarande hos honom under dom sista månaderna han levde.

– Har ni nån förklaring till det?

– Nej.

– Det hade inte hänt nånting speciellt?

– Nej, ingenting.

– Jag vill att ni tänker efter noga. Det kan vara mycket viktigt.

Hon serverade sig mer te medan hon tänkte. Wallander väntade. Sedan lyfte hon blicken och såg på honom.

– Jag kan inte svara, sa hon. Jag har ingen förklaring.

I samma ögonblick som han hörde hennes svar insåg Wallander att hon inte talade sanning. Men han bestämde sig också för att inte pressa henne. Allting var fortfarande för oklart och svävande, tiden var ännu inte mogen.

Han sköt undan koppen och reste sig.

– Då ska jag inte störa mer, sa han och log. Tack för samtalet. Men jag måste nog tyvärr redan nu förvarna om att jag återkommer.

– Naturligtvis, sa fru Dunér.

– Kommer ni på nåt mer så ring mig, sa Wallander när han redan hade gått ut på gatan. Tveka inte. Den minsta detalj kan vara av värde.

– Det ska jag komma ihåg, sa hon och stängde dörren.

Wallander satte sig i bilen utan att starta motorn. En känsla av starkt obehag hade kommit över honom. Utan att han kunde ge sig själv ett svar på varför, anade han att det låg något stort och tungt och skrämmande bakom de döda advokaterna. Fortfarande skrapade de bara på ytan.

Det är något som leder oss åt fel håll, tänkte han. Jag måste inse att det vykort som sändes från Finland kanske inte är ett villospår utan det verkliga spåret. Men spåret av vad?

Han skulle just starta motorn och köra därifrån när han upptäckte att någon stod på motsatta sidan av trottoaren och såg på honom.

Det var en ung kvinna, knappast äldre än tjugo år, av obestämbart asiatiskt ursprung. När hon upptäckte att Wallander hade sett henne gick hon hastigt därifrån. Wallander såg i backspegeln hur hon svängde åt höger mot Hamngatan utan att vända sig om.

Han var säker på att han aldrig hade sett henne tidigare.

Det behövde inte betyda att hon inte hade känt igen honom. Under sina år som polis hade han ofta mött flyktingar och asylsökande i olika sammanhang.

Han for tillbaka mot polishuset. Vinden var fortfarande· byig. En molnskärm närmade sig från öster. Han hade just svängt in på Kristianstadvägen när han plötsligt tvärbromsade. En lastbil tutade ilsket bakom honom.

Jag reagerar för långsamt, tänkte han hastigt. Jag märker inte ens det som är alldeles uppenbart.

Han gjorde en otillåten trafikmanöver och återvände samma väg han hade kommit. Han parkerade bilen utanför postkontoret på Hamngatan och skyndade sedan in på den tvärgata som ledde till Stickgatan norrifrån. Han ställde sig så att han på avstånd kunde se det rosa hus där fru Dunér bodde.

Det var kyligt och han började långsamt gå fram och tillbaka på trottoaren medan han höll uppsikt över huset.

Efter en timme övervägde han att ge upp. Men han var säker på att han hade rätt. Han fortsatte att betrakta huset. Vid det här laget satt Per Åkeson och väntade på honom. Han skulle få vänta förgäves.

Klockan sju minuter i halv fyra öppnades plötsligt dörren till det rosa huset. Wallander gled hastigt in vid en utskjutande husvinkel.

Han hade haft rätt. Det var kvinnan med det obestämbara asiatiska utseendet han såg lämna Berta Dunérs hus.

Hon försvann runt gathörnet.

Samtidigt märkte han att det hade börjat regna.

5

Spaningsgruppens möte som började klockan fyra höll på i exakt sju minuter. Wallander var den siste som kom och sjönk ner på sin stol. Han var andfådd och svettig i ansiktet. Kollegorna runt bordet betraktade honom med undran. Men ingen sa någonting.

Det tog Björk några minuter att få klargjort att ingen hade något avgörande att rapportera eller ta upp till diskussion. Det var ett ögonblick i utredningen där poliserna enligt sin egen terminologi hade förvandlat sig till *tunnelgrävare*. Var och en försökte bryta sig igenom olika ytspeglar för att kunna komma åt det som eventuellt låg gömt därunder. Det var en regelbundet återkommande period i en brottsutredning som aldrig föranledde onödiga samtal. Den ende som till sist hade något att fråga om var Wallander.

– Vem är Alfred Harderberg? undrade han efter att ha kastat en blick på papperslappen där han hade antecknat namnet.

– Det trodde jag alla visste, svarade Björk förvånat. En av landets för närvarande mest framgångsrika affärsmän. Han bor här i Skåne. När han inte är ute och reser i sitt privata flygplan.

– Han äger Farnholms slott, sa Svedberg. Han lär ha ett akvarium där det ligger äkta guldsand på botten.

– Han var Gustaf Torstenssons klient, sa Wallander. Hans största klient. Och hans sista. Han hade besökt honom den kväll han dog ute på åkern.

– Han ordnar privata insamlingar för de nödlidande i krigszonerna på Balkan, sa Martinson. Men det kanske inte är så svårt när man har obegränsat med pengar.

– Alfred Harderberg är en man som förtjänar respekt, sa Björk.

Wallander märkte att han blev irriterad.

– Vem gör inte det, svarade han. Men jag tänker ändå besöka honom.

– Ring först, sa Björk och reste sig.

Mötet var över. Wallander hämtade kaffe och gick in på sitt rum. Han hade behov av att i avskildhet tänka igenom vad det innebar att fru Dunér hade fått besök av en ung asiatisk kvinna. Det fanns en stor möjlighet att det inte betydde någonting alls. Men Wallanders instinkt sa honom någonting annat. Han la upp fötterna på skrivbordet och lutade sig bakåt i stolen. Kaffekoppen balanserade han på ena knäet.

Telefonen ringde. När Wallander sträckte sig efter luren miste han greppet om kaffekoppen. Kaffet stänkte över hans ben och koppen rullade bort över golvet.

– Fan, ropade han irriterat med luren halvvägs mot örat.

– Du behöver inte vara oförskämd, sa hans far. Jag ville bara veta varför du aldrig hör av dig.

Wallander drabbades genast av ett dåligt samvete, vilket i sin tur gjorde honom arg. Han undrade om han någonsin skulle få uppleva att hans och faderns förhållande kunde frigöra sig från alla de spänningar som vid minsta anledning kom till uttryck.

– Jag tappade en kaffekopp i golvet, försökte han förklara. Jag brände mig på ena benet.

Fadern tycktes inte ha hört vad han sa.

– Varför är du på ditt kontor? undrade han. Du är ju sjukskriven?

– Inte nu längre. Jag har börjat arbeta igen.

– När då?

– I går.

– I går?

Wallander insåg att samtalet skulle kunna bli mycket långt om han inte genast lyckades avsluta det.

– Jag vet att jag är skyldig dig en förklaring, sa han. Men jag hinner inte just nu. Jag kommer ut till dig i morgon kväll. Då ska jag berätta om vad som har hänt.

– Det är länge sen jag såg dig, svarade fadern och la på.

Wallander blev för ett ögonblick sittande med luren i handen. Hans far som nästa år skulle fylla sjuttiofem fyllde honom ständigt med motsägelsefulla känslor. Så långt tillbaka i tiden han kunde minnas hade deras förhållande varit komplicerat. Inte minst hade det kommit till uttryck den dag Wallander hade meddelat sin far att han avsåg att bli polisman. Under de tjugofem år som gått sedan det tillfället hade fadern aldrig någonsin missat en möjlighet att kritisera hans beslut. Wallander å sin sida kunde aldrig befria sig från sitt dåliga samvete över att han inte ägnade sig så mycket åt sin åldrige far som han borde. Året innan, när han hade fått det förbluffande beskedet att fadern beslutat gifta sig med den trettio år yngre kvinna från hemtjänsten som kom till hans hus tre gånger i veckan, hade han tänkt att fadern från och med nu inte skulle sakna sällskap. Nu när han satt med telefonluren i handen insåg han att ingenting i grunden var förändrat.

Han la på luren, plockade upp kaffekoppen, och torkade av sitt byxben med ett papper han rev ur sitt kollegieblock. Sedan påminde han sig att han måste kontakta åklagaren, Per Åkeson. Hans sekreterare kopplade in honom så fort samtalet kom. Wallander förklarade att han blivit fördröjd och Per Åkeson föreslog en tid på morgonen dagen efter.

När samtalet var över gick Wallander och hämtade en ny kopp kaffe. I korridoren stötte han samman med Ann-Britt Höglund som kom bärande på en stapel med pärmar.

– Hur går det? frågade Wallander.

– Långsamt, svarade hon. Jag kommer inte ifrån känslan av att det är nånting underligt med de här två döda advokaterna.

– Precis min egen upplevelse, sa Wallander förvånat. Vad får dig att tänka så?

– Jag vet inte, svarade hon.

– Låt oss tala om det i morgon, sa Wallander. Min erfarenhet är att man inte ska underskatta betydelsen av det man inte kan sätta ord på.

Han gick tillbaka till sitt rum, la av telefonluren och drog till sig kollegieblocket. I tankarna återvände han till den frusna stranden vid Skagen, Sten Torstensson som kommit emot honom ur dimman. Där började den här utredningen för mig, tänkte han. Den började redan medan Sten Torstensson levde.

Långsamt letade han sig tillbaka genom det han hittills visste om de två döda advokaterna. Han var som soldaten på ett försiktigt återtåg, med uppmärksamheten riktad mot sidorna av vägen. Det tog honom över en timme att ställa samman och överblicka de fakta han och hans kollegor hittills hade till sitt förfogande.

Vad är det jag ser utan att se? tänkte han gång på gång under vandringen genom utredningsmaterialet. Men när han slängde pennan ifrån sig tyckte han misslynt att det enda han åstadkommit var ett sirligt format frågetecken.

Två döda advokater, tänkte han. Den ene av dem omkommer i en egendomlig bilolycka som med all sannolikhet var arrangerad. Den som tog livet av Gustaf Torstensson var en kallblodigt tänkande mördare som ville dölja sitt brott. Det ensamma stolsbenet i leran var ett besynnerligt misstag. Här finns ett *varför* och ett *vem*, tänkte han. Men det finns kanske också någonting annat.

Plötsligt insåg han att han stod framför en sten han omedelbart kunde välta över ända. Han letade reda på telefonnumret till fru Dunér bland sina anteckningar. Hon svarade nästan genast.

– Jag är ledsen att jag stör, sa han. Det här är kommissarie Wallander. Men jag har en fråga som jag gärna skulle vilja ha svar på redan nu.

– Om jag kan ska jag naturligtvis besvara er fråga, svarade hon.

Egentligen har jag två frågor, tänkte Wallander hastigt. Men den om den asiatiska kvinnan sparar jag.

– Den kväll Gustaf Torstensson omkom hade han besökt Farnholms slott, sa han. Hur många visste om att han skulle besöka sin klient just den kvällen?

Hon tänkte efter innan hon svarade. Wallander undrade om det var för att minnas eller för att formulera ett lämpligt svar.

– Jag visste naturligtvis om det, sa hon. Det är också möjligt att jag nämnde det för fröken Lundin. Men annars ingen.

84

– Sten Torstensson visste inte om det? frågade Wallander.

– Det tror jag inte, svarade hon. De förde separata mötes-kalendrar.

– Det var med andra ord bara ni som visste om det, sa Wal-lander.

– Ja, svarade hon.

– Jag ber om ursäkt för att jag störde, sa Wallander och avslutade samtalet.

Han återgick till sina anteckningar. Gustaf Torstensson re-ser till en klient och utsätts på hemvägen för ett attentat, ett mord kamouflerat som en bilolycka.

Han tänkte på fru Dunérs svar. Hon hade varit den enda som känt till den gamle advokatens resa.

Hon hade sagt sanningen, tänkte han. Men sanningens skugga intresserar mig mer. Ty vad hon egentligen sa var att det förutom henne bara var mannen på Farnholms slott som visste vad Gustaf Torstensson skulle göra den kvällen.

Han fortsatte sin vandring. Utredningens landskap skifta-de oavbrutet utseende. Det dystra huset med sina avancerade säkerhetssystem. Ikonsamlingen som fanns gömd i källaren. När han inte tyckte sig komma längre övergick han till Sten Torstensson. Landskapet förändrades igen och blev nu nästan ogenomträngligt. Sten Torstenssons oväntade ankomst till hans vinddrivna vaktdistrikt, mot en bakgrund av ödsliga mistlurar, och sedan det övergivna kaféet på Konstmuseet, föreföll Wallander plötsligt vara som ingredienser i en tvivel-aktig operettintrig. Men där fanns ögonblick i spelet när livet togs på allvar, tänkte han. Wallander betvivlade inte att Sten Torstensson verkligen hade upplevt sin far som upprörd och orolig. Han betvivlade inte heller att det finska vykortet som avsänts av någon okänds hand, men som tvivelsutan beställts av Sten Torstensson, innebar ett ställningstagande; ett hot existerade, ett behov av ett villospår var påtagligt. Om nu inte villospåret var sanningen.

Ingenting hänger ihop, tänkte Wallander. Men detta är ändå något som går att hänga på krokar. Värre är det med de lösa flikarna, den asiatiska kvinnan som inte vill att någon ser när hon stiger in i Berta Dunérs rosa hus. Och fru Dunér själv som ljuger bra, men inte tillräckligt bra för att en kriminalkommissarie vid Ystadspolisen inte ska upptäcka det, eller åtminstone ana att någonting inte är som det ska.

Wallander reste sig, sträckte på ryggen och ställde sig vid fönstret. Klockan var sex, det hade blivit mörkt. Från korridoren hördes spridda ljud, steg som närmade sig för att sedan tona bort. Han påminde sig något den gamle Rydberg sagt ett av de sista åren han levde: »Ett polishus är i grunden byggt som ett fängelse. Vi lever som spegelvända avgjutningar av varandra, tjuvarna och poliserna. Vi kan egentligen aldrig veta vem som egentligen är innanför eller utanför murarna.«

Wallander kände sig plötsligt håglös och övergiven. Som vanligt, som den enda tröst han hade, började han omedelbart i tankarna att tala med Baiba Liepa i Riga, som om hon stod framför honom i rummet, och som om rummet varit något annat, ett grått hus med söndergråtna fasader i Riga, i lägenheten med de dämpade ljusen och de tunga gardinerna som alltid hölls fördragna. Men bilden grumlades, den tappade kraft och bröts ner som den svagare av två brottare. Istället såg Wallander sig själv, krypande på leriga knän i den skånska dimman med ett hagelgevär i ena handen och en pistol i den andra, som en patetisk kopia av en osannolik filmhjälte, och plötsligt slets filmen i stycken, verkligheten visade sig i sprickan, och där var döden och dödandet inga kaniner som drogs upp ur trollkarlarnas hattar. Han såg sig själv bevittna hur en människa blev skjuten med ett skott rakt genom pannan, och han skjuter sedan själv och det enda han kan vara säker på är att han då inte tänker annat än att han hoppas att den man han siktar på ska dö.

Jag är en människa som skrattar för sällan, tänkte han. Utan att jag har märkt det har min medelålder drivit mig mot en kust, full av dystra undervattensskär.

Han lämnade sitt kontor utan att ta med sig några papper. Ute i receptionen var Ebba upptagen i telefon. När hon gjorde tecken åt honom att dröja ett ögonblick skakade han avvärjande med handen, som om han fortfarande denna kväll var strängt upptagen.

Sedan for han hem och lagade en middag som han efteråt

inte skulle ha kunnat beskriva. Han vattnade de fem blom-
krukor han hade på sina fönsterkarmar, fyllde en tvättma-
skin med kringströdda smutskläder, för att sedan upptäcka
att han inte hade något tvättmedel, och satte sig sedan i sof-
fan och klippte tånaglarna. Då och då såg han sig omkring i
rummet, som om han förväntade sig att han trots allt inte var
ensam. Strax efter tio gick han och la sig och somnade nästan
genast. Ute hade regnet långsamt avtagit tills det bara föll
som ett svagt duggregn.

När Wallander vaknade i gryningen på onsdagsmorgonen
var det ännu mörkt. Han såg på klockan som med gnistrande
visare stod på sängbordet att den inte var mer än fem. Han
vände sig på sidan för att somna om. Men han blev liggande
vaken. Han märkte att han var orolig. Den långa tiden ute i
kylan påverkade honom fortfarande med full kraft. Ingenting
skulle någonsin kunna bli som tidigare, tänkte han. Vad det
än är som har förändrats eller bevarats så kommer jag i fram-
tiden att leva med två tideräkningar, ett »före« och ett »ef-
ter«, Kurt Wallander både finns och inte finns.

När klockan hade blivit halv sex steg han upp, drack kaffe,
väntade på tidningen och såg att det var fyra plusgrader ute.
Driven av en oro som han varken orkade beskriva eller vänta
ut lämnade han sin lägenhet redan klockan sex. Han satte sig
i bilen och startade motorn. I samma ögonblick tänkte han
att han lika gärna redan nu kunde köra norrut för att senare
göra ett besök på Farnholms slott. Någonstans på vägen kun-
de han stanna och dricka kaffe och på telefon meddela att han
var på väg. Han for österut och undvek att se till höger när
han passerade det militära övningsfält där han för snart två
år sedan hade utkämpat den gamle Wallanders sista strid.
Där ute i dimman hade han insett att det fanns människor
som inte väjde för någon form av våld, som inte tvekade att
utföra kallblodiga avrättningar om de tjänade deras syften.
Där ute, stående på knä i leran, hade han i desperation för-
svarat sitt eget liv och genom ett obegripligt välriktat skott
dödat en människa. Det var en punkt utan återvändo, en be-
gravning och en födelse på en och samma gång.

Han körde längs Kristianstadvägen och saktade ner när

87

han passerade det ställe där Gustaf Torstensson hade dött. När han kom till Skåne-Tranås stannade han vid kaféet och gick in. Det hade börjat blåsa, han borde ha satt på sig en varmare jacka. Han borde överhuvudtaget ha tänkt på hur han klädde sig, eftersom de slitna terylenbyxor och den smutsiga vindtygsjacka han bar kanske inte var helt lämpliga när han avsåg att avlägga besök hos en slottsherre. När han steg in genom dörren till kaféet undrade han hastigt hur Björk skulle ha klätt sig inför ett besök på ett slott, även om det var ett uppdrag i ämbetet.

Han var ensam i lokalen och beställde kaffe och ostsmörgås. Klockan var kvart i sju och han bläddrade i en trasig veckotidning som låg på en hylla. Efter några minuter tröttnade han och försökte istället tänka igenom vad han skulle tala med Alfred Harderberg om, eller vem det nu var som kunde berätta om Gustaf Torstenssons sista klientbesök. Han väntade tills klockan hade blivit halv åtta. Han lånade telefonen som stod på disken intill den ålderdomliga kassaapparaten och började med att ringa till polishuset i Ystad. Den enda av hans kollegor som kommit var den morgontidige Martinson. Han förklarade var han befann sig och sa att han räknade med att besöket skulle ta ett par timmar.

– Vet du vad som var min första tanke när jag vaknade i morse? frågade Martinson.

– Nej?

– Att det var Sten Torstensson som tog livet av sin far.

– Hur förklarar du då det som hände med honom själv? undrade Wallander förvånat.

– Det gör jag inte, sa Martinson. Men det jag tycker mig förstå allt tydligare är att förklaringen ligger i deras yrke. Inte i deras privata liv.

– Eller i en kombination, svarade Wallander tankfullt.

– Hur menar du?

– Det var bara nånting jag drömde i natt, svarade Wallander undvikande. Jag kommer när jag kommer.

Han avslutade samtalet, lyfte luren på nytt och slog numret till Farnholms slott. Den första signalen hade inte mer än klingat ut när någon lyfte på luren och svarade.

– Farnholms slott, sa en kvinnostämma. Wallander kunde höra att det fanns en svag brytning i hennes röst.

– Det här är kommissarie Wallander vid Ystadspolisen, sa han. Jag vill gärna tala med Alfred Harderberg.

– Han är i Genève, sa kvinnan.

Wallander kände sig ställd. Han borde naturligtvis ha föreställt sig möjligheten av att den internationellt verksamme affärsmannen var på resa.

– När kommer han tillbaka?

– Det har han inte meddelat.

– Kommer han i morgon eller nästa vecka?

– Det vill jag inte upplysa om i telefon. Hans resor är strängt sekretessbelagda.

– Jag är faktiskt polisman, sa Wallander och märkte att han höll på att bli irriterad.

– Hur ska jag kunna veta det? frågade kvinnan. Ni kan vara vem som helst.

– Jag kommer till Farnholms slott om en halvtimme, sa Wallander. Vem ska jag då fråga efter?

– Det avgör vakterna vid grindarna, svarade kvinnan. Jag hoppas ni har en godkänd legitimation med er.

– Vad menas med godkänd? undrade Wallander.

– Det avgör vi, svarade kvinnan.

Samtalet bröts. Wallander la på luren med en smäll. Den kraftiga servitrisen som höll på att lägga upp kakor på ett fat betraktade honom missbelåtet. Han la pengarna på disken och gick utan ett ord.

Femton kilometer längre norrut svängde han till vänster och var snart omsluten av den täta skogen på Linderödsåsens sydsida. Han bromsade in vid korsningen där vägen tog av mot Farnholms slott. En granitskiva med guldinfattad text berättade att han var på rätt väg. Wallander tyckte att stenen påminde honom om en påkostad gravsten.

Vägen mot slottet var asfalterad och välskött. Diskret undangömt bland träden ringlade ett högt stängsel. Han bromsade in och vevade ner rutan för att se bättre. Då upptäckte han att stängslet var dubbelt med ett mellanrum på drygt en meter. Han skakade på huvudet åt det han såg, vevade upp rutan och fortsatte. Efter ytterligare ungefär en kilometer gjorde vägen en skarp sväng. Strax där bakom kom han fram till grindarna. Ett grått hus med platt tak som mest förde tankarna till en bunker låg därintill. Han körde fram och väntade. Ingenting hände. Han tutade. Fortfarande ingen reaktion. Då steg han ur bilen och märkte att han hade börjat ilskna till. Oklart upplevde han en förödmjukelse i alla dessa stängsel och stängda grindar som mötte honom. I samma ögonblick kom en man ut ur stålporten som fanns i bunkern. Han var klädd i en uniform som Wallander aldrig tidigare hade sett. Han hade fortfarande inte vant sig vid att allt fler, för honom okända vaktbolag, etablerade sig med sina tjänster i landet.

Mannen i den mörkröda uniformen kom fram till honom. Det var en man i hans egen ålder.

Sedan kände han igen honom.

– Kurt Wallander, sa vakten. Det var sannerligen inte i går vi träffades.

– Nej, sa Wallander. Men hur länge sen är det? Femton år?

– Tjugo, svarade vakten. Kanske mer.

Wallander hade hittat mannens namn i sitt minne. De hade samma förnamn, Kurt. Men vakten hette Ström i efternamn. En gång i tiden hade de båda samtidigt varit poliser i Malmö. Wallander hade varit ung och oerfaren den gången, Ström hade varit den äldre. De hade aldrig haft något annat än yrkesmässig kontakt med varandra. Sedan hade Wallander flyttat till Ystad och många år efteråt hade han vid något tillfälle fått höra att Ström hade slutat vid polisen. Vagt kunde han påminna sig att det hade gått rykten om att Ström hade fått sparken, någonting hade tystats ner, kanske ett övergrepp på en anhållen, eller misstankar om tjuvgods som försvunnit ur polisens förvaringsutrymmen. Men han visste inte bestämt vad som hade skett.

– Jag blev förvarnad om att du var på väg, sa Ström.

– Tur för mig, svarade Wallander. Jag blev ombedd att visa en godkänd legitimation. Vad godkänner du?

– Säkerheten är hög på Farnholms slott, sa Ström. Vi är noga med kontrollen av de som slipper in.

– Vad är det för rikedomar som döljer sig här?

– Inga rikedomar. Men här finns en man som gör stora affärer.

– Alfred Harderberg?

– Just han. Han har nåt som många begär.

– Vad då?

– Kunskaper. Mer värt än om han hade ägt ett eget sedeltryckeri.

Wallander nickade, han förstod. Men han tyckte intensivt illa om den underdånighet inför den store mannen som Ström gav uttryck för.

– En gång i tiden var du polis, sa Wallander. Jag är det fortfarande. Du kanske förstår varför jag är här?

– Jag läser tidningarna, svarade Ström. Jag antar att det har med advokaten att göra.

– Det är två advokater som är döda, sa Wallander. Inte en. Men såvitt jag förstår var det bara den äldre av dom som hade med Harderberg att göra.

– Han kom ofta hit, svarade Ström. En vänlig man. Mycket diskret.

– Den 11 oktober på kvällen var han här sista gången, fortsatte Wallander. Var du i tjänst då?

Ström nickade.

– Jag antar att ni för anteckningar över när olika bilar och personer passerar ut och in?

Ström brast ut i skratt.

– Det slutade vi med för länge sen, sa han. Vi för in det på en dator.

– Jag vill gärna se en utskrift för kvällen den 11 oktober, sa Wallander.

– Det får du be om uppe på slottet, svarade Ström. Det har jag inte lov att göra.

– Men du kanske har lov att minnas, sa Wallander.

– Jag vet att han var här den kvällen, sa han. Men jag minns inte när han kom eller när han for.

– Var han ensam i bilen?

– Det kan jag inte svara på.

– Därför att du inte har lov att svara på det?

Ström nickade.

– Jag har ibland funderat på att söka mig över till ett privat vaktbolag, sa Wallander. Men jag tror jag skulle få svårt att vänja mig vid att inte ha lov att svara på frågor.

– Allt har sitt pris, svarade Ström.

Wallander tänkte att det faktiskt var någonting han utan vidare kunde hålla med om. Han betraktade Ström ett ögonblick under tystnad.

– Alfred Harderberg, sa han. Hur är han som person?

Svaret överraskade honom.

– Jag vet inte, svarade Ström.

– Någon åsikt måste du väl ändå ha? Eller har du inte lov att svara på det heller?

– Jag har aldrig träffat honom, sa Ström.

Wallander insåg att svaret var ärligt.

– Hur länge har du arbetat för honom?

– I snart fem år.

– Och du har aldrig sett honom?

– Aldrig.

– Han har aldrig passerat de här grindarna?

– Han åker i en bil med spegelglas.

– Jag antar att det också är ett led i säkerhetssystemet?

Ström nickade.

Wallander tänkte efter.

– Du vet med andra ord aldrig helt säkert när han är här eller inte, sa han till slut. Du vet inte om han finns i bilen som far ut eller in genom grindarna?

– Säkerheten kräver det, sa Ström.

Wallander gick tillbaka till bilen. Ström försvann in genom stålporten. Strax efter gled grindarna ljudlöst upp. Det var som att beträda en helt annan värld, tänkte Wallander.

Efter ungefär en kilometer öppnade sig skogen. Slottet låg på en kulle, omgiven av en vidsträckt och välskött park. Den stora huvudbyggnaden, liksom de omgivande fristående gavlarna, var byggda av mörkrött tegel. Slottet hade tinnar och torn, hängande balustrader och balkonger. Det enda som bröt av mot stämningen av en annan värld, en annan tid, var en helikopter som stod på en betongplatta. Wallander fick en känsla av en stor insekt med vingarna nerfällda, ett vilande djur som med ett ryck kunde vakna till liv igen.

Han körde långsamt upp mot huvudingången. Påfåglar gick makligt omkring på vägen framför bilen. Han parkerade bakom en svart BMW och steg ur. Allt var mycket tyst omkring honom. Stillheten påminde om dagen innan, när han hade gått uppför grusgången till Gustaf Torstenssons villa. Kanske just stillheten är den omgivning som utmärker välbärgade människor, tänkte han. Det är inte orkestrarna eller fanfarerna, det är stillheten.

I samma ögonblick öppnades den ena av de två dubbeldörrarna som utgjorde slottsbyggnadens huvudingång. En kvinna i trettioårsåldern, klädd i välsittande och, som Wallander gissade, dyrbara kläder kom ut på trappan.

– Varsågod och stig på, sa hon och log hastigt, ett leende som föreföll honom lika kallt och ogästvänligt som det också var korrekt.

– Om jag har en legitimation som ni kan godkänna vet jag inte, svarade Wallander. Men vakten som heter Ström kände igen mig.

– Jag vet, svarade kvinnan.

Det var inte samma kvinna som han talat med i telefonen när han ringde från kaféet. Han gick uppför stentrappan, sträckte fram handen och presenterade sig. Hon tog inte emot den utan log bara samma frånvarande leende igen. Han följde henne in genom dörrarna. De gick genom en stor trapphall. På olika stensocklar, diskret upplysta av osynliga strålkastare, stod modernistiska skulpturer. I bakgrunden, intill den breda trappan som ledde till slottets övervåning, upptäckte han två män i skuggorna. Wallander anade bara deras närvaro, deras ansikten gick inte att urskilja. Stillheten och skuggorna, tänkte han. Alfred Harderbergs värld, så långt jag känner den hittills. Han följde henne in genom en dörr till vänster. De kom in i ett stort ovalt rum som också det pryddes av skulpturer. Men som en påminnelse om att de befann sig på ett slott med anor långt ner i medeltiden fanns där också några riddarrustningar som vakade över hans närvaro. Mitt i rummet på den välbonade ekparketten stod ett skrivbord och en ensam besöksstol. På bordet fanns inga papper, bara en dator och en avancerad telefonväxel som inte var mycket större än en vanlig telefon. Kvinnan bad honom att sitta ner och knappade sedan in ett meddelande på datorn. Från en osynlig skrivare som fanns inne i skrivbordet rev hon sedan av en utskrift och gav honom.

– Jag förstod det så att ni ville ha en utskrift av grindkontrollen på kvällen den 11 oktober, sa kvinnan. Här kan ni se när advokat Torstensson kom och när han lämnade Farnholm.

Wallander tog emot utskriften och la den bredvid sig på golvet.

– Det är inte bara därför jag har kommit, sa han. Jag har en del frågor att ställa också.

– Varsågod.

Kvinnan hade satt sig bakom skrivbordet. Hon tryckte in några knappar i telefonväxeln. Wallander anade att hon förde över alla eventuella samtal till en annan växel som fanns någonstans i den omfattande slottsbyggnaden.

– Den uppgift jag har säger att Gustaf Torstensson hade Alfred Harderberg som klient, sa Wallander. Men jag har förstått att han befinner sig utomlands.

– Han är i Dubai, svarade kvinnan.

Wallander rynkade pannan.

– För en timme sen befann han sig i Genève, sa han.

– Det är alldeles riktigt, svarade kvinnan oberört. Men han har rest till Dubai nu på morgonen.

Wallander tog fram sitt anteckningsblock och en penna ur jackfickan.

– Kan jag få fråga vad ni heter och vad ni gör? sa han.

– Jag är en av herr Harderbergs sekreterare, svarade hon. Jag heter Anita Karlén.

– Har Alfred Harderberg många sekreterare? undrade Wallander.

– Det beror på hur man räknar, svarade Anita Karlén. Är frågan verkligen relevant?

Wallander märkte att han återigen började bli irriterad över det sätt han blev behandlad på. Han tänkte att han var

94

tvungen att ändra attityd om inte hela besöket på Farnholm skulle vara bortkastad tid.

– Om frågan är relevant eller inte avgör jag, sa han. Farnholms slott är en privat egendom som ni har laglig rätt att omgärda med så många och så höga stängsel ni vill. Så länge ni har byggnadslov och inte på nåt sätt bryter mot lagar och förordningar. Vi kan nämligen inte komma ifrån att Farnholm ligger i Sverige. Ni har dessutom rätt att välja vilka ni släpper in här. Med ett undantag: polisen. Är det förstått?

– Vi har heller inte nekat kommissarie Wallander tillträde, svarade hon, fortfarande lika oberört.

– Jag ska uttrycka mig ännu tydligare, fortsatte Wallander som märkte att han blev osäker av kvinnans oberördhet. Kanske stördes han också av att hon var så påfallande vacker.

I samma ögonblick, just när han skulle fortsätta, öppnades en dörr i bakgrunden. En kvinna kom in med en kaffebricka. Till sin förvåning såg Wallander att hon var svart. Utan ett ord ställde hon brickan på skrivbordet och försvann igen, lika ljudlöst som hon hade kommit.

– Vill kommissarie Wallander ha en kopp kaffe?

Han tackade ja. Hon serverade honom och räckte honom koppen. Han betraktade porslinet.

– Låt mig ställa en fråga som inte är relevant, sa han. Vad händer om jag tappar den här koppen i golvet? Hur mycket blir jag då skyldig?

För första gången log hon ett leende som tycktes honom äkta.

– Allting är naturligtvis försäkrat, sa hon. Men servisen är en klassisk Rörstrandsutgåva.

Wallander ställde försiktigt koppen intill datautskriften på ekparketten och började om igen.

– Jag ska uttrycka mig mycket tydligt, upprepade han. Samma kväll, den 11 oktober, en knapp timme efter det att advokat Torstensson hade varit här, omkom han i en bilolycka.

– Vi sände blommor till begravningen, sa hon. En av mina kollegor var också närvarande vid jordfästningen.

– Men naturligtvis inte Alfred Harderberg?

– Min arbetsgivare undviker i möjligaste mån offentliga framträdanden.

– Det har jag förstått, sa Wallander. Men nu är det så att vi har skäl att tro att det inte var någon bilolycka. Mycket talar för att advokat Torstensson blev mördad. Och saken blir inte bättre av att hans son blev skjuten på sitt kontor några veckor senare. Ni kanske skickade blommor till hans begravning också?

Hon betraktade honom oförstående.

– Vi hade bara med Gustaf Torstensson att göra, sa hon. Wallander nickade och fortsatte.

– Nu förstår ni varför jag är här. Och ni har fortfarande inte svarat mig på hur många sekreterare som arbetar här.

– Kommissarie Wallander har heller inte förstått att det beror på hur man räknar, sa hon.

– Jag lyssnar gärna, svarade Wallander.

– Här på Farnholms slott finns tre sekreterare, sa hon. Dessutom två sekreterare som följer honom på hans resor. Dessutom har doktor Harderberg sekreterare på olika ställen runt om i världen. Antalet kan växla. Men det är sällan färre än sex.

– Det får jag till elva, sa Wallander.

Anita Karlén nickade.

– Ni kallade er arbetsgivare för doktor Harderberg, fortsatte Wallander.

– Han har flera hedersdoktorat, svarade hon. Om ni vill kan ni få en förteckning.

– Det vill jag gärna ha, sa Wallander. Jag vill dessutom ha en översikt över doktor Harderbergs affärsimperium. Men det kan ni ge mig senare. Jag vill veta vad som hände den kväll Gustaf Torstensson var här för sista gången. Vem av alla sekreterare kan svara på det?

– Det var jag som var i tjänst den kvällen, svarade hon. Wallander tänkte efter ett ögonblick.

– Det är därför ni är här, sa han. Det är därför ni tar emot mig. Men vad hade hänt om ni hade varit ledig idag? Ni kunde inte vänta att polisen skulle komma just idag?

– Naturligtvis inte.

I samma ögonblick insåg Wallander att han hade fel. Och

- han insåg också hur det kunde komma sig att människorna på Farnholms slott kunde veta. Tanken gjorde honom upprörd.

Han fick tvinga sig till koncentration för att kunna fortsätta.

– Vad hände den kvällen? frågade han.

– Advokat Torstensson kom strax efter sju på kvällen. Han hade ett timslångt samtal i enskildhet med doktor Harderberg och några av de närmaste medarbetarna. Sen drack han en kopp te. Exakt fjorton minuter över åtta lämnade han Farnholm.

– Vad talade dom om den kvällen?

– Det kan jag inte svara på.

– Men ni sa nyss att det var ni som tjänstgjorde?

– Det var ett samtal utan sekreterare. Det fördes inga anteckningar.

– Vilka var medarbetarna?

– Förlåt?

– Ni sa att advokat Torstensson talade i enskildhet med doktor Harderberg och några av dom närmaste medarbetarna?

– Det kan jag inte svara på.

– Därför att ni inte har lov?

– Därför att jag inte vet.

– Vet vad då?

– Vilka medarbetarna var. Jag hade aldrig sett dom tidigare. Dom hade kommit samma dag och reste tidigt dagen efter.

Wallander visste plötsligt inte vad han skulle fråga om. Det var som om de svar han fick hela tiden befann sig vid sidan av. Han bestämde sig för att närma sig från ett annat håll.

– Ni sa nyss att doktor Harderberg har elva sekreterare. Får jag fråga hur många advokater han har?

– Antagligen minst lika många.

– Men ni har inte lov att svara exakt hur många?

– Jag vet inte.

Wallander nickade. Han insåg att han var på väg in i en återvändsgränd igen.

– Hur länge arbetade advokat Torstensson för doktor Harderberg?

97

– Sen han köpte Farnholms slott och gjorde det till sitt högkvarter. För ungefär fem år sen.

– Advokat Torstensson har arbetat i Ystad hela sitt liv, sa Wallander. Plötsligt anses han kvalificerad att vara rådgivare i internationella affärssammanhang. Är det inte lite märkligt?

– Det måste ni nog fråga doktor Harderberg om.

Wallander slog igen sitt anteckningsblock.

– Det har ni alldeles rätt i, sa han. Jag vill att ni sänder ett meddelande till honom, antingen han är i Genève eller Dubai eller nån annanstans, och meddelar honom att kommissarie Wallander vill tala med honom så fort som möjligt. Med andra ord samma dag han återvänder hit.

Han reste sig och ställde försiktigt ifrån sig koppen på bordet.

– Polisen i Ystad har inte elva sekreterare, sa han. Men våra receptionister är duktiga ändå. Ni kan ge besked till dom om när han kan ta emot mig.

Han följde henne ut i den stora trapphallen. Intill ytterdörren, på ett marmorbord, låg en tjock läderpärm.

– Här är den översikt över doktor Harderbergs affärsföretag som ni bad om, sa Anita Karlén.

Någon har lyssnat, tänkte Wallander. Någon har följt hela vårt samtal. Förmodligen är en utskrift redan på väg till Harderberg, var han än befinner sig. Om han är intresserad. Vilket jag betvivlar.

– Glöm inte att understryka att det är bråttom, sa Wallander till avsked. Den här gången tog Anita Karlén honom i hand.

Wallander kastade en blick mot den stora trappan som låg i dunkel. Men nu var skuggorna borta.

Himlen hade klarnat. Han satte sig i bilen. På trappan stod Anita Karlén. Hennes hår rörde sig i vinden. När han for kunde han i backspegeln se att hon stod kvar och tittade efter honom. Den här gången behövde han inte stanna vid utfarten. Grindarna hade redan börjat öppnas när han närmade sig. Kurt Ström visade sig inte. Grindarna gled igen bakom honom. Han körde långsamt tillbaka mot Ystad. Höstdagen var klar. Han tänkte att det bara hade gått tre dygn sedan han plötsligt bestämt sig för att återgå i tjänst igen. Ändå föreföll det honom att vara en lång tid. Som om han var på väg åt ett håll medan hans minnen avlägsnade sig med svindlande hastighet i en helt annan riktning.

Strax efter korsningen till huvudvägen låg en död hare på vägbanan framför honom. Han styrde undan och tänkte att han fortfarande inte hade kommit närmare en förklaring till vad som hade hänt med Gustaf Torstensson eller hans son. Det föreföll honom helt osannolikt att det skulle kunna finnas något samband mellan de döda advokaterna och de människor som levde på slottet bakom de dubbla stängslen. Men han skulle ändå samma dag gå igenom läderpärmen för att om möjligt bilda sig en uppfattning om Alfred Harderbergs imperium.

Biltelefonen började surra. Han lyfte luren och hörde Svedbergs röst.

– Svedberg här, anropade han. Var är du någonstans?

– Fyrtio minuter från Ystad.

– Martinson sa att du skulle besöka Farnholms slott.

– Jag har varit där. Men det gav ingenting.

Samtalet blev för ett kort ögonblick brutet av störningar. Sedan återkom Svedberg.

– Berta Dunér ringde och sökte dig, sa Svedberg. Hon var angelägen om att du genast skulle kontakta henne.

– Varför det?

– Det sa hon inte.

– Om du ger mig hennes telefonnummer ska jag ringa.

– Det är bättre att du åker hem till henne. Hon verkade mycket angelägen.

Wallander såg på bilklockan. Redan kvart i nio.

– Vad hände på morgonmötet?

– Ingenting avgörande.

– Jag åker hem till henne när jag kommer till Ystad, sa Wallander.

– Gör det, svarade Svedberg.

Samtalet bröts. Wallander undrade vad fru Dunér kunde vilja som var så angeläget. Han kände en vag spänning i kroppen och ökade farten.

Fem minuter i halv tio gjorde han en slarvig parkering strax utanför det rosa huset där Berta Dunér bodde. Han skyndade sig över gatan och ringde på dörren. Hon öppnade för honom och det syntes att någonting hade hänt. Hon gav ett intryck av att vara uppskrämd.

– Ni hade ringt och sökt mig, sa han.

Hon nickade och släppte in honom. Han skulle just ta av sig de smutsiga skorna när hon tog tag i hans arm och drog honom med sig in i vardagsrummet som vette mot den lilla trädgården. Hon pekade.

– Nån har varit där ute i natt, sa hon.

Hon verkade mycket rädd. Något av hennes oro smittade av sig på Wallander. Han gick fram till glasdörren och betraktade gräsmattan, de vintergrävda blomsterrabatterna, klängväxterna på den vitkalkade muren som skilde Berta Dunérs trädgård från grannens.

– Jag kan inte se nånting, sa han.

Hon hade väntat i bakgrunden, som om hon inte hade vågat sig fram till fönstret. Wallander började undra om hon hade drabbats av någon tillfällig sinnesförvirring på grund av den senaste tidens våldsamma händelser.

Hon ställde sig vid hans sida och pekade.

– Där, sa hon. Där. Nån har varit här i natt och grävt.

– Såg ni nån? frågade Wallander.

– Nej.

– Hörde ni nånting?

– Nej. Men jag vet att nån har varit där i natt.

Wallander försökte följa hennes pekande finger. Vagt tyckte han sig kunna se att en liten bit av gräsmattan var söndertrampad.

– Det kan vara en katt, sa han. Eller en mullvad. Eller till och med en råtta.

Hon skakade på huvudet.

– Nån har varit där i natt, sa hon.

Wallander öppnade glasdörren och steg ut i trädgården. Han gick ut på gräsmattan. På nära håll såg det ut som om en tuva hade grävts upp och sedan lagts tillbaka igen. Han satte sig på huk och strök med handen över gräset. Fingrarna stötte emot något hårt, av plast eller järn, en tagg som stack upp ur jorden. Han strök försiktigt undan grässtråna. Ett gråbrunt föremål var begravt strax under gräsmattans yta.

Wallander blev plötsligt alldeles stel. Han drog bort sin hand och reste sig sakta. Ett kort ögonblick trodde han att han hade blivit galen, det kunde helt enkelt inte vara som han trodde. Det var för osannolikt, för obegripligt för att ens kunna tänkas som en möjlighet.

Långsamt återvände han till glasdörren, satte fötterna i de svaga fotspår han lämnat. När han kommit fram till huset vände han sig om. Fortfarande kunde han inte tro att det var sant.

– Vad är det? frågade hon.

– Gå och hämta telefonkatalogen, svarade Wallander och märkte att hans röst var spänd.

Hon såg oförstående på honom.

– Vad ska ni med telefonkatalogen till?

– Gör som jag säger, sa han.

Hon gick ut i tamburen och kom tillbaka med Ystadsdelen. Wallander tog den och vägde den i handen.

– Gå ut i köket, sa han. Stanna där.

Hon gjorde som hon blivit tillsagd.

Wallander tänkte att allt naturligtvis bara var inbillning. Hade det funnits den minsta möjlighet att det osannolika var verkligt borde han å andra sidan ha gjort något helt annat än det han nu tänkte göra. Han steg in genom glasdörren och ställde sig så långt in i rummet han kunde. Sedan måttade han med telefonkatalogen och kastade den mot taggen som stack upp ur jorden.

Smällen bedövade honom.

Efteråt förvånade det honom att fönstren hade hållit.

Han kastade en blick på den krater som hade bildats i gräsmattan. Sedan skyndade han sig ut i köket där han hade hört fru Dunér skrika till. Hon stod som paralyserad mitt på golvet med händerna för öronen. Han tog tag i henne och satte henne på en av köksstolarna.

– Det är ingenting farligt, sa han. Jag kommer strax tillbaka. Jag måste bara ringa ett samtal.

Han slog numret till polishuset. Till hans glädje var det Ebba som svarade.

– Det är Kurt, sa han. Jag måste ha tag i Martinson eller Svedberg. Eller nån annan.

Ebba kände hans röst, det visste han. Därför frågade hon inte om någonting, gjorde bara det han hade bett om. Hon hade uppfattat allvaret i hans röst.

Det var Martinson som tog hans samtal.

– Det är Kurt, sa Wallander. Polisen kommer förmodligen att få ett larm vilket ögonblick som helst om en våldsam explosion på baksidan av Hotell Continental. Se till att det inte blir nån onödig larmutryckning. Jag vill inte ha hit brandbilar och ambulanser. Ta med dig nån och kom. Jag är hos fru Dunér, Torstenssons sekreterare. Adressen är Stickgatan 26. Ett rosa hus.

– Vad är det som har hänt? frågade Martinson.

– Du får se när du kommer hit, svarade Wallander. Du skulle ändå inte tro mig om jag försökte förklara.

– Försök, sa Martinson.

Wallander tvekade innan han svarade.

– Om jag sa att nån grävt ner en landmina i fru Dunérs trädgård, skulle du tro mig då?

– Nej, svarade Martinson.

– Jag visste väl det.

Wallander la på luren och gick tillbaka till glasdörren.

Kratern i gräsmattan var kvar. Det hade inte varit inbillning.

6

Efteråt skulle Kurt Wallander komma att minnas onsdagen den 3 november som en dag han aldrig blev helt övertygad om verkligen hade existerat. Hur skulle han ha kunnat drömma om att han någonsin skulle stöta på en landmina nedgrävd i en trädgård i centrala Ystad?

När Martinson kom till fru Dunérs hus i sällskap med Ann-Britt Höglund hade han fortfarande svårt att tro att det verkligen var en mina som exploderat. Men Martinson som hade hyst större tilltro till det Wallander sagt i telefon hade redan på väg ut från polishuset lämnat ett meddelande till Sven Nyberg, deras tekniske expert. Han kom till det rosa huset bara några minuter efter det att Martinson och Ann-Britt Höglund ställt sig att betrakta kratern i trädgården. Eftersom de inte kunde vara säkra på att det inte fanns andra minor gömda i gräset, höll de sig tätt intill husväggen. På eget bevåg satte sig Ann-Britt Höglund sedan i köket med den nu något lugnare fru Dunér för att fråga ut henne.

– Vad är det som händer? sa Martinson upprört.

– Frågar du mig? sa Wallander. Jag har inget svar att ge dig.

Mer blev inte sagt. De fortsatte att tankfullt betrakta hålet i marken. Strax därpå anlände kriminalteknikerna, anförda av den skicklige men koleriske Sven Nyberg. När han fick syn på Wallander tvärstannade han.

– Vad gör *du* här? frågade han. Wallander fick en känsla av att han hade begått en ytterst olämplig handling genom att återgå i tjänst.

– Arbetar, svarade han och märkte att han gick i försvarsställning.

– Jag trodde du skulle sluta?

– Det trodde jag med. Men jag insåg att ni inte skulle klara er utan mig.

Sven Nyberg öppnade munnen för att säga någonting, men Wallander höjde avvärjande handen.

– Jag är inte så viktig som det här hålet i gräsmattan, sa han.

I samma ögonblick påminde han sig att Sven Nyberg vid olika tillfällen tjänstgjort i svenska FN-förband utomlands.

– Du som har varit på Cypern och i Mellanöstern måste kunna svara på om det här har varit en mina som exploderat, sa Wallander. Men först kanske du ska svara på om det finns fler här ute.

– Jag är ingen hund, svarade Sven Nyberg och satte sig på huk intill husväggen. Wallander berättade om taggen han hade känt med fingrarna, och sedan telefonkatalogen som utlöst explosionen. Sven Nyberg nickade.

– Det finns ytterst få explosiva ämnen eller blandningar som detonerar av en stöt, sa han. Förutom minor. Det är det dom är till för. Människor eller bilar ska flyga i luften när dom sätter en fot eller ett hjul på dom. För en personmina räcker det med ett tryck på några kilo. En barnfot eller en telefonkatalog. En mina för fordon kräver kanske hundra kilos tryck.

Han reste sig upp och såg frågande på Wallander och Martinson.

– Vem lägger ut en mina i en trädgård? sa han. Den personen borde ni gripa så fort som möjligt.

– Du är säker på att det var en mina? frågade Wallander.

– Jag är inte säker på nånting, svarade Nyberg. Men jag ska begära hit en minsökare från regementet. Innan dess bör nog ingen gå ut i den här trädgården.

Medan de väntade på att minsökaren skulle komma ringde Martinson några telefonsamtal. Wallander satte sig i soffan och försökte förstå vad som hade hänt. Från köket hörde han hur Ann-Britt Höglund långsamt och tålmodigt ställde frågor som fru Dunér ännu långsammare svarade på.

Två döda advokater, tänkte Wallander. Sedan placerar någon ut en mina i trädgården hos advokatbyråns sekreterare, naturligtvis i det bestämda syftet att hon ska trampa på den och massakreras. Även om allt fortfarande är mycket oklart och svävande, kan man nog nu våga dra en slutsats. Någonstans i advokatbyråns verksamhet måste lösningen finnas. Det är knappast längre troligt att det visar sig finnas en förklaring dold i de här tre människornas privata och gemensamma liv.

Wallander blev avbruten i sina tankar av att Martinson avslutade sitt telefonerande.

– Björk undrade om jag var riktigt klok, sa han med en grimas. Jag måste erkänna att jag ett ögonblick inte var säker på vad jag skulle svara. Han anser att det är fullständigt uteslutet att det kan ha varit en mina. Men han vill att nån av oss rapporterar så fort som möjligt.

– När vi har nåt att säga, svarade Wallander. Vart tog Nyberg vägen?

– Han for till regementet för att få fram en minsökare så fort som möjligt, svarade Martinson.

Wallander nickade och såg på klockan. Kvart över tio. Han tänkte på sitt besök på Farnholms slott. Men han visste i grunden inte vad det var han tänkte. Martinson ställde sig i dörröppningen mot trädgården och betraktade hålet i gräsmattan.

– För tjugo år sen hände nånting i Söderhamn, sa han. I stadens tingshus. Minns du?

– Mycket vagt, svarade Wallander.

– Det var en gammal lantbrukare som under en ändlös rad av år hade startat ett lika oändligt antal processer, mot sina grannar, mot sina släktingar, mot alla och envar. Det hela utvecklades till slut till en psykos, som ingen tråkigt nog märkte i tid. Han ansåg sig förföljd av alla sina förmenta vedersakare, inte minst av domaren och sina egna advokater. Till slut brast det. Han drog fram ett gevär under sittande förhandling och sköt ihjäl både domaren och sin egen advokat. När polisen efteråt skulle ta sig in i hans hus ute i skogen visade det sig att han hade apterat sprängladdningar i dörrar och fönster. Det var bara ren tur att ingen omkom när det började smälla.

Wallander nickade. Han påminde sig händelsen.

– En åklagare i Stockholm får sitt hus sprängt i luften, fortsatte Martinson. Advokater utsätts för hot och övergrepp. För att inte tala om poliser.

Wallander nickade utan att svara. Ann-Britt Höglund kom ut från köket med sitt anteckningsblock i handen. Wallander upptäckte plötsligt att hon var en attraktiv kvinna, något han till sin förvåning inte hade tänkt på tidigare. Hon satte sig i en stol mitt emot honom.

– Ingenting, sa hon. Hon hade inget hört under natten. Men hon är säker på att gräsmattan var orörd i går när det skymde. Hon är morgontidig och genast när det hade börjat ljusna upptäckte hon att nån hade varit och rört till det i hennes trädgård. Och hon kan naturligtvis inte förklara varför nån skulle vilja ta livet av henne. Eller åtminstone spränga bort hennes ben.

– Talar hon sanning? undrade Martinson.

– Det är alltid svårt att avgöra om upprörda människor ljuger eller inte, svarade Ann-Britt Höglund. Men jag är ganska säker på att hon verkligen menar att minan måste ha grävts ner i trädgården under natten. Och att hon inte förstår varför.

– Ändå är det nåt som stör mig i bilden, sa Wallander tveksamt. Men jag är osäker på om jag kan formulera vad jag menar.

– Försök, sa Martinson.

– Idag på morgonen upptäcker hon att nåt har hänt under natten i hennes trädgård, sa Wallander. Hon står i fönstret och ser att nån har bökat till gräsmattan. Vad gör hon då?

– Vad gör hon *inte*, sa Ann-Britt Höglund. Wallander nickade.

– Just det, sa han. Det naturliga hade varit att hon helt enkelt hade öppnat glasdörren och gått ut i trädgården för att se efter. Men vad gör hon istället?

– Hon ringer till polisen, sa Martinson.

– Som om hon hade anat att det var nåt farligt som fanns där ute, sa Ann-Britt Höglund.

– Eller vetat, preciserade Wallander.

– Till exempel en mina, tillade Martinson. Hon var upprörd när hon ringde till polishuset.

– Hon var lika upprörd när jag kom hit, sa Wallander. Och på mig har hon verkat rädd och nervös varje gång jag har talat med henne. Det kan naturligtvis förklaras med allt som hänt den senaste tiden. Men alldeles säker är jag inte.

Ytterdörren öppnades och Sven Nyberg kom inmarscherande i täten för två uniformsklädda män som bar på ett föremål som påminde Wallander om en dammsugare. Det tog de två militärerna tjugo minuter att gå över den lilla trädgården med minsökare. Poliserna stod vid fönstren och följde uppmärksamt deras försiktiga men målmedvetna arbete. Sedan förklarade de att trädgården var säker och gjorde sig klara att ge sig iväg igen. Wallander följde med dem ut på gatan där deras bil stod och väntade.

– Vad finns att säga om minan? frågade han. Storlek, explosionskraft? Går det att gissa var den är tillverkad? Allt kan vara av intresse.

Lundqvist, kapten, stod det på namnskylten som satt fastnålad på uniformsjackan på den äldre av de två männen. Det var också han som svarade på Wallanders fråga.

– Ingen särskilt kraftig mina, svarade han. Högst ett par hekto sprängämne. Men tillräckligt för att döda en människa. Vi kan kalla den en Fyra.

– Vad menas med det? frågade Wallander.

– En person trampar på minan, svarade kapten Lundqvist. Sen krävs det tre man för att bära bort honom ur en eventuellt pågående strid. Alltså har minan slagit ut fyra personer ur truppen.

Wallander nickade, han förstod tanken.

– Minor tillverkas inte på samma sätt som andra vapen, fortsatte Lundqvist. Bofors gör dom, liksom andra stora vapentillverkare. Men nästan varje land av betydelse har en egen tillverkning av minor. Antingen tillverkas dom öppet på licens eller som piratkopior. Terroristgrupper har sina egna modeller. För att man ska kunna säga nåt om minans identitet måste man hitta fragment av sprängämnet och helst också en bit av det material minan är tillverkad av. Det kan vara järn eller plast. Eller till och med trä.

– Då ska vi göra det, sa Wallander. Sen återkommer vi.

– En mina är inget trevligt vapen, sa kapten Lundqvist. Man brukar säga att den är världens billigaste och trofastaste soldat. Man lägger ut honom och han stannar där han är, i hundra år om man så vill. Han kräver varken vatten eller mat eller lön. Han bara finns där och väntar. Tills nån kommer och trampar på honom. Då slår han till.

– Hur länge kan en mina vara aktiv? undrade Wallander.

– Ingen vet. Fortfarande detonerar det ibland minor som lades ut under första världskriget.

Wallander gick tillbaka in i huset igen. I trädgården hade Sven Nyberg börjat den tekniska undersökningen av kratern.

– Sprängämne och helst en bit av minan, sa Wallander.

– Vad skulle vi annars leta efter? svarade Nyberg irriterat. Nergrävda ben?

Wallander övervägde om han skulle låta fru Dunér få lugna sig ytterligare några timmar innan han började tala med henne. Men hans otålighet hade börjat göra sig påmind igen, otåligheten över att han ingenstans tyckte sig se en möjlighet till ett genombrott och hitta en handfast utgångspunkt för spaningsarbetet.

– Ni får ta er an Björk, sa han till Martinson och Ann-Britt Höglund. I eftermiddag måste vi göra en ordentlig genomgång av spaningsläget.

– Finns det nåt spaningsläge? undrade Martinson.

– Det gör det alltid, svarade Wallander. Men det är inte hela tiden som vi märker det. Har Svedberg börjat tala med advokaterna som går igenom byråns arkivmaterial?

– Han har suttit där sen i morse, svarade Martinson. Men jag tror han vill slippa. Han är inte mycket för att läsa papper.

– Hjälp honom, sa Wallander. Jag har en obestämd känsla av att det är bråttom.

Han återvände in i huset, hängde av sig jackan och gick in på toaletten i tamburen. Han hajade till när han fick syn på sitt ansikte i spegeln. Han var orakad och rödögd, håret stod på ända och han undrade vilket intryck han egentligen hade lämnat efter sig på Farnholms slott. Han sköljde av ansiktet i kallt vatten medan han funderade på var han skulle börja för att få fru Dunér att inse att han var medveten om att hon av skäl han inte kände till höll inne med olika upplysningar. Vänlighet, tänkte han. Annars kommer hon att regla alla sina inre dörrar.

Han gick ut i köket där hon fortfarande satt nersjunken på en stol. Ute i trädgården bökade polisteknikerna. Då och då kunde Wallander höra Nybergs irriterade stämma. Han fick en känsla av att tidigare ha upplevt exakt samma ögonblick, den svindlande upptäckten av att ha gått i en cirkel och kommit tillbaka till en utgångspunkt som låg långt tillbaka i tiden. Han blundade och drog andan. Sedan satte han sig ner vid köksbordet och såg på kvinnan framför honom. Ett ögonblick tyckte han att hon påminde honom om hans sedan många år avlidna mor. Det grå håret, den magra kroppen där huden verkade uppspänd på en osynlig ram. Men han tänkte också att han inte längre mindes hennes ansikte, det hade förbleknat, glidit bort från honom.

– Jag förstår att ni är mycket upprörd, började han. Men vi måste ändå pratas vid.

Hon nickade utan att svara.

– Ni upptäckte alltså i morse att nån varit i trädgården under natten, sa Wallander.

– Jag såg det genast, svarade hon.

– Vad gjorde ni då?

Hon betraktade honom förvånat.

– Jag har redan berättat det här, sa hon. Måste jag upprepa allting?

– Inte allt, svarade Wallander tålmodigt. Ni behöver bara svara på dom frågor jag ställer.

– Det hade ljusnat, sa hon. Jag är morgontidig. Jag såg ut i trädgården. Nån hade varit där. Jag ringde till polisen.

– Varför ringde ni till polisen? frågade Wallander och betraktade henne uppmärksamt.

– Vad skulle jag annars ha gjort?

– Ni kunde till exempel ha gått ut och sett efter vad det var.

– Det vågade jag inte.

– Varför inte det? För att ni visste att det fanns nåt som kunde vara farligt där ute?

Hon svarade inte. Wallander väntade. Nyberg grälade irriterat ute i trädgården.

– Jag tror inte ni har varit helt uppriktig mot mig, sa Wallander. Jag tror det finns saker som ni borde berätta för mig.

Hon skuggade ögonen med ena handen som om ljuset i kö- ket besvärade henne. Wallander fortsatte att vänta. Klockan på köksväggen var snart elva.

– Jag har varit rädd så länge, sa hon plötsligt och såg på Wallander, som om det egentligen var han som bar ansvaret. Han väntade förgäves på en fortsättning som aldrig kom.

– Man brukar inte vara rädd utan att det finns en orsak, sa Wallander. Om polisen ska kunna ta reda på vad som hände med Gustaf och Sten Torstensson så måste ni hjälpa till.

– Jag kan inte hjälpa er, svarade hon.

Wallander insåg att hon vilket ögonblick som helst skulle kunna bryta samman. Ändå fortsatte han.

– Ni kan svara på mina frågor, sa han. Börja med att berätta varför ni är rädd.

– Vet ni vad som är det mest skrämmande som finns? sa hon plötsligt. Det är andra människors rädsla. Jag hade arbetat i trettio år för Gustaf Torstensson. Jag kände honom inte. Men jag kunde inte undgå att märka förändringen. Det var som en främmande lukt som plötsligt utgick från honom. Hans rädsla.

– När märkte ni den första gången?

– För tre år sen.

– Hade det hänt nåt särskilt vid det tillfället?

– Allt var som vanligt.

– Det är mycket viktigt att ni försöker minnas.

– Vad tror ni egentligen jag har gjort all den här tiden?

Wallander försökte tänka efter för att inte förlora greppet om fru Dunér. Trots allt verkade hon nu villig att svara på hans frågor.

– Ni talade aldrig med Gustaf Torstensson om det?

– Aldrig.

– Inte med hans son heller?

– Jag tror inte han märkte det.

Det kan vara sant, tänkte Wallander. Trots allt var hon i första hand Gustaf Torstenssons sekreterare.

– Ni har ingen förklaring till det som har hänt? Ni måste

förstå att ni kunde ha dött om ni gått ut i trädgården. Det anade ni och ringde istället till polisen. Ni har väntat på att nånting skulle hända. Och ni har ingen förklaring?

– Det kom människor till advokatkontoret om nätterna, sa hon. Både Gustaf och jag märkte det. En penna som låg annorlunda på ett bord, en stol som nån suttit i och nästan skjutit tillbaka som den stått innan.

– Ni måste ha frågat honom, sa Wallander. Ni måste ha påpekat det för honom.

– Jag fick inte lov. Han förbjöd mig.

– Han talade alltså om dom nattliga besöken?

– Man kan se på en människa vad man inte har lov att tala om.

Samtalet avbröts av att Nyberg knackade på köksfönstret.

– Jag är strax tillbaka, sa Wallander och reste sig. Utanför trädgårdsdörren stod Nyberg och sträckte fram handen. Wallander kunde se ett svartbränt föremål, knappast större än en halv centimeter.

– En mina av plast, sa Nyberg. Det törs jag säga redan nu.

Wallander nickade.

– Det är möjligt att vi kommer att kunna ta reda på vilken typ det är, fortsatte Nyberg. Kanske till och med var den är tillverkad. Men det kommer att ta tid.

– Det är en sak jag undrar över, sa Wallander. Kan du uttala dig om den person som placerade ut minan?

– Det kunde jag kanske ha gjort om du inte slängt ut en telefonkatalog, svarade Nyberg.

– Den var lätt att upptäcka, sa Wallander.

– En person som kan sina saker lägger en mina så att den inte syns, sa Nyberg. Både du och hon som sitter i köket kunde upptäcka att nån hade påtat i gräsmattan. Det är amatörer som varit framme.

Eller nån som vill att vi ska tro det, tänkte Wallander. Men det sa han inte utan återvände till köket. Han märkte att han bara hade en enda fråga kvar.

– I går eftermiddag fick ni besök av en kvinna med asiatiskt utseende, sa han. Vem var det?

Hon betraktade honom häpet.

– Hur vet ni det? frågade hon.

– Det spelar ingen roll, sa Wallander. Svara på min fråga.

– Hon är städerska på advokatbyrån, sa fru Dunér.

Så enkelt, tänkte Wallander och märkte att han blev besviken.

– Vad heter hon? frågade han.

– Kim Sung-Lee.

– Var bor hon?

– Jag har hennes adress på kontoret.

– Vad ville hon här i går?

– Hon undrade om hon skulle fortsätta sitt arbete.

Wallander nickade.

– Jag vill gärna ha hennes adress, sa han och reste sig.

– Vad händer nu? frågade fru Dunér.

– Ni ska inte behöva vara rädd mer, svarade Wallander. Jag ska se till att en polis finns här i närheten. Så länge det behövs.

Han sa till Nyberg att han gick och återvände sedan till polishuset. På vägen stannade han vid Fridolfs Konditori och köpte med sig några smörgåsar. Han stängde in sig på sitt rum och förberedde sig för det han skulle vara tvungen att säga till Björk. Men när han sökte honom på hans rum var han utgången. Samtalet skulle få vänta.

Klockan hade blivit ett när Wallander knackade på dörren till Per Åkesons tjänsterum i andra änden av det långa och smala polishuset. Varje gång han steg in i Åkesons rum förvånades han över det kaos som tycktes råda. Skrivbordet var fyllt av halvmeterhöga papperstravar, pärmar låg kringströdda på golvet och i besöksstolarna. Vid ena väggen låg en skivstång och en slarvigt hoprullad madrass.

– Har du börjat träna? frågade Wallander.

– Inte bara det, svarade Åkeson belåtet. Jag har dessutom lagt mig till med den goda vanan att sova middag efter lunchen. Jag har just vaknat.

– Sover du här på golvet? frågade Wallander förvånat.

– Trettio minuters sömn, sa Per Åkeson. Sen arbetar jag med ny energi.

– Jag kanske borde försöka med det, sa Wallander tveksamt.

Per Åkeson gjorde plats för honom i en av stolarna genom att helt enkelt knuffa ner en trave pärmar på golvet. Sedan satte han sig och la upp fötterna på skrivbordet.

– Jag hade nästan börjat ge upp hoppet om dig, sa han med ett leende. Men innerst inne visste jag nog att du skulle komma tillbaka.

– Det har varit en jävla tid, svarade Wallander.

Per Åkeson blev plötsligt allvarlig.

– Jag kan i grunden inte föreställa mig vad det innebär, sa han. Att döda en människa. Hur mycket självförsvar det än är. Det måste vara den enda handling det inte finns nån återvändo ifrån. Jag har nog inte fantasi tillräckligt för annat än att ana avgrunden.

Wallander nickade.

– Man kommer aldrig ifrån det, sa han. Men man kanske kan lära sig leva med det.

De satt tysta. Från korridoren hördes någon klaga över att en kaffeautomat var trasig.

– Vi är lika gamla du och jag, sa Per Åkeson. För ett halvår sen vaknade jag en morgon och tänkte: Herregud! Var det inte mer än det här? Livet! Inget annat? Jag måste tillstå att jag fick panik. Men nu i efterhand måste jag också erkänna att det var nyttigt. Jag gjorde nåt jag borde ha gjort för länge sen.

Ur en av papperstravarna drog han fram ett papper och sträckte det till Wallander. Han såg att det var en annons där olika FN-organ sökte juridiskt kvalificerade personer till olika tjänster utomlands, bland annat till olika flyktingcentra i Afrika och Asien.

– Jag lämnade in en ansökan, sa Per Åkeson. Sen glömde jag bort alltsammans. Men för en dryg månad sen blev jag plötsligt kallad till en intervju i Köpenhamn. Det finns en viss möjlighet att jag kommer att erbjudas ett tvåårskontrakt i ett stort läger med flyktingar från Uganda som ska repatrieras.

– Ta den chansen, sa Wallander. Vad säger din fru?

– Hon vet inte om det, svarade Per Åkeson. Jag vet ärligt talat inte vad som kommer att hända.

– Du får berätta, sa Wallander.

Per Åkeson tog ner fötterna från bordet och rensade undan några papper som låg framför honom. Wallander berättade om explosionen i fru Dunérs trädgård. Per Åkeson skakade vantroget på huvudet.

– Det kan inte vara möjligt, sa han.

– Nyberg var ganska säker, svarade Wallander. Och han brukar ha rätt, som du vet.

– Vad anser du om hela den här härvan? frågade Per Åkeson. Jag har pratat med Björk. Och jag är naturligtvis med på att ni river upp utredningen om Gustaf Torstenssons bilolycka. Men har vi verkligen ingenting att gå efter?

Wallander tänkte efter innan han svarade.

– Det enda vi nog kan vara helt säkra på är att det inte är nån egendomlig och sammanfallande slump som tagit död på de två advokaterna och dessutom placerat en mina i fru Dunérs trädgård. Det är en planerad förbrytelse. Som vi varken har början eller slut på.

– Du menar alltså att det fru Dunér utsattes för inte var tänkt som ett skrämskott?

– Den som la minan i hennes trädgård gjorde det för att döda henne, sa Wallander. Jag vill att hon ska ha skydd. Möjligen bör hon också flytta ut ur huset.

– Jag ska ordna det, sa Per Åkeson. Jag ska tala med Björk.

– Hon är rädd, sa Wallander. Men jag inser nu, efter att ha talat med henne igen, att hon inte vet varför hon är rädd. Jag trodde att hon höll inne med nånting. Nu förstår jag att hon vet lika lite som vi andra. Jag hade tänkt mig att du skulle kunna hjälpa till med att berätta om Gustaf och Sten Torstensson. Du måste ha haft mycket att göra med dom genom åren?

– Gustaf Torstensson var ett original, sa Per Åkeson. Och sonen var på god väg att bli det, han också.

– Gustaf Torstensson, sa Wallander. Jag tror att allting börjar med honom. Men fråga mig inte varför.

– Jag har haft mycket lite med honom att göra, sa Per Åkeson. Det var före min tid han uppträdde i rättssalen som offentlig försvarare. Dom senaste åren tycks han ha sysslat nästan enbart med ekonomisk rådgivning.

– Alfred Harderberg, sa Wallander. Mannen på Farnholms slott. Vilket också förefaller mig egendomligt. En obetydlig advokat från Ystad. Och en företagare med ett internationellt finansimperium.

– Vad jag har förstått är det en av Harderbergs största tillgångar, svarade Per Åkeson. Hans känsla för att leta upp och sen omge sig med dom rätta medarbetarna. Möjligen upptäckte han nånting hos Gustaf Torstensson som ingen annan hade sett.

– Det finns inga skuggor som faller över Alfred Harderberg? frågade Wallander.

– Inte vad jag vet, svarade Per Åkeson. Vilket kan förefalla egendomligt. Det påstås ju att det döljer sig ett brott bakom varje förmögenhet. Men Alfred Harderberg tycks vara en oförvitlig medborgare. Som dessutom visar intresse för Sverige.

– Hur då?

– Han låter inte alla sina investeringar flytta utomlands. Han har till och med lagt ner företag i andra länder och flyttat tillverkningen hit. I dag är det en ovanlighet.

– Inga skuggor faller alltså över Farnholms slott, sa Wallander. Finns det några fläckar på Gustaf Torstenssons rykte?

– Inga alls, svarade Per Åkeson. Redlig, pedantisk, tråkig. Gammaldags hederlighet. Inget snille, inget dumhuvud. Diskret. Han vaknade säkert aldrig en enda morgon och undrade vart livet hade tagit vägen.

– Ändå blir han mördad, sa Wallander. *En* fläck måste ha funnits. Kanske inte på honom själv. Men på nån annan.

– Jag är inte säker på att jag kan följa din tankegång, sa Per Åkeson.

– En advokat måste vara som en läkare, sa Wallander. Han känner många människors hemligheter.

– Förmodligen har du rätt, sa Per Åkeson. Nånstans i ett klientförhållande finns lösningen. Nånting som förenar alla på advokatbyrån. Och som också inbegriper sekreteraren, fru Dunér.

– Vi letar, sa Wallander.

– Om Sten Torstensson har jag inte mycket mer att säga, sa

Per Åkeson. Ungkarl, lite gammaldags även han. Jag har nån gång hört vaga rykten om att han skulle ha visat intresse för personer av samma kön. Men det är väl rykten som går om alla ungkarlar när dom kommit en bit upp i åren. Hade det varit för trettio år sen kunde vi ha gissat på utpressning.

– Det kan vara värt att notera, sa Wallander. Har du nåt mer?

– Egentligen inte. Nån enstaka gång kunde han komma med ett skämt. Det var ingen man bjöd hem på middag precis. Men han lär ha varit duktig på att segla.

Telefonen ringde. Per Åkeson tog luren och svarade. Sedan räckte han den över bordet till Wallander.

– Det är till dig.

Wallander hörde Martinsons röst. Han insåg genast att någonting viktigt hade hänt eftersom Martinson talade högt och gällt.

– Jag är nere på advokatbyrån, sa Martinson. Vi har hittat nånting som kanske är det vi har sökt efter.

– Vad?

– Hotelsebrev.

– Mot vem av dom?

– Mot alla tre.

– Fru Dunér också?

– Hon med.

– Jag kommer.

Wallander lämnade tillbaka luren till Per Åkeson samtidigt som han reste sig.

– Martinson har hittat några hotelsebrev, sa han. Det verkar som om du kan ha haft rätt.

– Ring mig hit eller hem så fort du har nåt att berätta, sa Per Åkeson.

Wallander gick direkt ut till sin bil utan att hämta jackan som låg på hans kontor. Han överskred hastighetsbegränsningen när han körde till advokatbyrån. Sonja Lundin satt på sin stol när han kom in genom ytterdörren.

– Var är dom? frågade han.

Hon pekade på sammanträdesrummet. Wallander öppnade dörren och insåg i samma ögonblick att han hade glömt att det även fanns tjänstemän från Advokatsamfundet närvarande. Tre allvarliga män, samtliga i sextioårsåldern, betraktade ogillande hans inträde i rummet. Han påminde sig det orakade ansikte han tidigare under dagen hade sett i fru Dunérs spegel och tänkte att han knappast var särskilt presentabel.

Martinson och Svedberg satt vid bordet och väntade på honom.

– Det här är kommissarie Wallander, sa Svedberg.

– En riksbekant polisman, svarade en av männen från Advokatsamfundet stelt och hälsade. Wallander tog de två andra i hand och satte sig sedan ner.

– Berätta, sa Wallander och såg på Martinson. Men svaret kom från en av de tre männen från Stockholm.

– Jag kanske bör inleda med att sätta kommissarie Wallander in i förfaringssättet när en advokatbyrå likvideras, sa mannen vars namn Wallander hade uppfattat som Wrede.

– Det kan vi ta sen, avbröt Wallander. Låt oss gå rakt på sak. Ni har alltså hittat några hotelsebrev?

Mannen som hette Wrede såg ogillande på Wallander. Men han sa ingenting mer. Martinson sköt över ett brunt kuvert till Wallander samtidigt som Svedberg gav honom ett par plasthandskar.

– Dom låg längst in i en låda i ett dokumentskåp, sa Martinson. Dom var inte diarieförda eller antecknade i nån liggare. Dom var undanstoppade.

Wallander satte på sig handskarna och öppnade det stora bruna kuvertet. Inuti fanns två brev på vitt papper. Han försökte tyda poststämplarna utan att lyckas. På det ena kuvertet fanns en svart bläckfläck, som om någon text på kuvertet hade strukits ut. Wallander tog ut de två brevarken och la dem framför sig. Breven var skrivna för hand och texterna var korta.

Oförrätten är inte glömd, ingen av er ska få lov att dö i synd, ni kommer att dö, Gustaf Torstensson, Eder son samt Dunér.

Det andra brevet var ännu kortare. Wallander såg att stilen var densamma.

Snart bestraffas oförrätten.

Det ena brevet var daterat 19 juni 1992. Det andra den 26 augusti samma år. Breven var undertecknade med namnet Lars Borman.

Wallander sköt försiktigt undan breven och drog av sig handskarna.

– Vi har letat i registren, sa Martinson. Men varken Gustaf eller Sten Torstensson har haft nån klient med namnet Lars Borman.

– Det är korrekt, sa mannen som hette Wrede.

– Mannen talar om en begången oförrätt, sa Martinson. Och det måste ha varit nåt grovt. Annars kan han knappast ha haft motiv nog att hota alla tre till livet.

– Du har säkert rätt, svarade Wallander frånvarande.

Återigen hade han fått en känsla av det var någonting han borde förstå, men som undgick hans medvetande.

– Visa mig var ni hittade kuvertet, sa han och reste sig.

Svedberg förde honom till ett stort dokumentskåp i det rum där fru Dunér hade sitt skrivbord. Svedberg pekade på en av lådorna längst ner. Wallander drog ut den. Den var full av hängmappar.

– Hämta Sonja Lundin, sa han.

När Svedberg kom tillbaka med henne såg Wallander att hon var mycket nervös. Ändå var han helt övertygad om att hon inte hade något att göra med de mystiska händelserna på advokatbyrån, utan att han ännu kunde säga varför.

– Vem hade nyckeln till det här dokumentskåpet? frågade han.

– Fru Dunér, svarade Sonja Lundin, med knappt hörbar röst.

– Tala högre, är ni snäll, sa Wallander.

– Fru Dunér, upprepade hon.

– Bara hon?

– Advokaterna hade egna nycklar.

– Var skåpet låst?

– Fru Dunér öppnade det när hon kom på morgonen och låste när hon gick.

Mannen som hette Wrede bröt in i samtalet.

– Vi har kvitterat ut en nyckel av fru Dunér, sa han. Sten Torstenssons nyckel. I dag är det vi som har öppnat.

Wallander nickade.

Det var något mer han borde fråga om, det visste han. Men han kunde inte komma på vad det var.

Istället vände han sig mot Wrede.

– Vad tror ni om dom här hotelsebreven? frågade han.

– Mannen måste naturligtvis gripas omedelbart, sa Wrede.

– Det var inte det jag frågade om, sa Wallander. Jag efterlyser er åsikt.

– Advokater har ofta en utsatt position.

– Jag antar att alla advokater förr eller senare mottar den här sortens brev?

– Advokatsamfundet kan möjligen tillhandahålla statistik.

Wallander betraktade honom länge innan han ställde sin sista fråga.

– Har ni nånsin mottagit nåt hotelsebrev? frågade han.

– Det har hänt.

– Varför?

– Det kan jag tyvärr inte avslöja. Då skulle jag bryta min tystnadsplikt som advokat.

Wallander nickade. Sedan stoppade han tillbaka brevpappren i det bruna kuvertet.

– Det här tar vi med oss, sa han till de tre männen från Advokatsamfundet.

– Riktigt så enkelt är det nog inte, svarade mannen som hette Wrede och hela tiden tycktes vara den som förde de andras talan. Han hade rest sig upp från bordet och Wallander fick en känsla av att han befann sig i en rättssal inför en domare.

– Det är möjligt att våra intressen just nu inte är sammanfallande, avbröt Wallander och irriterades över sitt sätt att uttrycka sig. Ni är här för att reda ut vad som ska ske med advokatbyråns kvarlåtenskap, om man nu kan kalla det så. Vi är här för att leta efter en eller kanske flera gärningsmän som begått mord. Det här bruna kuvertet följer med mig.

– Vi kan inte acceptera att några som helst dokument tas härifrån innan vi har haft kontakt med den åklagare som leder förundersökningen, svarade Wrede.

– Ring Per Åkeson, svarade Wallander. Och hälsa från mig.

Sedan tog han kuvertet och gick ut ur rummet. Martinson och Svedberg följde hastigt efter.

– Nu blir det bråk, sa Martinson när de lämnade advokatbyrån. Wallander hörde att Martinson inte lät alldeles missbelåten vid tanken.

Wallander frös. Blåsten var byig och tycktes tillta.

– Vad gör vi? sa han. Vad håller Ann-Britt Höglund på med?

– Sjukt barn, svarade Svedberg. Hanson skulle bli förtjust om han hörde det. Han har hela tiden hävdat att kvinnliga poliser är odugliga som spanare.

– Hanson har alltid hävdat både det ena och det andra, sa Martinson. Poliser som ständigt befinner sig på fortbildningskurser är heller inte särskilt användbara som brottsutredare.

– Breven är två år gamla, sa Wallander. Vi har ett namn, en man som heter Lars Borman. Han hotar Gustaf och Sten Torstensson till livet. Och fru Dunér. Han skriver ett brev, två månader senare ytterligare ett. Det ena brevet är postat i nån form av firmakuvert. Sven Nyberg är skicklig. Jag tror att han kan tala om för oss vad som står på det där kuvertet. Och naturligtvis var breven är avstämplade. Jag vet egentligen inte vad vi väntar på.

De återvände till polishuset. Medan Martinson ringde till Sven Nyberg som fortfarande höll på att gräva i fru Dunérs trädgård satte sig Wallander och försökte tyda poststämplarna.

Svedberg hade försvunnit för att att söka på namnet Borman i polisens olika centrala register. När Sven Nyberg en kvart senare steg in på Wallanders kontor var han blåfrusen och hade mörka gräsfläckar på overallens knän.

– Hur går det? frågade Wallander.

– Långsamt, svarade Nyberg. Vad trodde du? En mina som exploderar fördelar sig i miljontals partiklar.

Wallander pekade på de två breven och det bruna kuvertet som låg framför honom på bordet.

– Det här måste också undersökas ordentligt, sa han. Men först av allt vill jag veta var breven är poststämplade. Och vad som står på det ena kuvertet. Allt annat kan vänta.

Sven Nyberg satte på sig glasögonen, ställde in Wallanders skrivbordslampa och betraktade breven.

– Poststämplarna klarar vi med mikroskop, sa han. Det som står på kuvertet är överstruket med tusch. Där ska jag skrapa lite. Men jag tror jag kan få fram det utan att skicka breven till Linköping.

– Det är bråttom, sa Wallander.

Sven Nyberg tog irriterat av sig glasögonen.

– Det är alltid bråttom, sa han. Jag behöver en timme. Är det för mycket?

– Ta den tid du behöver, svarade Wallander. Jag vet att du arbetar så fort du kan.

Nyberg tog med sig breven och lämnade rummet. Strax därpå kom Martinson och Svedberg in i rummet.

– Det finns ingen Borman i registren, sa Svedberg. Jag har hittat fyra som heter Broman och en som heter Borrman. Jag tänkte att det kanske var felskrivet. Men Evert Borrman reste runt i trakterna av Östersund och kvitterade ut falska check-ar i slutet av 60-talet. Om han fortfarande lever bör han vara 85 år.

Wallander skakade på huvudet.

– Vi får vänta på Nyberg, sa han. Samtidigt tror jag vi gör klokt i att inte hoppas för mycket på det här. Hotet är brutalt. Men otydligt. Jag kallar på er när Nyberg hör av sig.

När Wallander blivit ensam drog han till sig den läderpärm han samma morgon fått vid sitt besök på Farnholms slott. I nästan en timme var han sedan uppslukad av att sätta sig in i. omfattningen av Alfred Harderbergs företagsimperium. Han hade inte avslutat läsningen när det knackade på dörren och Sven Nyberg kom in. Wallander upptäckte till sin förvåning att han fortfarande inte hade tagit av sig den smutsiga overallen.

– Nu ska du få svar på dina frågor, sa han och satte sig tungt i Wallanders besöksstol. Breven är avstämplade i Hel-

121

singborg. Och på det ena kuvertet kunde jag tyda att det stått Hotell Linden.

Wallander drog till sig ett kollegieblock och antecknade.

– Hotell Linden, upprepade Nyberg. Gjutargatan 12. Där stod till och med telefonnumret.

– Var? frågade Wallander.

– Det trodde jag du förstod, sa Nyberg. Breven är poststämplade i Helsingborg. Hotell Linden ligger också där.

– Bra, svarade Wallander.

– Jag gör bara det jag blir ombedd att göra, svarade Nyberg. Men eftersom det här gick så fort så gjorde jag nåt annat också. Och jag tror du kommer att få problem.

Wallander betraktade honom undrande.

– Jag ringde det där telefonnumret i Helsingborg, sa Nyberg. Det kom en hänvisningston. Numret har inte längre nån abonnent. Jag bad Ebba undersöka det hela. Det tog henne tio minuter att ta reda på att Hotell Linden är nerlagt sen ett år tillbaka.

Nyberg reste sig ur stolen och borstade av sätet.

– Nu går jag och äter lunch, sa han.

– Gör det, sa Wallander. Och tack för hjälpen.

När Nyberg hade gått funderade Wallander över vad han fått höra. Sedan ringde han efter Svedberg och Martinson. Några minuter senare hade de hämtat kaffe och satt sig inne hos Wallander.

– Det måste finnas ett centralt hotellregister, sa Wallander. Ett hotell är ett företag. Det har en ägare. Det kan inte avvecklas utan att det registreras nånstans.

– Vad händer med gamla hotelliggare? frågade Svedberg. Bränner man dom? Eller bevaras dom?

– Det här måste vi ta reda på, sa Wallander. Nu genast. Vad som framförallt är viktigt är att få tag på Hotell Lindens ägare. Om vi delar upp det mellan oss borde det inte ta mer än nån timme. Vi träffas igen när vi är färdiga.

När Wallander kom tillbaka till sitt rum ringde han ut till Ebba och bad henne leta efter namnet Borman i telefonkatalogerna över i första hand Skåne och Halland. Han hade just lagt på luren när det ringde. Det var hans far.

– Du glömmer inte att du ska komma på besök i kväll, sa fadern.

– Jag kommer, svarade Wallander och tänkte att han egentligen var för trött för att åka ut till Löderup. Men han visste att han inte kunde säga nej, han kunde inte ändra sig.

– Jag kommer vid sjutiden, sa han.

– Vi får väl se, svarade fadern.

– Vad menar du med det? sa Wallander och märkte att han blev arg.

– Jag bara menar att vi får se om det stämmer eller inte, svarade fadern.

Wallander tvingade sig att inte börja diskutera.

– Jag kommer, sa han bara, och avslutade samtalet.

Rummet där han befann sig tycktes honom plötsligt kvavt. Han gick ut i korridoren och fortsatte till receptionen.

– Det finns ingen abonnent som heter Borman, sa Ebba. Ska jag fortsätta att leta?

– Inte än, svarade Wallander.

– Jag vill bjuda hem dig på middag, sa Ebba. Du måste berätta hur du egentligen har det.

Wallander nickade. Men han sa ingenting.

Han återvände till sitt rum och öppnade fönstret. Vinden hade fortsatt att tillta, och han frös. Han stängde fönstret och satte sig vid bordet. Pärmen från Farnholms slott låg uppslagen. Men han sköt undan den. Han tänkte på Baiba i Riga.

Tjugo minuter senare satt han fortfarande och tänkte på henne när Svedberg knackade på dörren och steg in.

– Nu vet jag allt om svenska hotell, sa han. Martinson kommer strax.

När Martinson hade stängt dörren satte sig Svedberg på ena bordshörnet och läste från ett block där han hade gjort sina anteckningar.

– Hotell Linden ägdes och drevs av en man som heter Bertil Forsdahl, började han. Det kunde Länsstyrelsen upplysa om. Det var ett litet familjehotell som inte bar sig längre. Dessutom är Bertil Forsdahl gammal, sjuttio år. Men jag har hans telefonnummer här. Och han bor i Helsingborg.

Wallander slog numret medan Svedberg gav honom siffrorna. Många signaler gick fram innan det svarade.

Det var en kvinna som tog samtalet.

– Jag söker Bertil Forsdahl, sa Wallander.

– Han är inte inne, svarade kvinnan. Han kommer hem först i kväll. Vem är det som söker honom?

Wallander tänkte hastigt efter innan han svarade.

– Mitt namn är Kurt Wallander, sa han. Jag ringer från polishuset i Ystad. Jag har några frågor till er man angående det hotell han drev till för ett år sen. Det har inte hänt nånting, det gäller bara några rutinfrågor.

– Min man är en ärlig människa, svarade kvinnan.

– Det tror jag alldeles säkert, svarade Wallander. Det är bara några rutinfrågor. När kommer han hem?

– Han är på en pensionärsutflykt till Ven, sa kvinnan. Sen skulle dom äta middag i Landskrona. Men vid tio är han säkert hemma. Han lägger sig aldrig före midnatt. Det är en vana sen han hade hotell.

– Hälsa honom att jag hör av mig igen, sa Wallander. Och det är absolut ingenting att bekymra sig över.

– Det gör jag inte heller, sa kvinnan. Min man är en ärlig människa.

Wallander avslutade samtalet.

– Jag åker hem till honom i kväll, sa Wallander.

– Det kan väl vänta till i morgon, sa Martinson förvånat.

– Det kan det säkert, svarade Wallander. Men jag har ändå ingenting för mig i kväll.

En timme senare gjorde de en genomgång av spaningsläget. Björk hade meddelat att han fått förhinder, eftersom han blivit kallad till ett brådskande möte med länspolismästaren. Ann-Britt Höglund dök plötsligt upp. Hennes man hade kommit hem och tagit hand om det sjuka barnet.

Det rådde enighet om att koncentrera sig kring hotelsebreven. Men Wallander kände att något inte var som det skulle. Han kom inte ifrån den malande tanken att det var något egendomligt med de döda advokaterna, något han borde se men inte kunde sätta fingret på.

124

Han erinrade sig att Ann-Britt Höglund dagen innan gett uttryck för samma känsla.

Efter mötet blev de stående i korridoren.

– Om du åker till Helsingborg i kväll följer jag med, sa hon. Om jag får.

– Det behövs inte, sa han.

– Jag gör det gärna ändå.

Han nickade. De bestämde att träffas vid polishuset klockan nio.

Wallander for ut till sin fars hus i Löderup strax före klockan sju.

På vägen stannade han och köpte kaffebröd. När han kom fram stod fadern ute i sin ateljé och målade sitt ständigt upprepade motiv, ett höstlandskap, med eller utan en tjäder i förgrunden.

Min far är det man föraktfullt kallar en hötorgsmålare, tänkte Wallander. Ibland känner jag mig som en hötorgspolis.

Faderns hustru, det tidigare vårdbiträdet, var på besök hos sina föräldrar. Wallander räknade med att hans far skulle bli irriterad när han berättade att han bara kunde stanna en timme. Men till hans förvåning nickade han bara. De spelade kort en stund och Wallander gick inte närmare in på varför han åter hade börjat arbeta. Det verkade heller inte som om hans far var intresserad av att veta orsaken. Det var en kväll då de för ovanlighetens skull inte började gräla. När Wallander for tillbaka mot Ystad undrade han när det senast hade skett.

Klockan var fem i nio när de satte sig i Wallanders bil och körde mot utfarten till Malmö. Det blåste fortfarande och Wallander märkte att det drog från den otäta gummilisten vid vindrutan. Han kände den svaga doften från Ann-Britt Höglunds diskreta parfym. När de kommit ut på E 65 ökade han farten.

– Hittar du i Helsingborg? frågade hon.

– Nej, svarade han.

– Vi kan ringa kollegorna i Helsingborg och fråga, sa hon.

– Bäst att hålla dom utanför tills vidare, svarade Wallander.

– Varför det? frågade hon förvånat.

– När poliser klampar in på andras mark blir det alltid en massa besvär, sa Wallander. Man ska inte krångla till det för sig i onödan.

De for vidare under tystnad. Wallander tänkte med olust på det samtal han var tvungen att ha med Björk. När de kom till avtagsvägen mot Sturups flygplats svängde Wallander av. Några kilometer längre fram tog han av ytterligare en gång mot Lund.

– Berätta varför du blev polis, sa Wallander.

– Inte än, svarade hon. En annan gång.

Trafiken var gles. Blåsten tycktes hela tiden tillta. De passerade rondellen utanför Staffanstorp och såg ljusen från Lund. Klockan var fem i halv tio.

– Egendomligt, sa hon plötsligt.

Wallander märkte genast att någonting var annorlunda med hennes röst. Han kastade en blick på hennes ansikte som skymtade i ljuset från instrumentbrädan. Han märkte att hon höll blicken fäst mot spegeln på hennes sida. Han såg mot backspegeln. På avstånd skymtade billjus.

– Vad är det som är egendomligt? frågade han

– Jag har aldrig varit med om det tidigare, svarade hon.

– Vad?

– Att vara förföljd, sa hon. Eller åtminstone skuggad.

Wallander insåg att hon menade allvar. Han såg på billjusen i backspegeln.

– Hur kan du vara säker på att bilen följer efter oss? frågade han.

– Det är mycket enkelt, svarade hon. Den har legat bakom oss ända sen vi for.

Wallander såg tvivlande på henne.

– Jag är alldeles säker, sa hon. Bilen har följt oss ända sen vi lämnade Ystad.

7

Rädslan var som ett rovdjur.

Wallander skulle efteråt minnas den som en klo runt sin nacke, en bild som även för honom själv framstod som barnslig och ofullständig, men som ändå var den liknelse han till slut använde. Vem beskrev han rädslan för? Sin dotter Linda, och kanske även Baiba, i något av de brev han regelbundet skickade till Riga. Men knappast för någon annan. Han talade aldrig med Ann-Britt Höglund om vad han hade känt där i bilen, hon frågade inte, och han blev heller aldrig säker på om hon hade märkt hans rädsla eller inte. Men han hade varit så skräckslagen att han hade skakat, han hade trott han skulle mista kontrollen över bilen och åka med våldsam fart rakt ner i diket och kanske även in i döden. Han mindes alldeles klart att han hade önskat att han varit ensam i bilen. Det skulle ha gjort allting mycket enklare för honom. En stor del av rädslan, av rovdjurets tyngd, var oron att någonting skulle hända med henne, hon som satt bredvid honom i framsätet. Utåt sett hade han spelat rollen av den erfarne polismannen som inte lät sig rubbas av en så obetydlig händelse som att plötsligt upptäcka sig vara förföljd mellan Staffanstorp och Lund. Men han hade varit dödligt rädd ända tills de nådde stadsgränsen. Strax efter infarten till staden, och sedan hon meddelat att bilen fortfarande följde efter dem, hade han svängt in på en av de stora bensinstationer som hade kvällsöppet. De hade sett bilen passera, en mörkblå Mercedes, men de hade varken kunnat uppfatta registreringsnumret eller hur många som satt i den. Wallander hade kört fram till en av pumparna och stannat.

– Jag tror du tar fel, sa han.

Hon skakade på huvudet.

– Bilen följde efter oss, sa hon. Ända sen vi lämnade Ystad. Jag kan inte svära på att den stod och väntade utanför polishuset. Men jag upptäckte den tidigt. Redan i rondellen mot E65-an. Då var det bara en bil, vilken som helst. Men när vi hade tagit av två gånger och den fortfarande inte hade kört om, då började den bli någonting annat. Det har jag aldrig varit med om tidigare. En förföljande bil.

Wallander steg ur bilen och skruvade av tanklocket. Hon stod vid sidan av honom och följde hans arbete. Han tankade fullt.

– Vem skulle följa efter oss? frågade han när han hade hängt tillbaka slangen.

Hon stod kvar ute vid bilen när han gått in för att betala. Han tänkte att hon omöjligen kunde ha rätt. Men rädslan hade trots allt börjat släppa.

De for vidare genom staden. Gatorna var övergivna, trafikljusen tycktes bara växla färg med yttersta tvekan. När de hade lämnat staden bakom sig och Wallander ökade farten på motorleden norrut, började de åter att kontrollera trafiken bakom. Men Mercedesen var borta, den återkom inte. När de svängde av på Helsingborgs södra infart saktade Wallander ner farten. En smutsig lastbil körde förbi dem, och strax därpå en mörkröd Volvo. Wallander stannade vid vägkanten, tog av sig säkerhetsbältet och steg ur. Han gick till bilens bakände och hukade sig ner, som om han undersökte det ena bakhjulet. Han visste att hon skulle notera vilka bilar som passerade. Han väntade i fem minuter innan han åter reste sig. Då hade han räknat till fyra bilar som passerat, varav en buss som av motorljudet att döma hade fel på någon av sina cylindrar. Han satte sig i bilen och såg på henne.

– Ingen Mercedes? frågade han.

– En vit Audi, sa hon. Två män i framsätet, kanske också en där bak.

– Varför just den?

– Dom var dom enda som inte såg hitåt. Dessutom ökade dom farten.

Wallander pekade på biltelefonen.

– Ring till Martinson, sa han. Jag antar att du skrev upp registreringsnumren. Inte bara till Audin. Till dom andra också. Ge honom dom. Säg att det är brådskande.

Han gav henne Martinsons hemtelefon samtidigt som han började se sig om efter en telefonkiosk där han hoppades hitta en katalog som kunde ge honom den nödvändiga färdbeskrivningen. Han hörde hur hon först talade med något av Martinsons barn, förmodligen den tolvåriga dottern. Efter ett ögonblick kom Martinson till telefonen och hon gav honom registreringsnumren. Sedan räckte hon plötsligt luren till honom.

– Han vill tala med dig, sa hon.

Wallander bromsade in och stannade innan han svarade.

– Vad håller ni på med? frågade Martinson. Kan inte dom här bilarna vänta till i morgon?

– Om Ann-Britt ringer dig och säger att det är bråttom så är det bråttom, svarade han.

– Vad är det för bilar?

– Det tar för lång tid att förklara. Det får du veta i morgon. När du fått svar kan du ringa hit till bilen.

Han avslutade samtalet hastigt för att inte ge Martinson möjlighet att ställa fler frågor. Samtidigt såg han att hon hade blivit sårad.

– Varför litar han inte på mig? Varför måste han kontrollera med dig?

Hennes röst var plötsligt gäll. Wallander försökte förstå om hon inte ville eller inte kunde kontrollera sin besvikelse.

– Det är inget att bry sig om, sa han. Det tar tid att vänja sig vid förändringar. Du är den mest omskakande händelsen som inträffat på Ystads polishus på många år. Du är omgiven av ett antal gamla hundar som inte har den minsta lust att ändra sina vanor.

– Gäller det även dig? frågade hon.

– Det gör det säkert, svarade Wallander.

Wallander hittade ingen telefonkiosk förrän de hade kommit ända ner till färjeläget. Den vita Audin var borta. Wallander parkerade utanför järnvägsstationen. I stationshallen hittade han Gjutargatan på en smutsig väggkarta. Den låg i stadens östra utkant. Han memorerade vägbeskrivningen och återvände till bilen.

– Vem följer efter oss? frågade hon när de svängde vänster och passerade den vita teaterbyggnaden.

– Jag vet inte, svarade Wallander. Det är alltför mycket som är underligt med Gustaf och Sten Torstensson. Det känns som om vi hela tiden är på väg åt fel håll.

– Jag tycker vi står alldeles stilla, sa hon.

– Eller också rör vi oss i en cirkel, sa Wallander. Utan att vi upptäcker att vi trampar i våra egna fotspår.

Audin var borta. De letade sig in i ett villaområde. Allt var mycket stilla. Wallander parkerade utanför nummer tolv och de steg ur. Blåsten rev i bildörrarna. Villan var av rött tegel, i ett plan, med vidhängande garage och en liten trädgård. Under en presenning anade Wallander konturerna av en gammal träbåt.

Dörren öppnades innan de hade hunnit ringa på klockan. En vithårig man, klädd i träningsoverall, betraktade dem med ett nyfiket småleende.

Wallander tog fram sin polislegitimation.

– Jag heter Wallander och är kriminalpolis, sa han. Det här är min kollega Ann-Britt Höglund. Vi kommer från polisen i Ystad.

Mannen tog hans legitimation i handen och studerade den med närsynta ögon. I samma ögonblick kom hans hustru ut i tamburen och hälsade. Wallander fick en känsla av att han stod på tröskeln till ett hem där det levde två lyckliga människor. De bjöds att stiga in i ett vardagsrum där koppar och ett fat med kaffebröd stod framställda. Wallander skulle just sätta sig i en stol när han upptäckte en tavla som hängde på en av väggarna. Först trodde han inte sina ögon. Sedan insåg han att det var en av hans fars tavlor, en av varianterna där tjädertuppen saknades. Han märkte att Ann-Britt Höglund undrande följde hans blick. Han skakade bara på huvudet och satte sig ner. Det var andra gången i sitt liv han hade kommit in i främmande människors hus och upptäckt en tavla som hans far hade målat. En gång för fyra år sedan hade han upptäckt en tavla på väggen i en lägenhet i Kristianstad. Han mindes att den hade haft tjädern i motivets förgrund.

– Jag beklagar att vi kommer så sent på kvällen, sa Wallander. Men vi har några frågor som tyvärr inte kan vänta.

– Kaffe hinner ni väl ändå dricka, frågade hustrun.

De tackade ja. Wallander tänkte att Ann-Britt Höglund säkert hade följt med för att höra hur han genomförde en utfrågning. Han kände sig med ens osäker. Det hade gått så lång tid, tänkte han. Det är inte jag som ska lära henne, det är jag som måste lära om, minnas allt som jag till bara för några dagar sedan hade avskrivit som en avslutad tid av mitt liv.

Han tänkte på den oändliga stranden vid Skagen. Hans ensamma vaktdistrikt. Ett kort ögonblick längtade han tillbaka. Men det fanns ingenting där. Det var borta.

– Till för ett år sen drev ni ett hotell som hette Linden, började han.

– I fyrtio år, sa Bertil Forsdahl, och Wallander hörde att han gav uttryck för något han var stolt över.

– Det är lång tid, sa han.

– Jag köpte det 1952, fortsatte Bertil Forsdahl. Det hette Pelikanen den gången, var nerslitet och hade dåligt rykte. Jag köpte det av en man som hette Markusson. Han var alkoholiserad och struntade i allting. Det sista året hade rummen mest använts av hans berusade kamrater. Jag måste erkänna att jag fick hotellet billigt. Markusson dog året efter. Han fick fylleslag i Helsingör. Vi döpte om hotellet. Den gången stod det en lind på gatan utanför. Hotellet låg vid gamla teatern, som är riven nu, den också. Det hände att skådespelarna bodde hos oss. En gång övernattade faktiskt Inga Tidblad där. Hon skulle ha te på morgonen.

– Jag antar att ni har sparat liggaren där hon skrev in sitt namn, sa Wallander.

– Jag har alla liggare kvar, sa Bertil Forsdahl. Det ligger fyrtio årgångar nere i källaren.

– Det händer att vi sätter oss där nere en kväll ibland, sa hustrun plötsligt. Bläddrar och minns. Man ser namnen och minns människorna.

Wallander växlade ett hastigt ögonkast med Ann-Britt Höglund. En av de viktigaste frågorna hade de redan fått svar på.

En hund började plötsligt skälla ute på gatan.

– Grannens vakthund, sa Bertil Forsdahl ursäktande. Han vaktar hela gatan.

Wallander smakade på kaffet. Han upptäckte att det stod Hotell Linden på koppen.

– Jag ska berätta varför vi är här, sa han. På samma sätt som ni hade hotellnamnet på kaffekopparna, så hade ni brevpapper och kuvert med namn och adress färdigtryckta. I juni och augusti förra året postades två brev här i Helsingborg. Det ena kuvertet var ett av hotellets. Det bör ha varit under den sista tiden ni hade öppet.

– Vi stängde den 15 september, sa Bertil Forsdahl. Dom som bodde sista natten behövde inte betala.

– Får jag fråga varför ni stängde hotellet? frågade Ann-Britt Höglund.

Wallander märkte att han blev irriterad över att hon blandade sig i samtalet. Samtidigt hoppades han att hon inte skulle märka hans reaktion. Som om en kvinna borde tilltalas av en annan kvinna var det hustrun som svarade.

– Vad skulle vi göra? sa hon. Huset var utdömt och skulle rivas, hotellet bar sig inte. Vi hade nog orkat några år till om vi hade velat och fått lov. Men det gick alltså inte.

– In i det längsta hade vi försökt hålla högsta tänkbara standard, sa Bertil Forsdahl. Men till slut blev det för dyrt. Färgteve i varje rum. Det kostar mycket pengar.

– Det var en sorglig dag den 15 september, sa hustrun. Vi har alla rumsnycklarna kvar. 17 rum hade vi. Där huset stod är det parkeringsplats nu. Och linden är borta. Den dog av röta. Eller om träd kanske kan dö av sorg.

Hunden fortsatte att skälla ute på gatan. Wallander tänkte på trädet som inte längre fanns.

– Lars Borman, sa han sedan. Säger det namnet er nånting?

Svaret kom som en fullständig överraskning.

– Stackars man, sa Bertil Forsdahl.

– Det var en förfärlig historia, sa hans hustru. Varför börjar polisen intressera sig för honom nu?

– Ni vet alltså vem det är, sa Wallander. Han såg att Ann-Britt Höglund hastigt hade plockat fram ett anteckningsblock ur sin handväska.

– En trevlig man, sa Bertil Forsdahl. Tyst och stillsam. Alltid vänlig och förekommande. Såna människor finns knappast kvar i världen längre.

– Vi skulle gärna vilja komma i kontakt med honom, sa Wallander.

Bertil Forsdahl och hans hustru såg på varandra. Wallander fick plötsligt en känsla av att de kände sig obehagliga till mods.

– Lars Borman är död, sa Bertil Forsdahl. Det trodde jag ni visste?

Wallander satt tyst en stund innan han fortsatte.

– Vi vet ingenting om Lars Borman, sa han till slut. Det enda vi vet är att han förra året skrev två brev och vid ett tillfälle använde ett kuvert från ert hotell. Vi hade velat komma i kontakt med honom. Nu vet vi att det inte går. Men vi vill gärna veta vad som hände. Och vem han var?

– En regelbunden gäst, svarade Bertil Forsdahl. Under många år kom han till oss ungefär var fjärde månad. Oftast stannade han hos oss två till tre dagar.

– Vad hade han för yrke? Var kom han ifrån?

– Lars Borman var anställd vid landstinget, svarade hustrun. Han hade med ekonomi att göra.

– Revisor, förtydligade Bertil Forsdahl. En plikttrogen och ärlig ämbetsman vid Malmöhus Läns Landsting.

– Han bodde i Klagshamn, sa hustrun. Han hade fru och barn. Det hela var en förfärlig tragedi.

– Vad var det som hände? frågade Wallander.

– Han begick självmord, svarade Bertil Forsdahl. Wallander märkte att han tyckte det var plågsamt att påminna sig det som hade hänt.

– Om det var en människa som vi aldrig hade kunnat förvänta oss att han skulle ta livet av sig så var det Lars Borman, fortsatte Bertil Forsdahl. Men han bar tydligen på en hemlighet ingen av oss kunnat föreställa sig.

– Vad var det som hände? upprepade Wallander.

– Han hade varit här i Helsingborg, sa Bertil Forsdahl. Det var några veckor innan vi skulle slå igen. Han utförde sitt arbete under dagarna och tillbringade kvällarna på sitt rum. Han läste mycket. Sista morgonen betalade han räkningen

133

och tog adjö. Han lovade att höra av sig trots att hotellet skulle läggas ner. Sen for han. Några veckor senare fick vi höra vad som hade hänt. Han hade hängt sig i en skogsdunge utanför Klagshamn, några kilometer från sitt hus. Han hade cyklat iväg en tidig söndagsmorgon. Han lämnade ingenting efter sig, ingen förklaring, inget brev vare sig till hustrun eller barnen. Det kom som en chock för alla.

Wallander nickade långsamt. Han hade växt upp i Klagshamn. Han undrade i vilken skogsdunge Lars Borman hade slutat sitt liv. Kanske någonstans där han själv hade lekt som barn?

– Hur gammal var han? frågade Wallander.

– Han hade fyllt femtio, svarade hustrun. Men knappast så mycket mer.

– Han bodde i Klagshamn, sa Wallander, och arbetade som revisor på landstinget. Det förefaller mig lite underligt att han tog in på hotell. Så långt är det ju inte mellan Malmö och Helsingborg?

– Han tyckte inte om att köra bil, svarade Bertil Forsdahl. Dessutom tror jag han tyckte om att vara här. Han kunde stänga in sig på sitt rum om kvällarna och läsa sina böcker. Vi lät honom vara ifred. Det uppskattade han.

– Ni har förstås hans adress i liggarna, sa Wallander.

– Vi hörde att hans änka sålde huset och flyttade, svarade hustrun. Hon orkade inte bo kvar efter det som hade hänt. Och hans barn är vuxna.

– Vet ni vart hon flyttade?

– Till Spanien. Marbella tror jag det heter.

Wallander såg på Ann-Britt Höglund som förde noggranna anteckningar.

– Kan jag nu få lov att ställa en fråga, sa Bertil Forsdahl. Varför vill polisen veta det här om den döde Lars Borman?

– Ett rent rutinärende, svarade Wallander. Mer kan jag tyvärr inte säga. Men det är inte fråga om att han vare sig har varit eller är misstänkt för nåt brott.

– Han var en hederlig människa, sa Bertil Forsdahl bestämt. Han menade att man skulle leva enkelt och göra rätt för sig. Vi pratade en del med varandra under årens lopp.

Han blev alltid upprörd när vi kom in på ohederligheten som spred sig i samhället.

– Det kom aldrig nån förklaring till varför han begick självmord? frågade Wallander.

Både Bertil Forsdahl och hans hustru skakade på huvudet.

– Då så, sa Wallander. Vi skulle bara vilja se lite i liggaren för sista året, om det går bra.

– Vi har dom i källaren, sa Bertil Forsdahl och reste sig.

– Martinson kanske ringer, sa Ann-Britt Höglund. Det är bäst jag hämtar in telefonen från bilen.

Wallander gav henne nycklarna och hustrun följde henne ut. Sedan hörde han hur hon smällde i bildörren ute på gatan utan att grannhunden började skälla. När hon kommit tillbaka gick de ner i källaren. I ett rum som var förvånansvärt stort för att vara inrymt i källarplanet stod en lång rad med liggare på hyllor längs ena väggen. Där fanns också den gamla hotellskylten och en tavla där det hängde 17 rumsnycklar. Ett museum, tänkte Wallander och märkte att han blev rörd. Här döljer sig minnet av ett långt arbetsliv. Minnet av ett litet obetydligt hotell som till slut inte bar sig längre.

Bertil Forsdahl tog fram den sista liggaren i raden och slog upp den på ett bord. Han bläddrade fram till augusti månad 1992, till den 26 och pekade på en av spalterna. Wallander och Ann-Britt Höglund böjde sig över liggaren. Wallander kände genast igen handstilen. Han tyckte sig också märka att brevet var skrivet med samma penna som när Lars Borman fört in sitt namn i liggaren. Han hade varit född den 12 oktober 1939 och han kallade sig landstingsrevisor. Ann-Britt Höglund noterade adressen i Klagshamn: Mejramsvägen 23. Wallander kunde inte påminna sig gatunamnet. Det måste vara något av de många villaområden som anlagts efter det att han hade flyttat därifrån. Wallander bläddrade sig tillbaka i liggaren till juni månad. Där hittade han Lars Bormans namn igen, samma dag som det första brevet blivit postat.

– Förstår du nånting av det här? sa Ann-Britt Höglund med låg röst.

– Inte mycket, svarade Wallander.

I samma ögonblick surrade det i biltelefonen som Ann-

Britt Höglund burit med sig ner i källaren. Wallander nickade åt henne att svara. Hon satte sig på en pall och började anteckna det Martinson hade att säga. Wallander slog igen liggaren och såg hur Bertil Forsdahl ställde tillbaka den på sin plats. När samtalet var över gick de upp till bottenvåningen igen. I trappan frågade Wallander vad Martinson hade sagt.

– Det var Audin, sa hon. Vi får prata om det sen.

Klockan hade blivit kvart över elva. Wallander och Ann-Britt Höglund gjorde sig färdiga att gå.

– Jag beklagar den sena kvällen, sa Wallander. Men ibland kan polisen inte vänta.

– Jag hoppas vi har kunnat vara till nån hjälp, svarade Bertil Forsdahl. Även om det smärtar att bli påmind om den stackars Lars Borman.

– Det förstår jag, sa Wallander. Skulle ni komma på nåt mer så vill jag att ni ringer till polisen i Ystad.

– Vad skulle det vara? frågade Bertil Forsdahl förvånat.

– Jag vet inte, sa Wallander och sträckte fram handen till avsked.

De lämnade huset och satte sig i bilen. Wallander tände lampan inne i kupén. Ann-Britt Höglund hade tagit fram sitt anteckningsblock.

– Jag hade alltså rätt, sa hon och såg på Wallander. Det var den vita Audin. Numret stämde inte. Skylten var stulen. Den skulle egentligen ha suttit på en Nissan som inte är såld än. Den står på en bilfirma i Malmö.

– Och dom andra bilarna?

– Allting stämde.

Wallander startade motorn. Klockan hade blivit halv tolv. Vinden hade inte avtagit. De lämnade staden. Trafiken på motorvägen var sparsam. Ingen bil låg kvar i några av filerna bakom dem.

– Är du trött? frågade Wallander.

– Nej, svarade hon.

Det fanns en nattöppen bensinstation med ett kafé strax söder om Helsingborg. Wallander svängde av och stannade.

– Om du inte är trött så stannar vi en stund, sa han. Låt oss hålla ett litet nattligt sammanträde, du och jag, och försöka förstå vad vi egentligen har fått höra i kväll. Låt oss också se vilka andra bilar som stannar här. Det enda vi inte behöver bry oss om är en vit Audi.

– Varför inte? frågade hon förvånat.

– Kommer dom tillbaka så kommer dom i en annan bil, svarade Wallander. Vilka dom än är så vet dom vad dom gör. Dom kommer inte två gånger i samma bil.

De gick in på kaféet. Wallander beställde en hamburgare. Ann-Britt Höglund tog ingenting. De satte sig där de hade utsikt över parkeringsplatsen. Några danska långtradarchaufförer drack kaffe vid ett bord, i övrigt var kaféet tomt.

– Berätta nu vad du tror, sa Wallander. Om en revisor vid ett landsting som skriver hotelsebrev till två advokater och sen cyklar ut i skogen och hänger sig.

– Det är svårt att ha nån åsikt, svarade hon.

– Försök, sa Wallander.

De blev sittande tysta, var och en i sina tankar. En lastbil från en uthyrningsfirma stannade till vid bensinstationen. Wallanders mat blev uppropad. Han hämtade sin tallrik och återvände till bordet.

– I Lars Bormans brev är anklagelsen orättfärdighet, sa hon. Men vad denna orättfärdighet bestod i, vet vi inte. Lars Borman har inte varit deras klient. Vi vet inte vilket förhållande dom har haft till varandra. Vi vet med andra ord ingenting alls.

Wallander la ner gaffeln och torkade sig om munnen med en pappersservett.

– Du har säkert hört talas om Rydberg, sa han. En gammal kriminalpolis som dog för några år sen. Det var en klok man. Vid ett tillfälle sa han ungefär så här: poliser har en tendens att i tid och otid säga att dom ingenting vet. I själva verket vet vi alltid mycket mer än vad vi tror.

– Det låter som nåt av alla dom bevingade ord vi matades med på Polishögskolan, svarade hon. Som vi skrev upp och sen glömde så fort som möjligt.

Wallander blev irriterad. Han tålde dåligt att någon ifrågasatte Rydbergs kompetens.

– Vad ni skrev upp eller inte på Polishögskolan intresserar

mig knappast, sa han. Däremot borde du lyssna på vad jag säger. Eller på vad Rydberg sa.

– Blev du arg? sa hon förvånat.

– Jag blir aldrig arg, svarade Wallander. Men jag tycker din sammanfattning av vad vi vet om Lars Borman var dålig.

– Kan du göra den bättre? sa hon och nu hade hennes röst blivit gäll igen.

Hon är snarstucken, tänkte han. Förmodligen är det betydligt svårare än vad jag inser att vara ensam kvinna bland kriminalpoliserna i Ystad.

– Egentligen menar jag inte att din sammanfattning var dålig, ändrade han sig. Men jag tror att du glömmer några saker.

– Jag lyssnar gärna, svarade hon. Det vet jag att jag är bra på.

Wallander sköt undan tallriken och hämtade en kopp kaffe. De två danska långtradarchaufförerna hade lämnat kaféet. De var ensamma. En radio hördes svagt från köket.

– Det är naturligtvis omöjligt att dra några slutsatser, sa Wallander. Men man kan göra vissa antaganden. Man kan provlägga ett pussel och se om det verkar rimligt, om motivet åtminstone går att ana sig till.

– Så långt är jag med, svarade hon.

– Vi vet om Lars Borman att han var revisor, fortsatte Wallander. Vi vet också att han tydligen var en man som var obrottsligt hederlig. Det var den mest påfallande karaktäristiken Forsdahl och hans fru gav av honom. Frånsett att han var stillsam och tyckte om att läsa böcker. Min erfarenhet är att det är ganska sällan man börjar med att karaktärisera en människa på det sättet. Det tyder alltså på att han verkligen var en passionerat hederlig man.

– En hederlig revisor, sa hon.

– Plötsligt skriver denne hederlige man två hotelsebrev till Torstenssons advokatbyrå i Ystad. Han undertecknar med sitt eget namn. Men han stryker över hotellets namn på ett av kuverten. Här finns alltså flera antaganden vi kan göra.

– Han vill inte vara anonym, sa Ann-Britt Höglund. Men han vill inte dra in hotellet i det hela.

– Han vill inte bara undvika att vara anonym, sa Wallander. Jag tror vi kan anta att advokaterna visste vem Lars Borman var.

– En hederlig människa som upprörs över orättfärdighet, sa hon. Frågan är vad denna orättfärdighet innebär.

– Här kan vi göra mitt näst sista antagande, sa Wallander. Att det är ett mellanled som fattas. Lars Borman var inte advokaternas klient. Men det kan ha funnits nån annan, nån som å ena sidan hade kontakt med Lars Borman och å den andra med advokatbyrån.

Hon nickade eftertänksamt innan hon svarade.

– Vad gör en revisor? sa hon. Han kontrollerar att pengar sköts som dom ska. Han går igenom kvitton, han garanterar i revisionsberättelser att allt har gått riktigt till. Är det så du menar?

– Gustaf Torstensson sysslade med ekonomisk rådgivning, sa Wallander. En revisor ser till att lagar och förordningar följs. Med lite olika förtecken gör alltså en advokat och en revisor nästan samma sak. Eller borde åtminstone göra det.

– Det var ditt näst sista antagande, sa hon. Det betyder att du har ett till?

– Lars Borman skriver två hotelsebrev, sa Wallander. Han kan ha skrivit fler. Men det känner vi inte till. Vad vi däremot vet är att hotelsebreven bara stoppades undan i ett kuvert.

– Men i dag är advokaterna döda, sa hon. Och nån försökte i morse ta livet av fru Dunér.

– Och Lars Borman begår självmord, sa Wallander. Jag tror att det är där vi måste börja. Med hans självmord. Vi får kontakta kollegorna i Malmö. Nånstans finns ett papper som säger att brottsteorin är avskriven. Det måste finnas ett läkarutlåtande.

– Det lever en änka i Spanien, sa hon.

– Barnen bor förmodligen kvar i Sverige. Dom måste vi också tala med.

De reste sig och lämnade kaféet.

– Vi borde göra det här oftare, sa Wallander. Det är roligt att prata med dig.

– Trots att jag ingenting förstår? frågade hon. Och gör dåliga sammanfattningar?

Wallander ryckte på axlarna.

– Jag pratar för mycket, sa han.

De satte sig i bilen igen. Klockan närmade sig ett. Wallander tänkte med leda på den tomma lägenhet som väntade honom i Ystad. Det var som om någonting i hans liv hade tagit slut för mycket länge sen, långt innan han stod på knä i dimman på skjutfältet utanför Ystad. Men han hade inte märkt det. Han tänkte på sin fars tavla som han hade sett hänga på väggen i villan på Gjutargatan. Hittills hade faderns målande framstått för honom som något nästan skamligt, ett frieri på den dåliga smakens marknad. Nu undrade han plötsligt om det kunde vara på ett annat sätt. Att hans far målade tavlor som ingav människor en känsla av balans och jämvikt de annars sökte överallt men fann först i hans orörliga landskap. Han påminde sig tanken från tidigare, att han själv var en hötorgspolis. Kanske hans självförakt i grunden var onödigt?

– Vad tänker du på? avbröt hon hans tankar.

– Jag vet inte, svarade han undvikande. Jag är nog mest trött.

Wallander körde mot Malmö. Även om det var en liten omväg ville han hålla sig på huvudvägarna tillbaka mot Ystad. Trafiken var gles, ingenstans tyckte de sig upptäcka någon förföljande bil. Vinden var byig och rev i fordonet.

– Jag trodde inte det hände här, sa hon plötsligt. Att man blev förföljd av okända människor i en bil.

– Till för ett antal år sen gjorde det heller inte det, svarade Wallander. Sen skedde en förändring. Man säger att Sverige bytte ansikte långsamt och smygande. Men jag menar nog att allt var fullt avläsbart och synligt. Om man bara ville se efter.

– Berätta, sa hon. Hur det var innan. Och vad det var som hände.

– Jag vet inte om jag kan, svarade han efter en stunds tystnad. Jag har bara en privatmans åsikter. Men i det dagliga arbetet, även i en så liten och på sitt sätt obetydlig stad som Ystad, kunde vi märka skillnaden. Brotten blev fler och annorlunda, grövre och mer sammansatta. Och vi började hitta brottslingar bland människor som tidigare varit oförvitliga medborgare. Men varför allt det här började hända, det kan jag inte svara på.

– Det förklarar inte heller varför vi har ett av världens svagaste resultat att visa upp, sa hon. Den svenska polisen klarar ut färre brott än nästan alla andra poliskårer.

– Tala med Björk om det där, svarade Wallander. Det håller honom vaken om nätterna. Ibland tror jag att han har ambitionen att vi i Ystad ensamma ska återupprätta hela den svenska poliskårens rykte.

– Ändå måste det finnas en förklaring, fortsatte hon. Det kan inte bara vara så att det beror på att polisen anses underbemannad, att vi saknar dom där resurserna som alla talar om men som ingen egentligen kan säga vad dom är.

– Det är som om två världar håller på att mötas, sa Wallander. Många poliser upplever det som jag, att vi egentligen fick våra kunskaper och erfarenheter i en tid då allting var annorlunda, brotten mer genomskinliga, moralen handfast, polisens auktoritet odiskutabel. I dag skulle vi ha andra erfarenheter och kunskaper för att kunna vara lika dugliga. Men det har vi inte. Och dom som kommer efter oss, dom som är som du, har fortfarande för små möjligheter att påverka arbetet, att bestämma vad som bör prioriteras. Det känns ofta som om brottslingarna helt obehindrat kan öka sitt försprång. Och samhället svarar med att manipulera statistiken. Istället för att låta polisen lösa alla brott som begås så avskrivs dom. Det som var brottsliga handlingar för tio år sen betraktas i dag som icke-brott. Det sker en förskjutning dagligen. Det som en människa straffades för i går kan i dag vara en gärning som lämnas helt utan åtgärd, som blir avskriven ögonblicket efter att den inträffat. På sin höjd upprättas en rapport som sen försvinner i en osynlig papperstuggare. Kvar finns efteråt bara nånting som egentligen aldrig inträffade.

– Det kan aldrig sluta väl, svarade hon dröjande.

Wallander kastade en blick på henne.

– Vem har sagt att det kommer att sluta väl, sa han.

De hade passerat Landskrona och närmade sig Malmö. En ambulans med svepande blåljus körde om med hög fart. Wallander kände sig trött. Utan att han riktigt kunde klargöra orsaken för sig själv tyckte han för en kort stund synd om henne som satt bredvid honom. Under de kommande åren skulle hon ständigt tvingas ompröva sitt arbete som polis. Om hon inte var en människa utöver det vanliga skulle hon uppleva en oavbruten kedja av besvikelser, och ytterst få glädjeämnen.

Det var han säker på.

Men han tänkte också att det rykte hon omgavs av verkade vara sant. Han kunde påminna sig Martinsons första år efter det han lämnat Polishögskolan och kommit till Ystad. Då hade de inte haft mycket glädje av honom. I dag hade han blivit en av deras bästa spanare.

– I morgon ska vi göra en grundlig genomgång av allt material, sa han, i ett försök att uppmuntra henne. Nånstans måste det vara möjligt att bryta igenom väggen.

– Jag hoppas du har rätt, svarade hon. Men en dag kanske det går så långt också här, att vi börjar betrakta vissa typer av mord som gärningar som ska lämnas utan åtgärd.

– Då får polisen göra revolution, sa Wallander.

– Det skulle rikspolischefen aldrig gå med på.

– Vi passar på när han är utomlands och representationsäter, sa Wallander.

– Då kommer vi i alla fall inte att sakna tillfällen, sa hon.

Samtalet dog ut. Wallander följde motorleden öster om staden. Han koncentrerade sig helt på körningen och tänkte bara vagt på det som inträffat under den långa dagen.

Det var när de hade lämnat Malmö och var på väg mot Ystad längs E65 som Wallander plötsligt fick en föraning om att något inte var som det skulle. Då hade Ann-Britt Höglund slutit ögonen och lutat huvudet mot ena axeln. I backspegeln syntes inga billjus som följde dem.

Med ens var alla hans sinnen skärpta. Jag tänker hela tiden i fel banor, sa han till sig själv. Istället för att konstatera att ingen bil följer efter oss, måste jag fråga mig varför det är så? Om Ann-Britt Höglund hade rätt, och det finns ingen anledning för mig att betvivla att någon faktiskt följde efter oss ända sedan vi lämnade polishuset; då kan det vara ett tecken på att de helt enkelt inte anser ett förföljande nödvändigt längre.

Han tänkte på minan i fru Dunérs trädgård.

Utan att betänka sig bromsade han in bilen och svängde in till vägrenen med varselljusen tända. Ann-Britt Höglund vaknade till av att bilen stannade. Hon såg undrande och yrvaket på honom.

– Stig ur bilen, sa Wallander.

– Varför det?

– Gör som jag säger, röt han.

Hon slet av sig säkerhetsbältet och var ute ur bilen före honom.

– Gå undan, sa han.

– Vad är det? frågade hon medan de stod och såg på de blinkande varselljusen. Vinden var hårt byig och det var kallt.

– Jag vet inte, svarade Wallander. Kanske ingenting. Jag blev orolig över att ingen längre följde efter oss.

Han behövde inte förklara sin tankegång. Hon förstod honom genast. I det ögonblicket insåg Wallander också att hon redan nu var en duktig polis. Hon var intelligent, hon förstod att förhålla sig till oväntade kopplingar. Men han kände också att han för första gången på mycket lång tid hade någon att dela sin rädsla med. Där ute vid vägrenen, strax före avfarten mot Svedala, upplevde han att de oändliga vandringarna på stranden vid Skagen äntligen hade nått sin slutpunkt.

Wallander hade haft sinnesnärvaro nog att ta med sig biltelefonen. Han började slå numret hem till Martinson.

– Han kommer att tro att jag är tokig, sa han medan han väntade.

– Vad tror du kommer att hända?

– Jag vet inte. Men människor som gräver ner landminor i svenska trädgårdar kan säkert också göra nånting med en bil.

– Om det är samma personer, sa hon.

– Ja, svarade Wallander. Om det är samma personer.

Martinson svarade. Wallander hörde att han var yrvaken.

– Det är Kurt, sa han. Jag står på E 65-an strax utanför Svedala. Ann-Britt är med mig. Jag vill att du ringer Nyberg och ber honom komma hit.

– Vad är det som har hänt?

– Jag vill att han ska titta på min bil.

– Om du har motorfel kan du väl ringa till nån bärgare, sa Martinson förvånat.

– Jag har inte tid att förklara, sa Wallander och märkte att han blev irriterad. Gör som jag säger. Säg till Nyberg att han ska ta med sig material så han kan undersöka om jag kör omkring med en bilbomb under fötterna.

– En bilbomb?

– Du hörde vad jag sa.

Wallander avslutade samtalet och skakade på huvudet.

– Han har givetvis rätt, sa han sedan. Det låter naturligtvis vansinnigt att vi står här på E65-an mitt i natten och tror att det finns en bomb i bilen.

– Gör det det?

– Jag vet inte, sa Wallander. Jag hoppas naturligtvis att det inte gör det. Men jag är inte säker.

Det gick en timme innan Nyberg kom till platsen. Wallander och Ann-Britt Höglund var då helt genomfrusna. Wallander hade förberett sig på att Nyberg skulle vara ilsken när han jagats upp av Martinson med motiv som måste ha framstått som minst sagt tvivelaktiga. Men till hans förvåning var Nyberg vänlig och inställd på att något allvarligt hade hänt. Trots hennes protester skickade Wallander in Ann-Britt Höglund i Nybergs bil för att värma sig.

– Det ligger en termos i framsätet, sa Nyberg. Jag tror kaffet fortfarande är varmt.

Sedan vände han sig mot Wallander. Han upptäckte att Nyberg hade pyjamasjackan under sin överrock.

– Vad är det med bilen? frågade han

– Det hoppas jag du kan svara på, sa Wallander. Det finns en stor möjlighet att det inte är nånting alls.

– Vad är det jag ska leta efter?

– Jag vet inte. Det enda jag kan ge dig är en förutsättning. I ungefär trettio minuter lämnade vi bilen utan tillsyn. Den var låst.

– Har du larm? avbröt Nyberg.

144

– Jag har ingenting, svarade Wallander. Bilen är gammal och dålig. Jag har alltid föreställt mig att ingen skulle kunna vara intresserad av att stjäla den.

– Fortsätt, sa Nyberg.

– Trettio minuter, upprepade Wallander. När jag startade bilen hände alltså ingenting, allt var normalt. Från Helsingborg och hit bör det vara cirka tio mil. Vi stannade på vägen och drack kaffe. Jag hade tankat fullt på vägen upp mot Helsingborg. Det bör ha gått cirka tre timmar sen bilen stod utan tillsyn.

– Egentligen borde jag inte röra den, sa Nyberg. Om du har en misstanke om att den kan sprängas i luften.

– Jag trodde det hände när man startade motorn, sa Wallander.

– Nu för tiden kan man styra explosioner hur man vill, sa Nyberg. Det kan vara alltifrån inbyggda, självkontrollerande fördröjningsmekanismer till radiostyrda tändsignaler som dirigeras långt bortifrån.

– Det är kanske bäst vi låter den vara, sa Wallander.

– Kanske, svarade Nyberg. Men jag vill ändå ta mig en titt på den. Låt oss säga att jag gör det av fri vilja. Du beordrar mig inte.

Nyberg gick till sin bil och hämtade en kraftig ficklampa. Wallander tog emot en kaffemugg av Ann-Britt Höglund som nu stigit ur bilen igen. De såg hur Nyberg la sig ner på sidan och lyste under bilen. Sedan fortsatte han långsamt med att gå två varv runt den.

– Jag tror att jag drömmer, mumlade Ann-Britt Höglund vid Wallanders sida.

Nyberg hade stannat vid den öppna dörren till förarplatsen. Han kikade in och lyste med ficklampan. En överlastad folkvagnsbuss med polska skyltar for förbi på väg mot färjan i Ystad. Nyberg drog tillbaka ficklampan och kom emot dem.

– Hörde jag fel? frågade han. Men sa du inte att du hade tankat fullt på vägen mot Helsingborg?

– Jag tankade i Lund, sa Wallander. Det hade inte gått i en droppe till.

– Sen for ni till Helsingborg? Och hit?

Wallander räknade efter.

– Det kan inte ha varit mer än 15 mil, sa han.

I samma ögonblick märkte han att Nyberg rynkade pannan.

– Vad är det? frågade Wallander.

– Har du nånsin misstänkt att du har fel på din bensinmätare? frågade Nyberg.

– Aldrig. Den visar vad som finns av bensin.

– Hur många liter rymmer tanken?

– 60 liter.

– Förklara då för mig hur det kommer sig att mätaren visar att det bara finns en kvarts tank kvar.

Wallander förstod först inte vad Nyberg sa. Sedan insåg han innebörden av det han hade hört.

– Då har nån tappat ur bensin, sa han. Bilen drar mindre än en liter per mil.

– Låt oss gå tio meter längre bort, sa Nyberg. Jag tänker dessutom flytta min egen bil.

De såg honom köra åt sidan. Varselljusen fortsatte att blinka på Wallanders bil. Vinden var fortfarande hårt byig. Ytterligare en överlastad personbil med polska skyltar passerade österut. Nyberg kom fram till dem. Tillsammans betraktade de Wallanders bil.

– Om man tömmer ut bensin så gör man det för att få plats med nånting annat, sa Nyberg. Nån kan ha stoppat ner en sprängladdning med en förseningsmekanism som långsamt fräts upp av bensinen. Till slut tänder det. Brukar mätaren sjunka när bilen går på tomgång?

– Nej.

– Då tror jag vi ska låta den här bilen vara till i morgon, sa Nyberg. Egentligen borde vi spärra av hela E 65.

– Det skulle Björk aldrig gå med på, sa Wallander. Dessutom vet vi inte att nån har stoppat ner nånting i bensintanken.

– Vi får i alla fall skaffa fram folk som spärrar av, sa Nyberg. Det här är väl Malmös distrikt?

– Tyvärr, sa Wallander. Men jag ska ringa.

– Min handväska ligger kvar i bilen, sa Ann-Britt Höglund. Kan jag hämta den?

– Nej, svarade Nyberg. Den ligger där den ligger. Och motorn får fortsätta att gå.

Ann-Britt Höglund satte sig i Nybergs bil igen. Wallander slog numret till polisen i Malmö. Nyberg hade ställt sig vid vägkanten och kissade. Wallander såg upp mot stjärnhimlen medan han väntade på att samtalet skulle kopplas.

Det kom svar från Malmö. Samtidigt såg Wallander hur Nyberg drog upp blixtlåset i gylfen.

Sedan exploderade natten i ett skarpt vitt sken.

Telefonen slets ur Wallanders hand.

Klockan var fyra minuter över tre på morgonen.

8

Den plågsamma stillheten.

Efteråt var det så Wallander skulle minnas explosionen, som ett vidsträckt rum där syret hastigt pressats ut, uppkomsten av ett egendomligt vakuum där på E65, mitt i novembernatten, ett svart hål, där till och med den byiga vinden för ett kort ögonblick hade tvingats till tystnad. Det hela hade gått mycket fort, men minnet hade en förmåga att tänja ut sig, och han tyckte till slut att explosionen hade varit som en serie av hastigt övergående, men ändå tydligt åtskilda, avläsbara händelser.

Det som förvånade honom mest var att telefonen låg på den blöta asfalten, flera meter ifrån honom. Det var det obegripliga i situationen, inte att hans bil var insvept i våldsamma flammor och hastigt tycktes smälta ihop.

Nyberg var den som hade reagerat. Han hade slitit tag i Wallander och dragit undan honom, kanske hade han fruktat ytterligare någon explosion från den övertända bilen. Ann-Britt Höglund hade slängt sig ur Nybergs bil och sprungit till andra sidan vägen. Möjligen hade hon skrikit till. Men Wallander tänkte att det kunde också ha varit han själv som skrikit, eller Nyberg, eller ingen av dem, utan att det bara hade varit inbillning.

Däremot tänkte han att han borde ha gjort det. Han borde ha skrikit och rutit och förbannat det faktum att han gått i tjänst igen, över att Sten Torstensson besökt honom på Skagen och dragit in honom i en mordutredning som han aldrig borde ha befattat sig med. Han skulle aldrig ha återvänt, han skulle ha skrivit sitt namn på de papper Björk hade förberett, hållit en presskonferens och låtit sig intervjuas för ett uppslag i *Svensk Polis,* eller förmodligen baksidan, och sedan låtit allt vara förbi.

Men mitt i förvirringen efter explosionen hade det alltså

funnits ett ögonblick av plågsam stillhet, då Wallander hade kunnat tänka alldeles klart, medan han såg biltelefonen ligga på asfalten och sin gamla Peugeot brinna upp vid vägkanten. Tankarna hade varit klara och otvetydiga, de hade lätt hakat i varandra och han hade kunnat formulera en slutsats, den första upplevelsen av att dubbelmordet på de två advokaterna, den begravda minan i fru Dunérs trädgård och sedan mordförsöket på honom själv faktiskt avslöjade ett mönster, om än otydligt och med många ännu låsta dörrar.

Men en slutsats hade varit möjlig och oundviklig, mitt i förvirringen, och den hade varit förfärande, nämligen att någon trodde att han visste något han inte borde veta. Han var fullt övertygad om att den som placerat sprängämnet i bensintanken inte hade varit ute efter att döda Ann-Britt Höglund. Det gav bara en annan aspekt på vilka de personer var som dolde sig i skuggorna. De brydde sig inte om människoliv.

Wallander insåg med förtvivlan och rädsla att dessa människor, de som dolde sig i vita bilar med falska skyltar, tog miste. Han hade fullständigt ärligt kunnat avge en offentlig deklaration där han meddelat att det hela var ett misstag, han visste ingenting om vad som dolde sig bakom mordet på de två advokaterna, minan i fru Dunérs trädgård, och kanske även landstingsrevisorn Lars Bormans självmord, om det nu hade varit ett självmord.

Han visste ingenting. Men medan bilen ännu brann och Nyberg tillsammans med Ann-Britt Höglund dirigerade undan nyfikna nattrafikanter och kallade på brandkår och polis, hade han fortsatt att stå orörlig mitt på vägen och tänka sina tankar till slut. Han insåg att det bara fanns en utgångspunkt för det förfärliga misstaget att tro att han visste någonting. Det var Sten Torstenssons besök på Skagen. Det vykort han hade låtit sända från Finland hade inte varit tillräckligt. De hade följt honom till Jylland, de hade funnits där i dimman bland sanddynerna. De hade funnits i närheten av Konstmuseet där de hade druckit kaffe, de hade aldrig varit så nära att de hade kunnat höra, för då hade de också vetat att Wallander ingenting visste, eftersom Sten Torstensson i sin tur ingenting hade vetat, allt hade bara varit aningar. Men de hade inte kunnat ta risken. Därför brann nu hans gamla Peugeot upp vid vägkanten, därför hade grannhunden skällt medan de satt inne hos herr och fru Forsdahl.

Den plågsamma stillheten, tänkte han. Det är där jag befinner mig och det finns ytterligare en slutsats att dra, den kanske viktigaste av alla. För den innebär att vi ändå har fått ett genombrott i den här förfärliga brottsutredningen, en punkt att samlas kring och säga: här måste vi ta vår avspark. Här döljer sig kanske inte De vises sten men väl någonting annat som vi måste hitta.

Kronologin var äkta, tänkte han. Det hela utgår från den leråker där Gustaf Torstensson omkom för snart en månad sedan. Allt annat, inklusive avrättningen av sonen, måste vara beroende av det som hände den kvällen, när han var på väg hem från Farnholms slott. Det vet vi nu, det gör att vi kan bestämma vilken kurs vi ska följa.

Han böjde sig ner och tog upp sin telefon. Larmnumret till polisen i Malmö lyste mot honom. Han stängde av telefonen och insåg att den inte hade skadats av fallet mot vägbanan.

Brandkåren hade kommit. Han såg hur de släckte den brinnande bilen, svepte den i vitt skum. Nyberg stod plötsligt vid hans sida. Wallander upptäckte att han var svettig och skrämd.

– Det var nära, sa han.

– Ja, svarade Wallander. Men inte tillräckligt nära.

Nyberg såg undrande på honom.

Samtidigt kom ett polisbefäl från Malmö fram till Wallander. De hade träffats tidigare utan att Wallander kunde påminna sig namnet.

– Jag har förstått att det är din bil som brunnit upp, sa polismannen från Malmö. Ryktet har sagt att du varit ute ur tjänsten. Nu kommer du tillbaka och din bil brinner upp.

Wallander var ett ögonblick osäker på om mannen från Malmö var ironisk. Men han bestämde sig för att det inte var så, det var en naturlig reaktion. Samtidigt ville han försöka undvika att det uppstod onödig uppståndelse.

– Jag var på väg hem tillsammans med en kollega, sa han.

– Ann-Britt Höglund, sa mannen från Malmö. Jag har häl-
sat på henne. Hon hänvisade till dig.

Rätt, tänkte Wallander. Ju färre personer som pratar, desto
lättare blir det att hålla ihop det hela. Hon lär sig fort.

– Jag fick en känsla av att nånting inte var som det skulle,
sa Wallander. Vi stannade och steg ur. Jag ringde till Nyberg.
Sen sprang bilen i luften.

Polisbefälet från Malmö betraktade honom skeptiskt.

– Jag antar att det här är din officiella version, sa han.

– Bilen måste naturligtvis undersökas, sa Wallander. Men
ingen har kommit till skada. Tills vidare får du skriva det jag
har sagt. Men jag ska be Björk, chefen i Ystad, ta kontakt
med er. Jag hoppas du ursäktar, men jag minns faktiskt inte
ditt namn.

– Roslund, sa mannen från Mamö.

Wallander mindes. Han nickade.

– Vi spärrar av, sa Roslund. Jag lämnar en bil här.

Wallander såg på klockan. Den var kvart över fyra.

– Då åker vi hem och sover, sa han.

De for i Nybergs bil. Ingen hade något att säga. De lämna-
de av Ann-Britt Höglund utanför hennes hus. Sedan körde
Nyberg Wallander hem till Mariagatan.

– Vi måste ta itu med det här om några timmar, sa Wallan-
der innan han steg ur bilen. Vi kan inte vänta med det.

– Jag ska vara på polishuset klockan sju, sa Nyberg.

– Åtta räcker, sa Wallander. Tack för hjälpen.

Wallander tog en hastig dusch och sträckte sedan ut sig
mellan lakanen.

Klockan blev sex utan att han hade somnat.

Strax före sju steg han upp igen. Han visste att det skulle bli
en lång dag. Han undrade hur han skulle orka.

Torsdagen den 4 november började med en sensation.

Björk kom till arbetet orakad. Det hade aldrig hänt tidi-
gare. Men när dörrarna till sammanträdesrummet stängdes
fem minuter över åtta kunde alla se att Björk hade en betyd-
ligt kraftigare skäggväxt än någon tidigare hade kunnat ana.
Wallander insåg att han inte heller denna morgon skulle få

151

någon möjlighet att tala med Björk om det som hade hänt före hans besök på Farnholms slott. Men det kunde vänta, annat de hade framför sig var betydligt viktigare.

Björk landade sina handflator på bordet med en smäll och såg sig runt i rummet.

– Vad är det som händer? sa han. Här blir jag uppringd klockan halv sex av ett polisbefäl från Malmö som undrar om dom ska skicka egna tekniker för att undersöka Kurt Wallanders utbrända bil som står utanför Svedala på E65. Eller om vi ska skicka Nyberg och hans folk? Jag står där i köket halv sex på morgonen med telefonen i handen och vet inte vad jag ska svara, eftersom jag inte alls vet vad som har hänt. Har det överhuvudtaget hänt nånting? Har Kurt Wallander skadats eller till och med omkommit i en bilolycka som slutat med en brand? Jag vet absolut ingenting. Men Roslund i Malmö är en vettig man som kan ge besked. Jag vet nu ungefär vad som har inträffat. Men i grunden saknar jag naturligtvis fullständigt information om vad som pågick här i går kväll.

– Vi har ett dubbelmord att lösa, svarade Wallander. Vi har ett attentat mot fru Dunér att förhålla oss till. Vi har till i går haft ytterst lite att gå efter. Spaningen har stått och stampat, det tror jag alla är överens om. Så kommer hotelsebreven fram. Vi hittar ett namn och en anknytning till ett hotell i Helsingborg. Ann-Britt och jag reser dit. Det kunde ha väntat till i dag, det medger jag. Vi besöker ett par människor som kände Lars Borman. Dom kan ge oss betydelsefull information. Under resan till Helsingborg upptäcker Ann-Britt att nån följer efter oss. Vid Helsingborg stannar vi till och lyckas skriva upp ett antal tänkbara registreringsnummer. Martinson tar itu med att snabbt spåra numren. Medan vi sitter hos herr och fru Forsdahl, dom tidigare ägarna till det numera nerlagda Hotell Linden, är det nån som stoppar sprängmedel i vår bensintank. Av en ren tillfällighet börjar jag bli orolig på hemvägen. Jag ringer till Sven Nyberg. Efteråt exploderar bilen. Ingen skadas. Det sker utanför Svedala, på Malmöpolisens domäner. Det är vad som hänt.

Ingen sa något när Wallander hade tystnat. Han tänkte att

han lika gärna kunde fortsätta. Han skulle ge dem hela bilden, allt han hade tänkt där ute på vägen under natten, med bilen brinnande framför ögonen.

Ännu en gång tänkte han på den egendomliga upplevelsen av att ha befunnit sig i ett vakuum, där den byiga vinden plötsligt hade varit frånvarande.

Den plågsamma stillhetens ögonblick.

Men också klarsynens ögonblick.

Han redogjorde omsorgsfullt för sina tankar, och märkte genast att hans slutledningar väckte anklang. Han visste att hans kollegor var människor med stora polisiära kunskaper. De kunde skilja ut vad som var anspråksfulla teorier från sådant som var fantastiska men ändå fullt tänkbara händelseförlopp.

– Jag ser tre anfallspunkter, slutade Wallander. Koncentration på Gustaf Torstensson och hans klienter. Vi måste gräva djupt och snabbt i vad han hade för händer dom sista fem åren, sen han enbart ägnade sig åt ekonomisk rådgivning och liknande saker. Men för att spara tid börjar vi i första omgången med dom senaste tre åren, då han enligt fru Dunér började förändras. Jag vill också att nån talar med den asiatiska kvinna som städar på advokatbyrån. Fru Dunér har hennes adress. Hon kan ha sett eller hört nåt.

– Talar hon svenska? undrade Svedberg.

– Om inte får vi leta reda på en tolk, svarade Wallander.

– Jag ska tala med henne, sa Ann-Britt Höglund.

Wallander smakade på sitt kalla kaffe och fortsatte:

– Den andra frontlinjen vi ska dra upp är Lars Borman, sa han. Jag har en misstanke om att han, även om han är död, kan hjälpa oss vidare.

– Här behöver vi bistånd från kollegorna i Malmö, avbröt Björk. Klagshamn är deras område.

– Helst inte, sa Wallander. Jag tänkte det kunde gå fortare om vi skötte det själva. Som du själv så ofta har påpekat blir det gärna administrativa problem när poliser från skilda distrikt ska hjälpa varandra.

Medan Björk funderade på vad han skulle svara passade Wallander på att avsluta det han hade att säga.

– Det tredje spåret är naturligtvis att vi måste ta reda på vem det är som följer efter oss. Jag kanske ska fråga om nån av er andra har haft bilar efter er?

Martinson och Svedberg skakade på huvudet.

– Det finns alla skäl att hålla uppsikt, sa Wallander. Jag kan ju ta fel, det kanske inte bara är mig dom är oroliga för.

– Fru Dunér har bevakning, sa Martinson. Såvitt jag kan förstå behöver du också ha det.

– Nej, sa Wallander. Det behövs inte.

– Det kan jag inte gå med på, sa Björk bestämt. För det första ska du inte vara ute på fältet ensam. Dessutom får du beväpna dig.

– Aldrig, sa Wallander.

– Det blir som jag har sagt, sa Björk.

Wallander brydde sig inte om att argumentera vidare. Han visste ändå vad han skulle göra.

De fördelade arbetsuppgifterna mellan sig. Martinson och Ann-Britt Höglund skulle bege sig till advokatbyrån och börja gå igenom allt klientmaterial som berörde Gustaf Torstenssons sista år. Svedberg skulle göra en grundlig undersökning av den eller de bilar som hade följt efter dem till Helsingborg kvällen innan.

Wallander skulle ta sig an den döde Lars Borman.

– I flera dagar har jag haft en känsla av att det är nånting som brådskar, sa Wallander. Jag vet inte varför. Men låt oss ändå skynda på.

Spaningsmötet bröts. De gick åt olika håll. Wallander kände målmedvetenheten runt sig och såg att Ann-Britt Höglund lyckades väl med att bekämpa sin trötthet.

Wallander hämtade kaffe och gick in på sitt rum för att bestämma hur han skulle gå vidare. Nyberg stack in huvudet genom den halvöppna dörren och sa att han just var på väg till bilvraket vid Svedala.

– Jag antar att du vill att jag ska se om det finns några likheter med det som small i fru Dunérs trädgård, sa han.

– Ja, sa Wallander.

– Det kommer jag knappast att klara, sa Nyberg. Men jag ska försöka.

Nyberg försvann och Wallander ringde ut till Ebba i receptionen.

– Sannerligen märks det att du är tillbaka, sa hon. Det är ju förfärligt vad som händer.

– Det gick bra, svarade Wallander. Det är huvudsaken.

Han övergick hastigt till sitt ärende.

– Jag vill att du ordnar fram en bil åt mig, sa han. Jag måste resa in till Malmö om en stund. Sen undrar jag om du kan ringa till Farnholms slott och be att dom skickar hit en översikt över Alfred Harderbergs företagsimperium. Jag hade en pärm som låg i bilen i natt. Den brann upp.

– Det ska jag förstås inte säga, sa Ebba.

– Kanske inte, svarade Wallander. Men jag vill ha pärmen omgående.

Han avslutade samtalet.

Sedan slogs han av en tanke. Han gick ut i korridoren och knackade på Svedbergs dörr. När han öppnade var Svedberg just i färd med att gå igenom Martinsons anteckningar om bilarna från natten innan.

– Kurt Ström, sa Wallander. Minns du det namnet?

Svedberg tänkte efter.

– En polis i Malmö, sa han sedan tveksamt. Eller tar jag miste?

– Det är riktigt, sa Wallander. Jag vill att du gör en sak för mig när du är färdig med bilarna. Kurt Ström slutade som polis för många år sen. Det gick rykten om att han tvingades säga upp sig för att inte bli avskedad. Jag vill att du försöker ta reda på vad som hände. I all diskretion.

Svedberg antecknade namnet.

– Får jag fråga varför? undrade han. Har det med advokaterna att göra? Bilen som sprang i luften? Minan i trädgården?

– Allt har med det att göra, svarade Wallander. Kurt Ström arbetar som säkerhetsvakt vid Farnholms slott. Där Gustaf Torstensson hade varit på besök samma kväll han dog.

– Jag ska ta reda på det, sa Svedberg.

Wallander gick tillbaka till sitt rum och satte sig vid bordet. Han var mycket trött. Han orkade inte ens tänka på hur nära det egentligen varit att han och Ann-Britt Höglund hade omkommit samma natt.

Sedan, tänkte han. Inte nu. Den döde Lars Borman är för närvarande viktigare än den levande Kurt Wallander.

Han slog upp Malmöhus Läns Landsting i telefonkatalogen. Han visste från tidigare att det låg i Lund. Han slog numret och fick genast svar. Han begärde av växeln att bli kopplad till ekonomikontoret, till någon av cheferna.

– Dom träffas inte i dag, svarade flickan i växeln.

– Nån måste väl vara tillgänglig?

– Dom är i budgetkonferens hela dagen, sa flickan tålmodigt.

– Var då?

– Dom är på konferensgården i Höör, sa flickan. Men det lönar sig inte att ringa dit.

– Vad heter landstingets revisionschef? frågade Wallander. Är han också där?

– Han heter Thomas Rundstedt, svarade flickan. Han är i Höör han också. Men det kanske går bra att ringa i morgon?

– Tack för hjälpen, sa Wallander och la på.

Han hade ingen som helst avsikt att vänta till dagen efter. Han hämtade ytterligare en kopp kaffe och tänkte igenom det han visste om Lars Borman. Han blev avbruten av Ebba som ringde och sa att det stod en bil åt honom utanför polishuset.

Klockan hade blivit kvart över nio.

Det var en klar höstdag, blå himmel, med en vind som hade avtagit under morgontimmarna. Wallander gladde sig plötsligt åt bilturen som väntade honom.

Han kom till kursgården utanför Höör strax efter tio. Han parkerade och gick in i receptionen. På en skylt förkunnades att stora kurssalen var upptagen av landstingets budgetkonferens. En rödhårig man i receptionen log vänligt mot Wallander.

– Jag söker några deltagare i budgetkonferensen, sa han.

– Dom hade nyss kaffepaus, svarade receptionisten. Nästa avbrott är till lunch. Klockan halv ett. Innan dess går det tyvärr inte att störa dom.

Wallander tog fram sin polislegitimation.

– Ibland är det nödvändigt att störa, sa han. Jag ska skriva ett besked som du ska lämna in i kurssalen.

Han drog till sig ett block och började skriva.

– Har det hänt nåt? frågade receptionisten oroligt.

– Ingenting farligt, svarade Wallander. Men det kan ändå inte vänta.

Han rev av pappret.

– Mannen heter Thomas Rundstedt och är revisionschef, sa han. Jag sätter mig här och väntar.

Receptionisten försvann. Wallander gäspade. Han kände att han var hungrig. Genom en halvöppen dörr kunde han se in i en matsal. Han reste sig och gick dit. På ett bord stod en korg med ostsmörgåsar.

Han tog en av dem och åt upp den. Sedan en till. Därefter återvände han till soffan.

Det dröjde fem minuter innan receptionisten kom tillbaka. Han hade då i sällskap en man som Wallander förutsatte var den han sökte, revisionschefen Rundstedt.

Mannan var stor och axelbred. Wallander tänkte hastigt att han nog alltid föreställt sig revisorer som små och spensliga. Den man som nu stod framför honom kunde ha varit boxare. Han var dessutom helt flintskallig och betraktade Wallander misstroget.

– Jag heter Kurt Wallander och är kriminalpolis i Ystad, sa han och sträckte fram handen. Jag förmodar att det är ni som är Thomas Rundstedt och revisionschef vid Malmöhus Läns Landsting.

Mannen nickade kort.

– Vad gäller saken? frågade han. Vi har uttryckligen sagt ifrån att vi inte får bli störda. Landstingets finanser är inget man kan leka med. Inte i dessa tider.

– Säkert inte, svarade Wallander. Jag ska inte uppehålla er länge. Om jag säger namnet Lars Borman, vad säger ni då?

Thomas Rundstedt höjde förvånat på ögonbrynen.

– Det var före min tid, svarade han. Lars Borman var revisor vid landstinget. Men han är död nu. Jag har bara arbetat vid landstinget i sex månader.

Fan, tänkte Wallander. Jag har kört till Höör i onödan.

– Var det nåt annat? frågade Thomas Rundstedt.

– Vem efterträdde ni? frågade Wallander.

– Martin Oscarsson, svarade Rundstedt. Han gick i pension.

– Han var alltså Lars Bormans chef?

– Ja.

– Var finns han?

– Han bor i Limhamn. I ett vackert hus vid Sundet. Adressen är Möllevägen. Men jag minns inte gatunumret. Jag antar att han står i telefonkatalogen.

– Då var det inte mer, sa Wallander. Jag beklagar att jag har stört. Vet ni förresten hur Lars Borman avled?

– Det lär ha varit självmord, sa Thomas Rundstedt.

– Lycka till med budgeten, sa Wallander. Kommer skatten att höjas?

– Den som det visste, svarade Thomas Rundstedt och gick tillbaka till sitt arbete.

Wallander nickade till receptionisten och återvände till sin bil. Han ringde till nummerbyrån och fick adressen till Martin Oscarsson, Möllevägen 32.

Strax före klockan tolv var han där.

Huset var en stenvilla från sekelskiftet. Årtalet 1912 stod inskrivet ovanför den stora ytterporten. Han gick in genom grinden och ringde på. Dörren öppnades av en äldre man i träningsoverall. Wallander förklarade vem han var, visade sin legitimation och blev insläppt. I motsats till stenvillans dystra fasad var det där han nu steg in ljusa möbler, pastellfärgade gardiner, stora, öppna ytor. Någonstans ifrån hördes en grammofon. Wallander tyckte sig känna igen varietéartisten Ernst Rolfs stämma. Martin Oscarsson bjöd honom att stiga in i vardagsrummet samtidigt som han undrade om han fick bjuda på kaffe. Wallander avböjde.

– Jag har kommit för att tala med er om Lars Borman, sa han. Jag fick ert namn av Thomas Rundstedt. För ett år sen, strax innan ni gick i pension, avled han. Den officiella förklaringen är att han begick självmord.

– Varför vill ni tala om Lars Borman? frågade Martin Oscarsson, och Wallander märkte att han genast blev avvisande.

– Hans namn har kommit upp i en pågående brottsutredning, svarade Wallander.

– Vad för sorts brottsutredning?

Wallander tänkte att det var lika bra att säga som det var.

– Ni har kanske sett i tidningarna att en advokat i Ystad blev brutalt mördad för några dagar sen, sa han. Det är i samband med den utredningen jag behöver ställa några frågor om Lars Borman.

Martin Oscarsson betraktade honom länge innan han sa något.

– Trots att jag är en gammal man, trött men kanske ännu inte helt bruten, måste jag erkänna att jag blir nyfiken. Jag ska svara på de frågor ni har om jag kan.

– Lars Borman arbetade som landstingsrevisor, sa Wallander. Vad hade han egentligen för uppgifter? Och hur länge hade han arbetat inom landstinget?

– En revisor är en revisor, svarade Martin Oscarsson. Vad han gör hörs på namnet. Han reviderar en bokföring, i det här fallet landstingets. Han kontrollerar att allt följer givna bestämmelser, att utgiftsposter som beslutats av förvaltningsutskottet inte överskrids. Men han kontrollerar även att folk verkligen får det dom ska ha i lön. Nu måste man komma ihåg att ett landsting är som ett mycket stort företag, snarast som ett industriimperium sammansatt av mindre kejsardömen. Ett landstings främsta uppgift är att svara för sjukvården. Men vid sidan av finns många andra verksamhetsgrenar. Utbildning, kultur, mycket annat. Lars Borman var naturligtvis inte vår enda revisor. Han kom till landstinget från Kommunförbundet i början på 80-talet.

– Var han en duktig revisor? frågade Wallander.

Svaret från Martin Oscarsson kom mycket bestämt.

– Han var den bäste revisor jag kommit i kontakt med under hela mitt liv.

– Varför det?

– Han arbetade snabbt utan att förlora i noggrannhet. Han var djupt engagerad i sitt yrke och kom ständigt med förslag till olika lösningar för att spara pengar åt landstinget.

– Jag har hört om honom att han karaktäriserades som en mycket hederlig man, sa Wallander.

– Naturligtvis var han det, svarade Martin Oscarsson. Men det är knappast nåt sensationellt. Revisorer brukar vara hederliga. Undantag finns naturligtvis. Men dom kan aldrig överleva inom en förvaltning som ett landsting.

Wallander betänkte sig kort innan han fortsatte.

– Plötsligt begår han självmord, sa Wallander. Kom det oväntat?

– Givetvis var det oväntat, svarade Martin Oscarsson. Är inte alla självmord det?

Efteråt kunde Wallander inför sig själv inte ge något tillfredsställande svar på vad som egentligen hände. Det var någonting som skiftade i Martin Oscarssons röst, ett svagt stråk av osäkerhet, kanske ovilja, som tillkom i hans sätt att svara. För Wallander ändrade samtalet därmed karaktär, han skärpte sin uppmärksamhet, rutinen ersattes av vaksamhet.

– Ni måste ha arbetat mycket nära Lars Borman, sa Wallander. Ni måste ha känt honom väl. Hur var han som människa?

– Vi umgicks aldrig. Han levde för sitt arbete och sin familj. Han hade en integritet som ingen ifrågasatte. Kom nån för nära drog han sig genast undan.

– Kan han ha varit svårt sjuk?

– Jag vet inte.

– Ni måste ha tänkt mycket på hans självmord.

– Det var en obehaglig tid. Det förmörkade dom sista månaderna innan jag gick i pension.

– Kan ni berätta om hans sista arbetsdag?

– Eftersom han avled på en söndag såg jag honom sista gången på fredagseftermiddagen. Det var ett möte med landstingets ekonomichefer. Det var ett ganska upprört möte, tyvärr.

– Varför det?

– Det rådde delade meningar om hur ett problem skulle lösas.

– Vilket problem?

Martin Oscarsson betraktade honom tankfullt.

– Jag är inte övertygad om att jag bör svara kommissarien på den frågan, sa han.

– Varför inte?

– För det första har jag gått i pension. För det andra föreskriver förvaltningslagen vilka ärenden som ska behandlas förtroligt.

– Vi har en offentlighetsprincip i det här landet, sa Wallander.

– Den gäller dock inte dom ärenden som av särskilda skäl bedöms vara mindre lämpliga att offentliggöras.

Wallander tänkte efter innan han fortsatte.

– Den sista dagen Lars Borman tjänstgjorde deltog han i ett möte med landstingets ekonomichefer, sa han. Har jag förstått rätt?

Martin Oscarsson nickade.

– På det mötet behandlades, delvis i upprörda former, ett problem som sen bedömdes ligga utanför kravet om den offentliga insynen. Det betyder med andra ord att protokollet är hemligstämplat?

– Inte riktigt, svarade Martin Oscarsson. Det förekom inget protokoll.

– Då kan det heller inte ha varit ett reguljärt förvaltningsmöte, sa Wallander. Då måste det föras protokoll, som sen ska justeras.

– Det var en förtrolig överläggning, sa Martin Oscarsson. Det hela är överspelat nu. Jag tror inte jag ska svara på fler frågor. Jag är en gammal man. Jag har glömt det som hände.

Det är precis tvärtom, tänkte Wallander. Mannen som sitter framför mig har ingenting glömt. Vad var det för fråga som behandlades den där fredagen?

– Jag kan naturligtvis inte tvinga er att svara på mina frågor, sa Wallander. Men jag kan vända mig till en åklagare. Jag kan gå till landstingets förvaltningsutskott. Jag kan överhuvudtaget göra mycket för att till slut få reda på vad som var problemet.

– Jag svarar inte på fler frågor, sa Martin Oscarsson och reste sig upp ur stolen.

Wallander blev sittande.

– Sätt er ner, sa han bestämt. Jag har ett förslag.

Martin Oscarsson tvekade innan han satte sig ner igen.

– Låt oss göra på samma sätt som den där fredagseftermiddagen, sa Wallander. Jag för inga anteckningar. Låt oss kalla det ett samtal i all förtrolighet. Det finns inga vittnen till att det här samtalet nånsin har förekommit. Jag kan ge er mitt ord på att jag aldrig ska referera till er, oberoende av vad ni kommer att säga. Blir det nödvändigt så kan jag hämta upplysningarna från annat håll.

Martin Oscarsson övervägde hans förslag.

– Thomas Rundstedt vet att ni besöker mig, sa han.

– Han vet inte vad det gäller, invände Wallander.

Han väntade medan Martin Oscarsson överlade med sig själv. Ändå visste han hur det skulle gå. Han betvivlade inte att Martin Oscarsson var en klok gammal man.

– Jag går med på kommissariens förslag, sa han till slut. Men jag kan inte garantera att jag kan svara på alla era frågor.

– Kan eller vill? frågade Wallander.

– Det blir min ensak, svarade Martin Oscarsson.

Wallander nickade. De var överens.

– Problemet, sa Wallander. Vad var det?

– Malmöhus Läns Landsting hade varit utsatt för ett grovt bedrägeri, sa Martin Oscarsson. Då visste vi fortfarande inte hur mycket pengar det gällde. Men nu vet vi.

– Hur mycket?

– Fyra miljoner kronor. Skattebetalarnas pengar.

– Vad hade hänt?

– För att kommissarien ska förstå måste jag ge en bakgrund till hur ett landsting fungerar, sa Martin Oscarsson. Vi omsätter mångmiljardbelopp varje år, genom ett otal verksamheter och avdelningar. Landstingets ekonomiska förvaltning är givetvis central och den är helt igenom datoriserad. På olika nivåer finns olika säkerhetssystem inbyggda, för att förskingringar eller andra oegentligheter inte ska kunna inträffa. Det finns säkerhetssystem som kontrollerar även dom högsta cheferna, som jag inte behöver gå närmare in på i det här fallet. Vad som däremot är viktigt att understryka är att det givetvis pågår en löpande revision av alla utbetalningar. Om någon har för avsikt att ägna sig åt ekonomisk brottslighet inom ett landsting måste personen ifråga vara mycket väl insatt i hur pengar transporteras mellan konton. Det här är hur som helst bakgrunden.

– Jag tror jag förstår, svarade Wallander och väntade på fortsättningen.

– Det som skedde avslöjade att säkerhetsföreskrifterna var för dåliga, fortsatte Martin Oscarsson. Men dom har ändrats radikalt sen den gången. I dag vore denna form av bedrägeri inte möjlig.

– Ta god tid på er, sa Wallander. Jag vill gärna att ni berättar så detaljerat som möjligt om vad som hände.

– Fortfarande finns det luckor i händelseförloppet, sa Martin Oscarsson. Men det vi vet är följande: Som kommissarien kanske känner till har hela den svenska samhällsförvaltningen under senare år genomgått en väldig omvandling. På många sätt har det varit som att utsättas för en operation utan tillfredsställande bedövning. Särskilt har vi som tillhör en äldre tradition inom ämbetsmannakåren haft betydande svårigheter att följa dom våldsamma kasten. Omvandlingen är fortfarande inte över och det kommer att dröja innan vi kan bedöma alla konsekvenser. Men förvaltningarna på olika samhällsnivåer skulle drivas som den privata företagsamheten, marknadskrav och konkurrens. Olika enheter ombildades till bolag, andra lades ut på entreprenad, på alla skärptes kraven om effektivitet. Bland annat innebar detta för vårt landsting att ett särskilt bolag skulle bildas för att ta hand om den upphandling som ett landsting gör varje år. Att ha ett landsting som kund är bland det bästa som kan hända ett företag, antingen det är tvättmedel eller gräsklippare som tillverkas och ska säljas. I samband med bolagsbildningen hade vi hyrt in ett konsultföretag som bland mycket annat skulle värdera ansökningarna till dom nyinrättade chefstjänster som hade utannonserats. Och det var då vi utsattes för bedrägeriet.

– Vad hette konsultföretaget?

– STRUFAB. Men jag minns inte just nu vad förkortningen betydde.

– Vem stod bakom företaget?

– Det tillhörde en division inom investmentföretaget Smeden. Det i sin tur är ett börsnoterat företag, som kommissarien kanske känner till.

– Mycket dåligt, svarade Wallander. Finns det nån huvudägare?

– Så vitt jag vet hade Volvo och Skanska den gången stora aktieposter i Smeden. Men det kan ha ändrats sen dess.

– Vi kan komma tillbaka till det, sa Wallander. Låt oss återvända till bedrägeriet. Vad var det som hände?

– Vi hade under sensommaren och början av hösten ett antal möten för att bekräfta den nya bolagsbildningen, sa Martin Oscarsson.

Konsultföretaget arbetade effektivt och våra jurister gav dom mycket beröm, liksom landstingets ekonomichefer. Vi hade faktiskt föreslagit förvaltningsutskottet att diskutera möjligheten av att knyta STRUFAB på ett långtidskontrakt till landstinget.

– Vad hette konsulterna?

– Egil Holmberg och Stefan Fjällsjö. Vid nåt tillfälle var ytterligare en person närvarande. Hans namn har jag tyvärr glömt.

– Men dessa personer visade sig alltså vara bedragare?

Martin Oscarssons svar var överraskande.

– Jag vet inte, svarade han. För bedrägeriet genomfördes på ett sådant sätt att ingen till slut kunde fällas. Det fanns ingen skyldig. Men pengarna var borta.

– Det låter mycket egendomligt, sa Wallander. Vad hände?

– Vi får gå tillbaka till fredagseftermiddagen den 14 augusti 1992, sa Martin Oscarsson. Den dag då kuppen iscensattes och genomfördes på mycket kort tid. Vad vi efteråt kunde förstå var allt ytterst välplanerat. Vi hade ett möte med konsulterna i ett sammanträdesrum på ekonomiavdelningen. Vi började klockan ett och avsåg att vara färdiga till klockan fem. När mötet började meddelade Egil Holmberg att han var tvungen att gå redan klockan tre. Men det behövde inte påverka mötet. Ungefär klockan fem minuter i två kom ekonomidirektörens sekreterare in i rummet och meddelade att ett viktigt telefonsamtal väntade på Stefan Fjällsjö. Så vitt jag minns blev det sagt att det var från industridepartementet. Stefan Fjällsjö ursäktade sig och följde med sekreteraren för att ta samtalet på hennes tjänsterum. När samtalet kom, har hon sen berättat, tänkte hon lämna rummet för att låta Stefan Fjällsjö vara ensam. Hon fick då besked att samtalet säkert skulle vara i minst tio minuter. Därpå lämnade hon rummet. Vad som sen skedde är naturligtvis oklart i detalj. Men det huvudsakliga förloppet känner vi. Stefan Fjällsjö har lagt ifrån sig telefonluren på bordet, vem det var som ringde vet vi inte, bara att det naturligtvis inte var från industridepartementet. Sen har han gått in genom dörren som ledde från sekreterarens rum in till ekonomidirektören och slagit in en överföring på fyra miljoner kronor till ett företagskonto på Handelsbanken i Stockholm. Överföringen specificerades som betalning för utförda konsulttjänster. Eftersom ekonomidirektören hade ensam attesträtt var det inget problem. I specifikationen fanns en hänvisning till ett kontraktnummer med det påhittade konsultföretaget, jag tror det kallades SISYFOS. Stefan Fjällsjö skrev en bekräftelse på att han attesterade överföringen. Han förfalskade ekonomidirektörens namnteckning och använde det föreskrivna formuläret. Sen förde han in även attesten på datorn. Den skrivna attesten la han i mappen med internposten. Därefter återvände han till sekreterarens rum, fortsatte att prata med sin kumpan i telefon och avslutade samtalet när sekreteraren återvände. Därmed var den första delen av bedrägeriet över. Stefan Fjällsjö återvände till sammanträdesrummet. Det hade gått mindre än femton minuter.

Wallander lyssnade uppmärksamt. Eftersom han inte förde några anteckningar var han rädd att glömma olika detaljer.

Martin Oscarsson fortsatte:

– Strax före klockan tre reste sig Egil Holmberg och lämnade sammanträdet. Efteråt har vi förstått att han dock inte lämnade landstingslokalerna utan gick en trappa ner till det rum som var bokföringschefens. Jag kanske bör påpeka att det stod tomt eftersom han var med på vårt sammanträde. I normala fall var han inte närvarande. I detta möte hade dock konsulterna begärt att han skulle delta. Allt var med andra ord väl förberett. Egil Holmberg gick in i bokföringschefens dator, la in det påhittade kontraktet, och daterade en begäran om utbetalning av fyra miljoner kronor en vecka tidigare. Därefter ringde han upp Handelsbankens kontor i Stockholm och aviserade utbetalningen. Sen satt han lugnt kvar och väntade. Tio minuter senare kontrollringde Handelsbanken. Han tog samtalet och bekräftade transaktionen. Då återstod bara en sak att göra. Han bekräftade betalningsärendet till landstingets egen bank, och lämnade sedan rummet och landstingslokalerna. Tidigt på måndagsmorgonen hämtade någon ut pengarna på Handelsbanken i Stockholm. Mannen var firmatecknare på SISYFOS och kallade sig Rikard Edén. Vi har skäl att tro att det var Stefan Fjällsjö som besökte banken, men alltså under ett annat namn. Det tog ungefär en vecka innan det hela upptäcktes. Det polisanmäldes och det stod ganska snart klart hur det måste ha gått till. Men det fanns naturligtvis inga bevis. Stefan Fjällsjö och Egil Holmberg nekade förstås, och gjorde det med stor upprördhet. Vi avbröt all kontakt med konsultföretaget, men längre kunde vi inte komma. Till slut avskrev åklagaren det hela. Vi lyckades också tysta ner det som hade hänt. Alla var överens om detta, utom en person.

– Lars Borman?

Martin Oscarsson nickade långsamt.

– Han var mycket upprörd. Det var vi naturligtvis alla. Men hos Lars Borman gick det djupare. Det var som om han personligen kände sig kränkt över att vi inte fortsatte att pressa åklagare och polis att undersöka fallet. Han tog det hela mycket hårt. Han tyckte nog att vi svek.

– Tillräckligt för att begå självmord?

– Jag tror det.

Ett steg vidare, tänkte Wallander. Men bakgrunden är fortfarande oklar. Var kommer advokatfirman i Ystad in i bilden? De finns där eftersom Lars Borman skickade sina hotelsebrev.

– Vet ni vad Egil Holmberg och Stefan Fjällsjö gör i dag?

– Deras konsultföretag bytte namn. Mer vet jag inte. Men

vi såg naturligtvis till att med all diskretion varna landets landsting för dom.

Wallander funderade.

– Ni sa att de hade varit en del av en koncern, ett investmentföretag. Men ni kunde inte peka ut nån huvudägare. Vem är styrelseordförande i Smeden?

– Av vad jag har kunnat se i tidningarna har Smeden helt och hållet förändrat karaktär det senaste året. Det har delats upp, olika sektorer har sålts ut, andra har tillkommit. Det är kanske inte för mycket sagt att Smeden har fått ett mycket dåligt rykte. Volvo har sålt ut sina aktieposter. Vem köparen var har jag glömt. Men det kan naturligtvis någon tjänsteman på Börsen svara på.

– Ni har varit till mycket stor hjälp, sa Wallander och reste sig.

– Ni glömmer inte vad vi kom överens om?

– Jag glömmer ingenting, svarade Wallander.

Sedan insåg han att han hade ytterligare en fråga.

– Det föresvävade er aldrig som en möjlighet att Lars Borman kunde ha blivit mördad?

Martin Oscarsson betraktade honom förvånat.

– Nej, svarade han. Aldrig. Varför skulle jag ha tänkt den tanken?

– Det var bara en fråga, sa Wallander. Tack för hjälpen. Det är möjligt att jag kommer att höra av mig igen.

När han lämnade stenvillan stod Martin Oscarsson på trappan och såg efter honom. Trots att Wallander nu var så trött att han mest av allt hade lust att sätta sig bakom ratten och sova, tvingade han sig att tänka ännu ett steg vidare. Det naturliga hade varit att återvända till Höör, kalla ut Thomas Rundstedt ytterligare en gång från budgetsammanträdet och ställa honom inför helt andra frågor.

Han körde tillbaka mot Malmö medan han lät ett beslut mogna fram. Han stannade vid vägrenen och slog numret till polisen i Malmö och begärde att få tala med Roslund. Han gav sitt namn och sa att hans ärende var angeläget. Det tog mindre än en minut innan växeln lyckats spåra Roslund.

– Det är Wallander från Ystad, sa han. Vi träffades i natt.

– Det har jag inte glömt, svarade Roslund. Dom sa att det var angeläget.

– Jag är i Malmö, sa Wallander. Jag ville be dig om en tjänst.

– Jag antecknar, sa Roslund.

– För ungefär ett år sen, i början av september, första eller andra söndagen i månaden, hängde sig en man vid namn Lars Borman i en skogsdunge i Klagshamn. Det måste finnas en utryckningsrapport från det tillfället. Dessutom en avskrivning av misstankar om brott och en kopia på obduktionsprotokollet. Jag vill att du letar fram det åt mig. Helst vill jag också ha kontakt med nån av dom poliser som ryckte ut och tog ner honom. Klarar du det?

– Får jag namnet en gång till, sa Roslund.

Wallander bokstaverade.

– Jag vet inte hur många självmord vi har per år, sa Roslund. Det här tillfället har jag nog inte ens hört talas om. Men jag ska leta reda på pappren och se om nån av dom som ryckte ut finns inne.

Wallander gav honom sitt biltelefonnummer.

– Jag kör ut till Klagshamn så länge, sa han.

Klockan hade blivit halv två. Förgäves försökte han hålla tröttheten ifrån sig. Till slut gav han efter och svängde in på vägen till ett av de nerlagda kalkbrott som låg i närheten. Han stängde av motorn och drog jackan tätt omkring sig. Efter några minuter sov han.

Han vaknade med ett ryck. När han slog upp ögonen frös han och visste först inte var han befann sig. Det var något i sömnen som dragit upp honom till ytan, nånting han hade drömt, utan att han kunde minnas vad det var. En känsla av beklämning intog honom när han betraktade det grå landskapet runt sig. Klockan var tjugo över två. Han hade sovit en halvtimme men det kändes som om han ryckts upp ur en lång medvetslöshet.

Närmare den största av alla ensamheter kan man inte komma, tänkte han. Att vara ensam i världen. En sista män-

168

niska, olyckligt kvarglömd, eller helt enkelt borttappad. Han blev avbruten i sina tankar av att telefonen ringde. Det var Roslund.

– Du låter yrvaken, sa han. Har du suttit i bilen och sovit?

– Inte alls, svarade Wallander. Jag är nog bara lite förkyld.

– Jag har i alla fall hittat det du ville ha, sa Roslund. Pappren ligger här på bordet framför mig. Dessutom står här en man som heter Magnus Staffansson. Han var med i den bil som fick larmet när några orienterare hade sprungit rakt på kroppen som hängde i en björk. Han kan få lov att förklara för dig hur en människa kan hänga sig i en björk, av alla träd. Var ska ni träffas?

Wallander kände hur trötheten lämnade honom.

– Vid infarten till Klagshamn, sa han.

– Han är där om en kvart, sa Roslund. Jag talade för övrigt med Sven Nyberg för en stund sen. Han hade inte hittat nånting i din bil.

– Det kan jag förstå, sa Wallander.

– Du slipper se vraket när du åker hem igen, sa Roslund. Vi är på väg att släpa bort det.

– Tack för hjälpen, sa Wallander.

Han for raka vägen till Klagshamn och stannade där de hade avtalat. Efter några minuter svängde en polisbil in och stannade. Wallander hade stigit ur bilen medan han väntade. Magnus Staffansson var klädd i uniform och gjorde honnör. Wallander viftade lite tafatt med handen som svar. De satte sig i Wallanders bil. Magnus Staffansson räckte honom en plastmapp med fotokopior.

– Jag ögnar igenom det här, sa Wallander. Under tiden kan du försöka minnas hur det var den gången för ett år sen.

– Självmord vill man glömma, svarade Magnus Staffansson på bredaste malmöitiska. Wallander log vid minnet av hur han själv en gång hade talat, innan åren i Ystad hade förändrat hans dialekt.

Han läste hastigt igenom den kortfattade rapporten, obduktionsprotokollet och beslutet om att förundersökningen skulle läggas ner. Någon misstanke om brott hade aldrig förelegat.

169

Jag undrar det, tänkte Wallander. Sedan la han ifrån sig plastmappen ovanför instrumentbrädan och vände sig mot Magnus Staffansson.

– Jag tror det är lika bra att vi åker till platsen, sa han. Minns du var det var?

– Ja, svarade han. Det är några kilometer utanför samhället.

De lämnade Klagshamn och körde söderut längs kusten. Ett containerfartyg var på väg genom Sundet. En molnbank stod orörlig över Köpenhamn. Villaområdena som hade avlöst varandra glesnade och snart var de omgivna av åkrar. En ensam traktor rörde sig långsamt över en av dem.

Med ens var de framme. Det låg en lövskogsdunge till vänster om vägen. Wallander stannade bakom polisbilen och steg ur. Vägen var våt och han tänkte att han borde sätta på sig sina stövlar. På väg mot bakluckan kom han ihåg att de hade brunnit upp i bilen natten innan.

Magnus Staffansson pekade på en björk, kraftigare än de andra.

– Det var där han hängde, sa han.

– Berätta, sa Wallander.

– Det mesta står i rapporten, sa Magnus Staffansson.

– Egna ord är alltid bättre, sa Wallander.

– Det var söndagsmorgon, började Magnus Staffansson. Strax före åtta. Vi hade varit ute och lugnat ner en ilsken passagerare på morgonfärjan från Dragør som påstod att han hade blivit magsjuk av frukostmaten under överfarten. Det var då larmet kom. Det hängde en man i ett träd, sa larmet. Vi fick en vägbeskrivning och for dit. Det var två orienterare som var ute och tränade som hade sprungit på honom. Dom var chockade, förstås. Men en av dom hade sprungit upp till huset där i backen och ringt. Vi gjorde som vi skulle, lyfte ner honom, eftersom det ju ibland händer att dom fortfarande lever. Sen kom ambulans, kriminalen tog över, och sen avskrevs det som självmord. Nåt annat kan jag inte minnas. Jag glömde säga att han hade kommit på cykel. Den låg slängd här vid buskarna.

Wallander betraktade trädet medan han lyssnade på Magnus Staffansson.

– Vad var det för rep? frågade han.

– Det såg ut som en tross från en båt. Tjock som min tumme.

– Minns du knuten?

– Det var en vanlig rännsnara.

– Hur hade han gjort det?

Magnus Staffansson såg oförstående på Wallander.

– Att hänga sig är inte alldeles enkelt, förtydligade Wallander. Stod han på nånting? Hade han klättrat upp i trädet?

Magnus Staffansson pekade på björkstammen.

– Han hade nog tagit stöd där stammen har en bula, sa han. Det var så vi tänkte. Det fanns ingenting han kunde ha stått på.

Wallander nickade. I obduktionsprotokollet framgick klart att Lars Borman hade blivit strypt. Nackkotan hade inte blivit knäckt. Han hade varit död i högst en timme när polisen kommit till platsen.

– Du minns ingenting annat? frågade han.

– Vad skulle det vara?

– Det vet bara du.

– Man gör det man ska, svarade Magnus Staffansson. Man skriver sin rapport och sen glömmer man så fort man nånsin kan.

Wallander visste hur det var. En beklämning som inte liknande någonting annat omgav självmord. Han tänkte på alla de tillfällen då han själv hade fått ta hand om människor som för egen hand hade avslutat sina liv.

Han tänkte igenom vad Magnus Staffansson hade sagt. Det låg som ett filter över det han redan ögnat igenom i rapporten.

Ändå visste han genast att det var någonting som inte stämde.

Han tänkte på den karaktäristik som vilade över Lars Borman. Även om den inte hade varit fullständig, även om där funnits mörka bakgrunder, så kunde han ändå utgå från att Lars Borman varit en kontrollerad person. När han bestämt sig för att avsluta sitt liv hade han cyklat ut till en skogsdunge och valt ett träd som var ytterst olämpligt för det han planerade att göra.

Redan här kände Wallander att något var fel med Lars Bormans död.

Men det var också någonting annat som störde honom. Först kom han inte på vad det var. Sedan blev han plötslig stående och stirrade på marken några meter från trädet.

Cykeln, tänkte han. Den berättar en helt annan historia.

Magnus Staffansson hade tänt en cigarett och rörde på fötterna för att hålla värmen.

– Cykeln, sa Wallander. Den är inte närmare beskriven i era rapporter.

– Det var en fin cykel, sa Magnus Staffansson. Tioväxlad, välskött. Den var mörkblå, minns jag.

– Visa mig exakt var den låg.

Magnus Staffansson tvekade inte. Han visade platsen.

– Hur låg den? frågade Wallander.

– Hur ska man beskriva det? frågade Magnus Staffansson osäkert. Den låg på marken bara.

– Den hade inte ramlat?

– Stödet var inte utfällt.

– Är du säker?

Han tänkte efter innan han svarade.

– Ja, sa han. Jag är säker.

– Du menar alltså att han bara hade släppt cykeln på marken? Ungefär som barn som har bråttom slänger ifrån sig en cykel?

Magnus Staffansson nickade.

– Just så, sa han. Den låg slängd här på marken. Som om han hade haft bråttom att få det hela ur världen.

Wallander nickade tankfullt.

– Bara en sak till, sa han. Fråga din kollega om han kan bekräfta att stödet inte var utfällt på cykeln.

– Är det så viktigt? sa Magnus Staffansson förvånat.

– Ja, sa Wallander. Det är mycket viktigare än du tror. Ring mig om han har en avvikande åsikt.

– Stödet var inte utfällt, sa Magnus Staffansson. Jag är säker på det.

– Ring i alla fall, sa Wallander. Nu åker vi härifrån. Tack för hjälpen.

Wallander for tillbaka mot Ystad.

Han tänkte på Lars Borman. En revisor vid Landstinget. En man som aldrig skulle ha slängt sin cykel ifrån sig, inte ens i yttersta nöd.

Ett steg vidare, tänkte Wallander. Jag närmar mig någonting, utan att veta vad det är. Någonstans mellan Lars Borman och advokatbyrån i Ystad finns ett hålrum. Det är det jag måste hitta.

Han märkte först efteråt att han hade passerat det ställe där hans bil hade brunnit upp. I Rydsgård svängde han av och åt en försenad lunch på Gästgiveriet. Han var ensam i lokalen. Han tänkte att han samma kväll, hur trött han än var, skulle ringa till Linda. Sedan skulle han skriva ett brev till Baiba.

Strax före klockan fem var han tillbaka i polishuset i Ystad. Av Ebba fick han höra att det inte skulle bli något eftermiddagsmöte. Alla var upptagna, ingen hade tid att offra på att berätta för sina kollegor att de inte hade något avgörande att säga. De skulle träffas morgonen därpå, klockan åtta.

– Du ser förfärlig ut, sa hon.

– Jag ska sova i natt, svarade han.

Han gick till sitt rum och stängde dörren om sig. Det låg några lappar på hans bord. Men ingenting var så viktigt att det inte kunde vänta till dagen efter.

Han hängde av sig jackan och ägnade en halvtimme åt att skriva ett referat av det han varit med om under dagen. Sedan slängde han pennan ifrån sig och lutade sig bakåt i stolen.

Nu måste vi bryta igenom, tänkte han. Vi måste hitta hålrummet i den här utredningen.

Han hade just satt på sig jackan och var på väg att lämna sitt kontor när det knackade på dörren och Svedberg kom in. Wallander såg genast att någonting hade hänt. Svedberg verkade orolig.

– Har du tid ett ögonblick? frågade han.

– Vad är det som har hänt?

Svedberg skruvade olustigt på sig. Wallander märkte att hans tålamod var nästan obefintligt.

– Jag antar att det är nånting du vill säga eftersom du kommer hit, sa han. Jag var faktiskt på väg hem.

– Du måste nog åka till Simrishamn, sa Svedberg.

– Varför det?

– De ringde.

– Vilka ringde?

– Kollegorna.

– Polisen i Simrishamn? Vad ville dom?

Svedberg tycktes ta sats innan han fortsatte.

– De har tvingats gripa din far, sa han.

Wallander stirrade vantroget på honom.

– Har polisen i Simrishamn tagit min far? Varför det?

– Han har tydligen varit inblandad i ett våldsamt slagsmål, sa Svedberg.

Wallander betraktade honom länge utan att säga någonting. Sedan satte han sig bakom sitt skrivbord.

– En gång till, sa han. Långsamt.

– De ringde för en timme sen, sa Svedberg. Eftersom du var ute talade dom med mig. Dom anhöll din far för ett par timmar sen. Han hade börjat slåss inne på Systembolaget i Simrishamn. Det hade tydligen gått våldsamt till. Sen upptäckte dom att han var din far. Då ringde dom hit.

Wallander nickade utan att säga någonting. Sedan reste han sig tungt ur stolen.

– Jag åker dit, sa han.

– Vill du att jag ska följa med?

– Nej tack.

Wallander lämnade polishuset. Han var mållös.

En knapp timme senare steg han in hos polisen i Simrishamn.

9

På vägen mot Simrishamn hade Wallander tänkt på Sidenrid-
darna.

Han hade sett dem framför sig, och insett att det nu var
mycket länge sedan han senast påmint sig att de en gång fak-
tiskt hade varit alldeles verkliga.

Senast det hände, att hans far blev gripen av polisen, var
Kurt Wallander elva år. Hans minne från det tillfället var
mycket tydligt, de bodde då fortfarande i Malmö, och han
hade reagerat på fadern anhållande med en egendomlig
blandning av skam och stolthet.

Den gången hade dock fadern inte råkat i slagsmål på en av
Systembolagets lokaler. Den gången var det i folkparken i
centrum av staden, det var en försommardag 1956, en lör-
dag, och Wallander hade fått följa med sin far och några av
hans vänner ut på kvällen.

Faderns vänner som med oregelbundna intervaller, dock
alltid oväntat, kom på besök till deras hus, var under hans
uppväxt det stora äventyrets män. De kom glidande i glän-
sande amerikanska bilar, bar alltid sidenkostymer, hade ofta
bredbrättade hattar, och tunga guldringar på fingrarna. De
kom för att gå in i den lilla ateljén som doftade av terpentin
och oljefärger, de kom för att bese och kanske köpa de tavlor
som fadern hade målat. Det hände att han vågade sig ända in
i ateljén, gömde sig bakom bråten som låg slängd i det mör-
kaste hörnet, gamla dukar som råttorna tuggat på, och han
lyssnade med bävan på köpslåendet som alltid beseglades
med klunkar ur en konjaksflaska. Han hade förstått att det
var tack vare det stora äventyrets män – Sidenriddarna som
han kallade dem i sina hemliga dagböcker – som de hade mat
på bordet. Det var heliga ögonblick i hans liv när en affär
hade blivit avgjord och de främmande männen med sina ring-
prydda fingrar bläddrade i ofantliga sedelbuntar och skalade

av tunna små packar som fadern bugande stoppade i sin-ficka.

Han kunde fortfarande minnas samtalen, korta, nästan studsande repliker, ofta åtföljda av faderns lama protester och skrockande läten från de främmande.

»Sju landskap utan och tre med tjäder«, hörde han någon av dem säga. Och fadern rotade bland staplarna av färdiga dukar, fick dem godkända och pengarna dansade på bordet. Han var elva år och stod i mörkret, ibland nästan omtöcknad av terpentinet och tänkte att det han nu beskådade var vux-enlivet som väntade även honom, bortom gränsälven som ut-gjordes av klass sju i folkskolan, eller kanske det redan var en nionde klass den gången, det kunde han till sin förvåning inte helt reda ut för sig själv. Sedan hade han påpassligt dykt fram ur skuggorna när det var dags att bära ut dukarna till den glänsande bilen, de skulle läggas i bagageutrymmet och ib-land också i baksätet. Det var ett ögonblick av stor betydelse, för det hände emellanåt att Riddaren upptäckte pojken som bar och tankspritt stack till honom en hel femma. Sedan stod han och fadern vid grinden och såg bilen glida iväg och när bilen hade försvunnit blev fadern helt annorlunda, den un-derdåniga vänligheten var med ens borta, och han spottade efter mannen som just hade gett sig av och sa föraktfullt att han ännu en gång hade blivit lurad.

Det hade tillhört en av de stora gåtorna under hans upp-växt. Hur hans far kunde anse sig lurad trots att han varje gång mottog en hel packe med sedlar i utbyte mot de tråkiga målningarna, alla likadana, med solen över landskapet, solen som aldrig tilläts gå ner.

En enda gång hade han varit med om en annan avslutning på de främmande männens besök. Den gången var det två män, han hade aldrig sett dem tidigare, och av samtalet han avlyssnade i skuggorna bakom resterna av en gammal mang-el förstod han att de var nya affärsbekanta för fadern, det var ett viktigt ögonblick, det var inte alls självklart att de skulle tycka om hans tavlor. Sedan hade han påpassligt burit ut du-karna, det var till en Dodge den här gången, och han hade lärt sig hur de olika bilmärkenas bagageluckor öppnades. Därefter hade de två männen föreslagit att de skulle äta middag, han mindes att den ene hette Anton och den andre något utländskt, kanske var han polack. Fadern och han hade stuvats in bland dukarna i baksätet, de fantastiska männen hade till och med haft en grammofon i bilen och de hade lyssnat på Johnny Bode och kört till folkparken. Fadern hade satt sig med de två männen på en av restaurangerna och själv hade han motats ut bland karusellerna med ett antal enkronor i handen. Det hade varit en varm försommardag, en stilla vind hade blåst från Sundet och han hade noga kalkylerat vad pengarna skulle kunna räcka till. Han hade förstått att det skulle ha ansetts orätt om han hade sparat dem, de hade getts åt honom för att användas, just denna eftermiddag och kväll. Han hade åkt karusell, sedan suttit två gånger i pariserhjulet och hissats upp så högt att han kunnat se över till Köpenhamn. Då och då kontrollerade han att fadern, polacken och mannen som hette Anton fanns kvar. Han såg på avstånd att de satt vid ett bord där det bars fram glas och flaskor, tallrikar med mat och vita servetter som stacks ner i halslinningarna. Den gången tänkte han också att han, när han väl passerat gränsälven, antingen det var efter sjunde eller nionde klass, skulle bli som en av dessa män som kom glidande i en bil och välsignade tavelmålarna med att skala av ett antal sedlar och lägga dem på ett bord i en smutsig ateljé.

Det hade blivit kväll, möjligen skulle det bli regn fram mot natten. Han hade bestämt sig för att åka pariserhjulet ytterligare en gång. Men det blev aldrig av. Ty någonting hände plötsligt, hjulen och karusellerna och tombolasnurrorna miste på ett ögonblick all sin dragningskraft, och människorna drogs mot restaurangen. Han hade följt med strömmen, trängt sig fram och det han sett hade han aldrig kunnat glömma. Även det ögonblicket hade varit en gränspassage, han hade inte förutsatt att den fanns och det lärde honom att livet består av många olika gränslinjer vilkas existens vi först upptäcker när vi står intill dem.

Något hade hänt och det var världsalltet som hade exploderat. Ty när han knuffande och bökande tog sig fram så nära att han kunde se, var det sin egen far han upptäckte, invecklad i ett våldsamt slagsmål med en av Sidenriddarna och ett antal vakter, servitörer och andra, helt okända människor. Matbordet var vält, glas och flaskor var krossade, en biffstek med droppande sås och brunbrynta lökringar hängde på faderns arm, han blödde ur näsan och han slogs med våldsam frenesi. Det hela hade gått mycket fort, han hade knuffat och bökat och kanske också skrikit sin fars namn i rädsla och panik. Men plötsligt var det hela över, myndiga vakter med rödmosiga ansikten ingrep, några poliser kom från ingenstans, och hans far släpades bort tillsammans med Anton och polacken. Kvar fanns sedan bara en söndertrampad bredbrättad hatt. Han försökte springa efter och gripa tag i sin far, men motades undan, och sedan stod han vid grindarna. Då kom gråten och han såg sin far försvinna i en polisbil.

Han gick sedan till fots ända hem och innan han kom fram hade det börjat regna. Allt var kaos, världsalltet hade rämnat, och hade han kunnat hade han klippt bort allt som hade hänt. Men det gick inte att klippa i verkligheten, han skyndade sig genom regnet och undrade om hans far någonsin skulle komma tillbaka. Han satt sedan hela natten i ateljén och väntade på honom, terpentindoften gjode honom omtöcknad, och varje gång en bil passerade på vägen utanför sprang han till grinden. Till sist somnade han, det fortsatte att regna och han rullade ihop sig på golvet och drog en av faderns omålade dukar över sig.

Han vaknade av att fadern stod lutad över honom. I ena näsborren hängde en bit bomull och vänster öga var svullet och blåfärgat. Han luktade av sprit, som unken olja kände han det, och han satte sig upp och slog armarna om honom:

– Dom lyssnade inte på mig, sa fadern. Dom lyssnade inte. Jag sa att jag hade min pojke med mig. Men dom lyssnade inte. Hur kom du hem?

Han svarade som det var, att han hade gått hela vägen, i regnet.

– Jag är ledsen att det blev som det blev, sa fadern. Men jag blev så förbannad. Dom påstod nåt som inte var sant.

Fadern sträckte på sig och tog fram en av dukarna och betraktade den med det öga som inte var igensvullet. Det var en av dukarna med tjädertupp i förgrunden.

– Jag blev så förbannad, sa han igen. Men dom jävlarna påstod att det var en orrtupp. Dom påstod att jag målade fågeln så dåligt att man inte såg om det var en tjäder eller en orre. Det är klart man blir förbannad. Min värdighet rör dom inte.

– Det är klart det är en tjäder, hade Wallander svarat. Det ser väl alla att det inte är en orre.

Fadern betraktade honom med ett leende. Två av hans framtänder var utslagna. Leendet är trasigt, tänkte Wallander. Min fars leende är trasigt.

Sedan drack de kaffe. Regnet fortsatte och fadern hade långsamt låtit sin vrede över förolämpningen svalna.

– Att inte kunna se skillnad på en orre och en tjäder, upprepade han, som en besvärjelse eller en bön. Att påstå att jag inte kan måla en fågel som den ser ut.

Wallander mindes allt detta medan han körde mot Simrishamn. Han mindes också att de två männen, han som kallades Anton och den andre som kanske var polack, hade kommit tillbaka och köpt tavlor under de följande åren. Slagsmålet, den plötsligt uppflammande vreden, de alltför många glasen konjak, hade blivit en lustig episod som de nu återberättade och skrattade åt. Mannen som hette Anton hade även betalat de två tänder hans far fått insatta i överkäken. Vänskap, tänkte han. Bortom slagsmålet fanns något annat som var viktigare. Vänskapen mellan konstnasarna och mannen som målade sitt eviga motiv så att de skulle ha någonting att sälja.

Han tänkte på tavlan som hade hängt på väggen i hemmet i Helsingborg. Han tänkte på alla väggar han inte hade sett. Men där tjädertuppen stod mot sin fond av ett orörligt landskap, där solen aldrig gick ner.

För första gången tyckte han sig förstå något han tidigare inte hade insett. Hans far hade hela sitt liv igenom hindrat solen från att gå ner. Det hade varit hans utkomst, hans besvärjelse. Han hade målat tavlor där de som hängde upp dem på sina väggar såg att solen kunde hållas fången.

179

Han kom till Simrishamn, parkerade utanför polishuset och gick in genom dörren. Bakom ett bord satt Torsten Lundström. Han skulle gå i pension om några år och Wallander kände honom som en vänlig man, en polis av den gamla stammen, som inte ville sina medmännisor annat än väl. Han nickade mot Wallander och la undan tidningen han höll på att läsa. Wallander satte sig på en stol och betraktade honom.

– Vad är det som har hänt? frågade han. Jag vet att min far hamnat i slagsmål på Systemet. Mer vet jag inte.

– Du ska få det i detalj, sa Torsten Lundström vänligt. Din far kom i taxi till Systemet strax före fyra. Han gick in, tog sin nummerlapp och satte sig sedan att vänta. Tydligen såg han inte när det blev hans tur. Då gick han fram till disken och krävde att få handla trots att hans tur var förbi. Expediten skötte det hela ovanligt dåligt. Han begärde tydligen att din far skulle ta en ny nummerlapp. Din far vägrar, en annan kund vars nummer kommit upptränger sig på och ber din far flytta på sig. Till allas förvåning blir din far så upprörd att han börjar slåss med den andra kunden. Expediten blandar sig i, din far slår till även honom, och sedan kan du själv tänka dig fortsättningen. Men jag kan trösta dig med att ingen blev skadad. Din far har möjligen ont i sin högernäve. Han tycks vara mycket stark, trots att han är gammal.

– Var är han?

Torsten Lundström pekade mot en dörr i bakgrunden.

– Vad händer nu? frågade Wallander.

– Du kan köra honom hem. Sen blir han nog tyvärr åtalad för ringa misshandel. Om du inte kan göra upp i godo med expediten och kunden. Jag ska själv tala med åklagaren som beslutar.

Han sköt över ett papper till Wallander där det stod två namn.

– Expediten är nog inget större problem, sa han. Honom känner jag. Men det kan vara lite värre med den andre. Det är en åkeriägare som heter Sten Wickberg. Han bor i Kivik. Han tycks ha bestämt sig för att klämma åt din far. Men du kan ju ringa honom. Jag har skrivit upp telefonnumret. Sen är din far skyldig Simrishamns taxi 230 kronor. I oredan efteråt blev hans resa aldrig betald. Chauffören heter Waldemar Kåge. Jag har pratat med honom. Han vet att han får pengarna.

Wallander tog pappret och stoppade det i fickan. Sedan gjorde han en gest mot dörren bakom sig.

– Hur mår han?

– Jag tror han har lugnat sig. Men han menar att han var i sin fulla rätt att försvara sig.

– Försvara sig? undrade Wallander förvånat. Det var ju han som startade slagsmålet?

– Han menar att han hade rätt att försvara sin plats i kön på Systemet, sa Torsten Lundström.

– Herregud!

Torsten Lundström reste sig.

– Ni kan åka hem nu, sa han. Vad är det förresten jag hör om att din bil har brunnit upp?

– Det kan ha varit fel på det elektriska systemet, svarade Wallander undvikande. Dessutom var bilen gammal.

– Jag går ut en stund, sa Torsten Lundström. Dörren går i lås när du stänger.

– Tack för hjälpen, sa Wallander.

– Tack för vad då? svarade Torsten Lundström, satte på sig sin keps och gick.

Wallander knackade och öppnade dörren. Hans far satt på en bänk i det kala rummet och petade naglarna med en spik. När han upptäckte att det var Wallander reste han sig irriterat.

– Du kunde naturligtvis inte komma tidigare, sa han. Hur länge hade du egentligen tänkt låta mig sitta och vänta här?

– Jag kom så fort jag kunde, svarade Wallander. Men nu åker vi hem.

– Inte förrän jag har betalat taxin, sa fadern. Jag vill göra rätt för mig.

– Det ordnar vi sen, svarade Wallander.

De lämnade polisstationen och for från Simrishamn under tystnad. Wallander insåg att hans far redan verkade ha glömt det som hade hänt.

Först när de närmade sig avtagsvägen mot Glimmingehus bröt Wallander tystnaden.

– Vad hände med Anton och polacken? frågade han.

– Kommer du ihåg dom? sa fadern förvånat.

– Det var slagsmål då med, sa Wallander dystert.

– Det trodde jag du hade glömt, sa fadern. Vad som hände med polacken vet jag inte. Senast jag hörde talas om honom var för snart tjugo år sen. Då hade han börjat i en bransch som han trodde var mera lönsam. Snusktidningar. Hur det gick med det vet jag inte. Men Anton är död. Han söp ihjäl sig. Det är väl nästan tjugofem år sen.

– Vad skulle du på Systemet att göra? frågade Wallander.

– Det man brukar göra där, svarade fadern. Jag skulle köpa konjak.

– Du tycker ju inte om konjak?

– Min hustru vill gärna ha ett glas på kvällen.

– Dricker Gertrud konjak?

– Varför skulle hon inte göra det? Du ska inte tro att du ska få lov att börja kontrollera henne, på samma sätt som du har försökt styra över mitt liv.

Wallander trodde inte sina öron.

– Jag har väl aldrig försökt kontrollera dig, sa han ilsket. Om det är nån som försökt styra över nån annan så är det väl du som försökt blanda dig i mitt liv.

– Hade du lyssnat på mig hade du aldrig blivit polis, sa fadern lugnt. Och med tanke på dom sista årens händelser hade det naturligtvis varit en fördel.

Wallander insåg att det bästa han kunde göra var att byta samtalsämne.

– Det var ju bra att du inte blev skadad, sa han.

– Man måste försvara sin värdighet, sa fadern. Sin värdighet och sin plats i systembolagskön. Annars är det ute med en.

– Jag hoppas du inser att det finns risk att du blir åtalad, sa Wallander.

– Jag kommer att neka, sa fadern

– Neka till vad då? Alla vet att det var du som började slåss. Du kan inte neka.

– Jag har bara försvarat min värdighet, sa fadern. Hamnar man i fängelse för det i dag?

– Du kommer inte i fängelse, sa Wallander. Möjligen får du erlägga skadestånd.

– Det gör jag inte, sa fadern.

– Jag ska betala, sa Wallander. Du slog en åkeriägare på näsan. Sådant straffar sig.

– Man måste försvara sin värdighet, upprepade fadern.

Wallander sa ingenting mer. Strax efteråt svängde de in på grusplanen framför faderns hus utanför Löderup.

– Säg ingenting till Gertrud, bad fadern när de hade stigit ur bilen. Hans tonfall var så bevekande att Wallander blev förvånad.

– Jag säger ingenting, svarade han.

Året innan hade fadern gift sig med den kvinna från hemtjänsten som börjat komma till honom efter det att han visat tydliga tecken på en begynnande senilitet. Men efter det att hon blivit ett nytt inslag i hans isolerade liv – hon hade kommit tre dagar i veckan – hade fadern förändrats, och alla tecken på senilitet hade försvunnit igen. Att hon var tretti år yngre än han hade saknat betydelse. Wallander som ställt sig helt oförstående till äktenskapet hade efter hand insett att hon var uppriktigt inställd på att gifta sig med honom. Wallander visste inte mycket om henne annat än att hon var från trakten, hade två vuxna barn och varit frånskild i många år. De tycktes leva ett gott liv tillsammans och Wallander hade vid flera tillfällen kommit på sig med att känna en vag avundsjuka. Hans eget liv som tycktes honom alltmer torftigt skulle ha behövt ett eget vårdbiträde från hemtjänsten.

När de steg in i huset höll hon på att laga middag. Hon blev som alltid glatt överraskad av att se honom komma på besök. Han skyllde på arbetet när han tackade nej till att stanna och äta. Istället följde han sin far ut i ateljén och drack en kopp kaffe som de lagade till på en smutsig kokplatta.

– Jag såg en av dina tavlor på en vägg i Helsingborg häromkvällen, sa Wallander.

– Det har blivit många genom åren, svarade fadern.

Frågan intresserade Wallander.

– Hur många har du egentligen målat?

– Om jag ville kunde jag nog räkna ut det, svarade fadern. Men det vill jag inte.

– Det måste vara många tusen

– Jag vill helst inte tänka på det. Det vore som att bjuda in döden i farstun.

Faderns kommentar förvånade Wallander. Han hade aldrig hört honom tala om sin ålderdom, ännu mindre om döden. Det slog honom att han ingenting visste om faderns eventuella fruktan inför döden. Efter alla dessa år vet jag ingenting om min far, tänkte han. Och han vet förmodligen lika lite om mig.

Fadern satt och betraktade honom med sina närsynta ögon.

– Du mår alltså bra nu, sa han. Du har börjat arbeta igen. Senast du var på besök, innan du for till det där pensionatet i Danmark, sa du att du nog skulle sluta som polis. Du har alltså ändrat dig.

– Nåt hände, sa Wallander. Helst ville han undvika att hamna i en diskussion om sitt yrke. Det slutade alltid med att de började gräla.

– Jag har förstått att du är en duktig polis, sa fadern plötsligt.

– Vem har sagt det? frågade Wallander förvånat.

– Gertrud. Det har ju stått om dig i tidningarna. Jag har inte läst det. Men hon påstår att dom skriver att du är en duktig polis.

– Tidningarna skriver så mycket.

– Jag bara berättar vad hon säger.

– Vad säger du då?

– Att jag försökte avråda dig. Att jag fortfarande tycker att du borde välja ett annat yrke.

– Det kommer jag nog aldrig att göra, sa Wallander. Jag fyller snart femtio. Jag kommer att förbli polis så länge jag lever.

De hörde att Gertrud hade gått ut på trappan och ropade att maten var klar.

– Inte trodde jag att du mindes Anton och polacken, sa fadern när de gick över grusplanen.

– Det tillhör mina starkaste barndomsminnen, sa Wallander. Vet du förresten vad jag kallade alla dom där egenomliga figurerna som kom och köpte dina tavlor?

– Det var konstnasare, sa fadern.

– Jag vet. Men för mig var dom riddare i sidenkostymer. Jag kallade dom Sidenriddarna.

Fadern stannade i steget och såg på honom. Sedan brast han i skratt.

– Det var ett bra namn, sa han. Det var just det dom var. Riddare i sidenkostymer.

De skildes utanför trappan.

– Du är säker på att du inte har ändrat dig? frågade Gertrud. Maten räcker.

– Jag måste arbeta, svarade Wallander.

Han for genom det mörka höstlandskapet, tillbaka mot Ystad. Han försökte tänka efter vad det var i faderns sätt att vara som gjorde att han kände igen sig själv.

Men han fann aldrig svaret. Åtminstone tyckte han inte det.

På fredagsmorgonen den 5 november kom Wallander till polishuset strax efter klockan sju med en känsla av att vara utsövd och full av verksamhetslust. Han hämtade sig en kopp kaffe och använde sedan den närmaste timmen till att förbereda spaningsgruppens möte som skulle börja klockan åtta. Han gjorde en schematisk och kronologisk uppställning av alla fakta de hade och försökte komma på hur de nu skulle gå vidare. Samtidigt räknade han med möjligheten att hans kollegor under gårdagen hade kommit till resultat som ytterligare skulle klargöra hur spaningsläget egentligen såg ut.

Känslan av att någonting brådskade hade inte lämnat honom. Samtidigt växte skuggorna bakom de döda advokaterna och blev alltmer skrämmande. Aningen om att de ännu bara skrapade på ytan var mycket stark.

Han la ifrån sig sin penna, lutade sig bakåt i stolen och slöt ögonen.

Genast befann han sig på Skagen igen. Stranden låg framför honom, insvept i dimman. Någonstans fanns också Sten Torstensson. Wallander försökte se bortom honom, upptäcka de som i hemlighet måste ha följt honom till hans möte med den sjukskrivne polismannen. De måste ha funnits alldeles i närheten, men osynliga, vakande, någonstans bland klitterna.

Han påminde sig kvinnan som hade luftat sin hund. Kunde det ha varit hon? Eller flickan som serverat på Konstmuseet? Men svaret måste ha sett annorlunda ut. Det hade funnits någon där i dimman som ingen av dem hade upptäckt.

Han såg på klockan. Sammanträdet i spaningsgruppen skulle börja. Han samlade ihop sina papper, reste sig och lämnade rummet.

Den förmiddagen, efter det att de hade avslutat mötet som höll på i över fyra timmar, insåg Wallander att de hade brutit igenom en vägg och nu äntligen tyckte sig skymta ett mönster, även om allt fortfarande var mycket oklart och de inte kunde rikta sina misstankar åt något visst håll. Ändå hade de, på ett sätt som tycktes definitivt, inför varandra kunnat konstatera att det hela knappast bara var en slumpartad serie händelser utan att där trots allt existerade samband, även om de fortfarande inte kunde se hur det hela hängde ihop. Det var Wallander som i sitt försök till sammanfattning, när alla var trötta, luften dålig och Svedberg hade börjat klaga över huvudvärk, kunde formulera det de nog alla kände.

– Nu kommer det att bli att gneta och gräva, hade han sagt. Det är både möjligt och troligt att den här utredningen kommer att ta lång tid. Men förr eller senare ska vi få detaljerna att passa ihop. Och då löser vi det här. Nu gäller det bara att vi inte slarvar. Vi har redan stött på en nergrävd mina. Det kan finnas flera, för att uttrycka sig symboliskt.

Under fyra timmar hade de alltså gått igenom sitt material, diskuterat, värderat och gått vidare. De hade vänt och vridit på olika detaljer, prövat olika tolkningar, till slut enats om tänkbara förhållningssätt. Det var ett avgörande moment i utredningen, ett av de mest kritiska ögonblicken, där så mycket kunde gå snett om spaningsgruppen lät fel bollar falla till marken. Allt som var motstridande skulle betraktas som konstruktiva utgångspunkter, inte locka till förenklingar och illa genomtänkta omdömen. Det var provbyggenas tid, tänkte Wallander. Vi sätter samman ett otal modeller och vi måste akta oss noga för att plocka isär dem alltför fort.

De provbyggda modellerna hade alla samma botten.

Det var snart en månad sedan Gustaf Torstensson hade omkommit den sena kvällen ute på leråkern i närheten av Brösarps Backar. Det var tio dagar sedan Sten Torstensson hade varit på Skagen och några dagar senare blivit mördad på sitt kontor. Till de utgångspunkterna återvände de ständigt.

Den förste som avlade rapport denna morgon var Martinson, understödd av Nyberg.

– Vi har fått besked från kriminalteknikerna om vapnet och ammunitionen som dödade Sten Torstensson, sa Martinson och viftade med rapporten. Här finns åtminstone en sak som kanske är anmärkningsvärd.

Sven Nyberg fortsatte:

– Sten Torstensson har träffats av tre 9 millimeters kulor. Ammunitionen är av standardtyp. Vad som däremot är intressant är att vapenexperterna tror att det vapen som använts är en italiensk pistol som heter Bernadelli Practical. Varför de tror det behöver jag inte förklara närmare, det är tekniska detaljer. Det kan också vara en Smith & Wesson med tilläggsbeteckningen 3914 eller 5904. Men det troligaste är alltså att det är en Bernadelli. Och det är ett vapen som är relativt sällsynt här i landet. Det finns inte mer än ett 50-tal inregistrerade exemplar. Hur många olagligt införda som flyter omkring är det naturligtvis ingen som vet. Men vi kan kanske gissa på ett trettiotal.

– Vad betyder det? frågade Wallander. Vem kan tänkas använda en italiensk pistol?

– Nån med stor vapenkännedom, svarade Nyberg. Nån som medvetet har valt ett vapen.

– Ska jag förstå dig så att du antyder att det kan vara en utländsk yrkesmördare? undrade Wallander.

– Kanske, svarade Nyberg. Helt omöjligt är det inte.

– Vi ska köra registren på Bernadelliägare, sa Martinson. Vad vi har kunnat se hittills så har ingen som äger en Bernadellipistol anmält sitt vapen stulet.

De fortsatte sin genomgång.

– Skylten på den bil som följde efter er var mycket riktigt stulen, sa Svedberg. Den hade plockats bort från en Nissan i Malmö. Malmödistriktet hjälper till. De har hittat en del fingeravtryck. Men vi kanske inte ska hoppas för mycket.

Wallander nickade. Svedberg såg frågande på honom.

– Har du mer? undrade Wallander.

– Du bad mig undersöka Kurt Ström, sa Svedberg.

Wallander berättade kortfattat om sitt besök på Farnholms slott och mötet med den före detta polismannen utanför grindarna.

– Kurt Ström var nog ingen prydnad för kåren, sa Svedberg. Han kunde överbevisas om samröre med flera olika hälare. Vad som aldrig gick att bevisa men som med största sannolikhet var ett faktum var att han dessutom lät uppgifter sippra ut om olika razzior som polisen förberedde. Han sparkades ut och det hela tystades ner.

För första gången denna morgon yttrade sig Björk.

– Det är lika beklämmande varje gång det händer, sa han. Polisen har inte råd med personer som Kurt Ström inom kåren. Vad som är ytterligare oroväckande är att dessa belastade personer sen utan problem kan dyka upp inom olika privata säkerhetsföretag. Kraven på kontroll är med andra ord alldeles för små.

Wallander lät bli att kommentera Björks utvikning. Han visste att risken var stor för att de skulle hamna i en diskussion som inte direkt handlade om den pågående utredningen.

– Vad som sprängde din bil i luften kan jag inte svara på, sa Nyberg. Men att det fanns nånting i bensintanken kan vi utgå ifrån.

– Bilbomber kan se olika ut, sa Ann-Britt Höglund.

– Just den här metoden, att använda den frätande bensinen som fördröjningsmekanism, är så vitt jag vet vanlig i Asien, sa Nyberg.

– En italiensk pistol, sa Wallander. Och en asiatisk bilbomb. Vart leder det oss?

– I sämsta fall till en felaktig slutsats, svarade Björk bestämt. Det behöver inte vara människor från andra delar av världen som ligger bakom det som har hänt. Sverige i dag är en korsväg och mötespunkt där allting är tänkbart.

Wallander visste att Björk hade rätt.

– Vi går vidare, sa han. Vad har ni hittat på advokatbyrån?

– Ännu ingenting som kan betecknas som avgörande, svarade Ann-Britt Höglund. Det kommer att ta lång tid att gå igenom och värdera allt material. Det enda som tycks vara fullständigt klart är att Gustaf Torstenssons klienter drastiskt minskade i antal med åren. Och att det nästan enbart handlade om företagsbildningar, ekonomisk rådgivning och kontraktskonstruktioner. Jag undrar om vi inte skulle behöva hjälp av nån från rikskriminalen som är specialist på ekonomisk brottslighet. Även om inget brott är begånget så är det mycket svårt att förstå vad som egentligen döljer sig bakom de olika ärendena.

– Använd er av Per Åkeson, sa Björk. Han har stora kunskaper om allt som har med ekonomi och brottslighet att göra. Sen kan han själv få avgöra om han är otillräcklig. Då begär vi förstärkning.

Wallander nickade och gick tillbaka till sin minneslista.

– Städerskan? frågade han.

– Jag ska träffa henne, sa Ann-Britt Höglund. Jag har talat med henne i telefon. Och hon pratar tillräckligt bra svenska för att det inte ska behövas tolk.

Sedan hade turen kommit till Wallander. Han redogjorde omsorgsfullt för sitt besök hos Martin Oscarsson och bilfärden ut till Klagshamn och björkdungen där Lars Borman skulle ha hängt sig. Som så många gånger tidigare hade Wallander känslan av att han upptäckte nya sammanhang när han redovisade inträffade händelser för sina lyssnande kollegor. Återberättandet skärpte hans uppmärksamhet.

Efteråt var stämningen i mötesrummet mycket förtätad. Ett genombrott håller på att inträffa, tänkte Wallander. Åtminstone är det mycket nära.

Han öppnade för diskussionen genom att göra sina egna slutsatser kortfattade.

– Vi måste hitta sambandet, sa han. På vilket sätt har Lars Borman och Torstenssons advokatbyrå med varandra att göra? Vad är det som upprör Lars Borman så svårt att han skickar hotelsebrev till advokaterna och dessutom inbegriper fru Dunér? Han anklagar dom för att ha begått en allvarlig oförrätt. Vi kan inte vara alldeles säkra på att det har med kuppen mot landstinget att göra. Ändå tror jag vi gör rätt om vi några dagar framåt utgår ifrån att så är fallet. Här är i alla fall det svarta hål i den här utredningen vi måste dyka ner i med all kraft.

Diskussionen var till en början trevande. Alla behövde tid att begrunda det Wallander hade sagt.

– Jag tänker på dom där två hotelsebreven, sa Martinson tveksamt. Jag kommer inte ifrån en känsla av att dom är så naiva. Så barnsliga, nästan oskuldsfulla. Jag får inget grepp om Lars Bormans karaktär.

– Vi måste ta reda på mer, sa Wallander. I första hand genom att spåra hans barn och tala med dom. Änkan i Marbella kan vi väl dessutom ringa till.

– Jag tar mig gärna an det där, sa Martinson. Lars Borman intresserar mig.

– Hela härvan med investmentföretaget Smeden måste undersökas grundligt, sa Björk. Jag föreslår att vi tar kontakt med centrala ekobrottsenheten i Stockholm. Eller det kanske är ännu bättre att Åkeson själv gör det. Där finns det folk som är lika insatta i den världen som dom mest initierade börsanalytiker.

– Jag kan göra det, sa Wallander. Jag ska tala med Per.

De fortsatte hela förmiddagen att vandra fram och tillbaka genom utredningsmaterialet. Till slut hade de nått en punkt där alla var trötta och glåmiga och ingen längre tyckte sig ha något att säga. Björk hade då redan lämnat rummet för att ha ett av sina otaliga sammanträffanden med länspolischefen. Wallander bestämde sig för att det var tid att avrunda mötet.

– Vi har två mördade advokater, sa han. Och Lars Bormans självmord, om det nu verkligen var det. Sen har vi minan i fru Dunérs trädgård. Och min bil. Alldeles uppenbart har vi med farliga människor att göra. Dessutom människor som noga håller uppsikt över vad vi håller på med. Därför måste vi alla vara uppmärksamma och försiktiga.

De samlade ihop sina papper och bröt upp. Wallander for ner till en av Ystads lunchrestauranger och åt. Han hade behov av att vara ensam. Strax efter klockan ett var han tillbaka i polishuset igen. Resten av dagen ägnade han åt att ta kontakt med rikskriminalen och deras experter på ekonomisk brottslighet. Strax före klockan fyra gick han över till åklagarnas avdelning på polishuset och hade ett långt samtal med Per Åkeson. Wallander återvände sedan till sitt kontor och lämnade det inte förrän närmare tio.

Eftersom han kände att han behövde luft och märkte att han saknade de långa promenaderna på Skagen lät han bilen stå och gick hem till Mariagatan. Kvällen var mild, då och då stannade han vid något skyltfönster och betraktade de utställda varorna. Strax före elva var han hemma.

Klockan hade blivit halv tolv när telefonen oväntat ringde. Då hade han just slagit upp ett glas whisky och satt sig för att se på en film på teve. Han gick ut i tamburen och svarade. Det var Ann-Britt Höglund.

– Stör jag? frågade hon.

– Inte alls, svarade Wallander.

– Jag är på polishuset, sa hon. Jag tror jag har kommit på nånting.

Wallander insåg omedelbart att hon aldrig skulle ha ringt om det inte hade varit mycket viktigt. Därför behövde han heller inte betänka sig.

– Jag kommer, sa han. Jag är där om tio minuter.

När han kom till polishuset gick han raka vägen till hennes rum. Hon stod i korridoren utanför sin dörr och väntade på honom.

– Jag vill ha kaffe, sa hon. Matrummet är tomt just nu. Peters och Norén försvann för en stund sen. Det har tydligen inträffat en trafikolycka i korsningen mot Bjäresjö.

De satte sig vid en bordsände med sina kaffemuggar.

– Jag hade en kurskamrat på Polishögskolan som finansierade sina studier med att spekulera på börsen, började hon.

Wallander betraktade henne förvånat.

– Jag ringde honom, fortsatte hon, nästan urskuldande. Ofta går det ju fortare när man använder sig av sina egna personliga kontakter, om man har några, för att få reda på nånting. Jag berättade för honom om STRUFAB, SISYFOS och Smeden. Jag gav honom namnen, Fjällsjö och Holmberg. Han lovade att undersöka vad han kunde få fram. För en timme sen ringde han mig hem. Jag for genast hit.

Wallander väntade på fortsättningen med spänning.

– Jag skrev upp allt han sa. Investmentbolaget Smeden har genomgått många förändringar dom senaste åren. Styrelser har kommit och gått, vid flera tillfällen har aktiehandeln varit stoppad på grund av misstankar om insiderbrott och andra överträdelser av börsreglerna. Dominerande aktieposter har snurrat runt i en vild och svåröversiktlig kretsgång. Investmentbolaget Smeden har varit som en provkarta över allt det som vi anser vara uttryck för finansvärldens bristande ansvarskänsla. Till för några år sen. Då började ett antal utländska mäklarfirmor, bland annat i England, Belgien och Spanien, att diskret köpa upp stora aktieposter. Det fanns från början ingenting som tydde på att det var samma uppdragsgivare som i bakgrunden agerade genom de olika mäklarfirmorna. Det hela gick mycket långsamt till, som om mäklarfirmorna var angelägna om att deras upphandling inte skulle väcka uppmärksamhet. Vid den tidpunkten var alla också så trötta på Smeden att nästan ingen orkade ta det på allvar längre, allra minst massmedia. Varje gång börschefen i något sammanhang mötte journalister brukade han börja med att begära att få slippa alla frågor om Smeden, eftersom han var så innerligt trött på allt som hade med det företaget att göra. Men plötsligt en dag hade så stora aktieposter förvärvats av de tre mäklarfirmorna att man trots allt inte längre kunde låta bli att börja undra över vem eller vilka som var så intresserade av det skamfilade och vanryktade bolaget. Det visade sig då att Smeden kommit i händerna på en inte alldeles obekant engelsman som hette Robert Maxwell.

– Namnet säger mig ingenting, sa Wallander. Vem är det?

– En död man, svarade hon. Han föll över bord för några år sen från sin lustjakt utanför spanska kusten. Det gick rykten om att han kanske hade blivit mördad. Det var nånting med Mossad, den israeliska underrättelsetjänsten och oklara men omfattande vapenaffärer. Officiellt ägde han tidningar och bokförlag, allting styrt från Liechtenstein. När han dog rasade hans imperium ihop som ett sandslott man trampar på. Det var bara skulder alltsammans, skulder och förskingrade pensionsfonder. Konkursen var ögonblicklig och väldig. Men hans söner lär ha fortsatt på den väg deras far hade stakat ut.

– En engelsman, sa Wallander förundrat. Vad betyder det?

– Att det inte slutade där. Aktierna skulle gå vidare till nya händer.

– Till vems händer?

– Det fanns nånting bakom, sa hon. Robert Maxwell hade handlat på uppdrag av en annan person, som inte ville synas. Och den personen var svensk. En egendomlig cirkel var sluten.

Hon betraktade honom uppmärksamt.

– Kan du tänka dig vem den personen är? frågade hon.

– Nej?

– Jag tycker du ska gissa.

I samma ögonblick insåg Wallander att han visste svaret.

– Alfred Harderberg, sa han.

Hon nickade.

– Mannen på Farnholms slott, sa Wallander sakta.

De satt tysta ett ögonblick.

– Genom Smeden styrde han med andra ord också över STRUFAB, sa hon sedan.

Wallander betraktade henne tankfullt.

– Bra, sa han. Mycket bra.

– Tacka min kurskamrat, sa hon. Han är polis i Eskilstuna. Men det är en sak till.

– Vad då?

– Jag vet inte om det är viktigt, sa hon. Men medan jag väntade på dig kom jag att tänka på en sak. Gustaf Torstensson dog på väg hem från Farnholms slott. Lars Borman hängde sig. Men kanske var det så att dom båda, var och en på sitt sätt, hade upptäckt en och samma sak. Vad det nu än var.

Wallander nickade långsamt.

– Du kan ha rätt, sa han. Men jag tror vi kan våga dra en slutsats till, en slutsats vi kan betrakta som obevisad men ändå definitiv. Att Lars Borman inte begick självmord. Lika lite som Gustaf Torstensson omkom i en bilolycka.

De blev återigen sittande tysta.

– Alfred Harderberg, sa hon sedan. Kan det verkligen vara han som ligger bakom allt det som har hänt?

Wallander stirrade på sin kaffemugg. Tanken var honom helt främmande och oväntad. Ändå hade han anat det, det insåg han nu.

Han såg på henne.

– Visst kan det vara Alfred Harderberg, sa han. Visst kan det vara han.

10

Efteråt skulle Wallander alltid tänka på den vecka som följde som en tid då polisen byggde osynliga barrikader runt den oklara mordutredningen. Det var som om de under mycket kort tid och under stor press hade förberett ett komplicerat fälttåg. Tanken var heller inte orimlig, eftersom de hade utsett Alfred Harderberg till sin fiende, en man som inte bara var ett levande monument utan också en som framstod som en klassisk furste i sin makt, redan innan han hade fyllt femtio.

Det hela hade börjat redan på fredagskvällen, när Ann-Britt Höglund hade berättat om den engelska kontakten, Robert Maxwells agerande som aktiebulvan, och avslöjandet att det var mannen på Farnholms slott som ägde investment-bolaget Smeden och därmed med ett jättekliv steg rakt ut ur anonymiteten och in i mordutredningens centrum. Efteråt skulle Wallander också med viss vånda tänka att han borde ha misstänkt Alfred Harderberg mycket tidigare. Varför han inte hade gjort det kunde han aldrig ge ett ordentligt svar på. Vad han än intalade sig själv, så förblev det en ursäkt för att han i mordutredningens inledande fas släpphänt och slarvigt hade beviljat Alfred Harderberg en oförtjänt immunitet, som om Farnholms slott trots allt hade varit främmande territorium där de diplomatiska konventionerna gällde.

Den påföljande veckan förändrade allt detta. Men de hade tvingats gå försiktigt fram, inte endast för att Björk krävde det, delvis med Per Åkesons stöd, utan framförallt eftersom de fakta de hade att utgå ifrån var ytterst begränsade. De visste från tidigare att Gustaf Torstensson agerat som ekonomisk rådgivare till mannen på Farnholms slott, men de visste inte vad han hade gjort, vad hans uppdrag hade bestått i, och det fanns alltså heller ingenting som tydde på att Harderbergs företagsimperium sysslade med olagligheter. Men nu hade de hittat ännu ett samband: Lars Borman och det bedrägeri mot Malmöhus läns landsting som tystats ner och året innan beståtts en hastig begravning i lönndom, bortom allmänhetens insyn. Den fredagsnatten den 5 november, när Wallander blev sittande tillsammans med Ann-Britt Höglund på polishuset till långt in på småtimmarna, kom mest att handla om spekulationer. Men redan då började de utveckla en modell för spaningen och Wallander var från början säker på att de måste agera mycket diskret och varsamt. Ty om det var så att Harderberg var inblandad, och Wallander upprepade detta *om* ständigt under veckan som följde, så innebar det att han var en man som hade öron och ögon inte bara i nacken utan runt dem, nära dem, dygnet runt, vad de än gjorde och var de än befann sig. De måste räkna med möjligheten att anknytningen mellan Lars Borman, Harderberg och en av de döda advokaterna inte behövde innebära att de hade lösningen i sin hand.

Wallander var också tveksam av helt andra skäl. Han hade levt sitt liv i en lojal och oreflekterad tilltro till den tradition som förkunnade att det svenska näringslivet lika lite fick misstänkas som kejsarens hustru. De svenska storföretagens män och kvinnor var välståndsundrets ankarfästen. Exportindustrin som förutsättning för landets välmåga kunde helt enkelt inte ifrågasättas. Allra minst nu, när hela välståndsbygget svajade och hade fått trossbottnarna fulla av utsvultna myror. Ankarfästena måste försvaras från oansvariga angrepp, var de än kom ifrån. Men även om han nu var tveksam så visste han alltså också att de kunde ha kommit den avgörande lösningen på spåren, hur orimligt det än kunde tyckas vara på ytan.

– Vi vet ingenting på djupet, sa han till Ann-Britt Höglund under fredagsnatten. Vi har en anknytning, ett samband. Det ska vi undersöka. Och vi ska göra det med full kraft. Men vi kan inte självklart utgå från att vi därmed ska hitta vår gärningsman.

De hade stängt in sig på Wallanders rum med sina kaffemuggar. Han hade blivit förvånad över att hon inte omedelbart hade velat gå hem, det var sent på kvällen och i motsats till honom hade hon en familj som väntade. De skulle heller inte kunna uträtta någonting denna natt, det var bättre att de kom utvilade till arbetet dagen efter. Men hon ville fortsätta samtalet och han blev påmind om hur han själv hade reagerat i hennes ålder; även i polisens oftast tröstlösa arbete fanns moment av inspiration och spänning, av en nästan barnslig lust att leka med tänkbara alternativ.

– Jag vet att det ingenting betyder, sa hon. Men en grov brottsling som Al Capone fälldes av en revisor.

– Jämförelsen är orimlig, sa Wallander. Du talar om en gangster som alla visste byggde sin förmögenhet på stöld, smuggling, utpressning, mutor och mord. Här vet vi ingenting annat än att en framgångsrik svensk företagare äger aktiemajoriteten i ett enligt ryktet luggslitet investmentbolag som bland alla sina andra verksamheter styr över ett konsultföretag där några individer har begått en kupp mot ett landsting. Vi vet ingenting annat än det.

– Förr brukade man säga att det bakom varje stor förmögenhet dolde sig ett brott, sa hon. Varför bara förr? Vilken tidning man än öppnar så ser man exempel på att det idag snarare tycks vara regel än undantag.

– Tillvaron är full av citat, sa Wallander. Man hittar alltid nåt som passar. Japanerna säger att företagsamhet är krig. Men det legitimerar inte att man i Sverige dödar folk för att putsa på siffror i ett bokslut. Om det nu är det man vill.

– Vårt land är också fullt av heliga kor, sa hon. Vi tycker bland annat inte om att behöva befatta oss med brottslingar som har adliga namn och tillhör nån av dom gamla fina skånska slottsfamiljerna. Vi tycker inte om att dra dom inför rätta när dom har stulit ur frimärkskassan.

– Så har jag aldrig tänkt, sa Wallander och insåg att han inte talade sanning. Efteråt kunde han undra vad det egentligen var han hade velat försvara. Hade han överhuvudtaget velat försvara någonting? Eller var det bara så att Ann-Britt Höglund, som både var kvinna och yngre än han själv, inte kunde tillåtas ha rätt, i alla fall inte hur som helst, eller hur mycket som helst?

– Jag tror alla tänker så, envisades hon. Poliser reagerar som andra. Det gör åklagare också. Dom heliga korna ska få beta i fred.

De hade styrt fram och tillbaka bland blindskären utan att hitta sin farled. Wallander tänkte att åsikterna bröts som ett tecken på det han länge gått och trott, att en allt skarpare generationsgräns skulle klyva poliskåren. Det var inte så mycket att Ann-Britt Höglund var kvinna som att hon kom bärande på andra erfarenheter. Vi är inte poliser i riktigt samma världsbild, tänkte Wallander. Världen kanske är densamma för oss båda. Men inte den bild av den som vi bär på.

Han tänkte också en annan tanke den natten, och den tilltalade honom inte alls. Han märkte plötsligt att det han satt och sa till Ann-Britt Höglund, det kunde också Martinson ha sagt. Eller Svedberg, eller till och med den sig ständigt fortbildande Hanson. Han satt där på fredagsnatten och talade inte bara med sin egen utan även med de andras tungor. Det var en mun som representerade en hel generation som öppnade sig när han talade med henne. Det irriterade honom, och han la för sig själv skulden på Ann-Britt Höglund, som var alltför självsäker, alltför bestämd i sina åsikter. Han tyckte inte om att bli påmind om sin egen lättja, sina egna, ytterst vaga synpunkter på den värld och den tid han levde i.

Det var som om hon beskrev ett okänt land för honom. Ett Sverige som hon tyvärr inte hittade på, utan som fanns där utanför polishusets väggar, med alldeles verkliga människor.

Men diskussionen dog till slut ut, när Wallander tillräckligt länge hällt vatten på elden. De gick ut och hämtade mera kaffe och blev erbjudna varsin smörgås av en uttröttad eller kanske utled trafikpolis som satt och stirrade tomt framför sig i matrummet. Sedan återvände de till Wallanders rum och för att undvika att diskussionen om de heliga korna blossade upp på nytt tog Wallander kommandot och föreslog en stunds konstruktivt tänkande.

– Jag hade en elegant pärm av läder i min bil när den brann upp, sa han. En översikt jag fick vid mitt besök på Farnholms röda slott. Jag hade börjat läsa vad som stod där. En översikt över Harderbergs imperium. Hans olika hedersdoktorat. Alla hans gärningar. Konstmecenaten Harderberg. Humanisten Harderberg. Ungdomsvännen Harderberg. Den sportintresserade Harderberg. Kulturminnesvårdaren Harderberg. Vännen till restaurering av gamla öländska fiskebåtar. Arkeologie hedersdoktorn Harderberg som frikostigt stöder utgrävningar av tänkbara järnåldersbosättningar i Medelpad. Musikvännen Harderberg som betalar lön och arbetsgivaravgifter för två violinister och en fagottist i Göteborgs Symfoniorkester. Instiftaren av Harderbergska Priset för den mest begåvade unga operasångaren i landet. Den generöse bidragsgivaren till fredsforskningen i Norden. Och allt annat som jag nu har glömt. Det var som om han presenterades som en hel Svensk Akademi i sig själv. Utan en blodsdroppe på händerna. Men jag har redan bett Ebba skaffa fram ett nytt exemplar av pärmen. Den måste läsas och undersökas. Vi måste i all diskretion få tillgång till en oändlig mängd verksamhetsberättelser och bokslut från alla hans företag. Vi måste ta reda på hur många företag han överhuvudtaget äger. Och var dom finns. Vad dom gör. Vad dom säljer. Vad dom köper. Vi måste undersöka hans taxeringar och hans skatteförhållanden. På den punkten ger jag dig rätt när det gäller Al Capone. Vi måste ta reda på var Gustaf Torstensson tilläts krypa in och vara med. Vi måste fråga oss: Varför just han? Vi måste titta in i alla dom hemliga rum som finns. Vi måste lura oss in i Harderbergs hjärna, inte bara i hans plånbok. Vi måste tala med elva sekreterare utan att han märker det. För om han märker det kommer det att gå en skakning genom hela hans imperium. En skakning när alla dörrar slår igen på en och samma gång. Vi får aldrig glömma att hur mycket resurser vi än mobiliserar så kan han ställa upp ännu större trupper på slagfältet. Och det är alltid lättare att stänga en dörr än att sen öppna den igen. Det är alltid lättare att bevaka en sinnrikt konstruerad lögn än att hitta en otydlig sanning.

Med något som han tolkade som äkta intresse hade hon lyssnat på hans utläggning. Han hade pratat på för att formulera en position åt sig själv. Men han kunde heller inte förneka att han lagt ner en viss möda på att platta till henne. Fortfarande var det han som var polisen, medan hon ännu borde betrakta sig själv som en snorvalp, om än en omvittnat begåvad snorvalp.

– Allt det här måste vi göra, fortsatte han. Och det kan till slut innebära att vi än en gång sitter med den storartade belöningen det innebär att ha funnit absolut ingenting. Men det viktigaste just nu, och det svåraste, är frågan hur vi ska göra allt detta utan att det märks. Om det är som vi tror, att det är på Harderbergs order som vi bevakas, som man försöker spränga oss i luften, eller som hans förlängda armar gräver ner en landmina i fru Dunérs trädgård – då måste vi hela tiden påminna oss att han ser och att han hör. Det får inte märkas när vi förflyttar våra trupper. Allt måste ske som om det låg den tätaste dimma över allt vi företar oss. Och i den dimman måste vi rida rätt och han rida fel. Hur ser den spaningsuppläggningen ut? Det är den fråga vi måste ställa oss. Och sen ge oss ett mycket bra svar.

– Vi måste alltså göra tvärtom, sa hon.

– Just det, svarade Wallander. Vi måste hissa en signal som säger: Vi är inte ett dugg intresserade av Alfred Harderberg.

– Vad händer om det blir för tydligt? invände hon.

– Det får det inte bli, svarade Wallander. Alltså måste vi hissa en flagga till. Vi måste tala om för världen: Naturligtvis ingår Alfred Harderberg i våra rutinundersökningar. På vissa punkter tilldrar han sig till och med vårt uppriktiga intresse.

– Hur ska vi säkert kunna veta att han verkligen tror oss?

– Det kan vi inte. Men vi kan hissa en tredje flagga. Som säger att vi har ett spår som vi tror på. Som pekar åt ett visst håll. Och som dessutom kan verka trovärdigt. Så trovärdigt att Harderberg kan övertygas om att vi verkligen inriktar oss på ett felaktigt spår.

– Ändå kommer han att lägga ut försäkringar.

Wallander nickade.

– Dom måste vi hela tiden lära oss att upptäcka, sa han. Men vi ska inte låtsas om att vi vet. Inte genom att föreställa dumma, en serie döva och blinda poliser som leder varandra fel. Vi ska upptäcka hans försäkringar. Vi ska tolka dom intelligent. Men vi ska tolka dom fel. Vi ska hålla upp en spegel framför vår strategi och sen tolka spegelbilden.

Hon betraktade honom tankfullt.

– Kommer vi verkligen att klara det här? Kommer Björk att gå med på det? Vad kommer Per Åkeson att säga?

– Det blir vårt första stora problem, svarade Wallander. Att övertyga oss själva om att vi tänker rätt. Vår polischef har en styrka som uppväger en hel del av hans mindre lyckade sidor. Det är att han genomskådar oss om vi inte tror på det vi själva säger eller föreslår som utgångspunkter för vår spaning. Då slår han till direkt. Och det är bra.

– Och när vi har övertygat oss själva? Var börjar vi?

– Då gäller det att inte misslyckas med för mycket av det vi har föresatt oss. Vi måste rida fel så skickligt i dimman att Harderberg tror på det. Vi måste rida rätt och fel på en och samma gång.

Hon reste sig och gick till sitt kontor för att hämta ett anteckningsblock. Under tiden satt Wallander och lyssnade på en polishund som skällde någonstans i polishuset. När hon kom tillbaka tänkte han återigen att hon var en attraktiv kvinna, trots att hon var mycket blek, med oren hy och mörka påsar under ögonen.

De gick igenom sina tankar ännu en gång. Hela tiden kom Ann-Britt Höglund med påpassliga inlägg, hittade ihåligheter i Wallanders resonemang, slog omedelbart ner på motsägelser. Han märkte, om än motvilligt, att han inspirerades av henne, och att hon dessutom var mycket klartänkt. Det slog honom plötsligt, och då var klockan redan två på morgonen, att han inte hade fört något liknande samtal sedan Rydberg avled några år tidigare. Han föreställde sig att Rydberg hade återkommit som en gengångare och nu ställde sina stora erfarenheter till förfogande genom denna bleka kvinna.

De följdes åt ut på polishusets gård strax efter två. Det var stjärnklart och kallt, marken klirrade av frost.

– I morgon kommer vi att ha ett mycket långt möte, sa Wallander. Vi kommer att möta många invändningar. Men jag ska prata med både Björk och Per Åkeson innan. Jag ska be Per sitta med. Får vi dom inte med oss kommer vi att tappa

alltför mycket tid på skaffa fram fler fakta bara för att överty-
ga dom.

Hon verkade uppriktigt förvånad.

– Dom måste väl inse att vi har rätt?

– Det är inte säkert.

– Ibland känns det som om den svenska polisen är en väl-
digt trög organisation.

– Det behöver man inte vara nyutexaminerad från Polis-
högskolan för att anse, sa Wallander. Björk har räknat ut att
med den nuvarande tillväxten av administratörer och andra
som inte direkt sysselsätter sig med arbete på fältet, som spa-
nare eller trafikövervakare eller liknande, så kommer all van-
lig polisverksamhet att upphöra omkring år 2010. Då sitter
alla polismän och skickar papper till andra poliser.

Hon skrattade.

– Man kanske har valt fel yrke, sa hon.

– Inte fel yrke, svarade Wallander. Men kanske har man
valt att leva i fel tid.

De skildes åt och for hem i sina bilar. Wallander höll upp-
sikt i backspegeln när han körde genom staden mot Maria-
gatan, men han kunde inte se att någon följde efter honom.
Han var mycket trött, men samtidigt uppfylld av att en dörr
oväntat öppnat sig i den pågående utredningen. Den närmas-
te tiden skulle bli mycket arbetsam.

På lördagsmorgonen den 6 november ringde Wallander till
Björk redan strax efter klockan sju. Det var hans fru som sva-
rade och hon bad Wallander ringa igen några minuter senare
eftersom hennes man låg i badkaret. Wallander använde tiden
till att ringa Per Åkeson som han visste var morgontidig och
normalt steg upp redan vid femtiden. Åkeson svarade genast. I
korta drag redogjorde Wallander för det samband som hade
upptäckts och som innebar att Alfred Harderberg hade blivit
intressant på ett helt nytt sätt för utredningen. Per Åkeson lyss-
nade under tystnad utan att göra några kommentarer. När
Wallander hade talat färdigt ställde han en enda fråga.

– Tror du verkligen att det här kan visa sig hållbart?

Wallander betänkte sig inte utan svarade direkt.

– Ja, sa han. Jag tror det kan ge oss svaret.

– Då har jag naturligtvis inga invändningar mot att vi koncentrerar oss på att fördjupa undersökningen. Men det bör ske diskret. Och gör inga utspel för massmedia utan att jag är informerad först. Vad vi minst av allt behöver är en Palmesituation här i Ystad.

Wallander insåg mycket väl vad Åkeson menade. Det olösta mordet på Sveriges statsminister, en nu snart tioårig gåta, hade skapat ett trauma som inte bara gjorde polisen beklämd utan även stora delar av svenska folket. Alltför många, både utanför och inom poliskåren, visste att mordet sannolikt inte hade blivit uppklarat på grund av att utredningen på ett tidigt stadium kom att domineras och missskötas skandalöst av en självutnämnd och i spaningssammanhang oduglig länspolischef. På alla svenska polisstationer diskuterades ständigt, ibland upprört, ibland föraktfullt, hur det hade varit möjligt att mordet, mördaren och uppsåtet så enkelt hade kunnat slarvas bort. Ett av de mest förödande misstagen i den katastrofala utredningen hade varit att polisledningen tvingat fram en inriktning i spaningarna utan att ha ordentlig täckning för sina prioriteringar. Wallander var alltså överens med Åkeson. Ett brott skulle i praktiken nästan vara löst innan polisen hade lov att lägga alla sina ägg i en och samma korg.

– Jag vill gärna att du är med nu på morgonen, sa Wallander. Vi måste nå fullständig klarhet om vad det är vi är ute efter. Jag vill inte att spaningsgruppen ska delas. Då brister vår möjlighet att snabbt gripa oss an den nya situationen.

– Jag kommer, svarade Per Åkeson. Jag skulle egentligen ha spelat golf idag. Men i det här vädret avstår jag gärna.

– Det är nog varmt i Uganda, sa Wallander. Eller var det Sudan?

– Jag har inte ens talat med min hustru än, svarade Per Åkeson med sänkt röst.

Efter att ha avslutat telefonsamtalet drack Wallander ytterligare en kopp kaffe och ringde sedan upp Björk igen. Den här gången var det han själv som svarade. Wallander hade då bestämt sig för att inte säga någonting om det som hade föregått hans första besök på Farnholms slott. Det ville han inte göra i telefon, det var nödvändigt att ha Björk framför sig när han tog upp det. Därför var han också mycket kortfattad i telefon.

– Vi behöver träffas och diskutera en uppkommen situation, sa Wallander. Nånting som kommer att förändra inriktningen på vår mordutredning.

– Vad är det som har hänt? frågade Björk.

– Jag föredrar att inte tala om det över telefonledningen, svarade Wallander.

– Du tror väl ändå inte att våra telefoner är avlyssnade? sa Björk förvånat. Nån måtta på inbillningen får det faktiskt lov att vara.

– Det är inte det, sa Wallander, även om det hastigt for genom hans huvud att han hade förbisett den möjligheten. Nu var det dock för sent att göra nånting åt det. Han hade redan i telefon berättat för Per Åkeson vad som skulle gälla från och med nu.

– Jag behöver träffa dig en stund innan spaningsgruppen samlas, sa han.

– Om en halvtimme går det bra, sa Björk. Jag förstår bara inte varför du är så hemlig.

– Jag är inte hemlig, sa Wallander. Men ibland är det bättre att träffas när man ska prata.

– Det verkar sannerligen mycket dramatiskt, sa Björk. Jag undrar om vi inte borde kontakta Åkeson också.

– Det har jag redan gjort, svarade Wallander. Vi ses på ditt rum om en halvtimme.

Innan Wallander steg in genom dörren till Björks kontor hade han suttit en stund i bilen utanför polishuset och samlat sig. Ett kort ögonblick hade han vacklat och tänkt att han kunde låta det hela bero, något annat var viktigare. Men han insåg att han var tvungen att klargöra för Björk att det som hade hänt inte fick upprepas. Det skulle i så fall med nödvändighet leda till en förtroendekris som knappast skulle kunna överbryggas utan att Wallander lämnade sin tjänst.

Han satt i bilen och tänkte på hur fort allting hade gått. För bara något mer än en vecka sedan hade han strövat omkring bland sanddynerna på Skagen och förberett sitt avsked till livet som polisman. Nu hade han den bestämda känslan att han måste försvara sin tjänst och sin integritet som polis. Han måste också mycket snart skriva om allt detta till Baiba i Riga.

Skulle hon kunna förstå varför allt hade förändrats?

Förstod han det egentligen själv?

Han satte sig i Björks besökssoffa.

– Vad är det nu som har hänt? frågade Björk.

– Innan jag går in på utredningen är det en annan sak jag måste ta upp, sa Wallander, och märkte att hans röst var osäker.

– Du har väl inte bestämt dig för att sluta igen? sa Björk och såg bekymrad ut.

– Nej, svarade Wallander. Jag måste få veta varför du ringde till Farnholms slott och förvarnade om att polisen i Ystad skulle komma att kontakta dom i samband med mordutredningen. Jag måste få veta varför du inte informerade mig eller dom andra om att du hade ringt.

Wallander såg att Björk blev både besvärad och irriterad.

– Alfred Harderberg är en betydande person i vårt samhälle, sa Björk. Han är inte misstänkt för nån brottslig gärning. Det var en ren artighet från min sida. Får jag fråga hur det kommer sig att du känner till det här telefonsamtalet?

– Dom var alltför väl förberedda när jag kom, sa Wallander.

– Jag kan inte se det som nåt negativt, sa Björk. Under rådande omständigheter.

– Det var ändå olämpligt, sa Wallander. Olämpligt på mer än ett sätt. Dessutom kan sådana här händelser skapa misstämning i spaningsgruppen. Där är vi beroende av öppenhet.

– Jag måste erkänna att jag har svårt att acceptera att du ska tala till mig om öppenhet, svarade Björk och dolde inte längre att han var arg.

– Mina brister kan inte ursäkta att andra gör samma sak, sa Wallander. I varje fall inte min chef.

Björk reste sig upprört från sin stol.

– Jag finner mig faktiskt inte i att bli tilltalad på det här sättet, sa han och var röd i ansiktet. Det var en ren artighet, ingenting annat. Under rådande omständigheter, ett rutinsamtal, kunde det inte ha nån menlig inverkan.

– Dom omständigheterna är inte längre rådande, sa Wallander, som insåg att han inte skulle komma längre. Nu var det däremot viktigt att han så fort som möjligt satte in Björk i det som hade förändrat hela situationen.

Björk betraktade honom, han stod fortfarande upp.

– Uttryck dig tydligare, sa han. Jag förstår inte vad du menar.

– Det har kommit fram uppgifter som tyder på att Alfred Harderberg kan ligga bakom det som har skett, sa Wallander. Då måste man väl i rimlighetens namn medge att de rådande omständigheterna har förändrats ganska så dramatiskt.

Björk satte sig vantroget i sin stol igen.

– Vad är det du menar? frågade han.

– Jag menar att vi har skäl att tro att Alfred Harderberg kan vara direkt eller indirekt inblandad i morden på dom två advokaterna Torstensson. Och mordförsöket på fru Dunér. Och min bil som sprang i luften.

Björk betraktade honom skeptiskt.

– Ska jag verkligen ta det här på allvar?

– Ja, sa Wallander. Per Åkeson gör det.

Utan att gå in på några detaljer gav Wallander Björk en kort sammanfattning av det som hade hänt. När han hade tystnat satt Björk länge och betraktade sina händer innan han svarade.

– Det är naturligtvis ytterst obehagligt om det här skulle visa sig vara riktigt, sa han till slut.

– Mord och sprängattentat är obehagliga saker, svarade Wallander.

– Vi måste vara väldigt försiktiga, fortsatte Björk och tycktes bortse från Wallanders kommentar. Vi kan inte tillåta oss att ha nåt mindre än heltäckande bevis innan vi gör ett eventuellt tillslag.

– Det brukar vi inte göra, sa Wallander. Varför skulle vi då göra det den här gången?

– Jag är övertygad om att det här kommer att leda oss ut i tomma intet, sa Björk och reste sig, som tecken på att samtalet var slut.

– Möjligheten finns, svarade Wallander. Liksom motsatsen.

Klockan hade blivit tio minuter över åtta när han lämnade Björks kontor. Han hämtade kaffe och tittade in till Ann-Britt Höglund, som dock ännu inte hade kommit. Sedan satte han sig i sitt rum och ringde till taxichauffören Waldemar Kåge i Simrishamn. Han fick tag på honom över hans biltelefon och förklarade sitt ärende. Sedan skrev han upp Kåges postgironummer och gjorde en minnesanteckning på en klisterlapp att han skulle skicka 230 kronor. Han övervägde hastigt om han också skulle ringa till den bilspeditör som hans far hade slagit till på Systembolaget och försöka beveka honom att inte begära att fadern drogs inför rätta. Men han lät det bero. Klockan halv nio skulle de börja sitt möte. Fram till dess behövde han koncentrera sig.

Han ställde sig vid fönstret och såg ut. Vädret var mycket grått, luften fuktig och råkall. Redan senhöst, snart vinter. Här är jag, tänkte han. Jag undrar var Alfred Harderberg befinner sig just nu. På Farnholms slott? Eller tio tusen meter ovanför jordytan, i sitt jetplan, på väg både till och från någon av sina komplicerade affärer? Vad var det ni upptäckte, Gustaf Torstensson och Lars Borman? Vad var det egentligen som hände? Om Ann-Britt Höglund och jag har rätt, om två poliser tvärs över generationsgränserna, var och en med sin bild av världen, faktiskt har kommit till en gemensam och odelbar slutsats? Som dessutom visar sig vara den slutsats som ger oss sanningen?

Klockan halv nio steg Wallander in genom dörren till sammanträdesrummet. Björk hade redan satt sig vid bordets kortände, Per Åkeson stod och såg ut genom fönstret, medan Martinson och Svedberg var inbegripna i ett samtal om något som Wallander uppfattade som en lönefråga. Ann-Britt Höglund hade satt sig på sin vanliga plats, mitt emot Björk vid bordets andra kortände. Varken Martinson eller Svedberg tycktes reagera på att Per Åkeson var med. Han nickade till Ann-Britt Höglund.

– Hur tror du det här går? sa han lågt.

– När jag vaknade i morse trodde jag att jag hade drömt allting, svarade hon. Har du talat med Björk och Åkeson?

– Åkeson vet redan det mesta, svarade han. Björk har jag bara hunnit ge en kort information.

– Vad sa Åkeson?

– Han kommer att gå på vår linje.

Björk knackade i bordet med en blyertspenna och de som fortfarande stod satte sig ner.

– Jag har inget annat att säga än att jag ger ordet till Kurt, sa Björk. Men om jag har förstått saken riktigt så har en dramatisk vändning kanske inträffat i utredningen.

Wallander nickade samtidigt som han tänkte efter hur han skulle börja. Plötsligt var han alldeles tom i huvudet. Sedan hittade han tråden och satte igång. Han gjorde en detaljerad genomgång av vad Ann-Britt Höglunds kollega i Eskilstuna hade kunnat upplysa dem om och han redogjorde för de tankar som hade fötts under natten, om hur de skulle gå fram utan att väcka den björn som helst inte borde skrämmas till ett uppvaknande. När han var färdig, och hans föredragning hade varat i mer än tjugofem minuter, frågade han Ann-Britt Höglund om hon hade något att tillägga. Men hon skakade på huvudet, han hade sagt allt som behövde sägas.

– Där är vi, slutade Wallander. Eftersom det här innebär att vi nog bör göra vissa omprioriteringar i utredningen har vi Per med oss. Frågan är väl också om vi inte redan nu behöver hjälp utifrån. Det kommer att bli ett både svårforcerat och på andra sätt mödosamt arbete att tränga in i Alfred Harderbergs värld, inte minst eftersom vi inte vill att han ska märka vårt intresse.

När Wallander hade avslutat sin genomgång kände han sig osäker på om han hade lyckats förmedla det han hade avsett. Ann-Britt Höglund log och nickade mot honom men han var ändå inte övertygad när han betraktade de avvaktande ansiktena runt bordet.

– Det här är onekligen nånting för oss att bita i, sa Per Åkeson när tystnaden hade varat tillräckligt länge. Vi måste ha klart för oss att Alfred Harderberg har ett rykte som föredöme inom det svenska näringslivet. Vi kan aldrig räkna med annat än motstånd om vi börjar ifrågasätta den bilden. Å andra sidan kan jag inte förneka att det finns tillräcklig substans för att vi ska intressera oss ordentligt för honom. Jag har naturligtvis mycket svårt att tro att Alfred Harderberg som person skulle ha haft nåt att göra med morden och dom andra händelserna. Men nånstans i hans bakgrund kan naturligtvis ske saker som han inte kan kontrollera.

– Jag har alltid drömt om att få sätta åt en av dom där herrarna, sa Svedberg plötsligt.

– En mycket beklaglig attityd hos en polisman, svarade Björk och dolde inte sitt missnöje. Det borde inte behöva vara nödvändigt att påminna om vår status som neutrala tjänstemän.

– Låt oss hålla oss till saken, avbröt Per Åkeson. Vi kanske också ska påminna oss att vi i vår roll som rättstjänare har betalt för att vara misstänksamma där vi i normala fall inte skulle behöva vara det.

– Vi har alltså klartecken att koncentrera oss på Alfred Harderberg? frågade Wallander.

– Under vissa förutsättningar, sa Björk. Jag håller inte bara med Per om att vi måste visa försiktighet och varsamhet. Jag vill understryka att det från min sida kommer att betraktas som tjänstefel om nåt av det vi gör läcker utanför det här husets väggar. Inga enskilda uttalanden får göras till pressen utan att det först har blivit godkänt från min sida.

– Det har vi förstått, sa Martinson som hittills inte hade yttrat sig. Jag är mera intresserad av att veta hur vi ska klara av att dammsuga hela Harderbergs imperium när vi är så få. Och hur ska vi samordna vår spaning med ekorotlarna i Stockholm och Malmö? Hur ska vi samarbeta med skattemyndigheterna? Jag undrar om vi inte borde gå en helt annan väg.

– Vilken då? undrade Wallander.

– Att vi lämnar över allt till rikskriminalen, sa Martinson. Sen kan dom samordna sig med vilka rotlar och myndigheter dom vill. Jag tror vi måste erkänna att vi är för små för det här.

– Tanken har också föresvävat mig, sa Per Åkeson. Men på det här tidiga stadiet, innan vi ens har gjort en grundläggande undersökning, skulle nog ekorotlarna både i Stockholm och Malmö ställa sig avvisande till att ta emot oss. Jag vet inte om ni har klart för er att dom är om möjligt ännu mer överlastade med arbete. Om vi är få så är dom så underbemannade att det är snubblande nära en ren katastrof. Tills vidare måste vi handlägga det här ärendet själva. Så gott vi kan. Men jag ska naturligtvis försöka påverka ekorotlarna att hjälpa till redan nu. Vem vet, det kanske går.

För Wallander stod det senare alltid klart att det var med Per Åkesons ord om den hopplösa situationen på rikskriminalen som förutsättningarna en gång för alla lades fast. Det skulle koncentrera mordutredningen till Alfred Harderberg och de anknytningar som fanns till Lars Borman och de döda advokaterna. De skulle dessutom vara hänvisade till sig själva. Förvisso sysselsatte sig polisen i Ystad ständigt med olika former av ekonomisk brottslighet. Men det här var större än något de råkat ut för tidigare, och de visste naturligtvis inte heller om det fanns fog för tankarna om att ekonomiska brott kunde ligga bakom de två advokaternas död.

De skulle med andra ord börja leta efter ett svar på frågan vad de egentligen letade efter.

När Wallander några kvällar senare skrev ett brev till Baiba Liepa i Riga och berättade om *det hemliga drevet*, som han hade börjat kalla undersökningen, och efter att ha konsulterat ett lexikon för att hitta den korrekta engelska översättningen, hade han dock beskrivit operationen som allt annat än huvudlös. Han hade känt att hans kollegor såväl som han själv varit inställda på att försöka lösa uppgiften. *Det finns en jägare i varje polis*, hade han skrivit. *Sällan eller aldrig klingar det av trumpeter, när drevet går. Men vi fångar ändå emellanåt de rävar vi är ute efter. Utan oss skulle den svenska hönsgården för länge sedan vara raserad och tom; bara ett antal blodiga fjädrar som blåste omkring i höstvinden skulle finnas kvar.*

De gick med andra ord till verket med entusiasm. Björk lyfte på locket till den låda där han höll övertiderna instängda. Han manade på under förutsättning att ingenting läckte ut. Per Åkeson hade tagit av sig kavajen, lossat på den alltid lika korrekt knutna slipsen och blivit en medarbetare bland de andra, även om han naturligtvis aldrig släppte på sin auktoritet som ledare av den operation som höll på att ta sats.

Men det var Wallander som bestämde, det kunde han känna, och det gav honom också emellanåt ilningar av välbehag. Genom oväntade omständigheter och en omtanke från sina kollegor som han knappast förtjänade hade han beretts en möjlighet att sona något av den skuld han upplevde efter att ha avvisat det förtroende som Sten Torstensson visat honom på Skagen genom att be om hjälp. När han nu ledde spaningsarbetet efter den som mördat de två advokaterna spanade han samtidigt efter en möjlighet att försonas med den känslan. Han hade varit så upptagen av sitt eget privata elände att han inte uppfattat Sten Torstenssons nödrop, inte tillåtit det att slippa igenom hans välbarrikaderade självupptagna missmod.

Någon gång under den här tiden skrev han också ett brev till Baiba Liepa som han aldrig skickade iväg. Där försökte han reda ut för henne, och därmed också för sig själv, vad det egentligen innebar att han hade dödat en människa året innan, när han nu också kände en skuld inför Sten Torstenssons död och den vädjan om hjälp som han avvisat. Den slutsats han trodde sig komma fram till, även om han innerst inne misstrodde den, var att Sten Torstenssons död plötsligt hade börjat plåga honom mer än händelserna året innan på det dimmiga övningsfältet, omgiven av de osynliga fåren.

Men utåt märktes ingenting av hans vånda. I matrummet kommenterade hans kollegor, man och man emellan, Wallanders återkomst och tillfrisknande och fann det lika häpnadsväckande som om han legat lam på en bår och rest sig när spaningsgruppen kallat på honom. Martinson som ibland inte kunde hålla tillbaka sina cynismer sa:

– Vad Kurt behövde var ett ordentligt mord. Inget nervöst, lite slarvigt utfört dråp i hastigt mod. Två döda advokater, en landmina i en trädgård och en asiatisk sprängämneskombination i bensintanken, det var vad han behövde på sitt recept för att kvickna till.

Ingen betvivlade egentligen att det fanns ett visst fog för det Martinson hade gett uttryck för.

Det tog dem en vecka att genomföra den grundläggande kartläggningen. Under den veckan sov varken Wallander eller någon av hans kollegor mer än fem timmar i snitt per natt. Efteråt skulle de också kunna se tillbaka på den veckan som om de verkligen hade bevisat att en mus kunde ryta högt om det behövdes. Inte ens Per Åkeson som sällan lät sig imponeras kunde låta bli att lyfta på sin obefintliga hatt inför vad poliserna hade åstadkommit.

– Detta får absolut inte komma ut, sa han en sen kväll till Wallander, när de hade gått ut från polishuset för att andas in den svala höstluften och jaga tröttheten på flykten. Wallander hade först inte förstått vad han menade

– Slipper det här ut kommer rikspolisstyrelsen och justitiedepartementet att tillsätta en utredning som i sinom tid leder fram till att nåt som kallas Ystadsmodellen presenteras för medborgarna: Hur man med minimala resurser åstadkommer stora resultat. Man kommer att leda i bevis att den svenska polisen inte alls är underbemannad. Man kommer att ta oss till intäkt för att det egentligen finns alldeles för många poliser. Så många att dom går i vägen för varandra och därmed ger upphov till spill av pengar och en ständigt försämrad uppklarningsstatistik.

– Vi har ju inte nått nåt resultat, hade Wallander förvånat svarat.

– Jag talar om rikspolisstyrelsen, sa Per Åkeson. Jag talar om politikernas gåtfulla värld. Där man bakom ändlösa ordmassor egentligen inget annat gör än omsorgsfullt silar mygg och sväljer kameler. Där man varje kväll går till sängs med en bön om att det dagen efter ska vara möjligt att förvandla vatten till vin. Jag talar inte om att vi ännu inte har tagit reda på vem som dödade dom två advokaterna. Jag talar om det faktum att vi nu vet att Alfred Harderberg inte är den medborgare, höjd över alla misstankar, som vi hittills har trott.

Det var också alldeles sant. Under denna hektiska vecka åstadkom de en kartläggning av Alfred Harderbergs imperium som naturligtvis inte alls var fullständig, men där de dock kunde se att ihåligheterna, de svarta hålen, alldeles klart indi-

-kerade att den man som levde på Farnholms slott inte fick släppas ur sikte.

När Åkeson och Wallander stod utanför polishuset den kvällen, noga räknat den 14 november, hade de kommit så långt att de tyckte sig kunna börja dra vissa slutsatser. Den första fasen var över, drevet hade gått, ingenting hade läckt ut, och de hade börjat skymta bilden av ett häpnadsväckande affärsimperium, där Lars Borman och framförallt Gustaf Torstensson måste ha upptäckt något de helst inte borde ha sett.

Frågan var nu bara vad.

Arbetet hade varit hektiskt. Men Wallander hade organiserat trupperna väl och själv inte tvekat att ta på sig de tråkigaste, och som det ofta visade sig, de minst intressanta uppgifterna. De hade gått igenom Alfred Harderbergs historia, från det han föddes som son till en alkoholiserad trävaruhandlare i Vimmerby under namnet Alfred Hansson, tills han nu satt med en ofantlig nyckelknippa, till ett företagsimperium som omsatte miljarder inom och utom landets gränser i handen. Någon gång under det mödosamma arbetet med att läsa verksamhetsberättelser och bokslut, deklarationer och aktieprospekt yttrade Svedberg:

– Det är helt enkelt inte möjligt att en man som äger så mycket kan vara hederlig.

Men det var till slut Sven Nyberg, den buttre och stingslige kriminalteknikern som gav dem upplysningen de behövde. Det var som så ofta en ren tillfällighet att han snubblade över den lilla sprickan i Alfred Harderbergs välputsade mur, den knappt synliga missbildning som de behövde. Och hade inte Wallander, trots sin trötthet, uppmärksammat den kommentar Nyberg gjorde just när han var på väg att lämna Wallanders kontor en sen kvällstimme, så hade tillfället gått dem ur händerna för att kanske inte återkomma.

Det var närmare midnatt på onsdagskvällen och Wallander satt lutad över ännu en redogörelse som Ann-Britt Höglund hade ställt samman över Alfred Harderbergs jordiska tillgångar, när Nyberg bultade på dörren. Nyberg var ingen diskret man, han klampade när han rörde sig i polishusets korridorer och han bultade på dörrar, som om han aviserade ett anhållande, när han skulle tala med någon av de andra poliserna. Just den här kvällen hade han blivit färdig med sin och kriminaltekniska laboratoriets preliminära resultat av undersökningarna av minan i fru Dunérs trädgård och av Wallanders bil som hade sprängts i luften.

– Jag antar att du genast vill ha reda på resultaten, sa han när han hade knuffat sig ner i Wallanders medfarna besöksstol.

– Vad har du? hade Wallander frågat och sett på Nyberg med sina röda ögon.

– Ingenting, svarade Nyberg.

– Ingenting?

– Du hör vad jag säger, sa Nyberg irriterat. Också det är ett resultat. Det går inte att avgöra var minan är tillverkad. Vi tror att det kan vara en mina som tillverkats i Belgien, av ett företag som heter Poudres Réunie de Belgique, hur det nu uttalas. Sprängämnet tyder på det. Dessutom har vi inte hittat nåt splitter. Minan har alltså bara haft verkan rakt uppåt. Det tyder på att den kan vara belgisk. Men den kan också vara av ett helt annat fabrikat. Vad din bil beträffar kan vi inte svara på om det legat nånting i bensintanken. Vi kan med andra ord inte säga nånting med säkerhet. Resultatet är alltså ingenting.

– Jag tror dig, sa Wallander medan han letade i sina pappershögar efter den anteckning han gjort om vad han ville veta av Nyberg.

– När det gäller den italienska pistolen, Bernadellin, vet vi heller inte mer, fortsatte Nyberg medan Wallander noterade på sitt block. Det finns ingen rapporterad stulen. Dom personer som står registrerade som ägare har också kunnat visa upp sina vapen. Nu får du och Per Åkeson bestämma om vi ska ta in dom och börja provskjuta.

– Tror du det är lönt? frågade Wallander.

– Både ja och nej, svarade Nyberg. Personligen tycker jag nog att vi ska göra en kontroll på stulna Smith & Wessons innan vi begär in dom. Det tar ytterligare några dagar.

– Då gör vi som du säger, sa Wallander och krafsade ner en

påminnelse åt sig själv. Sedan fortsatte de att gå igenom Nybergs punkter.

– Vi hittade inga fingeravtryck på advokatkontoret, sa Nyberg. Vem som än sköt Sten Torstensson så tryckte han inte tummen mot fönsterrutan. En undersökning av hotelsebreven från Lars Bormans hand gav inte heller nånting. Annat än att det måste ha varit hans handstil. Svedberg har talat med båda hans barn.

– Vad sa dom om formuleringarna? undrade Wallander. Det har jag glömt att fråga Svedberg om.

– Vilka formuleringar?

– Breven var konstigt skrivna.

– Jag har för mig att Svedberg sa på nåt möte att Lars Borman var ordblind?

Wallander rynkade pannan.

– Det kan jag inte minnas att jag har hört?

– Du kanske var ute och hämtade kaffe just då.

– Kanske. Men jag ska tala med Svedberg. Vad har du mer?

– Jag har varit ute och rotat igenom Gustaf Torstenssons bil, sa Nyberg. Inte heller där fanns några fingeravtryck. Jag har undersökt låsen till tändningen och bagageluckan. Och jag har talat med patologen i Malmö. Vi är nog överens om att han inte fick det dödande slaget i nacken av att stöta mot biltaket. Sårytan har ingen motsvarighet i bilkarossen. Så nog är det nån med handkraft som slagit ner honom. Han måste ha varit utanför bilen när det hände. Såvida det inte suttit nån i baksätet.

– Jag har tänkt på det, sa Wallander. Det troliga är att han stannat på vägen och stigit ur bilen. Nån har kommit bakifrån och slagit ner honom. Sen är bilolyckan arrangerad. Men varför stannade han i dimman? Varför steg han ur?

– Det kan inte jag svara på, sa Nyberg.

Wallander la ifrån sig pennan och lutade sig bakåt i stolen. Han hade ont i ryggen och tänkte att han måste gå hem och sova.

– Det enda anmärkningsvärda vi hittade i bilen var en plastbehållare som tillverkats i Frankrike, sa Nyberg.

– Vad innehöll den?

– Ingenting.

– Varför var den då anmärkningsvärd?

Nyberg ryckte på axlarna och reste sig ur stolen.

– Jag har sett en likadan en gång tidigare. För fyra år sen. När jag var på studiebesök på Lunds lasarett.

– På ett sjukhus?

– Jag har gott minne. Den var likadan.

– Vad användes den till?

Nyberg stod redan med handen på dörrhandtaget.

– Hur ska jag kunna veta det? sa han. Men den plastbehållare som låg i Torstenssons bil var kemiskt ren från allting. Så ren som bara en behållare kan vara som aldrig har innehållit nånting.

Nyberg gick. Wallander hörde hans klampande steg eka och dö ut i korridoren.

Sedan sköt han undan pappershögarna och reste sig för att gå hem. Men när han stod med jackan i handen blev han plötsligt fundersam.

Det var någonting som Nyberg hade sagt. Just innan han hade lämnat rummet.

Någonting med plastbehållaren.

Sedan insåg han vad det var och satte sig i stolen med jackan i handen.

Det stämmer inte, tänkte han. Varför skulle det ligga en aldrig använd plastbehållare i Torstenssons bil? En tom, tydligen mycket speciell behållare.

Det fanns bara ett rimligt svar.

När Gustaf Torstensson lämnade Farnholms slott hade behållaren inte varit tom. Den hade haft ett innehåll.

Vilket i sin tur berodde på att det varit en helt annan behållare. Som hade blivit utbytt. På vägen i dimman. När Gustaf Torstensson stannat och stigit ur bilen. Och blivit ihjälslagen.

Wallander såg på klockan. Strax efter midnatt. Han väntade en kvart. Sedan ringde han hem till Nyberg.

– Vad fan är det nu då? sa Nyberg när han kände igen Wallanders röst.

– Kom tillbaka hit, sa Wallander. Nu, genast.

Han var beredd på att Nyberg skulle få ett vredesutbrott. Men han sa ingenting utan la bara på luren.

Klockan tjugo minuter i ett steg Nyberg åter in på Wallanders kontor.

11

Det nattliga samtalet med Nyberg blev för Wallander avgörande. Åter en gång tyckte han sig ha fått bekräftat att komplicerade brottsutredningar ofta fick sina genombrott i oväntade ögonblick. Många av Wallanders kollegor såg det därför som en bekräftelse på att även polisen emellanåt måste ha lite tur för att leta sig ut ur en återvändsgränd. Wallander däremot tänkte i det tysta att det hela snarare visade att Rydberg haft rätt när han menat att en duktig polisman alltid måste vara lyhörd inför sin intuition, naturligtvis utan att förlora sitt kritiska omdöme. Han hade vetat utan att veta att plastbehållaren i Gustaf Torstenssons havererade bil var viktig. Och även om han hade varit trött hade han känt att han inte kunde vänta till dagen efter för att få sin misstanke bekräftad. Därför hade han ringt Sven Nyberg som nu åter hade stigit in genom hans dörr. Det förväntade vredesutbrottet från den lynnige Nyberg hade uteblivit. Han hade bara satt sig i besöksstolen och Wallander hade till sin förvåning upptäckt att Nyberg hade pyjamas på sig under överrocken. Fötterna var nerstuckna i ett par gummistövlar.

– Du måste ha gått och lagt dig fort, sa Wallander. Hade jag vetat det hade jag inte ringt.

– Vill du med det säga att du har dragit hit mig i onödan? Wallander skakade på huvudet.

– Det var den där plastbehållaren, sa han. Jag vill att du berättar mer om den.

– Jag har inte mer att säga än det jag redan har sagt, svarade Nyberg undrande.

Wallander satte sig bakom skrivbordet och betraktade Nyberg. Han visste att Nyberg inte bara var en duktig kriminaltekniker. Han hade dessutom både fantasi och ett ovanligt gott minne.

– Du sa att du hade sett en liknande plastbehållare en gång tidigare, sa han.

– Inte en liknande, svarade Nyberg. Utan en exakt likadan.

– Det betyder att den måste vara speciell, sa Wallander. Kan du beskriva den för mig?

– Är det inte bättre att jag hämtar den? undrade Nyberg.

– Vi går och ser på den tillsammans, sa Wallander och reste sig ur stolen.

De gick genom korridoren i det vilande polishuset. Någonstans ifrån hördes en radio. Nyberg låste upp till det rum där polisen förvarade föremål som ingick i pågående brottsutredningar.

Plastbehållaren stod på en hylla. Nyberg lyfte ner den och gav den till Wallander. Den var rektangulär och påminde Wallander om en kylväska. Han ställde den på ett bord och försökte få upp locket.

– Det är fastskruvat, sa Nyberg. Dessutom kan man notera att behållaren är absolut lufttät. Här på sidan finns ett fönster. Vad det används till vet jag inte. Men jag skulle gissa att det ska finnas en termometer monterad på insidan.

– Du såg en likadan på Lunds lasarett, sa Wallander medan han betraktade plastbehållaren. Kan du minnas var? På vilken avdelning var den placerad?

– Den var i rörelse, svarade Nyberg.

Wallander såg undrande på honom.

– Det var i en korridor utanför operationssalarna, fortsatte Nyberg. En sjuksköterska kom bärande på den. Jag har ett minne av att hon hade bråttom.

– Du minns inget annat?

– Ingenting.

De gick tillbaka mot Wallanders kontor.

– Mig påminner den om en kylväska, sa Wallander.

– Det tror jag också att det är, svarade Nyberg. Kanske för blod.

– Jag vill att du tar reda på det, sa Wallander. Jag vill veta vad den där plastbehållaren hade i Gustaf Torstenssons bil att göra den kväll han dog.

När de var tillbaka i Wallanders rum kom han att tänka på något Nyberg hade sagt tidigare under kvällen.

– Du sa att den var tillverkad i Frankrike?

– Det stod Made in France på handtaget.

– Det märkte jag inte.

– På den som jag såg i Lund var texten tydligare, sa Nyberg. Jag tror du är ursäktad.

Wallander satte sig i stolen igen medan Nyberg blev stående vid dörren.

– Jag kanske tar fel, sa Wallander. Men jag upplever den här plastbehållaren i Gustaf Torstenssons bil som märklig. Vad gjorde den där? Du är säker på att den är oanvänd?

– När jag skruvade upp locket upptäckte jag att det var första gången efter det att den lämnat den fabrik där den tillverkats. Vill du att jag ska förklara hur jag kunde se det?

– Jag nöjer mig med att du är säker, sa Wallander. Jag skulle säkert inte förstå ändå.

– Jag inser att du tror att plastbehållaren är viktig, sa Nyberg. Men att jag hittar oväntade föremål i krockade bilar är inte så ovanligt.

– I det här fallet har vi inte råd att bortse från en enda detalj, sa Wallander.

– Det har vi väl aldrig, svarade Nyberg förvånat.

Wallander reste sig ur stolen.

– Tack för att du kom, sa han. Jag vill gärna ha svar på vad plastbehållaren används till redan i morgon.

De skildes utanför polishuset. Wallander for hem och åt några smörgåsar i köket innan han gick och la sig. Han kunde inte somna och låg länge och vred sig, innan han steg upp igen och gick tillbaka ut i köket. Utan att tända satte han sig vid bordet. Ljuset från gatlampan förvandlade köket till en egendomlig skuggvärld. Han kände sig rastlös och otålig. Alltför många lösa ändar präglade utredningen. Även om de nu hade bestämt en väg de skulle följa var han tveksam om de hade valt rätt. Hade de missat något avgörande? Han tänkte tillbaka på den dag då Sten Torstensson kom emot honom på den jylländska stranden. Fortfarande tyckte han sig kunna minnas deras samtal nästan ordagrant. Ändå undrade han om det var så att han inte hade uppfattat Sten Torstenssons egentliga budskap, som om det hade funnits ett annat innehåll bakom orden.

När han till slut gick och la sig igen hade klockan blivit över fyra. Ute hade det börjat blåsa och temperaturen hade fallit. Han rös när han kröp ner under täcket. Han tyckte inte att han hade kommit vidare. Inte heller hade han lyckats övertyga sig själv om att han måste vara tålmodig. Det han krävde av sina kollegor lyckades han inte heller denna gång uppfylla för egen del.

När Wallander kom till polishuset strax före åtta hade det blåst upp till storm. I receptionen fick han höra att det var risk för orkanbyar under förmiddagen. Medan han gick till sitt rum undrade han om taket till faderns hus i Löderup skulle stå emot vindarna. Länge hade han haft dåligt samvete för att han inte tagit sig tid att lägga om det. Risken var stor att det skulle blåsa sönder om stormen tilltog. Han satte sig i stolen och tänkte att han i alla fall kunde ringa sin far. Han hade inte talat med honom sedan slagsmålet på Systembolaget. Just när han grep luren ringde det.

– Du har samtal, sa Ebba. Har du märkt vad det blåser?

– Jag kan trösta dig med att det blir värre, svarade Wallander. Vem är det?

– Farnholms slott.

Wallander sträckte på sig i stolen.

– Jag tar det, sa han.

– Det är en dam med ett mycket märkligt namn, sa Ebba. Hon presenterade sig som Jenny Lind.

– För mig låter det som ett vanligt namn?

– Jag sa inte att det var konstigt. Jag sa att det var märkligt. Du har väl hört talas om den stora sångerskan Jenny Lind?

– Släpp igenom henne, sa Wallander.

Rösten som nådde honom tillhörde en ung kvinna. Ännu en av de många sekreterarna, tänkte Wallander.

– Kommissarie Wallander?

– Det är jag.

– Ni har vid ett besök begärt företräde hos doktor Harderberg.

– Jag går inte på audiens, sa Wallander och märkte att han blev irriterad. Jag behöver tala med honom på grund av en mordutredning.

– Det har jag förstått. Nu på morgonen har det kommit ett telex där doktor Harderberg meddelar att han kommer hem i eftermiddag och kan ta emot er i morgon.

– Var kommer telexet ifrån? frågade Wallander.

– Har det nån betydelse?

– Annars skulle jag inte ha frågat, ljög Wallander.

– Doktor Harderberg befinner sig just nu i Barcelona.

– Jag vill inte vänta till i morgon, sa Wallander. Jag behöver tala med honom så fort som möjligt. Om han kommer tillbaka till Sverige i eftermiddag bör han kunna ta emot mig ikväll.

– Han har ingenting inbokat för kvällen, sa Jenny Lind. Men jag måste kontakta honom i Barcelona innan jag kan ge ett svar.

– Det gör ni som ni vill, sa Wallander. Hälsa honom att han får besök från polisen i Ystad klockan sju ikväll.

– Det kan jag inte gå med på. Doktor Harderberg bestämmer alltid sina besökstider själv.

– Inte i det här fallet, sa Wallander. Klockan sju kommer vi.

– Kommissarie Wallander har nån med sig?

– Ja.

– Kan jag få be om namnet på den personen?

– Ni kan be om det. Men ni får det inte. Det blir ytterligare en kriminalpolis från Ystad.

– Jag ska kontakta doktor Harderberg, sa Jenny Lind. Ni bör också veta att han ibland ändrar sina planer med mycket kort varsel. Han kan tvingas resa nån annanstans innan han kommer hem.

– Det kan jag inte tillåta, sa Wallander och tänkte att han sannolikt överskred alla sina befogenheter med ett sådant uttalande.

– Jag måste säga att ni förvånar mig, sa Jenny Lind. Kan en polis verkligen bestämma över vad doktor Harderberg företar sig?

Wallander fortsatte att överskrida sina befogenheter.

– Om jag talar med en åklagare så kan han ställa krav på honom, sa Wallander.

I samma ögonblick insåg han sitt misstag. De hade bestämt att gå försiktigt fram. Alfred Harderberg skulle svara på frågor. Men lika viktigt var att han övertygades om att deras intresse för honom enbart var av rutinmässig karaktär. Han försökte genast stryka över det han hade sagt.

– Doktor Harderberg är naturligtvis inte misstänkt för nånting olagligt, sa han. Det är bara så att vi för utredningens skull behöver tala med honom snarast. Jag är övertygad om att en så framstående person gärna vill hjälpa polisen att reda ut ett svårt brott.

– Jag ska kontakta honom, upprepade Jenny Lind.

– Jag är tacksam för att ni ringde, sa Wallander och avslutade samtalet.

En tanke hade slagit honom. Med Ebbas hjälp fick han tag på Martinson och bad honom komma.

– Alfred Harderberg har hört av sig, sa han. Han befinner sig i Barcelona och är på väg hem. Jag tänkte ta Ann-Britt med mig och åka dit ikväll.

– Hon är hemma med sjukt barn, sa Martinson. Hon ringde just.

– Då får du åka med, sa Wallander.

– Mer än gärna. Jag vill se det där akvariet med guldsand.

– Det var en sak till, fortsatte Wallander. Vad vet du om flygplan?

– Inte mycket.

– Jag kom att tänka på nåt, sa Wallander. Alfred Harderberg har ett eget jetplan. En Gulfstream, vad det nu betyder. Men det måste vara registrerat nånstans. Det måste finnas färdplaner som visar när han är ute och reser och vart han reser.

– Om inte annat måste han ha ett par piloter, sa Martinson. Jag ska undersöka det.

– Ge det till nån annan, sa Wallander. Du har viktigare saker att hålla på med.

– Ann-Britt kan sitta hemma och ringa, sa Martinson. Jag tror hon blir glad om hon kan göra nytta.

– Hon kan bli en duktig polis, sa Wallander.

– Vi kan ju alltid hoppas, svarade Martinson. Men ärligt talat så vet vi väl inte det än. Vi vet bara att hon gjorde bra ifrån sig på Polishögskolan.

– Du har rätt, sa Wallander. Verkligheten är aldrig möjlig att imitera på en skola.

Sedan Martinson hade lämnat rummet satte sig Wallander att förbereda sig inför spaningsgruppens möte klockan nio. När han vaknat på morgonen hade nattens tankar om utredningens alla lösa ändar fortfarande varit levande. Han hade bestämt sig för att de så fort som möjligt måste försöka avskriva allt som inte omedelbart kunde värderas som betydelsefullt för utredningen. Skulle det vid en senare tidpunkt visa sig att det spår de bestämt sig att följa var fel fanns de lösa ändarna kvar. Men först då skulle de få lov att dominera deras intresse.

Wallander sköt undan alla papperstravar på sitt bord och la ett tomt vitt ark framför sig. Många år tidigare hade Rydberg lärt honom ett sätt att betrakta en pågående utredning med nya ögon. *Vi måste ständigt växla utsiktstorn*, hade Rydberg sagt. *Annars blir våra överblickar meningslösa. Hur komplicerad en utredning än är måste det finnas en möjlighet att beskriva den för ett barn. Vi måste se enkelt utan att för den skull förenkla.*

Wallander skrev: Det var en gång en gammal advokat som besökte en rik man på ett slott. På vägen hem tog någon livet av honom och försökte få oss att tro att det var en bilolycka som hade hänt. En kort tid därefter blir hans son ihjälskjuten på sitt kontor. Han hade strax innan börjat misstänka att det inte varit någon bilolycka. Han hade då också sökt upp mig för att be om hjälp. Han hade i all hemlighet rest till Danmark trots att hans sekreterare fått besked om att han varit i Finland. Därifrån hade det också kommit ett vykort. Några dagar senare grävde någon ner en mina i trädgården hemma hos de båda advokaternas sekreterare. En uppmärksam polis från Ystad upptäcker att hon och jag är förföljda av en bil när vi reser till Helsingborg. Advokatkontoret har mottagit hotelsebrev från en landstingsrevisor som senare begår självmord genom att hänga sig i ett träd utanför Malmö. Fast det troliga är att även han blev mördad. På samma sätt som med bilolyckan var självmordet arrangerat. Alla dessa händelser hänger ihop. Men det finns ingen omedelbart tillgänglig förklaring. Ingenting har blivit stulet, inga passioner av vare sig hat eller svartsjuka går att upptäcka. Kvar finns bara en egendomlig plastbehållare. Och det hela börjar från början igen. Det var en gång en gammal advokat som besökte en rik man på hans slott.

Wallander la ifrån sig pennan.

Alfred Harderberg, tänkte han. En av den nya tidens sidenriddare. Som finns i bakgrunden, i allas vår bakgrund. Som flyger över världen och genomför sina svårgenomträngliga affärer, som om det vore en ritual, där bara de invigda känner reglerna.

Han läste igenom vad han hade skrivit. Trots att orden var genomskinliga fanns där ingenting som kastade nytt ljus över utredningen. Minst av allt fanns det någonting som tydde på att Alfred Harderberg verkligen skulle vara inblandad.

Det måste vara något mycket stort, tänkte Wallander. Om det jag tror är rätt, att han verkligen ligger bakom det här, så måste Gustaf Torstensson, och även Lars Borman, ha upptäckt någonting som hotade hela hans imperium. Sten Torstensson visste förmodligen inte vad det var. Men han sökte upp mig, han anade att han var bevakad, vilket också visade sig stämma. Och de kunde inte ta risken att han spred sin kunskap vidare. De kunde inte heller riskera att Berta Dunér visste någonting.

Det måste vara något mycket stort, tänkte han igen. Något mycket stort som kanske får plats i en plastbehållare som påminner om en kylväska.

Wallander gick och hämtade kaffe. Sedan återvände han till sitt rum och ringde till sin far.

– Det stormar, sa Wallander. Det är risk för att ditt tak blåser sönder.

– Det ser jag fram emot, sa fadern.

– Ser fram emot vad då?

– Att uppleva att mitt tak flaxar iväg som en vinge över åkrarna. Det har jag aldrig varit med om tidigare.

– Jag borde ha lagt om det för länge sen, sa Wallander. Men jag ska få det gjort innan vintern.

– Det tror jag vad jag vill om, sa fadern. Det förutsätter att du kommer hit.

– Jag ska ta mig tid, sa Wallander. Har du tänkt över det som hände i Simrishamn?

– Vad är det jag ska tänka på? frågade fadern. Jag gjorde det som var rätt.

– Man har inte lov att börja slåss hur som helst, svarade Wallander.

– Jag betalar inga böter, sa fadern. Då går jag hellre i fängelse.

– Det blir det inte tal om, sa Wallander. Jag ringer dig ikväll så jag får höra hur det har gått med taket. Det kan bli orkanbyar.

– Jag kanske ska klättra upp på skorstenen, sa fadern.

– Varför i herrans namn skulle du göra det?

– För att få mig en flygtur.

– Du kommer att slå ihjäl dig. Är inte Gertrud där?

– Jag tar henne med, sa fadern och avslutade samtalet.

Wallander blev sittande med luren i handen. I samma ögonblick kom Björk in i rummet.

– Om du ska ringa kan jag vänta, sa Björk.

Wallander la på luren.

– Jag hörde av Martinson att doktor Harderberg har gett ett livstecken ifrån sig, sa Björk.

Wallander väntade på en fortsättning som aldrig kom.

– Var det en fråga? sa han. I så fall kan jag beräfta att Martinson har rätt. Frånsett att det inte var Harderberg själv som ringde. Han befinner sig i Barcelona och förväntas hem under dagen. Jag begärde ett sammanträffande ikväll.

Wallander kunde se att Björk var besvärad.

– Martinson sa att han skulle följa med dig, sa Björk. Frågan är om det är så lämpligt.

– Varför skulle det inte vara det? undrade Wallander häpet.

– Jag menar inte att Martinson är olämplig, sa Björk. Jag tänkte att jag själv kunde följa med.

– Varför det?

– Doktor Harderberg är trots allt inte vem som helst.

– Du känner ju inte utredningen lika bra som Martinson och jag. Vi åker inte till Farnholms slott för att begå en artighetsvisit.

– Om jag följde med kunde det möjligen ha en lugnande inverkan. Nåt vi bestämt oss för. Doktor Harderberg ska inte oroas.

Wallander tänkte efter innan han svarade. Även om han till sin irritation insåg att Björk ville följa med för att kontrollera att Wallander inte betedde sig på ett sätt som enligt hans förmenande kunde anses vara polisiärt olämpligt, till skada för kårens anseende, så hade Björk ändå rätt i att Harderberg inte fick börja oroa sig över deras intresse.

– Jag förstår din tanke, sa han. Men det kan få motsatt verkan. Det blir för uppseendeväckande om polischefen följer med på en rutinmässig utfrågning.

– Jag ville bara framföra tanken, sa Björk.

– Det blir bra med Martinson, svarade Wallander och reste sig. Jag tror vårt möte börjar nu.

På vägen till sammanträdesrummet tänkte Wallander att han någon gång i sitt liv måste lära sig att vara uppriktig. Han skulle ha sagt till Björk som det var, att han inte ville ha honom med sig, att han inte kunde acceptera hans underdånighet för Alfred Harderberg. I Björks beteende anade han något av maktens villkor som han tidigare knappast reflekterat över. Ändå visste han att beteendet genomsyrade hela samhället. Det fanns alltid någon ovanför som dikterade villkoren, uttalade eller outtalade, för den som fanns där under. Från sin barndom mindes han arbetare som stått med mössan i hand när någon som bestämde över deras liv hade passerat. Han tänkte på sin fars krökta rygg inför Sidenriddarna. Han insåg att mössan i handen fanns kvar, även om den idag var osynlig.

Jag har också en mössa i handen, tänkte Wallander. Ibland märker jag inte att den finns där i min hand.

De samlades kring bordet i sammanträdesrummet. Svedberg visade dystert ett förslag till ny polisuniform som distribuerats till landets polisdistrikt.

– Vill du se hur vi ska se ut i framtiden? frågade Svedberg.

– Vi har väl aldrig uniform, svarade Wallander och satte sig vid bordet.

– Ann-Britt är inte så negativ som vi andra, sa Svedberg. Hon tror faktiskt den nya uniformen kan bli fin.

Björk hade satt sig på sin plats och lät händerna falla mot bordet som tecken på att mötet skulle börja.

– Idag på morgonen är inte Per med, sa han. Han ska försöka få dom där bankrånartvillingarna från förra året fällda.

– Vilka tvillingar? undrade Wallander.

– Kan det ha undgått nån att Handelsbanken rånades av två män som sedermera visade sig vara tvillingar?

– Jag var borta förra året, svarade Wallander. Det har gått mig helt förbi.

– Vi tog dom efterhand, sa Martinson. Dom hade skaffat sig en grundläggande ekonomiutbildning på en av landets utmärkta högskolor. Nu behövde dom startkapital för att realisera sina idéer. Dom hade visst tänkt sig ett flytande Sommarland som skulle kunna förflytta sig längs sydkusten.

– Idén är nog inte så dum, sa Svedberg eftertänksamt och kliade sig på flinten.

Wallander såg sig runt.

– Alfred Harderberg har ringt, sa han. Jag åker till Farnholms slott ikväll och tar Martinson med mig. Det finns en liten risk att hans resplaner ändras. Men jag har gett besked om att vårt tålamod inte är obegränsat.

– Kan inte det göra honom misstänksam? undrade Svedberg.

– Jag har hela tiden hänvisat till att det gäller ett rutinsamtal, sa Wallander. Trots allt var det honom Gustaf Torstensson besökte samma kväll han dog.

– Det var på tiden, sa Martinson. Men vi bör noga tänka igenom vad vi ska tala med honom om.

– Vi har dagen på oss, sa Wallander. Vi får en bekräftelse från slottet på att han verkligen kommer.

– Var är han den här gången? undrade Martinson.

– Barcelona, sa Wallander.

– Han har ett stort fastighetsinnehav i Barcelona, påminde

sig Svedberg. Dessutom har han intressen i semesterbyar under konstruktion utanför Marbella. Allt är samlat i ett företag som heter Casaco. Jag har sett ett aktieprospekt nånstans. Om jag inte minns alldeles fel sköttes det hela från en bank i Macao. Var nu det ligger.

– Jag vet inte, sa Wallander. Men det är inte viktigt just nu.

– Det ligger söder om Hongkong, sa Martinson. Hur är det med geografin?

Wallander hällde upp ett glas vatten och mötet gled in i sin vanliga rutin. En efter en redogjorde de för vad som hade skett sedan de senast hade setts, var och en utifrån sina speciella arbetsuppgifter. Martinson lämnade några meddelanden från Ann-Britt Höglund. Det viktigaste var att hon dagen efter skulle träffa både Lars Bormans barn och änkan som var på besök i Sverige. När det var Wallanders tur började han med att berätta om plastbehållaren. Han insåg snart att hans kollegor hade svårt att förstå att just den detaljen kunde vara så viktig. Det är kanske bra, tänkte han. Det gör att jag också dämpar mina förväntningar.

Efter ungefär en halvtimme gled samtalet över till en generell diskussion. Samtliga var överens med Wallander om att de lösa ändar som inte omedelbart pekade mot Farnholms slott tills vidare skulle lämnas därhän.

– Vi väntar fortfarande på vad ekorotlarna i Stockholm och Malmö har att säga oss, sa Wallander när mötet närmade sig sitt slut. Vad vi kan slå fast just nu är att varken Gustaf eller Sten Torstensson blev dödad av några uppenbara motiv. Jag tänker då på rån eller hämnd. Vi måste naturligtvis räkna med att fortsätta att leta bland deras klienter om spåret mot Farnholm är kallt. Men nu ska vi i första hand koncentrera oss på Harderberg och Lars Borman. Vi får hoppas att Ann-Britt kan få ut nåt viktigt när hon talar med änkan och barnen.

– Klarar hon det? undrade Svedberg.

– Varför skulle hon inte göra det? sa Wallander förvånat.

– Hon är ju ganska oerfaren, sa Svedberg. Det var bara en fråga.

– Jag tror hon kommer att sköta det utmärkt, sa Wallander. Om det inte är mer nu så tycker jag att vi bryter.

Wallander återvände till sitt rum. Han stod en stund vid sitt fönster utan att tänka på någonting. Sedan satte han sig vid bordet och började ånyo gå igenom allt material som hittills fanns kring personen Alfred Harderberg och hans affärsimperium. Mycket av det hade han läst tidigare, men han gick noga igenom allt ytterligare en gång. En hel del av det förstod han inte. De mest invecklade affärstransaktionerna – hur ett bolag omärkligt gled över i ett annat, det komplicerade spelet med aktier och emissioner – gav honom en känsla av att se in i en värld där han inte kände de lagar som gällde. Då och då avbröt han sitt arbete för att försöka få tag på Sven Nyberg, men utan att lyckas. Han hoppade över lunchen och lämnade polishuset först klockan halv fyra. Nyberg hade fortfarande inte hört av sig. Wallander anade att han inte skulle få veta vad plastbehållaren användes till innan han reste ut till Farnholms slott. Han gick genom stormen till kebabbaren vid Stortorget och åt. Hela tiden tänkte han på Alfred Harderberg.

När Wallander kom tillbaka till polishuset låg ett meddelande från Farnholms slott på hans bord att doktor Harderberg var beredd att ta emot honom klockan halv åtta samma kväll. Han gick ut i korridoren för att leta reda på Martinson. De behövde förbereda sig, göra en genomgång av vilka frågor de skulle ställa och vilka de tills vidare skulle behålla för sig själva. I korridoren stötte han ihop med Svedberg som var på väg ut.

– Du skulle ringa Martinson hem, sa Svedberg. Han åkte för en stund sen. Jag vet inte vad det var.

Wallander gick tillbaka till sitt rum och tog telefonen. Det var Martinson själv som svarade.

– Jag måste ge återbud, sa Martinson. Min fru är sjuk. Jag klarar inte att ordna barnvakt. Kan du inte ta med dig Svedberg?

– Han försvann just, svarade Wallander. Jag vet inte vart han skulle.

– Jag beklagar det här, sa Martinson.

– Det är klart du ska stanna hemma, svarade Wallander. Jag löser det på nåt sätt.

– Du kan ju ta med dig Björk, föreslog Martinson ironiskt.

– Det har du rätt i, svarade Wallander allvarligt. Det ska jag fundera på.

I samma ögonblick han la på telefonluren bestämde han sig för att besöka Farnholms slott ensam. Han insåg också att det var vad han egentligen önskade.

Min största svaghet som polis, tänkte han. Att jag helst arbetar ensam. Men han hade med åren blivit allt mindre säker på om det verkligen var en svaghet.

För att kunna koncentrera sig i lugn och ro lämnade han genast polishuset, satte sig i bilen och körde ut från Ystad. Stormen var hård och byarna nådde upp till orkanstyrka. Bilen svajade och krängde. Sönderslitna moln jagade fram över himlen. Han undrade hur det gick med faderns tak ute i Löderup. Ett kort ögonblick kände han saknad efter sin operamusik. Han körde in till vägkanten och tände kupéljuset. Men han letade förgäves. Ingenstans hittade han någon av sina gamla kassetter. Först då kom han på att bilen inte var hans utan bara lånad. Han for vidare mot Kristianstad. I tankarna försökte han gå igenom vad han skulle tala med Alfred Harderberg om. Men han insåg att det han mest väntade på var själva mötet. I de otaliga rapporter han hade läst hade det inte funnits ett enda fotografi av mannen på Farnholm och Ann-Britt Höglund hade berättat att han var extremt skygg för fotografer. Vid de få tillfällen han uppträdde offentligt såg hans medarbetare till att det aldrig fanns fotografer närvarande. Efter en förfrågan hos Sveriges Television hade det också visat sig att de inte hade ett enda arkiverat inslag där han förekom i bild.

Wallander tänkte tillbaka på sitt första besök på Farnholms slott. Då hade han anat att stillhet och avskildhet utmärkte den stora rikedomens människor. Nu gjorde han ett tillägg för sig själv: de var också osynliga varelser. Ansiktslösa människor i vackra omgivningar.

Strax före Tomelilla körde han på en hare som virvlade förbi i billjuset. Han stannade och steg ut i blåsten som nästan rev omkull honom. Haren låg på vägen och sprattlade med bakbenen. Wallander letade reda på en sten vid sidan av vägen. Men när han kom tillbaka var haren död. Han petade undan den med foten från vägbanan och återvände olustig till bilen. Vindbyarna var så kraftiga att de höll på att slita bildörren ur hans hand. Han fortsatte in till Tomelilla där han stannade vid ett kafé och beställde en smörgås och en kopp kaffe. Klockan hade blivit kvart i sex. Han tog fram ett anteckningsblock och skrev ner några frågor som stolpar. Han märkte att han var spänd inför mötet. Samtidigt grubblade han över det absurda faktum att det innebar att han hoppades det var en mördare han skulle möta.

Han satt på kaféet i nästan en timme, fyllde på sin kopp och lät tankarna vandra. Plötsligt märkte han att han satt och tänkte på Rydberg. Ett kort ögonblick hade han svårt att se hans ansikte framför sig. Det gjorde honom rädd. Förlorar jag Rydberg, tänkte han, så förlorar jag min ende egentlige vän. Död eller inte.

Han betalade och gick. En skylt utanför kaféet hade blåst omkull. Bilar passerade men han såg inga människor. En riktig novemberstorm, tänkte han medan han körde därifrån. Vintern blåser upp sina dörrar.

Han kom fram till slottsgrindarna fem i halv åtta. Han hade föreställt sig att Kurt Ström skulle möta honom. Men ingen visade sig. Den mörka bunkern tycktes övergiven. Grindarna gled ljudlöst upp. Han körde mot slottet. Kraftiga strålkastare lyste upp fasaden och parken. Det var som upplysta teaterkulisser. En bild av verkligheten, inte verkligheten själv.

Han stannade vid slottstrappan och slog av motorn. När han steg ur bilen öppnades slottsporten. Han snubblade till i blåsten när han var mitt i trappan och tappade sitt anteckningsblock. Det försvann i stormen. Han skakade på huvudet och fortsatte upp mot porten. En kvinna i tjugofemårsåldern med kort, nästan stubbat hår väntade honom.

– Var det viktigt? frågade hon.

Wallander kände igen hennes röst.

– Det var bara ett anteckningsblock, sa han.

– Vi sänder naturligtvis ut folk att leta efter det, sa Jenny Lind.

Wallander betraktade hennes tunga örhängen och de blå slingorna i hennes svarta hår.

– Det fanns inget i det, sa han.

Hon släppte in honom och porten gled igen bakom honom.

– Ni sa att ni skulle ha nån med er?

– Det blev inte så.

I samma ögonblick upptäckte Wallander två män som orörliga stod i skuggorna intill den stora trappan som ledde till slottets övre våningar. Han påminde sig skuggorna från första gången han besökt Farnholm. Han kunde inte urskilja deras ansikten. Ett kort ögonblick tvekade han om de verkligen var levande eller om det var två gamla rustningar.

– Doktor Harderberg kommer strax, sa Jenny Lind. Ni kan vänta på honom i biblioteket.

Hon förde honom mot en dörr till vänster i den stora trapphallen. Wallander hörde hur hans steg ekade mot stengolvet. När han undrade hur kvinnan framför honom kunde röra sig så ljudlöst upptäckte han till sin förvåning att hon var barfota.

– Är det inte kallt? frågade han och nickade mot hennes fötter.

– Golvet har värmeslingor, svarade hon oberört och släppte in honom i biblioteket.

– Vi ska leta reda på era papper som blåste bort, sa hon innan hon lämnade honom och stängde dörren.

Wallander befann sig i ett stort ovalt rum där väggarna var klädda med bokhyllor. Mitt på golvet stod en grupp läderfåtöljer och ett serveringsbord. Ljuset var dämpat och till skillnad mot i den stora trapphallen var golvet här täckt av orientaliska mattor. Wallander stod alldeles stilla och lyssnade. Han förvånades över att inte kunna höra stormen utanför. Sedan förstod han att rummet var ljudisolerat. Det var här Gustaf Torstensson hade varit sin sista kväll i livet. Här hade han träffat sin arbetsgivare och några andra, okända män. Härifrån hade han sedan gått ut till sin bil för att aldrig komma fram till Ystad.

Wallander såg sig runt i rummet. Bakom en pelare upptäckte han ett stort akvarium där egenartade fiskar långsamt rörde sig. Han böjde sig nära glaset för att se om det låg guldsand på botten. Sanden glittrade. Men om det var guld kunde han inte avgöra. Han fortsatte att röra sig genom rummet. Säkert är jag iakttagen, tänkte han. Jag ser inga kameror. Men de finns dolda bland böckerna, deras ljuskänsliga upptagningsförmåga är så hög att det dämpade ljuset här inne är mer än tillräckligt. Här finns naturligtvis också osynliga bandspelare. De hade räknat med att jag skulle ha nån med mig. De skulle ha låtit oss vara ensamma här för att om möjligt uppfatta något av det vi eventuellt skulle säga till varandra. Jag kanske heller inte ska bortse från möjligheten att de kan läsa mina tankar.

Wallander hörde aldrig att Harderberg kom. Men ändå visste han plötsligt att han inte längre var ensam i rummet. När han vände sig om såg han en man bredvid en av de djupa läderfåtöljerna.

– Kommissarie Wallander, sa mannen och log. Efteråt skulle Wallander tänka att leendet aldrig lämnade mannens solbrända ansikte. Han skulle heller aldrig glömma det.

– Alfred Harderberg, sa Wallander. Jag är mycket tacksam att ni kunde ta emot mig.

– Vi måste alla hjälpa till när polisen kallar, sa Alfred Harderberg.

Hans stämma var mycket behaglig, tänkte Wallander. De tog i hand. Harderberg var klädd i en välsittande och säkert dyrbar kritstrecksrandig kostym. Wallanders första intryck var att allt hos mannen var fulländat, hans kläder, hans sätt att röra sig, hans sätt att tala. Och hela tiden fanns där leendet som aldrig tycktes överge hans ansikte.

De satte sig.

– Jag har sagt till om te, sa Harderberg vänligt. Jag hoppas kommissarien dricker te?

– Gärna, svarade Wallander. Inte minst i det här vädret. Murarna här på Farnholm måste vara mycket tjocka.

– Ni tänker på att man inte hör vinden, sa Harderberg. Det är alldeles riktigt. Murarna är mycket tjocka. Dom är byggda för att bjuda motstånd, både mot fientliga soldater och obehärskade vindar.

– Det måste ha varit besvärligt att landa, sa Wallander. Kom ni till Everöd eller Sturup?

– Jag använder mig av Sturups flygplats, svarade Harderberg. Därifrån kan man komma direkt ut i dom internationella luftlederna. Men landningen gick utmärkt. Mina piloter är utvalda med största omsorg.

Ur dunklet lösgjorde sig den afrikanska kvinna som Wallander hade sett vid sitt första besök på slottet. De satt tysta medan hon serverade.

– Det är ett mycket speciellt te, sa Alfred Harderberg.

Wallander påminde sig något han hade läst under eftermiddagen.

– Jag antar att det kommer från nån av era egna plantager, sa han.

Det obrutna leendet gjorde det omöjligt att avgöra om Harderberg blev förvånad över att Wallander kände till förekomsten av teodlingar i affärsimperiet.

– Jag hör att kommissarien är väl påläst, sa han. Vi äger andelar av Lonhros teodlingar i Moçambique.

– Det är mycket gott, sa Wallander. Jag har nog svårt att föreställa mig vad det innebär att göra affärer över hela världen. En polismans tillvaro är mycket annorlunda. Steget måste en gång ha varit mycket långt också för er. Från Vimmerby till teplantager i Afrika.

– Det har varit mycket stort, svarade Harderberg.

Wallander märkte att Harderberg avslutade den inledande konversationen med en osynlig punkt. Wallander ställde ifrån sig tekoppen. Han kände sig osäker. Mannen mittemot honom utstrålade en behärskad men till synes gränslös auktoritet.

– Vi ska göra det här mycket kort, sa Wallander efter en stunds tystnad där han förgäves försökte höra stormen utanför. Advokat Gustaf Torstensson som omkom i en bilolycka efter ett besök här på slottet blev mördad. Bilolyckan var arrangerad för att dölja det grova brottet. Frånsett den eller dom som tog livet av honom var ni en av dom sista som såg honom i livet.

– Jag måste erkänna att det hela är obegripligt för mig, sa

235

Harderberg. Vem skulle vilja ta livet av gamle Torstensson?

– Det frågar vi oss också, sa Wallander. Och vem var dessutom beredd att kallblodigt maskera det som en bilolycka?

– Ni måste ha nåt uppslag?

– Ja, svarade Wallander. Men det kan jag inte beröra här.

– Jag förstår, sa Harderberg. Men ni inser naturligtvis att vi blev ytterst illa berörda av händelsen. Gamle Torstensson var en betrodd medarbetare.

– Saken har inte blivit mindre komplicerad av att hans son Sten Torstensson också blev mördad. Kände ni honom?

– Jag träffade honom aldrig. Men jag känner givetvis till vad som har hänt.

Wallander kände sin osäkerhet öka. Harderberg verkade fullständigt oberörd. I vanliga fall brukade Wallander mycket snart börja uppfatta om en människa talade sanning eller ljög. Men mannen som satt mittemot honom, mannen som log, var annorlunda.

– Ni gör affärer över hela världen, sa Wallander. Ni styr över ett imperium som omsätter miljardbelopp. Enligt vad jag har förstått står ni mycket nära att komma in på listan över världens största företag.

– Kankaku Securities och Pechiney International kommer vi att passera nästa år, sa Harderberg. Gör vi det så kommer vi in bland dom tusen största företagen.

– Dom namn ni nämnde har jag aldrig hört talas om, sa Wallander.

– Kankaku är japanskt och Pechiney är franskt, sa Harderberg. Jag träffar deras styrelseordförande ibland. Vi brukar roa oss med att göra prognoser om när vi är bland dom tusen företag i världen som har den största omsättningen.

– Det är en mycket främmande värld för mig, sa Wallander. Det måste det också ha varit för Gustaf Torstensson. Han hade i hela sitt liv varit en enkel landsortsadvokat. Ändå fann ni en plats för honom i er organisation?

– Jag erkänner gärna att det förvånade mig själv, sa Harderberg. Men när vi bestämde att förlägga vår svenska bas till Farnholms slott så behövde jag en advokat med lokalkännedom. Jag blev föreslagen Gustaf Torstensson.

– Av vem?

– Det minns jag inte längre.

Där kom det, tänkte Wallander. Han minns mycket väl. Men den frågan vill han inte svara på. En knappt märkbar skiftning i det oberörda ansiktet hade inte undgått Wallanders ögon.

– Jag har förstått det så att han enbart sysslade med ekonomisk rådgivning, sa Wallander.

– Han såg till att vi i våra transaktioner med omvärlden följde den svenska lagstiftningen, svarade Harderberg. Han var mycket noggrann. Jag hade stort förtroende för honom.

– Sista kvällen, sa Wallander. Låt mig gissa att ni satt i det här rummet. Vad var det ni talade om då?

– Vi hade lagt ett anbud på några fastigheter i Tyskland som ägs av Horsham Holdings i Kanada. Jag skulle träffa Peter Munk några dagar senare för att om möjligt avsluta affären. Vi diskuterade om det kunde finnas några formella hinder för affären. Vår idé var att betala en del av köpesumman i aktier och en del kontant.

– Peter Munk, undrade Wallander. Vem är det?

– Den störste aktieägaren i Horsham Holdings, svarade Harderberg. Det är han som verkställer affärerna.

– Det var alltså ett rutinmässigt sammanträde ni hade den kvällen?

– Det förekom ingenting uppseendeväckande.

– Jag har fått uppgift om att ytterligare några personer var närvarande, sa Wallander.

– Det var två bankdirektörer från Banca Commerciale Italiana, svarade Harderberg. Vi hade tänkt att betala för dom tyska fastigheterna med en del av vårt aktieinnehav i Montedison. Transaktionen skulle förmedlas av den italienska banken.

– Jag vill ändå gärna ha namnen på dom personerna, sa Wallander. Om det skulle visa sig nödvändigt att tala även med dom.

– Naturligtvis, sa Harderberg.

– Efteråt lämnade advokat Torstensson Farnholms slott, fortsatte Wallander. Ni märkte ingenting ovanligt med honom under kvällen?

– Ingenting.

– Ni har ingen aning om varför han blev mördad?

– Det är mig totalt obegripligt. En gammal ensam man. Vem skulle vilja döda honom?

– Det är just det, sa Wallander. Vem vill det? Och vem skjuter dessutom hans son några dagar senare?

– Jag tyckte jag förstod det så att polisen hade ett spår?

– Vi har ett spår, sa Wallander. Men vi har inget motiv.

– Jag skulle önska att jag kunde hjälpa till, sa Harderberg. Om inte annat så vill jag gärna att polisen håller mig underrättad om hur utredningen utvecklas.

– Det är mycket möjligt att jag behöver återkomma med ytterligare frågor, sa Wallander och reste sig.

– Jag ska svara efter bästa förmåga, svarade Harderberg.

De tog i hand igen. Wallander försökte se rakt igenom leendet, förbi de isblå ögonen. Men någonstans mötte han en osynlig mur.

– Köpte ni husen? frågade Wallander.

– Vilka hus?

– I Tyskland.

Leendet blev ännu bredare.

– Naturligtvis, svarade Harderberg. Det var en mycket god affär. För oss.

De tog avsked vid dörren. Jenny Lind stod barfota och väntade på att följa honom ut.

– Vi hittade ert anteckningsblock, sa hon medan de gick genom den stora trapphallen.

Wallander märkte att männen i skuggorna var borta.

Jenny Lind gav honom ett kuvert.

– Jag antar att det innehåller namnen på dom två italienska bankdirektörerna, sa Wallander.

Hon log.

Alla ler, tänkte Wallander. Gäller det också männen som gömmer sig i skuggorna?

Stormen slog emot honom när han lämnade Farnholm. Jenny Lind stängde porten bakom honom. Grindarna gled upp och han kände lättnad när han var igenom dem.

Här for Gustaf Torstensson, tänkte han. Vid ungefär samma klockslag.

Plötsligt blev han rädd. Han kastade en blick över axeln för att kontrollera att ingen fanns i baksätet.

Men han var ensam.

Stormen slet i bilen. Det drog kallt från fönstren.

Han tänkte på Alfred Harderberg. Mannen som log.

Visst är det han, tänkte Wallander. Visst är det han som vet vad som hände.

Det är hans leende jag måste spräcka.

12

Orkanbyarna som dragit fram över Skåne avtog långsamt.

I gryningen, när Kurt Wallander hade tillbringat ännu en sömnlös natt i sin lägenhet, hade också stormen slutligen bedarrat. Under de nattliga timmarna hade han stått vid fönstret i köket och sett ut mot gatan. Kastvindarna hade fått gatlyktan att slita som ett fångat djur i sin ledning.

Wallander hade återkommit från den egendomliga kulissvärld som var Farnholms slott med en oklar känsla av att ha blivit besegrad. Inför den leende Alfred Harderberg hade han spelat samma undergivna roll som hans far hade tvingats till av Sidenriddarna då han varit barn. Han hade stått vid fönstret och stirrat ut i stormen och tänkt att Farnholms slott bara var en variant av de glänsande amerikanska bilar som med vaggande rörelser stannat vid det hus utanför Malmö där han en gång växt upp. Den bullrande polacken i sin sidenkostym var en avlägsen släkting till mannen på slottet med de ljudisolerade murarna. Han hade suttit i Alfred Harderbergs läderfåtölj med en osynlig mössa i handen och efteråt hade det gett honom en känsla av nederlag.

Naturligtvis var det en överdrift. Han hade gjort det han skulle, ställt sina frågor, mött den man som hade så mycket makt men som ingen egentligen tycktes ha sett, och han hade lugnat honom, det var han säker på. Alfred Harderberg hade ingen orsak att tro något annat än att han fortfarande var en medborgare höjd över alla misstankar.

Dessutom hade Wallander blivit övertygad om att deras spår var det rätta, de hade vänt på den sten där de skulle finna lösningen på varför de två advokaterna hade blivit mördade, och under stenen hade han sett Alfred Harderbergs avtryck.

Han skulle inte bara behöva spräcka ett fruset leende. Han skulle också tvingas att besegra en jätte.

Gång på gång under den sömnlösa stormnatten hade han

för sig själv gått igenom samtalet med Alfred Harderberg. Han hade sett hans ansikte framför sig och försökt tolka de svaga växlingarna i det stumma leendet på samma sätt som man knäckte en kod. Vid ett tillfälle hade han anat en avgrund, det var han säker på. Det var när han hade frågat om vem som hade föreslagit Harderberg att ta kontakt med Gustaf Torstensson. Då hade leendet spruckit, sekundkort, men otvetydigt. Det fanns alltså ögonblick då Alfred Harderberg inte kunde undgå att bli mänsklig, sårbar, avklädd. Men samtidigt behövde det inte betyda någonting. Det kunde ha varit den strängt upptagne världsresenärens plötsliga och överväldigande trötthet, den knappt märkbara svagheten, att plötsligt inte längre orka spela det artiga spelet med en obetydlig polisman från Ystad.

Ändå var det där Wallander insåg att han skulle sätta in den första stöten om han nu hade för avsikt att bestiga jätten för att krossa leendet och hitta sanningen om de döda advokaterna. Han tvivlade inte på att de skickliga och envisa poliserna på ekorotlarna skulle hitta uppgifter som kunde hjälpa dem framåt i utredningen. Men under natten hade Wallander blivit alltmer övertygad om att det var Alfred Harderberg själv som måste leda dem rätt. Någonstans, någon gång, skulle den leende mannen lämna ett spår efter sig, som de skulle kunna gripa fatt i och sedan vända emot honom.

Wallander var naturligtvis också övertygad om att Alfred Harderberg inte själv hade dödat advokaterna. Han hade inte heller placerat minan i fru Dunérs trädgård. Eller suttit i den bil som följt efter honom och Ann-Britt Höglund till Helsingborg. Det var heller inte han som hade lagt sprängmedel i bensintanken. Han sa hela tiden *vi* och *oss*, hade Wallander tänkt. Som en kung, eller en furste. Men också som en man som var medveten om värdet av att omge sig med lojala medarbetare som aldrig ifrågasatte de besked som gavs.

Där tyckte Wallander också att han oväntat kunde placera in Gustaf Torstensson och förstå varför Alfred Harderberg hade valt att ha honom i sin närhet. Av honom kunde han vänta fullständig lojalitet. Han skulle alltid veta att hans plats var vid den nedre änden av bordet. Han hade av Alfred Harderberg blivit erbjuden en möjlighet som han rimligen aldrig ens kunnat drömma om.

Kanske var det så enkelt, hade Wallander tänkt medan han betraktade den svajande gatlyktan. Kanske var det så att Gustaf Torstensson hade upptäckt något som han inte ville eller kunde acceptera? Hade också han upptäckt en spricka i leendet? En spricka där han kunde spegla sig själv och inse vilken motbjudande roll han spelade?

Då och då under natten hade Wallander lämnat fönstret och satt sig vid köksbordet. I ett kollegieblock hade han skrivit ner sina tankar, försökt sortera dem till en helhet.

Vid femtiden hade han kokat kaffe. Sedan hade han gått och lagt sig och slumrat till halv sju. Då hade han stigit upp igen, duschat och druckit ännu en kopp kaffe. Strax före halv åtta hade han begett sig till polishuset. Stormen hade ersatts av klar himmel och tilltagande kyla. Trots att han nästan inte hade sovit alls kände han sig full av energi när han steg in på sitt kontor. »Den andra andningen«, hade han tänkt på vägen till polishuset. »Nu är vi inte på väg in i en utredning längre, nu befinner vi oss inuti den.« Han slängde sin jacka på en stol, hämtade en kopp kaffe och ringde till Ebba i receptionen och bad henne leta reda på Nyberg åt honom. Medan han väntade skrev han sedan ner en sammanfattning av sitt möte med Alfred Harderberg. Svedberg stack in huvudet genom dörren och frågade hur det hade gått.

– Du får höra sen, sa Wallander. Men jag tror fortfarande att dom här morden och dom övriga händelserna har sin upprinnelse på Farnholms slott.

– Ann-Britt Höglund ringde och sa att hon åker direkt till Ängelholm, sa Svedberg. För att träffa Lars Bormans änka och barn.

– Hur går det med Harderbergs flygplan? undrade Wallander.

– Det sa hon ingenting om, svarade Svedberg. Jag antar att det tar lite tid.

– Jag känner mig så otålig, sa Wallander. Jag undrar varför.

– Det har du alltid varit, svarade Svedberg. Men du har nog inte själv vetat om det.

I samma ögonblick som Svedberg gick ringde telefonen. Ebba meddelade att Nyberg var på väg. När han steg in i rummet insåg Wallander omedelbart att någonting hade hänt. Han nickade åt Nyberg att stänga dörren om dem.

– Du hade rätt, sa Nyberg. Den plastbehållare vi tittade på häromnatten hör knappast hemma i en gammal advokats bil.

Wallander väntade spänt på fortsättningen.

– Du hade också rätt i att det var en kylväska, sa Nyberg. Men inte för mediciner eller blod. Utan för kroppsorgan som är avsedda för transplantationer. En njure till exempel.

Wallander betraktade honom eftertänksamt.

– Är du säker på det? frågade han sedan.

– Jag brukar inte uttala mig utan att samtidigt säga om jag är osäker eller inte, sa Nyberg.

– Jag vet, sa Wallander avvärjande. Han märkte att Nyberg höll på att bli irriterad.

– De här plastbehållarna är mycket avancerade, fortsatte Nyberg. Det finns inte heller hur många som helst. Därför borde det inte vara helt omöjligt att spåra den. Om det jag lyckats ta reda på hittills stämmer så importeras dom här transplantationsväskorna till vårt land med ensamrätt av ett företag i Södertälje som heter Avanca. Jag ska ta itu med det genast.

Wallander nickade långsamt.

– En sak till, sa han. Glöm inte att ta reda på vem som äger företaget.

Nyberg förstod hans tanke.

– Jag antar att du vill veta om det eventuellt kan vara så att Avanca ingår i Alfred Harderbergs imperium?

– Till exempel det, svarade Wallander.

Nyberg reste sig men blev stående i dörren.

– Vad vet du om transplantationer? frågade han.

– Inte särskilt mycket, svarade Wallander. Jag vet att det förekommer, att det blir allt vanligare, att det omfattar allt fler organ. Men jag hoppas samtidigt att själv slippa uppleva det. Det måste vara egendomligt att ha en annan människas hjärta i sin kropp.

– Jag talade med en läkare i Lund som heter Strömberg, sa

Nyberg. Han gav mig en god inblick. Han berättade bland annat att transplantationstekniken också har en sida som är minst sagt mörk. Inte bara att människor i den fattiga världen i desperation säljer sina egna kroppsorgan för att kunna överleva. Det är naturligtvis en verksamhet med många dunkla hörn, inte minst moraliskt. Men han antydde också nåt som är ännu värre.

Nyberg avbröt sig plötsligt och såg frågande på Wallander.

– Jag har tid, sa Wallander. Fortsätt.

– För mig lät det fullständigt obegripligt, sa Nyberg. Men Strömberg övertygade mig om att det inte finns några gränser för vad människor är beredda att göra för att tjäna pengar.

– Det visste du väl innan, sa Wallander förvånat.

– Gränserna flyttas hela tiden, sa Nyberg. Gränser som man redan trodde var dom yttersta.

Nyberg satte sig i Wallanders besöksstol.

– Som för så mycket annat existerar inga egentliga bevis, sa han. Men Strömberg påstod att det finns ligor i både Sydamerika och Asien som tar emot beställningar på olika kroppsorgan och sen begår mord för att komma åt dom.

Wallander sa ingenting.

– Lämpliga personer överfalls och sövs ner, sa Nyberg. Sen förs dom till privata kliniker där det organ man är ute efter opereras bort. Sen hittar man liket nånstans i ett dike. Enligt Strömberg är det ofta barn som dödas.

Wallander skakade på huvudet och blundade.

– Han menade också att den här verksamheten är betydligt mer omfattande än vad nån anar, fortatte Nyberg. Det går rykten om att det även sker i Östeuropa och USA. En njure har inget ansikte, ingen egen identitet. Man dödar ett barn i Sydamerika och förlänger livet på nån i västvärlden som har råd att betala och inte vill vänta i transplantationsköerna. Mördarna tjänar stora pengar.

– Att operera ut ett kroppsorgan kan inte vara enkelt, sa Wallander. Det betyder att många läkare måste vara inblandade.

– Vad är det som säger att läkare står ovanför andra när det gäller moral, sa Nyberg.

– Jag har svårt att tro att det är sant, sa Wallander.

– Det gäller nog alla, sa Nyberg. Och därmed kan dom här ligorna få fortsätta sin verksamhet i lugn och ro.

Han tog upp ett anteckningsblock ur fickan och bläddrade bland sidorna.

– Läkaren gav mig namnet på en journalist som håller på att gräva i det här, sa han. En kvinna. Hon heter Lisbeth Norin. Hon bor i Göteborg och skriver för olika populärvetenskapliga tidskrifter.

Wallander noterade hennes namn.

– Låt oss tänka en orimlig tanke, sa han sedan och betraktade Nyberg allvarligt. Låt oss anta att Alfred Harderberg skulle syssla med att döda människor och sälja njurar eller vad det nu kan vara på den illegala marknad som tycks existera. Låt oss vidare anta att Gustaf Torstensson på nåt sätt upptäckt detta. Och tagit med sig kylväskan som bevis. Låt oss tänka den orimliga tanken.

Nyberg såg frågande på Wallander.

– Menar du allvar? sa han.

– Naturligtvis inte, svarade Wallander. Jag bara tänker en orimlig tanke.

Nyberg reste sig.

– Jag ska ta reda på om väskan går att spåra, sa han. Jag börjar med det.

När Wallander hade blivit ensam ställde han sig vid fönstret och funderade över det Nyberg hade berättat.

Han bestämde sig för att tanken verkligen var orimlig. Alfred Harderberg var en människa som donerade pengar till forskning. Inte minst när det gällde svåra sjukdomar som drabbade barn. Wallander påminde sig också att han hade donerat pengar till hälsovård i flera afrikanska och sydamerikanska länder.

Kylväskan i Gustaf Torstenssons bil måste betyda någonting annat, tänkte han. Eller ingenting alls.

Ändå kunde han inte låta bli att be nummerbyrån om Lisbeth Norins telefonnummer. När han ringde var det en telefonsvarare han mötte. Han gav sitt namn och telefonnummer.

Resten av dagen hade Wallander en känsla av att genomlida en rastlös väntan. Vad han än företog sig var det han väntade på, Sven Nybergs och Ann-Britt Höglunds rapporter, viktigare. Efter att ha ringt sin far och fått veta att taket hade motstått gårdagens orkan fortsatte han, mer eller mindre koncentrerat, att gå igenom allt material som fanns tillgängligt om Alfred Harderberg. Han kunde inte undgå att fascineras av den märkliga karriär som haft sin obetydliga utgångspunkt i Vimmerby. Wallander insåg att Harderbergs affärsgeni hade visat sig mycket tidigt. Vid nio års ålder hade han sålt jultidningar. Men han hade också med sina få sparade kronor köpt upp restlager av tidigare årgångar. Dem hade han fått för nästan ingenting eftersom jultidningsförlaget enbart ansåg de nya jultidningarna ha försäljningsvärde. Men Alfred Harderberg hade sålt de gamla tidningarna med de nya, han hade skickligt improviserat sina priser efter de olika kundernas växlande förutsättningar. Wallander insåg snart att Alfred Harderberg alltid hade varit en *trader*. Han köpte och sålde det andra tillverkade. Han skapade inga nya produkter, hans konst var att köpa billigt och sälja dyrt, och upptäcka värden där ingen annan såg dem. Redan vid fjorton års ålder hade han anat att det fanns en marknad för veteranbilar. Han hade cyklat runt i trakterna av Vimmerby, letat på gärden och i uthus, och köpt de nerplockade, halvt övervuxna fordon han trott sig om att kunna sälja vidare. Vid flera tillfällen hade han fått fordonen gratis eftersom man höll sig för god för att bedra en ung och oskyldig yngling som cyklade runt på landsbygden och tycktes ha ett maniskt intresse för skrotbilar. Hela tiden hade han sparat de pengar han inte behövde investera i sin växande affärskarusell. När han var sjutton år hade han satt sig på tåget och åkt till Stockholm. I sällskap hade han då en några år äldre kamrat från en by utanför Vimmerby som var en häpnadsväckande skicklig buktalare. Det var Alfred Harderberg som betalade kamratens resa och han hade utsett sig själv till buktalarens manager. Redan tidigt tycktes Alfred Harderberg ha utvecklat sin förfinade, leende älskvärdhet till ungdomlig fullkomning. Wallander läste vid ett flertal tillfällen ett reportage om Alfred Harderberg och buktalaren. Det hade stått i Bildjournalen, en tidning som Wallander vagt tyckte sig komma ihåg, och artikelförfattaren återkom vid flera tillfällen till hur välklädd, väluppfostrad och vänligt leende den unge managern var. Men redan då hade skyggheten för fotografer tydligen funnits där. Buktalaren var avbildad, men inte hans manager. Det framgick också att Alfred Harderberg genast vid sin ankomst till Stockholm hade bestämt sig för att göra sig av med sin småländska dialekt till förmån för det språk han mötte i huvudstaden. Han hade investerat pengar i regelbundna lektioner för en talpedagog. Så småningom hade buktalaren skickats tillbaka till Vimmerby och anonymiteten, medan Alfred Harderberg hade kastat sig över nya affärsprojekt. Redan i slutet av 60-talet var han taxerad som miljonär. Men det var i mitten av 70-talet som hans stora genombrott kom. Genom en serie lyckosamma fastighets- och aktiespekulationer, både i Sverige och utomlands, hade hans tillgångar dramatiskt ökat. Wallander noterade att han hade börjat resa ut i världen redan under de första åren av 70-talet. En tid hade han tillbringat i Zimbabwe, eller Syd-Rhodesia som det hette den gången, där han tillsammans med en viss Tiny Rowland hade genomfört ett antal lyckade spekulationer i koppar- och guldgruvor. Wallander antog att det var den gången teplantagerna hade kommit in i hans liv.

I början av 80-talet hade Alfred Harderberg varit gift med en brasilianska som hette Carmen Dulce da Silva. Äktenskapet hade varit barnlöst när det upplöstes. Hela tiden hade Alfred Harderberg försvarat sin rätt att gömma sig bakom sina affärer, förbli så osynlig han kunde. Han hade aldrig själv varit närvarande när någon av hans donationer till sjukhusbyggnader hade invigts och han hade heller aldrig skickat någon i sitt ställe. Däremot skrev han brev och telexmeddelanden där han i ödmjuka ordalag tackade för all vänlighet som visades honom. Han mottog aldrig personligen några av sina hedersdoktorat, varken hattarna eller diplomen.

Hela hans liv är en utdragen frånvaro, tänkte Wallander. Innan han plötsligt dyker upp i Skåne och slår sig ner bakom de tjocka murarna på Farnholms slott är det egentligen ingen som vet var han befinner sig. Han har ständigt bytt bostäder, han har färdats i bilar utan insyn, han har från början av 80-talet ägt ett eget flygplan.

Det finns dock några få undantag. Ett av dem framstår som mer överraskande och egendomligt än de andra. Enligt vad fru Dunér omtalat vid ett samtal med Ann-Britt Höglund träffades Alfred Harderberg och Gustaf Torstensson första gången vid en lunch på Hotell Continental i Ystad. Gustaf Torstensson hade efteråt beskrivit Alfred Harderberg som älskvärd, solbränd och mycket välklädd.

Varför valde han att träffa Gustaf Torstensson på en restaurang? tänkte Wallander. När kända journalister som bevakar den internationella affärsvärlden kan få vänta i åratal för att ens komma i närheten av honom. Betyder det någonting eller inte? Växlar han ibland spår för att öka förvirringen?

Osäkerhet kan vara ett gömställe, tänkte Wallander. Omvärlden ska veta att han finns, men aldrig var.

Vid tolvtiden gick Wallander hem och lagade lunch. Klockan halv två var han tillbaka på sitt kontor igen. Han hade just lutat sig över sina pärmar när Ann-Britt Höglund knackade på dörren och steg in.

– Redan? sa Wallander förvånat. Jag trodde du skulle vara i Ängelholm?

– Det gick fort att tala med Lars Bormans familj, svarade hon. Tyvärr.

Wallander kunde höra att hon var missnöjd och det påverkade omedelbart honom själv. Inte nu heller, tänkte han dystert. Ingenting som gör att vi bryter igenom murarna på Farnholms slott.

Hon hade satt sig i hans stol och bläddrade bland sina anteckningar.

– Hur mår det sjuka barnet? frågade Wallander.

– Barn är sällan sjuka länge, svarade hon. Jag har en del att säga om Harderbergs flygplan, förresten. Jag är glad för att Svedberg ringde och gav mig nåt att hålla på med. Kvinnor har alltid dåligt samvete när dom inte kan arbeta.

– Först familjen Borman, sa Wallander. Vi börjar med den.

Hon skakade på huvudet.

– Det gav verkligen inte mycket, sa hon. Att dom anser hans död vara självmord råder ingen tvekan om. Jag tror varken änkan, sonen eller dottern har kommit över det. Det var som om jag för första gången insåg vad det måste innebära att tillhöra en familj där någon plötsligt, helt utan orsak, tar livet av sig.

– Han hade inte lämnat nånting efter sig? Inget brev?

– Ingenting.

– Det stämmer inte med bilden av Lars Borman. Han slänger inte en cykel ifrån sig, han tar inte livet av sig utan att lämna en förklaring eller en ursäkt.

– Jag gick igenom det jag trodde var viktigast. Han hade inga dåliga affärer, han spelade inte, eller ägnade sig åt bedrägerier.

– Frågade du om det? sa Wallander häpet.

– Indirekta frågor kan ge direkta svar, sa hon.

Wallander nickade.

– Människor som vet att polisen ska komma förbereder sig, sa Wallander. Är det så du menar?

– Alla tre hade bestämt sig för att försvara hans goda namn och rykte, sa hon. Dom rabblade upp alla hans förtjänster, utan att jag behövde fråga om vilka svagheter han hade.

– Frågan är bara om det var sant.

– Dom ljög inte. Vad han eventuellt gjorde i hemlighet kan jag inte svara på. Men han verkade inte vara en man som levde ett dubbelliv.

– Fortsätt, sa Wallander.

– Allt kom som en ofattbar chock för dom, sa hon. Och den chocken har dom fortfarande inte kommit över. Jag tror dom grubblar dag och natt på varför han tog livet av sig. Utan att kunna ge något svar.

– Antydde du möjligheten att det kanske inte hade varit självmord?

– Nej.

– Bra. Fortsätt.

– Det enda som är av intresse för oss är att Lars Borman

hade kontakt med Gustaf Torstensson. Det kunde familjen bekräfta. Dom kunde också berätta varför. Gustaf Torstensson och Lars Borman var medlemmar av en förening som ägnade sig åt studiet av ikonmåleri. Vid nåt enstaka tillfälle besökte Gustaf Torstensson det bormanska hemmet. Lars Borman var också nån gång hemma hos Gustaf Torstensson i Ystad.

– De var alltså vänner?

– Jag vill inte gå så långt. Att dom stod varandra så nära. Och det gör saken intressant, enligt min mening.

– Jag är inte säker på att jag förstår, sa Wallander.

– Jag menar så här, fortsatte hon. Gustaf Torstensson och Lars Borman var två enstöringar. Den ene var gift, den andre änkeman. Men dom var enstöringar. Dom träffades inte ofta, och när dom gjorde det var det för att tala om ikoner. Men kan man inte tänka sig att dessa två ensamma människor, i en pressad situation, kan anförtro nåt åt varandra. I brist på verkliga vänner hade dom ju ändå varandra.

– Det är tänkbart, sa Wallander. Men det förklarar inte Bormans hotelsebrev mot hela advokatkontoret.

– Kanslisten Sonja Lundin blev inte hotad, invände hon. Det är kanske viktigare än vi tror.

Wallander lutade sig bakåt i stolen och betraktade henne uppmärksamt.

– Det är nånting du tänker på, sa han.

– Det är bara spekulationer, sa hon. Förmodligen är dom dessutom väldigt långsökta.

– Vi har ingenting att förlora på att tänka, sa Wallander. Jag lyssnar.

– Låt oss anta att Lars Borman anförtrodde Gustaf Torstensson vad som hade hänt på landstinget. Bedrägeriet. Dom kan ju trots allt inte alltid ha talat om ikonerna. Vi vet ju att Borman var besviken och sårad över att det inte gjordes en ordentlig polisutredning av vad som hade skett. Låt oss vidare anta att Gustaf Torstensson visste att det fanns ett samband mellan Alfred Harderberg och det bedrägliga företaget STRUFAB. Han kan ha nämnt att han arbetade för Alfred Harderberg. Låt oss då anta att Lars Borman såg en advokat, med samma starka rättskänsla som han själv, som sin räddande ängel. Han bad om hjälp. Men Gustaf Torstensson gjorde ingenting. Hotelsebrev kan man ju tolka på olika vis.

– Kan man? sa Wallander. Hotelsebrev är hotelsebrev.

– Mer eller mindre allvarliga, sa hon. Kanske vi har gjort misstaget att glömma att Gustaf Torstensson faktiskt inte tog dom på allvar. Han registrerade dom inte, han vände sig inte till polisen eller Advokatsamfundet. Han bara stoppade undan dom. Det mest dramatiska kan ju ibland vara att hitta det odramatiska i en händelse. Att Sonja Lundin inte var nämnd beror förmodligen på att Lars Borman inte ens visste om att hon fanns.

Wallander nickade.

– Bra tänkt, sa han. Dina spekulationer är inte sämre än några andra. Snarare tvärtom. Det är bara en sak som inte får sin förklaring. Den viktigaste detaljen. Mordet på Lars Borman. Kopian av Gustaf Torstenssons död. Avrättningar som man försökte maskera som nåt annat.

– Egentligen ger du svaret själv, sa hon. Deras död påminner om varandra.

Wallander tänkte efter.

– Kanske ändå, sa han. Om vi förutsätter att Gustaf Torstensson av nån anledning redan var en misstänkt person i Alfred Harderbergs ögon. Om han hölls under uppsikt. Då skulle det som hände Lars Borman kunna bli en kopia av det som nästan hände fru Dunér.

– Det är precis vad jag också tänker, sa hon.

Wallander reste sig ur stolen.

– Ingenting av det här kan vi bevisa, sa han.

– Inte än, sa hon.

– Vi har inte mycket tid på oss, sa Wallander. Jag misstänker att Per Åkeson kommer att sätta stopp och kräva att vi breddar utredningen om ingenting händer. Låt oss säga att vi har en månad på oss att koncentrera oss på vårt så kallade huvudspår. Alfred Harderberg.

– Det kanske går, sa hon.

– Just idag har jag en dålig dag, sa Wallander. Jag tycker hela utredningen håller på att gå åt helvete. Just därför är det bra att lyssna på vad du har att säga. Brottsutredare som vacklar i tron har ingenting i kåren att göra.

De gick och hämtade kaffe. I korridoren blev de stående.

– Flygplanet, sa Wallander. Vad vet vi om det?

– Inte så mycket, svarade hon. Det är en Grumman Gulfstream Jet som är tillverkad 1974. Den har sin svenska stationering på Sturup. Service får den i Bremen i Tyskland. Alfred Harderberg har två piloter anställda. Den ene är från Österrike och heter Karl Heider. Han har varit hos Harderberg många år och bor i Svedala. Den andre piloten har bara varit anställd i några år. Han heter Luiz Manshino och kommer ursprungligen från Mauritius. Han bor i en lägenhet inne i Malmö.

– Vem har gett dig alla dom här uppgifterna? frågade Wallander förvånat.

– Jag påstod att jag var från en tidning som gjorde en undersökning om svenska företagsledares privata flygplan. Jag talade med nån informationsansvarig på flygplatsen. Jag tror inte Harderberg kommer att bli misstänksam om han får veta det. Men jag kunde naturligtvis inte börja fråga om det fanns arkiverade loggböcker som berättade om när han var ute och reste och vart.

– Piloterna intresserar mig, sa Wallander. Människor som reser så ofta och tillbringar så mycket tid tillsammans måste få ett speciellt förhållande till varandra. Dom vet mycket om varandra. Måste man förresten inte ha nån flygvärdinna med? Av säkerhetsskäl?

– Tydligen inte, sa hon.

– Vi får försöka närma oss piloterna, upprepade Wallander. Och hitta nåt sätt att undersöka hur det är med färddokumentationen.

– Jag fortsätter gärna med det, sa hon. Jag lovar att vara diskret.

– Gör det, sa Wallander. Men fort. Tiden rusar.

Samma eftermiddag samlade Wallander sin spaningsgrupp utan att Björk var med. De trängde ihop sig inne i Wallanders rum, eftersom sammanträdesrummet var upptaget av ett möte mellan olika polisbefäl i länet som leddes av Björk. När de hade lyssnat på vad Ann-Britt Höglund hade att säga om sitt sammanträffande med den bormanska familjen, berättade Wallander om sin resa till Farnholms slott och mötet med Alfred Harderberg. Uppmärksamheten på hans ord gjorde stämningen i rummet laddad. Det var som om alla försökte uppfånga något spår i det som Wallander sa, något som kunde ha undgått honom själv.

– Jag måste säga att min känsla av att dom här morden och de andra händelserna har ett samband med Alfred Harderberg är ännu starkare nu än tidigare, slutade Wallander. Om ni är eniga med mig så går vi alltså vidare. Men min känsla är inte att lita på. Vi måste inse att utredningen är oförlöst. Vi kan ha fel.

– Vad har vi annars att utgå ifrån? sa Svedberg.

– Vi kan alltid leta efter en galning, sa Martinson. En galning som inte finns.

– Det är för kallblodigt, sa Ann-Britt Höglund. Allt verkar så välplanerat. Ingenting tyder på en galning.

– Vi måste fortsätta att vara försiktiga, sa Wallander. Vi vet att nån håller ögonen på oss, antingen det nu är Alfred Harderberg eller nån annan.

– Tänk om Kurt Ström hade varit en pålitlig person, sa Svedberg. Vad vi behöver är nån som är inne på slottet. Nån som kan röra sig bland alla sekreterare utan att väcka uppmärksamhet.

– Jag håller med dig, sa Wallander. Ännu bättre hade det varit om vi kunde ha hittat nån som till helt nyligen arbetat hos Harderberg. Men som slutat. Och gärna tyckt illa om sin forna arbetsgivare.

– Ekorotlarna påstår att det är en ytterst liten samling människor som står Harderberg nära, sa Martinson. Medarbetare som han har haft i många år. Sekreterarna är mindre viktiga. Jag tror egentligen inte dom vet så mycket om vad som sker.

– Ändå skulle vi haft nån där, envisades Svedberg. Som kunde ge oss informationer om dom dagliga rutinerna.

Mötet ebbade långsamt ut.

Jag har ett förslag, sa Wallander. I morgon stänger vi in

oss nån annanstans än här. Vi behöver lugn och ro att gå igenom allt material. Vi måste bestämma vår position ännu en gång. Vi måste använda tiden effektivt.

– Den här tiden av året står Hotell Continental nästan tomt, sa Martinson. Vi får säkert hyra ett konferensrum billigt.

– Symboliskt är det tilltalande, sa Wallander. Det var där Gustaf Torstensson träffade Alfred Harderberg för första gången.

Dagen efter satt de samlade på övervåningen i Hotell Continental. Under avbrotten för lunch och för kaffe fortsatte de sina diskussioner. När det blev kväll bestämde de sig för att fortsätta även dagen efter. Vid ett samtal med Björk hade denne gett sitt tillstånd. De stängde av yttervärlden och grävde sig igenom allt material ännu en gång. De visste att de hade passerat mitten av november, att tiden jagade dem. Redan var det fredagen den 19 november.

Först sent på eftermiddagen bröt de upp.

Wallander ansåg efteråt att det var Ann-Britt Höglund som bäst hade sammanfattat det läge som utredningen befann sig i.

– Det är som om allt finns här, hade hon sagt. Men vi ser inte hur det hänger ihop. Om det är Alfred Harderberg som rycker i trådarna så gör han det skickligt. Så fort vi vänder oss om byter han plats på allting och vi får börja om igen.

De var alla trötta när de lämnade hotellet. Men det var ingen besegrad armé som gjorde sitt uttåg. Wallander visste att något viktigt hade skett. Alla delade nu allt som de andra hade kunskap om. Ingen behövde heller vara osäker på vilka idéer eller tveksamheter som kollegorna hyste.

– Nu tar vi helg, sa Wallander när det hela var över. Vi behöver vila. På måndag måste vi orka gå vidare.

Lördagen tillbringade Wallander i Löderup hos sin far. Han lyckades reparera det trasiga taket och satt sedan timme efter timme och spelade kort med fadern i köket. När de åt middag insåg Wallander definitivt att Gertrud var uppriktigt glad över det liv hon levde med hans far.

Sent på kvällen frågade Wallander om Gertrud kände till Farnholms slott.

– Förr sa man att det spökade där, svarade hon. Men det säger man kanske om alla slott?

Vid midnatt for Wallander hem. Det var minusgrader. Han gruvade sig inför vintern.

På söndagen sov Wallander länge. Sedan tog han en promenad och såg på båtarna i hamnen. På eftermiddagen städade han sin lägenhet. Han tänkte att det var ytterligare en söndag i raden av alla de som kastades bort till ingen nytta.

När Wallander vaknade på morgonen måndagen den 22 november hade han huvudvärk. Det förvånade honom eftersom han inte hade druckit någonting kvällen innan. Men sedan tänkte han att han hade sovit oroligt. Natten hade varit full av skrämmande mardrömmar. Hans far hade plötsligt varit död. Men när han i drömmen gick för att se sin far i kistan hade han inte vågat sig fram, eftersom han visste att det egentligen var Linda som låg där i svepningen.

Full av olust steg han upp och blandade värktabletter i ett halvt glas vatten. Termometern visade fortfarande minusgrader. Medan han väntade på att kaffet skulle bli klart tänkte han att nattens drömmar säkert också varit en prolog till det möte han och Björk skulle ha med Per Åkeson på förmiddagen. Wallander visste att det skulle bli svårt. Även om han inte betvivlade att Per Åkeson skulle ge dem klartecken att fortsätta den koncentrerade spaningen på Alfred Harderberg, insåg han att deras resultat hittills inte var tillfredsställande. De hade inte lyckats uppnå någon enhet i sitt insamlade material. Spaningen gled utan att få ordentligt fäste. Per Åkeson skulle på goda grunder kunna ifrågasätta hur länge till spaningarna kunde tillåtas stå på ett ben.

Med kaffekoppen i hand ställde han sig att betrakta sin väggalmanacka. Det var en dryg månad kvar till jul. Så lång tid skulle han hävda att de behövde. Om de inte då hade kommit närmare ett slutligt genombrott i utredningen måste han acceptera att de också på allvar började bearbeta andra spår efter helgen.

En månad, tänkte han. Det betyder att någonting snart måste hända.

Han blev avbruten i sina tankar av att telefonen ringde.

– Jag antar att jag inte väckte dig, sa Ann-Britt Höglund.

– Jag dricker kaffe, svarade Wallander.

– Prenumererar du på Ystads Allehanda? frågade hon.

– Vad ska man annars med en lokaltidning till? sa Wallander. Det är på morgonen man tar till sig dom lokala nyheterna. Medan världen ännu är liten. Resten av världen får man ägna sig åt på eftermiddagen eller kvällen.

– Har du läst den idag? frågade hon.

– Jag har inte ens hämtat den, sa han.

– Gör det, sa hon. Slå upp annonserna.

Undrande gick han ut i tamburen och hämtade tidningen. Med telefonluren i handen öppnade han tidningen.

– Vad är det jag ska titta efter? frågade han.

– Du hittar det nog, sa hon. Hej då.

Hon la på. I samma ögonblick upptäckte han det. En annons som berättade att man sökte en stallflicka till Farnholms slott. Med omedelbart tillträde. Det var därför hon hade fattat sig kort. Hon ville inte nämna Farnholms slott i telefonen.

Wallander tänkte efter ett ögonblick. Han insåg att det kunde vara en möjlighet. Så fort han hade klarat av mötet med Per Åkeson skulle han ringa till sin vän Sten Widén.

När Wallander tillsammans med Björk hade satt sig inne hos Per Åkeson gav denne besked om att de inte fick störas. Han var svårt förkyld och snöt sig länge och omsorgsfullt.

– Jag borde egentligen vara hemma och ligga i min säng, sa han. Men låt oss ändå genomföra det här mötet som vi bestämt.

Han pekade på högen av utredningsmateral innan han fortsatte.

– Det kommer säkert inte som nån överraskning att jag inte med bästa vilja i världen kan kalla resultatet hittills för tillfredsställande, fortsatte han. Ytterst vaga indicier som pekar mot Alfred Harderberg är allt vad vi har.

– Vi behöver mer tid, sa Wallander. Utredningen är komplicerad. Det visste vi från början att den skulle bli. Det här är också det bästa spåret vi har att utgå ifrån.

– Frågan är om vi överhuvudtaget kan kalla det ett spår, invände Per Åkeson. Du presenterade en utgångspunkt för oss som gjorde det rimligt att koncentrera all vår spaning till Alfred Harderberg. Men efter det har vi egentligen inte kommit mycket längre. När jag går igenom materialet så kan jag inte tycka annat än att vi fortfarande står och stampar i en låst startposition. Ekorotlarna har inte heller hittat några ekonomiska oegentligheter. Alfred Harderberg verkar vara en häpnadsväckande hederlig person. Vi har ingenting som vare sig direkt eller indirekt knyter honom eller hans verksamhet till morden på Gustaf Torstensson och hans son.

– Tid, upprepade Wallander. Det är det som behövs. Vi kan också vända på det hela och säga att i det ögonblick vi definitivt kan avskriva Alfred Harderberg så står vi bättre rustade att gripa fatt i det hela från annat håll.

Björk satt tyst. Per Åkeson betraktade Wallander.

– Egentligen borde jag stoppa här, sa han. Det inser du. Övertyga mig alltså om att det är riktigt att vi fortsätter ytterligare en tid med all spaning koncentrerad till Harderberg.

– Det finns i utredningsmaterialet, sa Wallander. Jag är fortfarande säker på att vi är på rätt spår. Alla i spaningsgruppen är för övrigt överens.

– Jag tycker ändå att vi borde överväga att avdela personal redan nu för att angripa det hela från annat håll, sa Per Åkeson.

– Vilket håll? invände Wallander. Det finns ingenting att utgå ifrån. Vem arrangerar en bilolycka för att dölja ett mord och med vilket motiv? Varför blir en advokat nerskjuten på sitt kontor? Vem placerar en mina i en äldre kvinnas trädgård? Vem spränger min bil i luften? Skulle vi utgå från att det handlar om en galning som av inga skäl alls bestämt sig för att ta livet av dom anställda på ett advokatkontor i Ystad och gärna en och annan polisman också?

– Ni har fortfarande inte i grunden gått igenom klientmaterialet, sa Per Åkeson. Det är mycket vi ännu inte vet.

– Ändå begär jag mer tid, sa Wallander. Inte obegränsat med tid. Men mer tid.

– Ni får två veckor, sa Per Åkeson. Har ni inget mer övertygande att komma med då, lägger vi om spaningsarbetet.

– Det räcker inte, sa Wallander.

– Jag kan sträcka mig till tre veckor, sa Per Åkeson och suckade.

– Låt oss koncentrera oss till jul, vädjade Wallander. Skulle det ske nåt som gör att vi börjar misstro spaningsinriktningen tidigare kan vi byta kurs genast. Men låt oss gå på fram till jul.

Per Åkeson vände sig till Björk.

– Vad anser du? frågade han.

– Jag är bekymrad, sa Björk. Jag tycker heller inte vi kommer nånvart. Det är ingen hemlighet att jag hela tiden har betvivlat att doktor Harderberg har med det här att göra.

Wallander kände lust att opponera sig. Men han valde att avstå. I värsta fall var han beredd att acceptera tre veckor.

Per Åkeson började plötsligt gräva i pappershögarna på bordet.

– Vad är det här med transplantationer? frågade han. Jag läste nånstans att ni hade hittat en kylväska för transport av mänskliga organ i Gustaf Torstenssons bil. Stämmer det?

Wallander redogjorde för Sven Nybergs upptäckt och vad de hittills hade tagit reda på.

– Avanca, sa Per Åkeson när Wallander hade slutat. Är det ett börsnoterat företag? Jag har aldrig hört talas om det.

– Det är ett litet företag, svarade Wallander. Det ägs av en familj som heter Roman. De startade nån gång på 30-talet med att importera rullstolar.

– Det tillhör med andra ord inte Harderberg, sa Per Åkeson.

– Det vet vi inte än.

Per Åkeson betraktade uppmärksamt Wallander.

– Hur kan ett företag som ägs av en familj vid namn Roman samtidigt vara i Alfred Harderbergs ägo? Det måste du förklara för mig.

– Jag ska förklara när jag kan, sa Wallander. Men så

mycket har jag lärt mig under den sista månaden, som att ägarförhållanden i olika företag ser ibland helt annorlunda ut än vad som kan utläsas av företagsskylten.

Per Åkeson skakade på huvudet.

– Jag märker att du inte ger dig, sa han.

Sedan drog han till sig en bordsalmanacka.

– Måndagen den 20 december bestämmer vi oss, sa han. Om det inte har skett nåt genombrott tidigare. Men då kommer jag inte att ge er en dag till om utredningen inte har lett till märkbara resultat.

– Vi ska använda tiden väl, sa Wallander. Jag hoppas du inser att vi arbetar så mycket vi kan.

– Jag vet, sa Per Åkeson. Men som åklagare kan jag inte missköta mina plikter.

Samtalet var över. Björk och Wallander gick tysta tillbaka till sina kontor.

– Han var hygglig som gav dig så mycket tid, sa Björk när de stannade i korridoren utanför hans rum.

– Mig? sa Wallander förvånat. Du menar väl oss?

– Du vet mycket väl vad jag menar, sa Björk. Låt oss inte diskutera i onödan.

– Alldeles min åsikt, sa Wallander och gick.

När han kommit in i sitt rum och stängt dörren kände han sig plötsligt håglös. På hans bord hade någon lagt ett fotografi av Harderbergs jetplan, där det stod uppställt på Sturups flygplats. Wallander betraktade det frånvarande, och sköt det sedan åt sidan.

Jag har tappat taget, tänkte han. Hela utredningen är åt helvete. Jag borde lämna ifrån mig ansvaret. Jag klarar inte ut det här.

Han blev sittande länge i sin stol utan att företa sig någonting. I tankarna återvände han till Riga och till Baiba Liepa. När han inte orkade med sin overksamhet längre skrev han ett brev till henne. Han bjöd henne till Ystad över julen och nyåret. För att inte riskera att brevet skulle bli liggande eller att han skulle riva sönder det stoppade han det genast i ett kuvert, skrev adressen och gick ut till receptionen och lämnade det till Ebba.

– Det ska postas idag, sa han. Det är mycket viktigt.

– Jag ska personligen se till det, sa hon och log. Du ser förresten alldeles för trött ut. Sover du inte om nätterna?

– Inte som jag borde, svarade Wallander.

– Vem kommer att tacka dig om du arbetar ihjäl dig? sa hon. I alla fall inte jag.

Wallander svarade inte. Han återvände till sitt rum.

En månad, tänkte han. En månad att spräcka leendet.

Han tvivlade på att det skulle vara möjligt.

Sedan tvingade han sig trots allt att börja arbeta igen.

Han slog numret till Sten Widén.

Samtidigt bestämde han sig för att köpa några kassetter med operamusik igen. Han saknade sin musik.

13

Vid middagstid, måndagen den 22 november, satte sig Kurt Wallander i den polisbil som tills vidare hade fått ersätta hans eget uppbrunna fordon och reste västerut från Ystad. Hans mål var den hästgård vid Stjärnsunds borgruin där Sten Widén höll till. När han kom upp på höjden utanför Ystad körde han in på en parkeringsplats, slog av motorn och såg ut mot havet. Långt ute mot horisonten anade han konturerna av ett lastfartyg som stävade in mot Östersjön.

Under några korta, svindlande sekunder upplevde han en plötslig yrsel. Först trodde han med förfäran att det var hjärtat, sedan insåg han att det var någonting annat, att han höll på att mista greppet om hela sin tillvaro. Han slöt ögonen, lutade huvudet bakåt och försökte låta bli att tänka. Efter en minut slog han upp ögonen igen. Havet fanns där fortfarande framför honom, lastbåten fortsatte oförtrutet att stäva österut.

Jag är trött, tänkte han. Trots att jag har vilat ut under helgen. Känslan av utmattning går djupare, jag kommer bara delvis åt orsakerna, och det finns sannolikt ingenting jag kan göra åt det. Inte nu längre, sedan jag väl fattat mitt beslut att gå i tjänst igen. Stranden på Jylland existerar inte för mig längre. Jag valde bort den frivilligt.

Hur länge han blev sittande visste han inte. Men när han började frysa startade han motorn och fortsatte resan. Helst av allt hade han velat vända hemåt och försvinna in i sin lägenhet. Men han tvingade sig vidare. Han svängde av vid avfarten till Stjärnsund. Efter ungefär en kilometer blev vägen mycket dålig. Som alltid när han var på väg till Sten Widén undrade han hur stora hästtransporter kunde ta sig fram längs den illa underhållna vägen.

Landskapet sluttade brant neråt och den stora gården med sina utsträckta stallängor bredde ut sig framför honom. Han körde in på gårdsplanen och stannade. En flock kråkor väsnades högljutt i ett träd.

Han steg ur bilen och gick bort mot den röda tegelbyggnaden där Widén hade sin kombinerade bostad och kontor. Dörren stod på glänt och han hörde hur Widén talade i telefon. Han knackade och steg in. Som vanligt var det ostädat och luktade häst. I den obäddade sängen låg två katter och sov. Wallander undrade hur Widén kunde uthärda att år efter år leva på detta vis.

Mannen som hade nickat mot honom när han kom in utan att avbryta telefonsamtalet var mager, hade tovigt hår och ett flammande eksem på hakan intill munnen. Han såg likadan ut nu som för 15 år sedan när de under några år hade umgåtts regelbundet. Den gången hade Sten Widén drömt om att bli operasångare. Han hade en vacker tenor och de hade gemensamt föreställt sig en framtid där Wallander skulle bli hans impressario. Men drömmen hade spruckit, eller kanske snarare dränerats inifrån, Wallander hade fortsatt att vara polis, och Widén hade ärvt sin faders tränarrörelse för galopphästar. De hade drivit isär, ingen av dem visste egentligen varför, och det var först i början på 90-talet, i samband med en annan utdragen och komplicerad mordutredning som de åter hade fått kontakt med varandra.

En gång var han min bäste vän, tänkte Wallander. Efter honom har det inte kommit någon annan. Kanske är det så att han förblir den bäste vän jag haft.

Widén avslutade samtalet och la häftigt ifrån sig den trådlösa telefonen.

– En sån jävla människa! svor han.

– Hästägare? undrade Wallander.

– En skurk, sa Widén. Jag köpte en häst av honom för en månad sen. Han har en gård uppe mot Höör. Nu skulle jag hämta den. Men då har han plötsligt ångrat sig. En sån förbannad människa.

– Har du betalat hästen kan han väl inte göra så mycket, sa Wallander.

– Bara handpenning, sa Widén. Men jag åker och hämtar hästen vad han än säger.

Sten Widén försvann hastigt ut i köket. När han kom tillbaka kände Wallander omedelbart den svaga doften av alkohol.

– Du kommer alltid oväntat, sa Sten Widén. Vill du ha kaffe?

Wallander nickade. De gick ut i köket. Sten Widén makade undan högar med gamla travprogram som låg på vaxduken.

– Vill du ha en sup? undrade han medan han gjorde i ordning kaffet.

– Jag kör, sa Wallander. Hur går det med hästarna?

– Det har varit ett dåligt år. Nästa blir inte bättre. Det finns för lite pengar i omlopp. Hästarna blir färre. Jag måste ständigt höja tränaravgifterna för att få det att gå runt. Mest har jag nog lust att slå igen och sälja gården. Men fastighetspriserna är för dåliga. Jag sitter med andra ord fast i den skånska leran.

Han ställde fram kaffet och satte sig ner. Wallander såg att hans hand som grep efter koppen skakade. Han är på väg att supa ner sig, tänkte han. Aldrig tidigare har jag sett hans händer skaka mitt på dagen.

– Och du själv, sa Sten Widén. Vad gör du nu för tiden? Är du fortfarande sjukskriven?

– Jag är tillbaka. Polis igen.

Sten Widén betraktade honom med plötslig undran.

– Det trodde jag faktiskt inte, sa han sedan.

– Trodde vad då?

– Att du skulle komma tillbaka.

– Vad skulle jag annars ha gjort?

– Du talade om att söka dig till ett vaktbolag. Eller att bli säkerhetschef på nåt företag.

– Jag blir aldrig annat än polis.

– Nej, sa Sten Widén. Och jag lär aldrig komma ifrån den här gården. Dessutom är hästen jag har köpt i Höör bra. Den kan bli nåt. Den har Queen Blue som mamma. Arvet är det inget fel på.

En flicka red förbi utanför fönstret.

– Hur många anställda har du? frågade Wallander.

– Jag har tre. Men jag har inte råd med mer än två. Fast jag skulle behöva fyra.

– Egentligen var det därför jag kom, sa Wallander.

– Har du tänkt söka arbete som stallpojke? sa Sten Widén. Det tror jag knappast du är kvalificerad för.

– Säkert inte, svarade Wallander. Jag ska förklara vad jag menar.

Wallander såg ingen orsak att inte berätta för Sten Widén om Alfred Harderberg. Han visste att Sten Widén aldrig skulle föra något av det han sa vidare.

– Idén är inte min, sa Wallander. Vi har fått en kvinnlig kriminalpolis som förstärkning till Ystad. Hon är duktig. Det var hon som såg annonsen och talade med mig.

– Du tänker dig alltså att jag ska avstå en av mina flickor till Farnholms slott, sa Sten Widén. Som nån sorts spion. Det verkar inte riktigt klokt.

– Mord är mord, sa Wallander. Slottet är hermetiskt stängt. Det här är en möjlighet. Du sa att du hade en flicka för mycket.

– Jag sa att jag hade en för lite.

– Hon får inte vara dum, sa Wallander. Hon måste vara vaken och lägga märke till saker.

– Jag har en flicka som skulle passa precis, sa Sten Widén. Hon är skärpt och inte rädd av sig. Men det finns ett problem.

– Vad då?

– Hon tycker inte om poliser.

– Varför inte?

– Du vet att jag ofta anställer flickor som varit på driven. Jag har god erfarenhet av dom. Jag samarbetar med en ungdomsförmedling inne i Malmö. Just nu har jag en flicka som är nitton. Hon heter Sofia. Det var hon som red förbi här utanför.

– Man behöver ju inte nämna polisen, sa Wallander. Vi kan tänka ut nåt motiv för att du vill hålla ögonen på det som sker på slottet. Sen pratas du och jag vid.

– Helst inte, sa Sten Widén. Jag vill inte blanda mig i det här. Däremot behöver vi ju inte tala om att du är polis. Du är bara nån som vill veta vad som sker på slottet. Säger jag att du är en bra person så är du det.

– Vi kan ju försöka, sa Wallander.

– Hon har inte fått jobbet än, sa Sten Widén. Jag antar att det är många hästtjejer som vill jobba på ett slott.

– Hämta henne, sa Wallander. Men säg inte vad jag heter.

– Vad fan ska jag kalla dig då?

Wallander tänkte efter.

– Roger Lundin, sa han.

– Vem är det?

– Från och med nu är det jag.

Sten Widén skakade på huvudet.

– Jag hoppas du menar allvar, sa han. Jag ska hämta henne.

Flickan som hette Sofia var mager och långbent och hade ett okammat hårsvall. Hon kom in i köket, nickade ointresserat åt Wallander och satte sig sedan och drack upp kaffet som fanns kvar i Widéns kopp. Wallander undrade om hon var en av dem som brukade dela hans säng. Han visste sedan tidigare att Widén brukade ha förhållanden med en del av de flickor som arbetade hos honom.

– Egentligen borde jag ge dig sparken, sa Sten Widén. Du vet att jag måste skära ner. Men nu har vi hört om ett jobb på ett slott borta på Österlen som kunde passa dig. Om du tar det, eller får det, så kanske tiderna blir bättre sen. Då lovar jag att ta dig tillbaka hit.

– Vad är det för hästar? frågade hon.

Sten Widén såg på Wallander som bara kunde rycka på axlarna.

– Det är knappast ardennerhästar, sa Sten Widén. Vad fan spelar det för roll vad det är för hästar? Det är bara tillfälligt. Dessutom ska du hjälpa Roger här, som är en kompis till mig, med att hålla ögonen öppna och se vad som händer där på slottet. Inget särskilt, bara vara lite extra vaken.

– Vad är det för lön? frågade hon.

– Jag vet inte, sa Wallander.

– Det är för fan ett slott, sa Sten Widén. Krångla inte nu.

Han försvann in i rummet och kom tillbaka med Ystads Allehanda. Wallander letade reda på annonsen.

– Personligt besök, sa han. Men man ska ringa först.

– Vi ordnar det, sa Sten Widén. Jag kör dig dit i kväll.

Plötsligt såg hon upp från vaxduken och spände ögonen i-
Wallander.

– Vad är det för hästar? frågade hon.

– Jag vet inte, sa Wallander.

Hon la huvudet på sned.

– Jag tror du är snut, sa hon.

– Varför tror du det? sa Wallander förvånat.

– Det känns så.

Sten Widén grep hastigt in i samtalet.

– Han heter Roger. Det är allt du behöver veta. Fråga inte
så förbannat. Försök se lite ordentlig ut när vi åker i kväll.
Tvätta håret till exempel. Glöm inte att Winters Moon ska ha
bandage på vänster bak.

Hon lämnade köket utan ett ord.

– Du såg, sa Sten Widén. Henne slår du inte på fingrarna.

– Tack för hjälpen, svarade Wallander. Vi får hoppas det
går bra.

– Jag kör henne dit. Det är allt jag kan göra.

– Ring mig hem, sa Wallander. Jag behöver veta så fort
som möjligt om hon får jobbet.

De gick ut till Wallanders bil.

– Ibland blir jag så jävla trött på allt, sa Sten Widén plöts-
ligt.

– Tänk om man hade kunnat börja om, svarade Wallan-
der.

– Jag tänker ibland: Livet, var det inte mer? Några opera-
arior, en massa dåliga hästar, ständiga problem med pengar.

– Riktigt så illa är det väl inte?

– Övertyga mig.

– Nu får vi ju anledning att träffas oftare. Då kan vi tala
om det.

– Hon har inte fått jobbet än.

– Jag vet, sa Wallander. Ring mig ikväll.

Han satte sig i bilen, nickade åt Sten Widén och for däri-
från. Han såg på klockan att dagen ännu var lång. Han hade
bestämt sig för att göra ännu ett besök denna dag.

Efter en halvtimme parkerade han olagligt på den lilla gatan bakom Hotell Continental och gick till fru Dunérs rosa hus. Till sin förvåning upptäckte han att det inte fanns någon polisbil i närheten. Vad hade hänt med det beskydd som fru Dunér skulle ha? Han blev både irriterad och orolig. Minan som hade exploderat i hennes trädgård hade inte varit nåt skämt. Hade hon trampat på den hade hon antingen dött eller fått sina ben bortslitna. Han ringde på hennes dörr och bestämde sig samtidigt för att ögonblickligen ta kontakt med Björk.

Försiktigt öppnade hon dörren. När hon kände igen honom verkade hon bli uppriktigt glad.

– Jag beklagar att jag inte har ringt på förhand, sa han.

– Kommissarien är välkommen när han än kommer, svarade hon.

Han tog emot hennes erbjudande om kaffe även om han insåg att han redan druckit alldeles för många koppar denna dag. Medan hon var ute i köket stod Wallander och betraktade trädgården. Den uppslitna gräsmattan hade blivit återställd. Han undrade om hon förväntade sig att polisen skulle ordna en ny telefonkatalog åt henne.

I den här utredningen känns allting hela tiden som länge sedan, tänkte han. Ändå är det inte många dagar sedan jag slängde ut telefonkatalogen och såg trädgården explodera.

Hon serverade kaffe och han hade satt sig i den blommiga soffan.

– Jag såg ingen polisbil här utanför när jag kom, sa han.

– Dom är här ibland, svarade fru Dunér. Ibland inte.

– Jag ska undersöka varför det är så, sa Wallander.

– Är det verkligen nödvändigt? sa hon. Tror ni verkligen att nån fortfarande vill mig nåt ont?

– Ni vet vad som hände med dom två advokaterna, sa Wallander. Och nån hade grävt ner en mina i er trädgård. Jag tror inte att nåt mer kommer att hända. Men vi tar alla tänkbara säkerhetshänsyn.

– Om jag ändå kunde förstå, sa hon.

– Det är därför jag har kommit, sa Wallander. Ni har haft tid att tänka. Ofta måste man ha tid för att kunna se klart. Ibland behöver man värma upp sitt minne.

Hon nickade långsamt.

– Jag har försökt, sa hon. Dag och natt.

– Låt oss gå tillbaka några år i tiden, sa Wallander. När Gustaf Torstensson fick erbjudande att tjänstgöra som advokat åt Alfred Harderberg. Träffade ni honom nån gång?

– Aldrig.

– Ni talade bara i telefon med honom?

– Inte ens det. Det var alltid nån sekreterare som ringde.

– Det måste ha betytt mycket för advokatbyrån att få en så stor kund.

– Naturligtvis gjorde det det. Det kom in mycket mer pengar än nånsin tidigare. Hela huset kunde renoveras.

– Även om ni aldrig vare sig träffade eller talade med Alfred Harderberg måste ni ha fått ett intryck av honom. Jag har noterat att ni har gott minne.

Hon tänkte efter innan hon svarade. Wallander betraktade en skata som hoppade omkring ute i trädgården medan han väntade.

– Det var alltid bråttom, sa hon. När han kallade på advokat måste allt annat läggas åt sidan.

– Nåt mer ni la märke till?

Hon skakade på huvudet. Wallander gick vidare.

– Gustaf Torstensson måste ha berättat om sin klient, sa han. Om sina besök på slottet.

– Jag tror han var mycket imponerad. Och samtidigt orolig för att begå några misstag. Just det sista var viktigt. Jag minns att han många gånger sa att misstag var förbjudna.

– Vad tror ni han menade med det?

– Att Alfred Harderberg i så fall omedelbart skulle vända sig till en annan advokatbyrå.

– Han måste ha berättat om Alfred Harderberg. Och om slottet. Var ni aldrig nyfiken?

– Naturligtvis undrade jag. Men han sa aldrig mycket. Han var imponerad och förtegen. Vid nåt tillfälle sa han att Sverige skulle vara tacksamt för allt som Alfred Harderberg gjorde.

– Han sa aldrig nåt negativt om honom?

Svaret kom oväntat.

– Jo, han gjorde faktiskt det. Jag minns det eftersom det bara hände en enda gång.

– Vad sa han?

– Jag minns det ordagrant: 'Doktor Harderberg har en makaber humor.'

– Vad kan han ha menat med det?

– Jag vet inte. Jag frågade inte och han förklarade inte.

– 'Doktor Harderberg har en makaber humor'?

– Just dom orden.

– När hände det?

– För ungefär ett år sen.

– I vilket sammanhang sa han det?

– Han hade varit på Farnholms slott. Ett av dom regelbundet återkommande mötena. Jag kan inte påminna mig att det var nåt speciellt.

Wallander insåg att han inte skulle komma längre. Gustaf Torstensson hade uppenbarligen inte berättat särskilt ingående om sina besök hos den mäktige mannen på Farnholms slott.

– Låt oss tala om nåt helt annat, sa han. När en advokat arbetar är det alltid mycket papper med i bilden. Vi har fått besked av Advokatsamfundets representanter som går igenom byråns klientmaterial att det finns mycket lite som berör allt arbete Gustaf Torstensson hade med Alfred Harderberg.

– Jag har väntat på den frågan, sa hon. Rutinerna när det gällde Alfred Harderberg var mycket speciella. Bara dom dokument som det absolut krävdes av en advokat att förvara finns arkiverade. Vi hade fått stränga besked att inte kopiera eller spara nånting i onödan. Allt material som Gustaf Torstensson arbetade med tog han sen med tillbaka till Farnholm. Det är därför det inte finns nån dokumentation.

– Det här måste ni ha upplevt som mycket påfallande?

– Förklaringen var att Alfred Harderbergs affärer var känsliga. Jag hade inga skäl att inte acceptera det så länge vi inte bröt mot några regler.

– Jag vet att Gustaf Torstensson arbetade med ekonomisk rådgivning, sa Wallander. Om jag ber er försöka minnas detaljer?

– Det kan jag inte, sa hon. Det var invecklade kontrakt mellan banker och företag i länder över hela världen. För det mesta renskrev hans egna sekreterare alla dokument. Det var mycket sällan som Gustaf Torstensson bad mig skriva nåt som han skulle ta med till Alfred Harderberg. Däremot skrev han mycket själv.

– Vilket han inte gjorde när det gällde andra klientärenden?

– Aldrig.

– Hur förklarar ni det?

– Jag antog att det var så känsligt att inte ens jag borde se det, svarade hon uppriktigt.

Wallander tackade nej till den påtår hon erbjöd honom.

– Kan ni påminna er att ett företag som heter Avanca nånsin förekom i dom dokument ni såg?

Han såg hur hon försökte minnas.

– Nej, sa hon. Det är möjligt. Men jag minns det inte.

– Då har jag bara en fråga till, sa han. Kände ni till dom hotelsebrev som kom?

– Gustaf Torstensson visade mig dom, sa hon. Men han sa att det inte var nånting att bry sig om. Det var därför dom aldrig blev arkiverade. Jag trodde att han hade kastat dom.

– Ni visste heller inte att mannen som skrev breven, Lars Borman, kände Gustaf Torstensson?

– Det är en överraskning.

– De träffades i den förening som ägnade sig åt att studera ikonmåleri.

– Jag kände till föreningen. Men jag visste inte att han som skrev hotelsebreven var med.

Wallander ställde ifrån sig kaffekoppen.

– Då ska jag inte störa mer, sa han och reste sig.

Hon blev sittande och såg förvånat på honom.

– Har ni ingenting alls att säga till mig? frågade hon.

– Vi vet fortfarande inte vem som dödade dom två advokaterna, svarade Wallander. Vi vet heller inte varför. När vi vet det kommer vi också att veta orsakerna till det som skedde i er trädgård.

Hon reste sig och tog tag i hans arm.

– Ni måste fånga dom, sa hon.

– Ja, sa Wallander. Det måste vi. Men det kan ta tid.

– Jag måste få veta vad som har hänt innan jag dör.

– Så fort jag har nåt att berätta ska jag göra det, sa han och hörde hur otillfredsställande hans svar måste låta i hennes öron.

Wallander for upp till polishuset och försökte få tag på Björk. När han fått veta att denne var i Malmö, gick han in till Svedberg och bad honom undersöka varför bevakningen utanför fru Dunérs hus sviktade.

– Tror du verkligen nåt kan hända? undrade Svedberg.

– Jag tror ingenting, svarade Wallander. Men det har redan hänt mer än tillräckligt.

Wallander skulle just gå när Svedberg gav honom en lapp.

– Det ringde nån som sa sig heta Lisbeth Norin, sa han. Du kan nå henne på det här numret. Hon skulle vara kvar till fem.

Wallander upptäckte att det var ett nummer i Malmö och inte Göteborg. Han gick in på sitt kontor och ringde upp. Det var en äldre man som svarade. Efter ett kort ögonblick kom Lisbeth Norin till telefonen. Wallander presenterade sig.

– Det slumpar sig så att jag är i Malmö några dagar, sa Lisbeth Norin. Jag besöker min gamla pappa som brutit lårbenet. Jag ringde upp min telefonsvarare och hörde att du hade sökt mig.

– Jag skulle vilja tala med dig, sa Wallander. Men helst inte över telefon.

– Vad gäller det?

– Jag har några frågor i samband med en utredning, sa Wallander. Jag blev uppmärksam på dig genom en läkare i Lund som heter Strömberg.

– Jag har tid i morgon, sa hon. Men det måste bli här i Malmö.

– Då kommer jag in, svarade Wallander. Skulle det kunna passa klockan tio?

– Det går bra.

Hon gav honom en adress i centrala Malmö. När de hade

avslutat samtalet blev Wallander sittande och undrade över hur en äldre man som hade brutit lårbenet kunde vara den som svarade när det ringde i telefon.

Sedan insåg han att han var mycket hungrig. Det var redan sent på eftermiddagen. Han bestämde sig för att fortsätta att arbeta hemma. Ännu hade han mycket material om Alfred Harderbergs affärsimperium som han inte hade hunnit gå igenom. Han letade reda på en plastkasse i en låda och fyllde den med pärmar. I receptionen sa han till Ebba att han träffades hemma resten av dagen.

Han stannade till vid en matvaruaffär och handlade. I en intilliggande tobaksaffär köpte han fem skraplotter.

När han kommit hem stekte han blodpudding och drack en öl. Fåfängt letade han efter den burk med lingonsylt som han trodde sig ha haft.

Efter maten diskade han och skrapade sina lotter. Han vann ingenting. Han bestämde sig för att inte dricka mer kaffe den dagen och la sig istället i sin obäddade säng för att vila innan han började studera innehållet i plastpåsen.

Han vaknade av att telefonen ringde. När han såg på klockan intill sängen förstod han att han sovit i många timmar. Klockan var tio minuter över nio.

Det var Sten Widén.

– Jag ringer från en telefonkiosk, sa han. Jag tänkte du ville veta att Sofia fick jobbet. Hon börjar i morgon.

Med ens var Wallander klarvaken.

– Bra, sa han. Vem var det som anställde henne?

– En kvinna som hette Karlén.

Wallander påminde sig sitt första besök på Farnholms slott.

– Anita Karlén, sa han.

– Två ridhästar, sa Sten Widén. Mycket dyrbara. Det är vad hon ska ta hand om. Lönen var det heller inget fel på. Stallbyggnaden är liten. Men det finns en enrumslägenhet där. Jag tror Sofia tycker betydligt bättre om dig efter att ha fått den här möjligheten.

– Bra, sa Wallander.

– Hon skulle ringa mig om några dagar, fortsatte Sten Widén. Det är bara ett problem. Jag minns inte ditt namn.

Även Wallander måste tänka efter innan han kom ihåg det.

– Roger Lundin, sa han.

– Jag ska skriva upp det.

– Det är nog bäst att jag också gör det. Det är förresten viktigt att hon inte ringer från slottet, utan som du, från en telefonkiosk.

– Det fanns telefon i lägenheten. Varför skulle hon inte använda den?

– Den kan vara avlyssnad.

Wallander kunde höra hur Sten Widén andades i telefonen.

– Jag tror inte du är riktigt klok, sa han.

– Egentligen borde jag också vara försiktig med min egen telefon, sa Wallander. Men vi håller löpande kontroll av våra ledningar.

– Vem är Alfred Harderberg? Ett monster?

– En vänlig, solbränd och leende man, sa Wallander. Han är dessutom elegant klädd. Monster kan se ut på olika sätt.

Det började tuta i telefonluren.

– Jag ringer dig, sa Sten Widén.

Samtalet bröts. Wallander funderade på om han skulle ringa hem till Ann-Britt Höglund och berätta hur det hade gått. Men han lät det bero. Det var redan sent.

Resten av kvällen satt han lutad över innehållet han burit hem i plastkassen. Vid midnatt plockade han fram sin gamla skolatlas och letade reda på en del av de exotiska ortsnamn dit Alfred Harderbergs imperium sträckte sina armar. Han insåg att omfattningen på hans verksamhet var oerhörd. Samtidigt återkom den smygande oron över att han höll på att styra utredningen och sina medarbetare åt alldeles fel håll. Kanske det ändå existerade en helt annan lösning på varför de två advokaterna hade blivit dödade?

Klockan ett gick han och la sig. Han tänkte att det var länge sedan Linda hade hört av sig. Men han borde själv för länge sedan ha ringt henne.

Tisdagen den 23 november var en klar och vacker höstdag.

Wallander hade denna morgon tillåtit sig att sova ut. Strax efter åtta ringde han till polishuset och sa att han skulle resa in till Malmö. Sedan låg han kvar i sängen och drog sig till nio med en kopp kaffe. Efter att tagit en hastig dusch lämnade han lägenheten och for till Malmö. Adressen Lisbeth Norin hade gett honom låg i närheten av Triangeln i centrala Malmö. Han ställde bilen i parkeringshuset bakom hotell Sheraton och prick klockan tio ringde han på den dörr han fått sig angiven. En kvinna som han uppfattade vara i hans egen ålder öppnade. Hon var klädd i ett färggrant joggingställ och Wallander trodde för ett kort ögonblick att han hade gått fel. Hon stämde inte med den bild av henne han hade gjort sig efter att ha hört hennes röst i telefon och hon stämde inte heller överens med den allmänna och i grunden fördomsfulla inställning han hade till journalister.

– Är det du som är polisen? sa hon glatt. Jag hade trott jag skulle få se en man i uniform.

– Det kan jag nog inte stå till tjänst med, sa Wallander.

Hon bjöd honom att stiga in. Lägenheten var gammal med högt i tak. Hon presenterade honom för sin far som satt i en stol med ett gipsat ben. Wallander la märke till att det låg en trådlös telefon i hans knä.

– Jag känner igen er, sa mannen i stolen. För nåt år sen skrevs det mycket om er i tidningarna. Eller blandar jag ihop er med nån annan?

– Det stämmer nog, svarade Wallander .

– Det var nånting med en bil som brann på Ölandsbron, fortsatte mannen. Jag minns det eftersom jag var sjöman på den tiden det inte stod en bro i vägen.

– Tidningarna överdriver, sa Wallander undvikande.

– Jag har för mig att ni beskrevs som en synnerligen framgångsrik polisman?

– Det stämmer, avbröt Lisbeth Norin. Nu känner jag också igen dig från fotografier i tidningarna. Var du inte med i några debattprogram på teve också?

– Absolut inte, sa Wallander. Ni blandar säkert ihop mig med nån annan.

Lisbeth Norin uppfattade att han helst ville avsluta samtalet.

– Vi sätter oss i köket, sa hon.

Höstsolen sken in genom det höga fönstret. En katt låg hoprullad mellan blomkrukorna och sov. Han tackade ja till en kopp kaffe och satte sig ner.

– Mina frågor kommer inte att bli särskilt precisa, sa Wallander. Dina svar kommer sannolikt att vara betydligt intressantare. Låt mig bara säga att vi just nu i Ystad håller på att utreda ett, eller möjligen två mord, där det finns vissa indikationer på att transport och illegal försäljning av olika kroppsorgan spelat en roll. Om den varit avgörande eller inte kan jag inte svara på. Jag kan tyvärr inte vara mer detaljerad än så av spaningstekniska skäl.

Han tyckte han lät som en maskin. Varför kan jag inte uttrycka mig enklare, tänkte han ilsket. Jag talar som en parodi på en polisman.

– Då förstår jag att Lasse Strömberg gav dig mitt namn, sa hon och Wallander märkte att hon blivit intresserad.

– Jag förstod det så att du håller på att arbeta med den här otäcka trafiken, fortsatte han. Det skulle kunna vara till stor hjälp för mig om du gav mig en översikt.

– Det kommer att ta hela dagen, sa hon. Och kanske också hela kvällen. Dessutom skulle du snart märka att det finns osynliga frågetecken efter alla mina ord. Det är en ljusskygg verksamhet som nästan inga andra än några amerikanska journalister har vågat sig på. Jag är nog den enda journalist i Skandinavien som gräver i det här.

– Jag antar att det kan vara behäftat med risker, sa Wallander.

– Kanske inte här och för mig, svarade hon. Men jag känner personligen en av dom amerikanska journalisterna, Gary Becker från Minneapolis. Han gjorde en resa till Brasilien för att undersöka en del rykten om en liga som påstods vara verksam i São Paulo. Han blev inte bara hotad till livet, en kväll blev den taxi han färdades i beskjuten när den stannade utanför hans hotell. Då tog han första flyget ut ur landet.

– Har det nånsin dykt upp några informationer som tyder

på att det skulle kunna finnas svenska intressen inblandade i det här?

– Nej, svarade hon. Gör det det?

– Jag bara frågar, sa Wallander.

Hon såg på honom utan att säga någonting. Sedan lutade hon sig mot honom över bordet.

– Om du och jag ska ha nåt samtal med varandra så måste du vara uppriktig, sa hon. Glöm inte att jag är journalist. Du behöver inte betala för det här besöket eftersom du är polis. Men det minsta jag kan begära är att du talar sanning.

– Du har rätt, sa Wallander. Det finns kanske en liten möjlighet att det kan existera ett samband. Det är det närmaste sanningen jag kan komma.

– Bra, sa hon. Nu förstår vi varandra. Men en sak till vill jag ha av dig. Om det skulle visa sig att det verkligen existerar ett samband, då vill jag veta det före nån annan journalist.

– Det kan jag inte lova, sa Wallander. Det strider mot våra bestämmelser.

– Det gör det säkert, sa hon. Men det strider mot betydligt viktigare saker att döda människor för att beröva dom deras kroppsdelar.

Wallander tänkte efter. Han insåg att han hävdade ett försvar av regler och förordningar som han för länge sedan hade upphört att efterleva okritiskt. Som polisman hade han de senaste åren ständigt levat i ett gränsland där den nytta han kunnat göra alltid fått bestämma vilka regler han godtog eller inte. Varför skulle han plötsligt nu ändra inställning?

– Du ska bli den första som får veta nåt, sa han. Men du kanske inte kan citera mig. Jag måste få vara anonym.

– Bra, sa hon igen. Nu förstår vi varandra ännu bättre.

När Wallander senare tänkte tillbaka på alla de timmar han kom att tillbringa i det tysta köket, med katten oavbrutet sovande bland blomkrukorna, och solens strålar som långsamt flyttade sig över vaxduken för att till slut helt försvinna, hade han förundrat sig över att tiden gått så fort, att dagen varit så kort. De hade börjat sitt samtal klockan tio och när han till slut bröt upp hade det redan blivit kväll. Vid några tillfällen hade de gjort avbrott, hon hade lagat lunch till honom och den åldrige fadern hade underhållit Wallander med berättelser från sin tid som befälhavare på olika fartyg som gått i kustfart längs östersjökusten, med sällsynta långresor till de baltiska staterna och Polen som undantag. Efter avbrotten för mat och kaffe hade de åter varit ensamma i köket, och hon hade fortsatt att berätta om sitt arbete. Wallander avundades henne. De sysslade båda med utredningar, de tillbringade sin tid i närheten av brott och mänskligt elände. Men skillnaden var att hon strävade efter att avslöja i förebyggande syfte, medan Wallander hela tiden var sysselsatt med att städa upp i det redan fullbordade.

Men mest av allt skulle han minnas dagen i hennes kök som en resa in i ett okänt land, där människor och kroppsdelar förvandlats till varor på en marknad, där alla moraliska hänsyn tycktes ha försvunnit. Han insåg att omfattningen av handeln med kroppsdelar, om hon hade rätt i sina antaganden, var så stor att det nästan blev obegripligt. Men det som skakade honom mest var att hon också menade sig kunna förstå de som dödade friska människor, ofta unga, för att kunna sälja delar av deras kroppar.

– Det är en bild av världen, sa hon. Så ser den ut, antingen vi vill det eller inte. En människa som är tillräckligt fattig är beredd att göra vad som helst för att värna sitt liv, hur eländigt det än är. Hur ska vi kunna uttala en moralisk förkastelsedom över det? När förutsättningarna är oss så främmande? I slumområdena utanför städer som Rio eller Lagos, Calcutta eller Madras kan du ställa dig i ett gathörn och hålla upp trettio dollar och säga att du önskar komma i kontakt med nån som är beredd att döda en människa. Inom loppet av en minut har du fått en lång kö av villiga skarprättare. Och dom frågar inte efter vem det är dom ska döda, dom undrar inte över varför. Men dom är beredda att göra det för tjugo dollar, kanske tio. Egentligen anar jag en avgrund i det jag håller på med. Jag förstår min egen upprördhet, min egen förtvivlan. Men jag inser också att allt jag gör kan vara meningslöst så länge världen ser ut som den gör.

Wallander hade för det mesta suttit tyst. Då och då hade

han ställt en fråga för att bättre förstå. Det var hon som hade talat, han hade insett att hon verkligen försökte dela med sig av allt hon visste, eller anade, eftersom det var mycket lite som kunde bevisas.

Och sedan, efter de många timmarna, hade det tagit slut.

– Mer vet jag inte, hade hon sagt. Men om det kan hjälpa dig är det bra.

– Jag vet ju inte ens om jag har rätt i min utgångspunkt, hade Wallander svarat. Men om jag har det, vet jag att vi har spårat ett svenskt samband till den här fruktansvärda verksamheten. Om det går att stoppa kan det knappast vara annat än positivt?

– Naturligtvis inte, sa hon. Ett uppskuret lik mindre i ett sydamerikanskt dike är viktigare än allt annat.

Wallander lämnade Malmö först när klockan var närmare sju. Han insåg att han borde ha ringt till Ystad och sagt vad han höll på med. Men samtalet med Lisbeth Norin hade hållit honom fången.

Hon hade följt honom ner på gatan. Utanför parkeringshuset tog de avsked.

– En hel dag har du gett mig, sa Wallander. Och jag kan inte betala dig.

– Det är som det är, sa hon. Kanske får jag igen det senare.

– Jag kommer att höra av mig.

– Det räknar jag med. Oftast är jag i Göteborg. När jag inte är ute på resor.

Wallander körde in vid en grillkiosk i närheten av Jägersrö och åt. Hela tiden tänkte han på det hon hade berättat och han försökte placera in Alfred Harderberg i bilden, utan att lyckas.

Plötsligt undrade han om det egentligen fanns en lösning på varför de två advokaterna hade blivit dödade. Under alla sina år som polis hade han hittills varit förskonad från att uppleva att ett brottsfall där nån blivit dödad hade förblivit ouppklarat. Nu undrade han om han stod inför en dörr som aldrig skulle öppnas.

Han for mot Ystad genom höstkvällen med en molande

−trötthet i kroppen. Det enda han såg fram emot var att ringa till Linda när han hade kommit hem.

Men när Wallander steg in genom dörren till sin lägenhet märkte han genast att något inte var som när han hade lämnat den på morgonen. Han blev stående, vaksamt lyssnande ute i tamburen. Sen tänkte han att det bara var inbillning. Men känslan ville inte försvinna. Han tände ljuset i vardagsrummet, satte sig på en stol och såg sig runt i rummet. Ingenting var borta, ingenting tycktes förändrat. Han reste sig och gick in i sovrummet. Den obäddade sängen var som han hade lämnat den. Den halvtomma kaffekoppen stod intill väckarklockan på nattygsbordet. Han fortsatte ut i köket. Återigen tänkte han att det bara var inbillning.

Det var först när han öppnade kylskåpsörren för att ta ut margarinet och en bit ost som han insåg att han hade haft rätt.

Han betraktade det öppnade paketet med blodpudding. För detaljer kunde han ha ett nästan fotografiskt minne. Han visste att han hade lagt det på den tredje av de fyra hyllorna inne i kylskåpet.

Nu låg paketet på andra hyllan.

Någon hade öppnat kylskåpsdörren, paketet med blodpudding hade legat långt ut, det kunde ha ramlat ner på golvet, det hade hänt honom själv. Någon hade sedan av misstag lagt tillbaka det på fel hylla.

Han tvivlade inte på att han mindes rätt.

Någon hade varit inne i hans lägenhet under dagen. Och den som hade varit där hade också öppnat hans kylskåp, för att leta eller för att gömma något, och därvid gjort misstaget att lägga tillbaka blodpuddingen på fel hylla.

Först tyckte han att det hela var komiskt.

Sen stängde han hastigt kylskåpsdörren och lämnade lägenheten.

Han insåg att han var rädd.

Ändå tvingade han sig att tänka klart.

De finns i närheten, tänkte han. Jag ska låta dom tro att jag är kvar i lägenheten.

Han gick inte ut genom porten mot gatan utan fortsatte ner

i källaren. På baksidan av huset fanns en port till soprummetsom han försiktigt låste upp och öppnade. Han såg ut över
den tomma parkeringsplatsen som bredde ut sig bakom huset. Allt var mycket tyst. Han stängde porten bakom sig och
gled in i skuggorna vid husväggen. Sakta närmade han sig
hörnet mot Mariagatan. Han gick ner på knä och kikade försiktigt fram bakom stuprännan.

Bilen stod parkerad ungefär tio meter bakom hans egen
med avslagen motor och släckta lyktor. Han skymtade en
man som satt bakom ratten. Om det fanns någon mer i bilen
kunde han inte avgöra.

Han drog tillbaka huvudet och reste sig upp. Någonstans
ifrån kunde han höra ljudet från en högt uppskruvad teve.

Han funderade febrilt över vad han skulle göra.

Sedan bestämde han sig.

Han började springa över den tomma parkeringsplatsen.

Vid det första gathörnet svängde han till vänster och var
borta.

14

Återigen trodde Kurt Wallander att han snart skulle dö.

Redan när han hade kommit fram till Blekegatan märkte han att han hade blivit andfådd. Från Mariagatan hade han följt Oskarsgatan, det hade inte varit någon lång sträcka och han hade inte sprungit särskilt fort. Ändå rev den råa höstluften honom i lungorna och hjärtat pumpade. Han tvingade sig att sakta ner farten, han sprang inte längre, rädd att hjärtat skulle ta slut. Känslan av att ingenting orka gjorde honom plötsligt mer upprörd än upptäckten att någon hade varit inne i hans lägenhet och nu satt och övervakade honom i en bil ute på gatan. Men han tvingade undan tanken, det var rädslan som egentligen gjorde honom upprörd, rädslan han så tydligt kände igen från året innan, och den ville han inte ha tillbaka. Den hade det tagit honom nästan ett år att bli fri ifrån, han hade trott att han för gott hade lyckats begrava den på stränderna vid Skagen, men nu var den tillbaka igen.

På nytt började han springa, det var nu inte långt kvar till huset vid Lilla Norregatan, där Svedberg bodde. Han hade sjukhuset på höger sida, sedan svängde han ner mot centrum igen, en trasig löpsedel hängde vid kiosken på Stora Norregatan, sedan svängde han höger och strax därpå vänster och han såg att det lyste i fönstren till taklägenheten där Svedberg bodde.

Wallander visste att där ofta var lampor tända hela natten. Svedberg var mörkrädd, kanske det till och med var därför han en gång hade valt att söka sig till polisyrket, för att råda bot på sin rädsla. Men fortfarande lyste det under natten i hans lägenhet, hans yrke hade inte hjälpt honom.

Alla är rädda, tänkte Wallander, poliser eller inte. Han nådde fram till porten och tryckte upp dörren. När han kom upp till översta våningen stod han stilla en lång stund för att hämta andan. Sedan ringde han på. Svedberg öppnade nästan genast. Han hade ett par läsglasögon uppskjutna i pannan och en kvällstidning i handen. Wallander visste att han skulle bli förvånad. Under alla år de hade arbetat tillsammans hade Wallander kanske besökt honom två eller tre gånger, alltid efter att de först hade avtalat att mötas.

– Jag behöver din hjälp, sa Wallander när den förvånade Svedberg hade släppt in honom i tamburen och stängt dörren.

– Du ser ju helt färdig ut, sa Svedberg. Vad är det som har hänt?

– Jag har sprungit, sa Wallander. Men jag vill att du ska följa med mig. Det tar inte lång tid. Var har du din bil?

– Den står här nere på gatan.

– Vi ska köra hem till mig på Mariagatan, sa Wallander. Strax innan vi kommer fram släpper du av mig. Du vet hur den bil ser ut som jag använder just nu. En polis-Volvo.

– Den mörkblå eller den röda?

– Den mörkblå. Du kör in på Mariagatan. Bakom Volvon står en annan bil parkerad. Du kan inte ta miste. Jag vill att du kör förbi och ser om det finns nån mer än föraren i bilen. Sen återvänder du dit där du släppte av mig. Det är allt. Efter det kan du åka hem till kvällstidningen igen.

– Ska vi inte göra nåt ingripande?

– Minst av allt. Jag vill bara veta hur många som finns i bilen.

Svedberg hade tagit av sig glasögonen och lagt ifrån sig tidningen.

– Vad är det som har hänt? frågade han igen.

– Jag tror att nån övervakar mitt hus, svarade Wallander. Jag vill bara veta hur många som finns i bilen. Sen gör vi inget mer. Men jag vill att den eller dom som finns i bilen ska tro att jag fortfarande är kvar i min lägenhet. Jag gick ut på baksidan.

– Jag är inte säker på att jag förstår det här, sa Svedberg. Är det inte bäst att vi gör ett ingripande? Vi kan kalla på folk.

– Du vet vad vi har bestämt, sa Wallander. Om det har med Alfred Harderberg att göra ska vi låtsas som om vi inte är speciellt vaksamma.

Svedberg skakade avvärjande på huvudet.

– Jag tycker inte om det här, sa han.

– Du ska bara köra in på Mariagatan och göra en iakttagelse, sa Wallander. Ingenting mer. Sen går jag upp i lägenheten. Jag ringer dig om det behövs.

– Du vet väl vad som är bäst, sa Svedberg och satte sig på en pall för att knyta skorna.

De gick ner på gatan och satte sig i Svedbergs Audi. De for förbi Stortorget, nerför Hamngatan och svängde vänster på Österleden. När de kom till Borgmästaregatan svängde de åter vänster. I höjd med Tobaksgatan bad Wallander Svedberg stanna.

– Jag väntar här, sa han. Bilen står ungefär tio meter bakom den mörkblå Volvon.

Mindre än fem minuter senare var Svedberg tillbaka. Wallander satte sig i bilen igen.

– Det var bara en person i bilen, sa Svedberg.

– Är du säker?

– Där var bara föraren. Jag är säker.

– Tack för hjälpen. Då kan du åka hem igen. Jag går härifrån.

Svedberg betraktade honom bekymrat.

– Varför är det så viktigt att veta hur många som finns i bilen? frågade han.

Wallander insåg att han hade glömt att förbereda sig på den frågan. Han var så inställd på det han hade bestämt sig för att göra att han hade förbisett den naturliga undran som Svedberg kom med.

– Jag har sett den där bilen tidigare, ljög han. Då var det två män i den. Är det bara föraren så kan det betyda att den andre mannen finns i närheten.

Han hörde att den förklaring han gav var dålig. Men Svedberg gjorde inga invändningar.

– FHC 803, sa han. Men det har du väl redan skrivit upp?

– Ja, sa Wallander. Jag ska undersöka med bilregistret. Det behöver du inte bry dig om. Åk hem nu. Vi ses i morgon.

– Är du säker på att allt är som det ska? frågade Svedberg.

– Tack för hjälpen, upprepade Wallander.

Han steg ur bilen och väntade tills Svedberg hade försvunnit på Österleden. Sedan gick han mot Mariagatan. Nu när han hade blivit ensam kände han hur upprördheten återvände, den motbjudande känslan att rädslan gjorde honom svag.

Han gick in genom porten på baksidan och undvek att tända trappljuset när han återvände till lägenheten. Genom att klättra upp på toalettsitsen och häva sig på tå kunde han se ner på gatan genom badrummets lilla fönster. Bilen stod kvar. Wallander gick ut i köket. Hade de velat spränga mig i luften hade de gjort det redan nu, tänkte han. Nu avvaktar de att jag ska gå och lägga mig, att ljusen ska slockna.

Han väntade tills klockan hade blivit närmare midnatt. Då och då återvände han till badrummet och kontrollerade att bilen stod kvar. Sedan släckte han lyset i köket och tände lampan i badrummet. Efter tio minuter släckte han i badrummet och tände i sovrummet. Efter ytterligare tio minuter släckte han även där. Sedan lämnade han hastigt lägenheten, kom ut på parkeringsplatsen och ställde sig sedan vid stuprännan i hörnet och väntade. Han ångrade att han inte hade satt på sig en varmare tröja. Det hade börjat blåsa och vinden var kall. Han rörde försiktigt på fötterna för att hålla värmen. När klockan hade blivit ett hade ingenting hänt annat än att Wallander varit tvungen att pissa mot husväggen. Allt var mycket tyst, bortsett från ljuden av enstaka bilar som passerade på gator i närheten.

Klockan hade blivit tjugo minuter i två när han plötsligt stelnade till. Han hade hört ett ljud från gatan. Han kikade försiktigt fram bakom stuprännan. Bildörren vid förarplatsen hade öppnats. Kupéljuset hade dock inte tänts. Efter några sekunder steg bilföraren ut och stängde dörren försiktigt bakom sig. Mannens rörelser var mycket vaksamma. Hela tiden höll han uppsikt mot lägenheten.

Mannen var klädd i mörka kläder. Avståndet var så stort att Wallander inte kunde urskilja detaljer i hans ansikte. Ändå visste han att han hade sett mannen tidigare. Han försökte komma ihåg var. Mannen gick hastigt över gatan och försvann in genom porten.

I samma ögonblick mindes Wallander var han hade sett honom tidigare. Det var en av de män som vid två tillfällen hade gömt sig i skuggorna i den stora trapphallen på Farnholms slott. Det var en av Alfred Harderbergs skuggor. Och nu var denne man på väg uppför trapporna till hans lägenhet, kanske för att döda honom. Det var som om han låg i sin säng trots att han befann sig ute på gatan.

Jag står och bevittnar min egen död, tänkte han.

Han tryckte sig mot stuprännan och väntade. Klockan hade blivit tre minuter över två när porten ljudlöst öppnades och mannen kom ut på gatan igen. Han såg sig om och Wallander ryggade tillbaka. Sedan hörde han hur bilen försvann med en rivstart.

Han kommer att rapportera till Alfred Harderberg, tänkte Wallander. Men han kommer inte att säga sanningen eftersom han inte kan förklara hur jag i ena ögonblicket befinner mig i lägenheten, släcker lyset och lägger mig men sedan inte finns där längre.

Wallander kunde dock inte utesluta att mannen hade lämnat någonting efter sig i lägenheten. Därför satte han sig i bilen och körde upp till polishuset. De poliser som var i natt-tjänst hälsade förvånat på honom när han kom in i receptionen. Han letade reda på en madrass som han visste fanns i ett rum i källaren och sträckte sedan ut sig på golvet i sitt kontor. Klockan var över tre och han var mycket trött. Han visste att han nu måste sova om han skulle kunna tänka klart. Men den mörkklädde mannen följde honom in i sömnen.

Strax efter fem vaknade Wallander genomsvettig av de förvirrade mardrömmarna. Han blev liggande och tänkte på vad Lisbeth Norin hade berättat. Sedan steg han upp och hämtade kaffe som var beskt efter att ha stått på hela natten. Han ville fortfarande inte återvända till sin lägenhet. Han duschade nere i omklädningsrummet. Strax efter sju satt han vid sitt skrivbord igen. Det var onsdagen den 24 november. Han påminde sig vad Ann-Britt Höglund hade sagt några dagar tidigare: »Det är som om vi har allting men inte kan se hur det passar ihop.«

Det är det vi ska börja med nu, tänkte Wallander. Att få bitarna att hänga samman.

Han slog numret till Sven Nyberg i bostaden. Det var Nyberg själv som svarade.

– Vi måste träffas, sa Wallander.

– Jag sökte dig i går, svarade Nyberg. Ingen visste var du var. Men vi har nyheter.

– Vilka vi?

– Ann-Britt Höglund och jag.

– Om Avanca?

– Jag tog henne till hjälp. Jag är tekniker, inte utredare.

– Vi ses på mitt kontor så fort du kan. Jag ringer Ann-Britt.

En halvtimme senare satt Nyberg och Ann-Britt Höglund i hans rum. Svedberg stack in huvudet och såg frågande på Wallander.

– Behövs jag? frågade han.

– FHC 803, sa Wallander. Jag har inte hunnit undersöka med bilregistret. Kan du göra det åt mig?

Svedberg nickade och stängde dörren.

– Avanca, sa han sedan.

– Vänta dig inte för mycket, sa Ann-Britt Höglund. Vi har bara haft en dag på oss att undersöka företaget och ägarförhållandena. Men att det inte längre är ett familjeföretag i Romans ägo har vi kunnat konstatera. Familjen lånar ut sitt namn och sitt renommé och har fortfarande vissa andelar, förmodligen ganska stora. Men Avanca ingår sen några år i ett konsortium av olika företag som på skilda sätt har med läkemedelstillverkning, hälsovård och sjukhusutrustningar att göra. Det är oerhört komplicerat, företagen går in och ut i varandra. Paraplyet för hela konsortiet är ett holdingbolag som har sitt säte i Liechtenstein. Det heter Medicom och är i sin tur uppdelat mellan olika ägargrupper. Där finns bland annat ett brasilianskt företag som huvudsakligen sysslar med produktion och export av kaffe. Men vad som är betydligt intressantare är att Medicom har direkta finansiella relationer med Bayerische Hypotheken- und Wechsel-Bank.

– Varför är det intressant? frågade Wallander som redan tyckte sig ha förlorat spåret efter Avanca.

– Därför att Alfred Harderberg äger en plastfabrik i Genua, fortsatte hon. De framställer snabbgående motorbåtar.

– Nu förstår jag ingenting, sa Wallander.

– Det kommer nu, sa Ann-Britt Höglund. Företaget i Genua som heter CFP vad det nu kan betyda, hjälper sina kunder att ordna finansieringen genom nån form av leasingkontrakt.

– Avanca, sa Wallander. Jag bryr mig inte om italienska plastbåtar just nu.

– Det kanske du borde göra, sa Ann-Britt Höglund. CFP:s leasingkontrakt görs upp i samarbete med Bayerische Hypotheken- und Wechsel-Bank. Där finns med andra ord faktiskt en koppling till Alfred Harderbergs imperium. Den första vi verkligen har hittat under hela den här utredningen.

– Det här låter helt otroligt i mina öron, sa Wallander.

– Det kan finnas ännu närmare samband, sa hon. Vi måste få hjälp av ekorotlarna med det här. Jag förstår knappast själv vad jag håller på med.

– Jag tycker det är imponerande, sa Nyberg som hittills suttit tyst. Dessutom kanske vi borde undersöka om den där plastfabriken i Genua tillverkar andra saker än snabbgående motorbåtar.

– Som till exempel kylväskor som är avsedda för transporter av transplantationsorgan? frågade Wallander.

– Till exempel.

Det blev tyst i rummet. De betraktade varandra. Alla visste vad det Nyberg hade sagt kunde betyda.

Wallander tänkte efter innan han fortsatte.

– Om det här stämmer, sa han, så kan det innebära att Alfred Harderberg på nåt sätt är inblandad både i tillverkningen och importen av de här plastväskorna. Han kan ha den fulla kontrollen, trots att allt vid första anblicken verkar vara en enda härva av företag som är kopplade med varandra. Kan det verkligen vara möjligt att brasilianska kaffeproducenter har nåt med ett litet företag i Södertälje att göra?

– Det är inte konstigare än att amerikanska biltillverkare också tillverkar rullstolar, sa Ann-Britt Höglund. Bilar leder till bilolyckor som i sin tur leder till ett ökat behov av rullstolar.

Wallander slog ihop händerna och reste sig från stolen.

– Nu ska vi öka trycket på den här utredningen, sa han. Kan du Ann-Britt se till att dom ekonomiska experterna gör nån sorts uppförstorad väggplan över hur Alfred Harderbergs verksamhet egentligen ser ut. Jag vill att allt ska finnas där. Plastbåtar i Genua, ridhästar på Farnholms slott, allt vi hittills känner till. Och du Nyberg ägnar dig åt den där plastväskan. Var kommer den ifrån, hur kan den ha hamnat i Gustaf Torstenssons bil.

– Då spräcker vi den plan vi har haft, invände Ann-Britt Höglund. Alfred Harderberg kommer att få veta att vi börjar undersöka ett av hans företag i detalj.

– Inte alls, svarade Wallander. Det är hela tiden fråga om rutinförfrågningar. Inget dramatiskt. Dessutom ska jag tala med Björk och Åkeson om att det är på tiden att vi ordnar en presskonferens. Det blir i så fall första gången jag tar ett sånt initiativ. Men jag tror det vore bra om vi hjälpte hösten att sprida lite dimmor.

– Jag hörde att Per fortfarande ligger hemma och är förkyld, sa Ann-Britt Höglund.

– Jag ska ringa honom, sa Wallander. Nu ökar vi trycket. Då får han komma hit, antingen han är förkyld eller inte. Ge besked till Martinsson och Svedberg om att vi träffas klockan två i dag.

Wallander hade bestämt sig för att vänta med att berätta om det som hade hänt under natten tills de alla var samlade.

– Nu börjar vi, sa han.

Nyberg lämnade rummet. Wallander bad Ann-Britt Höglund dröja sig kvar. Han berättade om att han tillsammans med Sten Widén hade lyckats placera en stallflicka på Farnholms slott.

– Din idé var bra, sa han. Vi får se om det kan ge nånting. Vi ska kanske inte vänta oss för mycket.

– Bara ingenting händer henne, sa hon.

– Flickan ska sköta hästar, sa Wallander. Och hålla ögonen öppna. Det är allt. Vi får inte drabbas av hysteri. Alfred Harderberg kan inte misstänka alla i sin omgivning för att vara förklädda poliser.

– Jag hoppas du har rätt, sa hon.

– Hur går det med flygplanets färdplaner?

– Jag håller på, sa hon. Men i går tog Avanca all min tid.

– Du har gjort ett bra jobb, sa Wallander.

Han märkte att hon blev glad över hans ord. Vi är alldeles för snåla med beröm åt varandra, tänkte Wallander. Däremot kan vi vara generösa i oändlighet med kritik och skvaller.

– Det var bara det, sa han.

Hon lämnade rummet. Wallander ställde sig vid fönstret och frågade sig vad Rydberg skulle ha gjort i hans ställe. Men för en gångs skull var det som om han inte tyckte sig ha tid att lyssna på den döde vännens svar. Han måste tro att det sätt han styrde utredningen på var det rätta.

Under resten av förmiddagen utvecklade Wallander en våldsam energi. Han övertygade Björk om vikten av att kalla till en presskonferens dagen efter. Han lovade också Björk att själv ta hand om journalisterna efter att ha samrått med Per Åkeson om vad de skulle säga.

– Det liknar inte dig att självmant ropa på massmedia, sa Björk.

– Jag kanske håller på att bli en bättre människa, svarade Wallander. Det sägs ju att det aldrig är för sent.

Efter samtalet med Björk ringde han hem till Per Åkeson. Det var hans hustru som svarade och hon var ovillig att låta honom tala med mannen som låg till sängs.

– Har han feber? frågade Wallander.

– Är man sjuk så är man, svarade hustrun avvisande.

– Det kan inte hjälpas, envisades Wallander. Jag måste tala med honom.

Efter några minuter hörde han Per Åkesons trötta röst i telefonen.

– Jag är sjuk, sa han. Influensa. Jag har suttit på toaletten hela natten.

– Jag skulle inte störa om det inte var viktigt, sa Wallander. Men jag skulle behöva ha dig här en stund i eftermiddag. Vi kan skicka en bil och hämta dig.

– Jag kommer, svarade Per Åkeson. Men jag tar en taxi.

– Vill du jag ska förklara varför det är viktigt?

– Vet du vem som dödade dom?

– Nej.

– Vill du att jag ska godkänna ett anhållande av Alfred Harderberg?

– Nej.

– Då räcker det om jag får höra när jag kommer i eftermiddag.

Efter samtalet med Per Åkeson ringde Wallander till Farnholms slott. En kvinna vars röst han inte kände igen från tidigare svarade. Wallander presenterade sig och bad att få tala med Kurt Ström.

– Han är inte i tjänst förrän till kvällen, svarade kvinnan. Men ni kan naturligtvis söka honom i hans bostad.

– Jag antar att ni inte är villig att ge mig hans telefonnummer, sa Wallander.

– Varför skulle vi inte göra det?

– Jag tänkte att det möjligen stred mot era detaljerade säkerhetsföreskrifter?

– Inte alls, svarade kvinnan och gav honom telefonnumret.

– Hälsa herr Harderberg och tacka för senast, sa Wallander.

– Han befinner sig i New York.

– Ni kan framföra hälsningen när han kommer tillbaka. Han kanske inte är borta länge?

– Vi räknar med att han återvänder i övermorgon.

När Wallander hade avslutat samtalet tänkte han att något hade förändrats. Han undrade om Alfred Harderberg hade gett besked om att förfrågningar från Ystadspolisen skulle bemötas positivt och inte med den vanliga avvisande hållningen.

Wallander slog telefonnumret till Kurt Ström. Han lät många signaler gå fram men fick inget svar. Han ringde ut till receptionen och bad Ebba ta reda på vad Kurt Ström hade för adress. Medan han väntade hämtade han en kopp kaffe. Han påminde sig att han fortfarande inte hade tagit kontakt med Linda som han lovat sig själv. Men han bestämde sig för att låta det bero till kvällen.

Strax före halv tio lämnade Wallander polishuset och for mot Österlen. Ebba hade då kunnat ge honom beskedet att Kurt Ström bodde på en mindre avstyckad gård i närheten av Glimmingehus. Ebba som kände området kring Ystad och Österlen bättre än de flesta hade ritat en karta åt honom. Kurt Ström hade inte svarat när han ringde. Men Wallander hade ändå en känsla av att han skulle hitta honom på gården. Medan han körde genom Sandskogen gick han i huvudet igenom vad Svedberg kunnat berätta om händelserna i samband med att Kurt Ström avskedades från poliskåren. Wallander försökte föreställa sig vilken reaktion han skulle möta. Vid några få tillfällen hade Wallander konfronterats med polismän som varit svarande i olika brottmål. Han mindes händelserna med olust. Men han insåg också att han inte kom förbi det samtal han skulle ha.

Ebba hade ritat en karta som han inte hade några svårigheter att följa. När han stannade var det utanför en liten vitkalkad skånelänga som låg för sig själv på Glimmingehus östsida. Huset var inbäddat i en trädgård som säkert var mycket vacker på våren och sommaren. När bilen stannade började två schäfrar skälla i en stålbur. Eftersom det stod en bil i det öppna garaget antog Wallander att han hade gissat rätt. Kurt Ström skulle vara hemma. Han behövde heller inte vänta länge. Kurt Ström kom gående från baksidan av huset. Han var klädd i en overall och hade en murslev i ena handen. När han fick syn på Wallander tvärstannade han.

– Jag hoppas jag inte kommer och stör, sa Wallander. Jag försökte ringa. Men jag fick inget svar.

– Jag håller på att laga sprickor i grundmuren, sa Kurt Ström. Varför kommer du?

Wallander märkte att Kurt Ström var på sin vakt.

– Jag har nåt att fråga dig om, sa han. Kanske du kan få tyst på hundarna?

Kurt Ström ropade till de två schäfrarna som omedelbart tystnade.

– Vi kan gå in, sa han.

– Det behövs inte, svarade Wallander. Vi kan stanna här ute. Det kommer att gå fort.

Han såg sig runt i den lilla trädgården.

– Här bor du fint. Det är annat än en lägenhet inne i Malmö.

– Jag bodde bra där med. Men det här är närmare till jobbet.

– Det verkar som om du bor ensam här? Jag hade för mig att du var gift?

Kurt Ström såg på honom med stela ögon.

– Vad har du med mitt privatliv att göra?

Wallander slog ursäktande ut med armarna.

– Ingenting, sa han. Men du vet hur det är med gamla kollegor. Man frågar hur det står till med familjen.

– Jag är inte din kollega, svarade Kurt Ström.

– Men en gång var du det. Inte sant?

Wallander hade bytt ton. Han var ute efter en konfrontation. Han visste att det enda Kurt Ström hade respekt för var hårdhet.

– Jag antar att du har kommit hit för att tala om nåt annat än min familj.

Wallander såg på honom och log.

– Ja, sa han. Det har jag. Det var bara av ren hövlighet jag påminde dig om att vi var kollegor en gång.

Kurt Ström hade blivit alldeles vit i ansiktet. Ett kort ögonblick fruktade Wallander att han hade gått för långt, att Kurt Ström skulle slå till honom.

– Vi glömmer det, sa Wallander. Låt oss hellre tala om den 11 oktober. En måndagskväll. För sex veckor sen. Du vet vilken kväll jag menar?

Kurt Ström nickade avvaktande utan att säga någonting.

– Egentligen har jag bara en fråga, fortsatte Wallander. Men låt oss klargöra en viktig förutsättning innan du svarar. Jag kommer inte att acceptera att du undviker att svara genom att hävda att du bryter mot några säkerhetsbestämmelser på Farnholms slott. Om du gör det, då kommer jag att ställa till ett sånt helvete för dig, att du inte inte ens kan drömma om det.

– Du kan inte göra mig nånting, sa Kurt Ström.

– Är du alldeles säker på det? sa Wallander. Jag kan ta in

dig till Ystad, jag kan ringa till slottet tio gånger om dagen och be att få tala med Kurt Ström. Dom kommer att få en känsla av att polisen är alltför intresserad av deras vaktchef. Frågan är om dom ens känner till ditt förflutna. Det kommer att bli besvärande för dom. Jag tror knappast Alfred Harderberg är intresserad av att lugnet och stillheten på Farnholm bryts.

– Du kan dra åt helvete, sa Kurt Ström. Försvinn härifrån innan jag kastar ut dig genom grinden.

– Jag vill ju bara att du svarar på en fråga om kvällen den 11 oktober, fortsatte Wallander oberört. Och jag kan lova dig att det stannar oss emellan. Är det verkligen värt att riskera den tillvaro du har? Såvitt jag minns sa du att du trivdes utmärkt när vi möttes vid slottsgrindarna.

Wallander märkte att Kurt Ström blev osäker. Fortfarande var hans ögon hatiska. Men Wallander insåg att han skulle få sitt svar.

– En enda fråga, sa han. Och ett svar. Som är sant. Sen ska jag åka härifrån. Du kan fortsätta att laga din grundmur och glömma att jag nånsin har varit här. Du kan fortsätta att vakta grindarna vid Farnholms slott tills du dör. En enda fråga. Och ett svar.

Ett flygplan for förbi på hög höjd. Wallander tänkte att det kanske var Alfred Harderbergs Gulfstream som redan var på väg tillbaka från New York.

– Vad är det du vill veta? frågade Kurt Ström.

– Den 11 oktober på kvällen, sa Wallander. Gustaf Torstensson lämnade Farnholms slott exakt klockan 14 minuter över åtta enligt den datautskrift över grindkontrollen som jag har sett. Den kan naturligtvis vara förfalskad. Men låt oss utgå från att den stämmer. Vi vet trots allt med säkerhet att han lämnade Farnholms slott. Min fråga till dig, Kurt Ström, är mycket enkel. Var det nån bil som lämnade Farnholms slott mellan det att Gustaf Torstensson kom och det han for?

Kurt Ström sa ingenting. Sedan nickade han långsamt.

– Det var första delen av frågan, sa Wallander. Nu kommer den andra och sista delen av samma fråga. Vem var det som lämnade slottet?

– Jag vet inte.

– Men du såg en bil?

– Jag har redan svarat på mer än en fråga.

– Prata inte skit, Ström. Det är fortfarande samma fråga. Vad var det för bil? Och vem satt i bilen?

– Det var en av slottets bilar. En BMW.

– Vem satt i bilen?

– Det vet jag inte.

– Du kommer att få ett helvete om du inte svarar!

Wallander märkte att han inte behövde spela sin ilska. Den kom av sig själv.

– Det är sant. Jag vet inte vem som satt i bilen.

Wallander insåg att Kurt Ström talade sant. Han borde ha förstått det genast.

– Därför att den hade färgat glas, sa Wallander. Där man inte kan se vem som sitter inne i bilen?

Kurt Ström nickade.

– Nu har du fått ditt svar, sa han. Nu kan du dra åt helvete.

– Det är alltid trevligt att träffa gamla kollegor, sa Wallander. Och du har alldeles rätt i att det är dags för mig att ge mig iväg. Tack för samtalet.

Hundarna började skälla när han vände Kurt Ström ryggen och återvände till sin bil. När han for därifrån stod Kurt Ström orörlig på gårdsplanen och såg efter honom. Wallander märkte att han hade blivit svettig under skjortan. Han visste att Kurt Ström kunde vara våldsam.

Men han insåg också att han hade fått ett tänkbart svar på det som så länge hade oroat honom. Att utgångspunkten för allt det som hade hänt låg i frågan om vad som skett den där oktoberkvällen när Gustaf Torstensson dog, ensam i sin bil. Nu anade han hur det hela hade gått till. Under det att Gustaf Torstensson satt i en av de djupa läderfåtöljerna och samtalade med Alfred Harderberg och de två italienska bankirerna hade en bil lämnat Farnholm för att vara beredd att ta hand om den gamle advokaten när han for hem. På något sätt, med våld eller list eller övertygande vänlighet, hade de fått honom att stanna bilen på den ödsliga, väl utvalda vägsträckan. Wallander kunde inte svara på om beslutet att Gustaf Torstensson inte skulle tillåtas återvända hem hade tagits samma kväll eller om det hade varit bestämt redan tidigare. Men nu såg han ändå konturerna av en förklaring.

Han tänkte på männen i skuggorna i den stora trapphallen. Plötsligt rös han över hela kroppen. Han tänkte på händelserna under natten.

Utan att märka det trampade han högerfoten allt hårdare på gaspedalen. När han närmade sig Sandskogen körde han så fort att han i en kontroll omedelbart skulle ha fått sitt körkort indraget. Han bromsade hastigt ner. När han kommit in till Ystad stannade han vid Fridolfs Konditori och drack kaffe. Han visste vad Rydberg skulle ha gett honom för råd.

Tålamod, skulle han ha sagt. När stenarna börjar rulla nerför branten är det viktigt att inte genast springa efter, att dras med. Stå kvar och se dem rulla, se var de lägger sig tillrätta, skulle han ha sagt.

Just det, tänkte Wallander.

Just så ska vi gå vidare.

Under de dagar som följde fick Wallander ännu en gång bekräftat att han var omgiven av ett antal medarbetare som inte sparade sig när deras insats verkligen behövdes. Trots att de redan tidigare hade arbetat intensivt var det ingen som protesterade när Wallander menade att de nu måste öka insatsen ytterligare. Det hade börjat redan på onsdagseftermiddagen när Wallander hade samlat spaningsgruppen i sammanträdesrummet och Per Åkeson hade suttit med trots att han var magsjuk och febrig. Alla hade varit överens om att kartläggningen av Alfred Harderbergs världsomspännande imperium skulle fortsätta med största brådska och noggrannhet. Per Åkeson grep under pågående sammanträde en telefon och ringde ekorotlarna i Malmö och Stockholm. De övriga i rummet hade med förundran hört honom beskriva ökade insatser och största tänkbara prioritet av denna kartläggning som nästan en fråga om rikets överlevnad. När Per Åkeson hade avslutat sina samtal hade en spontan applåd brutit ut. På hans inrådan hade de också bestämt att de själva skulle fortsätta att koncentrera sig på Avanca utan att de för den skull behövde riskera att hamna på kollisionskurs med de ekonomiska experternas arbete. Wallander hade i detta sammanhang också slagit fast att Ann-Britt Höglund var den lämpligaste att hålla i detta arbete. Ingen hade haft nånting att invända och från det ögonblicket var Ann-Britt Höglund inte längre en ung nykomling utan en fullvärdig medlem av spaningskollektivet. Svedberg övertog en del av hennes tidigare uppgifter, inte minst arbetet med att få fram Gulfstreamens färdplaner. Det hade utbrutit en diskussion mellan Wallander och Per Åkeson om det verkligen var en tillräckligt värdefull informationskälla för att offra möda på. Wallander hade hävdat att de förr eller senare skulle behöva känna till Alfred Harderbergs utflykter i de övre luftlagren, inte minst under de dagar morden hade begåtts. Per Åkeson hade invänt att om det nu var sannolikt Alfred Harderberg som låg bakom det som hade hänt, hade han tillgång till de mest sofistikerade kommunikationsmedel som existerade. Det innebar att han kunde ha kontakt med Farnholms slott antingen han var luftburen i Gulfstreamen över Atlanten eller, som exempel, befann sig i den australiska öknen, där han enligt de ekonomiska experterna påstods ha betydande gruvintressen. Wallander hade insett att Per Åkeson hade rätt och var just på väg att ge sig, när det istället var Per Åkeson som slog ut med armarna och sa att han bara hade velat framföra sina åsikter och inte ville lägga några hinder i vägen för det arbete som redan var påbörjat. När det gällde stallflickan Sofias entré på arenan gjorde Wallander en presentation som Ann-Britt Höglund sedan i avskildhet berömde honom för. Wallander hade insett att inte bara Björk och Per Åkeson skulle kunna komma att protestera, utan att även Martinson och Svedberg skulle kunna ha invändningar mot bruket av en främmande person i utredningen. Utan att ljuga, men utan att heller vara alldeles sanningsenlig, meddelade Wallander bara att de av en tillfällighet hade fått en extra informationskälla på Farnholms slott, en hästskötare som Wallander personligen kände sedan tidigare. Han gav informationen i förbifarten, just när ett fat med smörgåsar hade kommit in på bordet i sammanträdesrummet och ingen egentligen lyssnade på vad han sa med mer än ett halvt öra. I det tysta utväxlade han blickar med Ann-Britt Höglund och han såg att hon hade genomskådat hans uppsåt.

Efteråt, när smörgåsarna var uppätna och rummet vädrat, hade Wallander berättat om sin upptäckt att han varit övervakad natten innan. Han hade dock inte sagt att den ensamme mannen i bilen även hade gått upp till hans lägenhet. Han hade varit rädd för att den upplysningen skulle kunna få Björk att bromsa och lägga säkerhetsmässiga begränsningar på deras fortsatta abete. Det var också då Svedberg kunde lämna den förbluffande upplysningen att bilen var registrerad på en person som bodde i Östersund och var uppsyningsman på en stugby i de jämtländska fjällen. Wallander fortsatte att mana på, mannen skulle undersökas, liksom stugbyn. Ingenting hindrade att Alfred Harderberg samtidigt hade intressen i australisk gruvdrift och jämtländska vintersportanläggningar. Mötet slutade med att Wallander berättade om Kurt Ström. Efteråt var det mycket stilla i rummet.

– Det var den detalj vi behövde, sa Wallander senare till Ann-Britt Höglund. Poliser är praktiska personer. Den lilla detaljen, att en bil hade lämnat Farnholms slott innan Gustaf Torstensson påbörjade sin sista resa, gjorde att allt som var svävande och oklart äntligen fick en liten detalj att vila mot. Om det var så det hade gått till, och det kunde mycket väl vara så, hade vi också fått bekräftat att Gustaf Torstensson hade blivit mördad i en kallblodig och välplanerad operation. Då visste vi att vi skulle leta efter en lösning på nånting där inget var tillfälligt. Vi skulle söka efter svaret på ett medvetet uttänkt och välplanerat brott. Vi kunde glömma tillfälligheter och dramatiska passioner. Vi visste från och med det ögonblicket helt enkelt var vi inte skulle leta.

Spaningsgruppens möte hade upplösts i en stämning som Wallander upplevde som sammanbiten målmedvetenhet. Det var också exakt vad han hade hoppats på. Innan Per Åkeson återvände hem till sin säng hade han dröjt sig kvar tillsammans med Björk. De hade diskuterat presskonferensen dagen efter. Wallander hade menat att de utan att tala direkt osanning kunde hävda att de hade ett spår de följde men att de av spaningstekniska skäl för närvarande inte kunde vara tydligare.

– Men spåret, hade Per Åkeson sagt. Hur ska du beskriva det utan att Alfred Harderberg misstänker att det pekar mot Farnholms slott?

– En tragedi med upprinnelse i privatlivet, sa han.

– Det låter inte särskilt trovärdigt, invände Per Åkeson. Det är dessutom misstänkt lite för att kalla in till en presskonferens på. Men förbered dig noga. Du måste ha naturliga och bestämda svar på alla tänkbara frågor.

Efter sammanträdet for Wallander hem. Han hade överlagt med sig själv om det fanns risk att lägenheten skulle explodera när han satte nyckeln i låset. Men tiden hade varit alldeles för knapp. Mannen som gått upp till hans lägenhet hade inte burit någonting med sig, det var han säker på. Och tiden från det han försvann in genom porten tills han åter var ute på gatan kunde inte ha varit tillräcklig för att aptera en sprängladdning.

Ändå var det med olust han återvände hem. Han undersökte sin telefon för att se om där fanns någon avlyssningsanordning. Han hittade ingenting men bestämde sig för att från och med nu inte diskutera någonting som hade med Alfred Harderberg att göra hemifrån.

Sedan duschade han och bytte kläder.

På kvällen åt han middag på en pizzeria nere vid Hamngatan. Resten av kvällen använde han till att förbereda presskonferensen.

Då och då gick han fram till köksfönstret och såg ner på gatan. Men där fanns bara hans egen bil.

Presskonferensen gick lättare än vad Wallander hade trott. Det var också så att mordet på de två advokaterna inte ansågs ha nåt större allmänt intresse. Därför var tidningarna få, teve uteblev och lokalradion gjorde bara ett kortare inslag.

– Det här borde lugna Alfred Harderberg, sa Wallander till Björk när journalisterna hade lämnat polishuset.

– Om han inte läser våra avsikter, sa Björk.

– Han kan naturligtvis spekulera, sa Wallander. Men han kan aldrig vara helt säker.

När han kom tillbaka till sitt rum låg där en lapp på bordet att han skulle ringa till Sten Widén. Efter många signaler lyftes luren.

– Du hade ringt, sa Wallander.

– Hej Roger, sa Sten Widén. Vår vän Sofia ringde för en stund sen. Hon var i Simrishamn. Hon hade nåt att säga som jag tror bör intressera dig.

– Vad?

– Att hennes arbete tydligen är både tillfälligt och tidsbegränsat.

– Vad menar hon med det?

– Det verkar som om Alfred Harderberg planerar att lämna Farnholms slott.

Wallander blev stående med luren mot örat.

– Är du kvar? undrade Sten Widén.

– Ja, svarade Wallander. Jag är kvar.

– Det var bara det, sa Sten Widén.

Wallander satte sig i sin stol.

Känslan av att någonting var bråttom var åter mycket stark.

15

När kriminalpolisen Ove Hanson återkom till sin arbetsplats i Ystad på eftermiddagen den 25 november hade han varit frånvarande i över en månad. Han hade tillbringat tiden i Halmstad där han hade deltagit i en av Rikspolisstyrelsen anordnad fortbildning i datoriserad brottsbekämpning. När mordet på Sten Torstensson inträffade hade han tagit kontakt med Björk och frågat om han skulle avbryta utbildningen och återvända till Ystad. Men Björk hade sagt åt honom att fortsätta med det han höll på med. Det var också då Hanson insåg att Kurt Wallander hade återinträtt i tjänst. Från det hotell i Halmstad där han bodde hade han ringt hem till Martinson en kväll för att få veta om det verkligen var sant. Martinson hade kunnat bekräfta uppgiften och dessutom meddelat honom sin personliga uppfattning att Kurt Wallander tycktes vara mera vital än någonsin tidigare.

Ändå hade Hanson inte varit förberedd på det som mötte honom när han denna eftermiddag gick genom korridoren i Ystads polishus och stannade utanför det rum där han under Wallanders frånvaro hade haft sitt kontor men som nu hade återgått till den återkomne Wallander. Hanson knackade lätt på dörren och öppnade utan att vänta på svar. Han hajade till när han fick syn på Wallander och var på väg att retirera ut genom dörren. Ty Wallander stod mitt på golvet i rummet, han hade en stol lyft över huvudet och han stirrade på Hanson med något som kunde tydas som galenskap i ansiktet. Allt gick mycket fort och Wallander ställde genast ner stolen igen och återfick ett mer normalt ansiktsuttryck. Men bilden hade hunnit bränna sig fast i Hansons medvetande och han glömde den inte. Lång tid efteråt gick Hanson i det tysta, utan att tala med någon av kollegorna, och väntade på att galenskapen på allvar skulle bryta ut hos Wallander.

– Jag förstår att jag kommer oläjligt, sa Hanson när Wallander ställde ner stolen på golvet igen. Jag kom bara för att hälsa och säga att jag är tillbaka igen.

– Skrämde jag dig? sa Wallander. Det var verkligen inte meningen. Jag fick just ett telefonsamtal som gjorde mig upprörd. Det var bra att du kom. Annars hade jag nog slängt stolen i väggen.

Sedan satte de sig ner, Wallander bakom skrivbordet och Hanson på den stol som just klarat sig ifrån att krossas mot väggen. Hanson var den av kriminalpoliserna som Wallander kände minst, trots att de hade arbetat många år tillsammans. De var alltför olika till karaktär och sätt, de kunde ofta hamna i besvärliga diskussioner som mynnade ut i tröstlösa gräl. Ändå hade Wallander respekt för Hansons förmåga som polis. Han kunde vara korthuggen och tvär, svår att samarbeta med, men han var grundlig och envis, och kunde emellanåt förvåna sina kollegor med skickligt utförda analyser som bröt upp fastlåsta spaningslägen. Under den månad som gått hade Wallander flera gånger saknat Hanson. Han hade funderat över möjligheten att be Björk återkalla honom från Halmstad, men det hade stannat vid blotta tanken.

Wallander visste också att Hanson förmodligen var den av hans kollegor som minst skulle ha sörjt om Wallander aldrig hade återvänt till sin tjänst. Hanson var äregirig, något som inte nödvändigtvis behövde vara till nackdel för en polisman, men han hade aldrig accepterat att det var Wallander som ärvt den osynliga mantel som Rydberg lämnat efter sig. Den hade han ansett vara menad till honom själv. Men det hade inte blivit så och Wallander insåg att Hanson nog aldrig helt hade lyckats undvika att präglas av ovilja mot honom.

Det fanns också andra, omvända, inslag i bilden, som att Wallander kunde irritera sig kraftigt över att Hanson använde så mycket av sin tid till ett ursinnigt spelande på hästar. Hans skrivbord var ständigt fullt av travprogram och sinnrika systemförslag. Ibland hade Wallander tänkt att Hanson säkert använde halva sin arbetstid till att försöka räkna ut hur hundratals hästar på landets olika travbanor skulle kunna antas springa i förhållande till varandra under kommande löpdagar. Och Wallander visste att Hanson för sin del till exempel avskydde operamusik.

Men nu satt de mitt emot varandra och Wallander tänkte att det viktigaste var att Hanson var där igen. Han skulle bli en förstärkning och han skulle öka deras spaningskapacitet. Det var det enda som betydde någonting.

– Du kom tillbaka, sa Hanson. Det sista jag hörde var att du skulle sluta.

– Mordet på Sten Torstensson fick mig att tänka om, svarade Wallander.

– Och sen upptäcker du att också fadern blivit mördad, sa Hanson. Det vi hade avskrivit som en bilolycka.

– Det var skickligt dolt, sa Wallander. Egentligen var det nog mest tur att jag hittade det där stolsbenet i leran.

– Stolsbenet? sa Hanson undrande.

– Du måste få tid att sätta dig in i det hela, sa Wallander. Och du ska veta att du behövs. Inte minst efter det telefonsamtal jag just hade avslutat när du kom.

– Vad var det? frågade Hanson.

– Det verkar som om den man vi just nu koncentrerar all vår spaning kring har för avsikt att flytta. Vilket kommer att innebära stora problem för oss.

Hanson såg oförstående på honom.

– Jag ska sätta mig in i det hela, sa han sen.

– Jag skulle gärna ha gett dig en grundlig genomgång, sa Wallander. Men jag hinner inte. Tala med Ann-Britt. Hon är bra på att sammanfatta vad som är viktigt och utelämna det som saknar betydelse.

– Är hon? frågade Hanson.

Wallander såg undrande på honom.

– Är vad då? frågade han.

– Bra. Är Ann-Britt Höglund bra?

Wallander erinrade sig något Martinson sagt när han återkommit i tjänst igen, att Hanson kände sin position hotad av hennes ankomst.

– Ja, sa Wallander. Hon är redan nu en bra polis. Och hon kommer att bli ännu bättre.

– Det har jag svårt att tro, sa Hanson och reste sig.

– Du får se, sa Wallander. Låt mig säga så här: Ann-Britt Höglund har kommit för att stanna.

– Jag tror jag föredrar att prata med Martinson, sa Hanson.

– Du gör som du vill, sa Wallander.

Hanson var redan halvvägs ute genom dörren när Wallander ställde ytterligare en fråga.

– Vad var det du gjorde i Halmstad?

– Genom Rikspolisstyrelsens försorg fick jag en möjlighet att se in i framtiden, sa Hanson. När poliser över hela världen kommer att sitta framför sina dataterminaler och jaga brottslingar. Vi kommer att vara hopkopplade i ett världsomspännande kommunikationsnät där alla informationer som samlas in av poliser i olika länder kommer att finnas tillgängliga i sinnrikt organiserade databaser.

– Det låter skrämmande, sa Wallander. Och tråkigt.

– Men förmodligen också effektivt, sa Hanson. Fast då har nog du och jag redan gått i pension.

– Ann-Britt Höglund får uppleva det, sa Wallander. Finns det travbana i Halmstad, förresten?

– En kväll i veckan, svarade Hanson.

– Hur gick det?

Hanson ryckte på axlarna.

– Upp och ner, sa han. Som det brukar. Vissa hästar springer som dom ska. Andra inte.

Hanson försvann och stängde dörren efter sig. Wallander tänkte på den ilska som plötsligt flammat upp när han fått höra att Alfred Harderberg var på väg att flytta. Det var sällan han alldeles förlorade sitt humör, och han kunde inte påminna sig senast han varit så okontrollerad att han nästan börjat kasta saker omkring sig.

Nu när han åter var ensam i sitt rum försökte han tänka alldeles lugnt. Att Alfred Harderberg eventuellt hade för avsikt att lämna Farnholms slott behövde inte betyda annat än att han som så många gånger tidigare i sitt liv hade bestämt sig för att byta uppehållsort. Det behövde minst av allt betyda att han planerade en flykt. Vad skulle han egentligen kunna fly ifrån? Och vart? På sin höjd skulle det innebära att utredningen komplicerades. Andra polisdistrikt skulle behöva kopplas in, beroende på var han bestämde sig för att slå sig ner.

Det fanns också en annan möjlighet som Wallander behövde få svar på omedelbart. Han ringde till Sten Widén. Det var en av hästskötarna som svarade. Hon lät mycket ung.

– Sten är i stallet, sa hon. Hovslagarn är här.

– Han har ju telefon där ute, sa Wallander. Koppla mig dit.

– Apparaten i stallet är trasig, sa flickan.

– Då får du hämta honom. Säg att Roger Lundin vill prata med honom.

Det dröjde nästan fem minuter innan han kom till telefonen.

– Vad är det nu? frågade Sten Widén. Wallander hörde att han var irriterad över att bli störd.

– Sofia sa händelsevis inte vart Alfred Harderberg hade tänkt att flytta?

– Hur i helvete skulle hon kunna veta det?

– Jag bara frågar. Hon sa ingenting om att han tänkte lämna landet?

– Hon sa det jag redan har berättat. Ingenting mer.

– Jag måste träffa henne. Idag. Så fort som möjligt.

– Hon har faktiskt ett jobb att sköta.

– Du får hitta på nånting. Hon var tidigare anställd hos dig. Några papper som ska fyllas i. Det måste gå att ordna.

– Jag har inte tid. Hovslagarn är här. Veterinären är på väg. Jag har samtal inbokade med flera hästägare.

– Det är viktigt. Tro mig.

– Jag får väl försöka. Jag ringer dig sen.

Wallander la på luren. Klockan hade redan hunnit bli halv fyra på eftermiddagen. Han väntade. Kvart i fyra gick han och hämtade en kopp kaffe. Fem minuter senare knackade Svedberg på dörren och steg in.

– Mannen i Östersund kan vi avskriva, sa han. Hans bil FHC 803 blev stulen när han var i Stockholm för en vecka sen. Det finns inget skäl att inte tro honom. Han är för övrigt kommunalråd.

– Varför ska man tro mer på kommunalråd än andra? in-

─ vände Wallander. Var blev bilen stulen? Och när? Se till att vi får fram en kopia av hans stöldanmälan.

─ Är det verkligen viktigt? undrade Svedberg.

─ Det kan vara det, sa Wallander. Dessutom kostar det inte en orimlig massa arbete. Har du pratat med Hanson?

─ Bara som hastigast, svarade Svedberg. Han sitter med Martinson och går igenom utredningsmaterialet.

─ Lämna det till honom, sa Wallander. Det är lagom för honom att börja med.

Svedberg gick. Klockan blev kvart över fyra utan att Sten Widén hade ringt igen. Wallander gick på toaletten efter att ha bett receptionen att notera eventuella telefonsamtal. Någon hade lämnat kvar en kvällstidning som han frånvarande bläddrade igenom. Fem över halv fem satt han åter bakom sitt skrivbord. Han hade brutit sönder tolv gem när Sten Widén ringde.

─ Nu har jag ljugit ihop en jävla historia, sa han. Men om en timme kan du träffa henne i Simrishamn. Jag sa åt henne att ta en taxi som du skulle betala. Det finns ett konditori i backen ner mot hamnen. Vet du var det ligger?

Wallander visste vilket konditori han menade.

─ Hon har inte mycket tid på sig, sa Sten Widén. Ta med dig några papper som hon kan låtsas fylla i.

─ Tror du att dom har fattat misstankar mot henne?

─ Vad fan vet jag?

─ Tack i alla fall för hjälpen.

─ Du får betala hennes taxi tillbaka till slottet också.

─ Jag åker genast, sa Wallander.

─ Vad är det som händer? sa Sten Widén.

─ Jag ska berätta när jag själv vet, svarade Wallander. Jag ringer.

Precis klockan fem lämnade Wallander polishuset. När han kom till Simrishamn parkerade han bilen nere vid hamnen och gick upp till konditoriet. Som han hade hoppats hade hon ännu inte kommit. Han gick ut på gatan igen, över på den motsatta trottoaren och fortsatte uppför backen. Där ställde han sig och tittade i ett skyltfönster medan han höll uppsikt över konditoriet. Klockan hade blivit åtta minuter över sex när han såg henne komma gående nerifrån hamnen, där hon måste ha lämnat taxin. Hon gick in på konditoriet. Wallander stod kvar och iakttog de personer som passerade utanför. När han var så säker han kunde vara på att ingen följt efter henne korsade han hastigt gatan. Han ångrade att han inte hade tagit någon med sig som kunde ha hjälpt honom att hålla uppsikt. Han upptäckte henne genast när han kommit in på konditoriet. Hon hade satt sig vid ett hörnbord. Hon såg på honom utan att hälsa när han kom fram till bordet.

– Jag är ledsen att jag är sen, sa han.

– Det är jag med, sa hon. Vad är det du vill? Jag måste åka tillbaka till slottet. Har du pengar till taxin?

Wallander tog fram plånboken och gav henne en femhundrakronorssedel.

– Räcker det? frågade han.

Hon skakade på huvudet.

– Jag måste ha en tusenlapp, sa hon.

– Kostar det tusen kronor att åka fram och tillbaka till Simrishamn? frågade han förvånat.

Han gav henne ytterligare en femhundrakronorssedel och tänkte att hon förmodligen lurade honom. Tanken gjorde honom irriterad. Men han slog bort den, tiden var för knapp.

– Vad vill du ha? frågade han. Har du beställt?

– Kaffe går bra sa hon. Och en bulle.

Wallander gick till disken och beställde. När han betalade bad han om ett skrivet kvitto. Han återvände till bordet med brickan.

Hon såg på honom med ett uttryck som han plötsligt insåg var förakt.

– Roger Lundin, sa hon. Jag vet inte vad du egentligen heter och jag bryr mig inte om det heller. Men Roger Lundin är det inte. Och du är snut.

Wallander bestämde sig hastigt för att det var lika bra att säga som det var.

– Du har rätt, sa han. Jag heter inte Roger Lundin. Och jag är polis. Men mitt riktiga namn behöver du inte känna till.

– Varför inte?

– För att jag säger det, sa Wallander och dolde inte att han menade allvar. Hon märkte att han förändrade attityd mot henne och hon betraktade honom med något som kunde tydas som intresse.

– Nu ska du lyssna noga, fortsatte Wallander. En dag ska jag förklara varför allt det här hemlighetsmakeriet är nödvändigt. Nu tänker jag bara säga att jag är en polis som håller på att utreda några sällsynt brutala mord. Bara så du förstår att det här inte är nån lek. Är det klart?

– Kanske, svarade hon.

– Nu ska du svara på några frågor, fortsatte Wallander. Sen kan du åka tillbaka till slottet igen.

Han påminde sig pappren han hade i fickan. Han la dem på bordet och gav henne en penna.

– Det kan hända att nån har följt efter dig, sa han. Därför ska du låtsas fylla i dom här pappren. Skriv ditt namn.

– Vem är det som följer efter mig? frågade hon och såg sig runt i konditoriet.

– Se på mig, sa Wallander skarpt. Titta inte åt andra håll. Om det är nån som följt efter dig så kan du vara säker på att han ser dig. Men du ser inte honom.

– Hur vet du att det är en man?

– Det vet jag inte.

– Det här verkar ju inte riktigt klokt?

– Drick kaffet, ät bullen, skriv ditt namn och se på mig, sa Wallander igen. Om du inte gör som jag säger ska jag se till att du aldrig kommer tillbaka till Sten Widén igen.

Hon tycktes tro honom. Från det ögonblicket gjorde hon som han sa.

– Varför tror du att dom ska flytta från slottet? frågade han.

– Jag fick höra att jag bara skulle arbeta en månad. Sen skulle det vara slut. Dom skulle lämna slottet.

– Av vem fick du höra det?

– Det kom en karl till stallet.

– Hur såg han ut?

– Han verkade svart på nåt sätt.

– Var det en neger?

– Nej. Men han var klädd i mörka kläder och hade svart hår.

– Var han utlänning?

– Han talade svenska.

– Bröt han?

– Kanske.

– Vet du vad han heter?

– Nej.

– Vet du vad han gör?

– Nej.

– Men han arbetar på slottet?

– Det måste han väl göra?

– Vad sa han mer?

– Jag tyckte inte om honom. Han var otäck.

– Varför det?

– Han gick runt i stallet, tittade på när jag ryktade en av hästarna. Han frågade var jag kom ifrån.

– Vad svarade du?

– Att jag hade sökt jobbet eftersom jag inte kunde vara kvar hos Sten Widén.

– Frågade han nåt mer?

– Nej.

– Vad hände sen?

– Han gick därifrån.

– Varför var han otäck?

Hon tänkte efter innan hon svarade.

– Han frågade mig på ett sätt som om han inte ville att jag skulle märka det.

Wallander nickade. Han trodde han förstod vad hon menade.

– Träffade du nån mer? frågade han.

– Bara hon som anställde mig.

– Anita Karlén.

– Jag tror hon hette så.

– Ingen annan?

– Nej.

– Var det ingen mer som hade hand om hästarna?

– Det var bara jag. Två hästar är inte mycket.

– Vem hade haft hand om dom tidigare?

– Det vet jag inte.

– Sa dom inte varför dom plötsligt behövde en ny hästskötare?

– Hon som hette Karlén sa att det var nån som blivit sjuk.

– Men du träffade ingen?

– Nej.

– Vad såg du?

– Vad menar du med det?

– Du måste ha sett andra människor. Bilar som kom eller for.

– Stallet låg för sig. Jag kunde bara se ena slottsgaveln. Hästhagen låg ännu längre bort. Dessutom hade jag inte lov att gå upp till slottet.

– Vem sa det?

– Anita Karlén. Jag skulle få sparken ögonblickligen om jag gjorde nåt som inte var tillåtet. Dessutom måste jag ringa och be om lov innan jag lämnade slottet.

– Var hämtade taxin dig?

– Utanför grindarna.

– Har du nåt annat att berätta som du tror kan vara viktigt för mig?

– Hur ska jag kunna veta vad som intresserar dig?

Plötsligt fick han en känsla av att det var något mer, som hon tvekade om hon skulle berätta eller inte. Han satt tyst en stund innan han fortsatte, försiktigt, som om han trevade sig fram i mörker.

– Låt oss gå tillbaka igen, sa han. Den där mannen som besökte dig i stallet, han sa ingenting mer?

– Nej.

– Han nämnde ingenting om att dom skulle lämna Farnholm och flytta utomlands?

– Nej.

Det är sant, tänkte Wallander. Hon säger som det var. Jag behöver heller inte bekymra mig för att hon ska minnas fel. Det är något annat.

– Berätta om hästarna, sa han.

– Det är två väldigt vackra ridhästar, sa hon. Den ena, hon

som heter Afrodite, är nio år. Ljusbrun. Den andra, Jupitess, är sju år och svart. Det märktes att det var länge sen nån hade ridit dom.

– Hur märker man det? Jag vet väldigt lite om hästar.

– Jag har förstått det.

Wallander log åt hennes ironiska kommentar. Men han sa ingenting utan väntade på att hon skulle fortsätta.

– Dom blev alldeles vilda när jag kom med sadlarna, sa hon. Man kunde se hur dom längtade efter att få sträcka ut.

– Och det lät du dom göra?

– Ja.

– Du red förstås runt i den stora slottsparken?

– Jag hade fått besked om vilka stigar jag skulle använda.

En nästan omärklig skiftning i hennes röst, ett drag av oro, gjorde att Wallander skärpte uppmärksamheten. Nu var han i närheten av det hon tvekade om hon skulle berätta eller inte.

– Du red iväg, sa han.

– Jag började med Afrodite, sa hon. Under tiden sprang Jupitess runt i hagen.

– Hur länge var du ute med Afrodite?

– En halvtimme. Slottsparken är stor.

– Sen återvände du?

– Jag släppte Afrodite och sadlade Jupitess. Efter en halvtimme var jag tillbaka.

Wallander visste det genast. Det var under ridturen med den andra hästen som något hade hänt. Hennes svar kom alldeles för fort, som om hon hade tagit sats för att komma förbi ett skrämmande hinder. Han bestämde sig för att det enda han kunde göra var att gå rakt på sak.

– Allt du berättar för mig är säkert alldeles sant, sa han och försökte låta så vänlig på rösten som möjligt.

– Jag har inget mer att säga. Jag måste åka tillbaka nu. Kommer jag för sent till slottet får jag sparken.

– Du ska snart åka. Jag har bara några frågor till. Låt oss återvända till stallet och mannen som besökte dig. Jag tror inte du riktigt berättade allt han sa. Eller hur? Nog sa han också att det var vissa ställen i parken du inte fick komma i närheten av?

– Det var Anita Karlén som sa det.

– Kanske hon också. Men det var mannen i stallet som sa det på ett sånt sätt att du blev rädd. Eller hur?

Hon slog ner blicken och nickade långsamt.

– Men när du red ut med Jupitess så red du fel. Eller kanske du valde en annan stig av nyfikenhet? Jag har ju inte kunnat undgå att märka att du helst gör som du själv vill. Var det inte så?

– Jag red fel.

Hon talade nu så tyst att Wallander var tvungen att luta sig fram över bordet för att uppfatta vad hon sa.

– Jag tror dig, sa han. Berätta istället vad som hände där ute på stigen.

– Jupitess skyggade plötsligt och kastade av mig. Först när jag låg där på backen såg jag vad det var som hade skrämt honom. Det såg ut som en människa som hade ramlat ihop på stigen. Jag trodde det var nån som hade dött. Men när jag gick fram och tittade efter upptäckte jag att det var en docka i människostorlek.

Wallander såg att hon fortfarande var uppskrämd. Wallander tänkte på det Gustaf Torstensson en gång hade sagt till fru Dunér, att Alfred Harderberg hade en makaber humor.

– Du blev rädd, sa han. Det skulle jag också ha blivit. Men ingenting kommer att hända dig. Inte om du fortsätter att ha kontakt med mig.

– Jag tycker om hästarna, sa hon. Men inte det andra.

– Ägna dig åt hästarna, sa Wallander. Och håll reda på stigarna som du inte får rida på.

Han märkte att hon var lättad efter att nu ha berättat för honom vad som hänt.

– Åk tillbaka, sa han. Jag sitter kvar här en stund. Du har rätt i att du inte bör komma för sent.

Hon reste sig och gick. Efter ungefär trettio sekunder följde Wallander efter henne ut på gatan. Han antog att hon hade gått ner till hamnen för att ta en taxi därifrån. Han skyndade på stegen och såg henne just stiga in i en taxi vid hamnkiosken. Bilen for iväg. Han väntade tills han var säker på att ingen följde efter. Först då gick han till sin egen bil och for tillbaka till Ystad. På vägen tänkte han igenom det hon hade sagt. Han insåg att han inte kunde vara säker på vad Alfred Harderberg egentligen hade för planer.

Piloterna, tänkte Wallander. Och färdplanerna. Vi måste ligga ett steg före honom om han beslutar sig för att försvinna ut ur landet.

Samtidigt bestämde Wallander sig för att det var dags att göra ett nytt besök på Farnholms slott. Han ville träffa Alfred Harderberg igen.

Kvart i åtta var Wallander tillbaka på polishuset. I korridoren stötte han ihop med Ann-Britt Höglund. Hon nickade hastigt åt honom och försvann in på sitt eget rum. Wallander stannade konfunderad. Varför hade hon varit så avvisande? Han vände och gick tillbaka till hennes rum och knackade. När hon svarade öppnade han och blev stående i dörröppningen.

– Vi brukar säga hej till varandra på den här polisstationen, sa han.

Hon svarade inte, fortsatte bara att luta sig över en pärm med papper.

– Vad är det med dig?

Hon såg hastigt upp honom.

– Ska du fråga mig om det? sa hon.

Wallander steg in i rummet.

– Jag förstår ingenting, sa han. Vad har jag gjort?

– Jag trodde du var annorlunda, sa hon. Men nu inser jag att du är precis som dom andra.

– Jag förstår fortfarande ingenting, sa Wallander hjälplöst. Förklara för mig.

– Jag har inget mer att säga. Jag vill helst att du går.

– Inte förrän jag har fått en förklaring.

Wallander kunde inte avgöra om hon höll på att få ett vredesutbrott eller om hon skulle börja gråta.

– Jag trodde vi var på väg att bli vänner, sa han. Inte bara kollegor.

– Det trodde jag också, svarade hon. Men inte nu längre.

– Förklara då för mig!

– Jag ska vara helt ärlig, sa hon. Jag ska vara precis tvärtom mot vad du har varit mot mig. Jag trodde du var en person man kunde lita på. Men nu inser jag att du inte är det. Det kanske tar ett tag för mig att vänja mig vid det.

Wallander slog ut med armarna.

– Jag förstår fortfarande ingenting, sa han.

– Hanson kom tillbaka i dag, sa hon. Det måste du veta eftersom han kom in i mitt rum och refererade ett samtal som ni hade haft.

– Vad sa han?

– Att du var glad att han kommit tillbaka.

– Det är jag också. Vi behöver alla krafter vi kan få tag på.

– Inte minst eftersom du är så missnöjd med mig.

Wallander såg oförstående på henne.

– Sa han det? Att jag var missnöjd med dig? Att jag hade sagt det till honom?

– Jag skulle bara önskat att du först hade sagt det till mig.

– Det är inte sant. Jag sa precis tvärtom till honom. Att du redan nu har visat dig vara en bra polis.

– Han lät mycket övertygande.

Wallander hade blivit ursinnig.

– Den förbannade Hanson, nästan skrek han. Om du vill kan jag ringa honom och säga åt honom att komma hit nu genast. Du måste väl begripa att inte ett enda ord är sant.

– Varför säger han det då?

– Därför att han är rädd för dig.

– Rädd för mig?

– Varför tror du han är på vidareutbildning hela tiden? Därför att han är rädd att du ska springa ifrån honom. Han avskyr tanken på att du ska visa dig duktigare än han.

Han såg att hon började tro honom.

– Det är sant, sa han. I morgon ska vi tala med Hanson, du och jag. Och det kommer inte att bli nåt trevligt samtal för honom, det kan jag garantera.

Hon satt tyst. Sedan såg hon på honom.

– Då får jag väl be om ursäkt, sa hon.

– Det är det han som ska göra, sa Wallander. Inte du.

Men dagen efter, fredagen den 26 november, när det under morgontimmarna låg vit rimfrost på trädgrenarna utanför polishuset, bad Ann-Britt Höglund Wallander att inte ta upp det som hade hänt med Hanson. Hon sa att hon hade tänkt över det under natten och hon hade kommit fram till att hon själv ville göra det, längre fram, när hon hade fått det hela på avstånd. Eftersom Wallander hade blivit övertygad om att hon trodde honom, kom han inte med några invändningar, utan att för den skull glömma vad Hansson hade gjort. Denna förmiddag, när alla tycktes vara förkylda och hängiga, utom Per Åkeson som nu var frisk igen, samlade Wallander dem till ett möte. Han berättade om sitt sammanträffande med Sofia i Simrishamn kvällen innan utan att det tycktes muntra upp hans kollegor. Svedberg la dock påpassligt fram en detaljerad karta över det landområde som tillhörde Farnholms slott. Det var mycket stort. Svedberg visste berätta att den omfattande parkanläggningen hade tillkommit under slutet av 1800-talet, när slottet hade ägts av en familj med det icke-adliga namnet Mårtensson. Mannen hade gjort sig en förmögenhet på att bygga hus i Stockholm och sedan tydligen förverkligat en slottsdröm som kunde tyda på besatthet gränsande till högmodig galenskap. När Svedberg inte hade mer att säga om slottet fortsatte de att stryka på sina listor och befria utredningen från detaljer som antingen visat sig helt sakna betydelse eller som åtminstone tills vidare kunde avfärdas som mindre viktiga. Ann-Britt Höglund hade äntligen haft tid att tala med Kim Sung Lee som varit advokatbyråns städerska. Hon hade som väntat inte haft något av betydelse att berätta och en kontroll hade också visat att hon hade alla sina papper i ordning och vistades i landet helt legalt. På eget initiativ hade Ann-Britt Höglund också haft ett grundligt samtal med Sonja Lundin, advokatbyråns kanslist. Wallander kunde inte annat än belåten notera att Hanson vid sin bordsända illa lyckades dölja att han ogillade hennes sätt att ta egna initiativ. Sonja Lundin hade tyvärr inte heller haft något viktigt att komma med. De kunde dra ytterligare några streck bland sina anteckningar. Efteråt, när alla verkade ännu mera hängiga och håglösheten låg som en grå dimma över sammanträdesrummet, försökte Wallander få dem att repa mod genom att mana på arbetet med att åstadkomma en dokumentation av Gulfstreamens färdplaner. Han föreslog också att Hanson diskret skulle undersöka vad han kunde få fram om de två piloterna. Men han lyckades inte driva bort dimman, håglösheten gjorde honom plötsligt bekymrad, och han tänkte att allt de nu hade att hoppas på var att de ekonomiska experterna med sitt arbete vid dataterminalerna skulle kunna blåsa nytt liv i utredningen. De hade lovat en grundlig genomgång av det Harderbergska imperiet till denna dag, men de hade tvingats be om ytterligare tid, och mötet hade blivit bestämt till påföljande måndag, den 29 november.

Wallander hade just bestämt sig för att avsluta mötet när Per Åkeson gav tecken med handen att han ville säga någonting.

– Vi måste tala igenom spaningsläget, började han. Jag har gett den här utredningskoncentrationen på Alfred Harderberg klartecken för ytterligare en månad. Men samtidigt kan jag inte bortse ifrån att vi egentligen inte har nånting annat än ytterst tveksamma indicier att hålla oss till. Det är som om vi för varje dag avlägsnar oss från nånting, vi närmar oss inte. Jag tror att vi alla skulle må bra av att göra ytterligare en enkel och klar positionsbestämning som bygger på fakta. Ingenting annat.

Alla såg på Wallander. Åkesons ord kom inte som någon överraskning, även om han hade hoppats att slippa höra dem.

– Du har rätt, sa han. Vi behöver se var vi står. Även om vi tyvärr saknar resultaten från ekorotlarnas arbete.

– Att skära upp och undersöka ett finansimperium innebär inte att man nödvändigtvis hittar en eller flera mördare, sa Per Åkeson.

– Jag vet, sa Wallander. Men bilden blir ändå inte fullständig utan deras informationer.

– Det finns ingen fullständig bild, sa Martinson uppgivet. Det finns ingen bild överhuvudtaget.

Wallander insåg att han var tvungen att gripa ett hårt tag i situationen om den inte alldeles skulle glida honom ur händerna. För att samla sina tankar föreslog han vädring av rummet och några minuters paus. Efteråt, när de åter hade satt sig runt bordet, tog han ordet med bestämdhet.

– Jag ser ett tänkbart mönster, började han, samma som ni andra. Men låt oss gå en annan väg och först se på vad det här *inte* är. Det finns ingenting som talar för att en galning har varit framme. En intelligent psykopat kunde givetvis ha planerat att kamouflera ett mord som en bilolycka. Men det finns inga uppenbara motiv, och det som hände med Sten Torstensson hänger i det psykopatiska perspektivet inte ihop med det som hände med fadern. Eller med att nån försökte spränga fru Dunér eller mig i luften. Att jag säger att det gäller mig och inte Ann-Britt Höglund beror på att jag tror att det var just så. Det leder mig till det mönster som inbegriper Farnholms slott och Alfred Harderberg. Låt oss gå bakåt i tiden. Låt oss börja den dag för ungefär fem år sen när Gustaf Torstensson först blev kontaktad av Harderberg.

I samma ögonblick kom Björk in och satte sig vid bordet. Wallander anade att det var Per Åkeson som under den korta pausen hade bett honom att vara med under fortsättningen av sammanträdet.

– Gustaf Torstensson börjar arbeta för Alfred Harderberg, fortsatte Wallander. Det är ett ovanligt klientförhållande, så till vida att man kan förvånas över att en landsortsadvokat kan vara till nytta för en internationell affärsmagnat. Möjligen kan man tänka sig att Alfred Harderberg avsåg att vända Gustaf Torstenssons brister till sin fördel, genom att det skulle vara möjligt att vid behov manipulera honom. Det vet vi inte, det är en ren gissning från min sida. Men nånstans under vägen sker nåt oväntat. Gustaf Torstensson börjar uppträda oroligt, eller kanske rättare sagt betryckt. Hans son märker det liksom hans sekreterare. Hon talar till och med om att han ger intryck av att vara rädd. Ungefär samtidigt sker också nåt annat. Genom den förening som sysslar med studier av ikonmåleri har Lars Borman och Gustaf Torstensson mött varandra. Plötsligt uppstår en spänning mellan dom, och vi kan anta att det har med Harderberg att göra, eftersom han finns med i bakgrunden för det bedrägeri som begås mot

Malmöhus läns landsting. Den viktigaste frågan kvarstår dock: Varför började Gustaf Torstensson bete sig underligt? Jag menar alltså att han måste ha upptäckt nåt i sitt arbete med Alfred Harderberg som gör honom upprörd. Kanske samma sak som Lars Borman upprörs av. Vi vet inte vad. Så blir Gustaf Torstensson mördad i en arrangerad bilolycka. Efter det Kurt Ström upplyste oss om kan vi tänka oss ungefär hur det möjligen gått till. Sten Torstensson söker upp mig på Skagen. Några dagar senare är också han död. Han måste ha känt sig hotad eftersom han försöker lägga ut ett blindspår, att han befinner sig i Finland när han i själva verket har rest till Danmark. Jag är dessutom övertygad om att nån följde efter honom till Danmark. Nån måste ha varit vittne till att vi möttes på stranden. Dom som dödade Gustaf Torstensson följde honom i hälarna. Dom kunde inte veta om Gustaf Torstensson hade avslöjat nånting för sin son. Dom kunde heller inte avgöra vad Sten Torstensson sa till mig. Eller vad fru Dunér visste. Därför dör Sten Torstensson, därför försöker man spränga fru Dunér i luften, därför brinner min bil. Det är också orsaken till att det är jag som hålls under uppsikt och inte ni andra. Men allt leder oss tillbaka till vad det var som Gustaf Torstensson hade upptäckt. Vi försöker fastställa om det kan ha med plastbehållaren vi fann i baksätet av hans bil att göra. Det vet vi inte, det kan också vara nåt annat som kanske våra ekonomiska experter kan tala om för oss. Men här finns ändå ett mönster som börjar med ett kallblodigt utfört mord på Gustaf Torstensson. Sten Torstensson beseglade sitt eget öde när han bestämde sig för att besöka mig på Skagen. Det är det här mönstret vi försöker tyda. I bakgrunden finns inget annat än Alfred Harderberg och hans imperium. I alla fall ingenting vi kan se.

När Wallander hade slutat blev det tyst kring bordet. Han försökte tolka tystnaden – hade hans ord ytterligare ökat håglösheten eller var det tvärtom?

– Du tecknar en bild som är mycket bestickande, sa Per Åkeson när tystnaden börjat bli tryckande. Man kan tänka sig den möjligheten att du har alldeles rätt. Problemet är bara att vi saknar all upptänklig bevisning, inte minst den tekniska.

– Därför måste vi forcera arbetet med plastbehållaren, sa Wallander. Vi måste lyfta på taket till Avanca och se vad som döljer sig. Nånstans måste det finnas en tråd vi kan börja dra i.

– Jag undrar om vi inte borde ta ett ordentligt samtal med Kurt Ström, sa Per Åkeson. Dom där männen som hela tiden finns i Harderbergs närhet, vilka är dom?

– Jag har tänkt tanken, sa Wallander. Genom Kurt Ström kan vi kanske få fler upplysningar. I samma ögonblick vi ställer frågan till Farnholms slott kommer Alfred Harderberg att inse att vi misstänker honom för att vara direkt inblandad. Då betvivlar jag att vi nånsin löser dom här morden. Med dom resurser han har till sitt förfogande kan han sopa rent runt sig. Däremot tror jag att jag ska söka upp honom igen för att fortsätta att sprida vårt eget villospår.

– Du måste vara övertygande, sa Per Åkeson. Annars kommer han att genomskåda dig.

Han ställde upp sin portfölj på bordet och började packa ner sina pärmar.

– Kurt har beskrivit vår position, sa han. Den är tänkbar, men vag och obevisad. Låt oss ändå avvakta vad ekorotlarna har att säga oss på måndag.

De bröt upp från mötet. Wallander kände sig orolig. Hans egna ord ekade i hans huvud. Kanske Per Åkeson hade rätt? Att hans sammanfattning av utredningen var bestickande men ändå ett spår som i slutänden skulle leda dem rakt ner i avgrunden?

Någonting måste hända, tänkte han.

Något måste hända mycket snart.

När Wallander efteråt tänkte tillbaka på de veckor som följde skulle han minnas dem som bland de värsta han upplevt under alla sina år som polis. Ty i motsats till vad han hade hoppats på hände absolut ingenting. De ekonomiska experterna höll oändliga genomgångar som i slutänden bara mynnade ut i att de behövde mera tid. Wallander lyckades lägga band på sin otålighet, eller möjligen var det egentligen en besvikelse han lyckades undertrycka, eftersom han insåg att ekorotlarnas personal arbetade så hårt och hängivet de kunde. När Wallander sökte ta kontakt med Kurt Ström igen visade det sig att han hade rest till Västerås för att begrava sin mor. Istället för att åka efter honom bestämde Wallander sig för att vänta. Hanson lyckades aldrig etablera någon kontakt med Gulfstreamens två piloter eftersom de ständigt var ute och flög tillsammans med Harderberg. Det enda de verkligen lyckades med under den tröstlösa tiden var att få tillgång till flygplanets färdplaner. Wallander kunde tillsammans med sina kollegor konstatera att Alfred Harderberg hade ett häpnadsväckande resprogram. Svedberg räknade ut att bara bränslekostnaderna måste uppgå till många miljoner kronor per år. De ekonomiska experterna kopierade färdplanerna och försökte få dem att sammanfalla med Harderbergs hektiskt genomförda affärer.

Vid två tillfällen hade Wallander kontakt med Sofia, båda gångerna på konditoriet i Simrishamn, utan att hon hade något av intresse att meddela.

Utredningen gick in i december månad och Wallander insåg allt mer att utredningen höll på att haverera, om den nu inte redan hade gjort det.

Ingenting avgörande inträffade. Ingenting alls.

Lördagen den 4 december bjöd Ann-Britt Höglund honom på middag. Hennes man var hemma på tillfälligt besök mellan sina resor runt om jordklotet, i jakt på trasiga pumpanläggningar. Wallander drack alldeles för mycket. Under kvällen berörde de inte utredningen med ett ord. När Wallander sent på natten skulle hem bestämde han sig för att gå. I närheten av postterminalen på Kyrkogårdsgatan kräktes han, lutad mot en husvägg. När han äntligen kom till Mariagatan satt han med handen på telefonen för att ringa till Baiba i Riga. Men han lyckades besinna sig och ringde istället Linda i Stockholm. När hon hörde att det var han blev hon irriterad och bad honom ringa på morgonen istället. Efter det korta samtalet hade Wallander anat att hon förmodligen inte hade varit ensam när han ringde. Det fyllde honom med ett obehag som han dessutom kände sig skamsen inför. När han ringde igen dagen efter frågade han henne dock inte om det hade

stämt. Hon berättade om sitt arbete som lärling på en möbel-
tapetserarverkstad och han hörde att hon var glad över det
hon höll på med. Däremot gjorde hon honom besviken ge-
nom att säga att hon inte tänkte komma till Skåne över julen.
Tillsammans med några vänner hade hon hyrt en stuga i Väs-
terbottens fjällvärld. Till sist hade hon frågat vad han själv
höll på med.

– Jag jagar en Sidenriddare, hade han svarat.
– En Sidenriddare?
– En gång ska jag förklara för dig vad en Sidenriddare är.
– Det låter som nåt vackert.
– Men det är det inte. Jag är polis. Vi jagar sällan nåt som
är vackert.

Ingenting hände. Torsdagen den 9 december var Wallander
på väg att ge upp. Dagen efter skulle han föreslå Per Åkeson
att de redan nu ändrade spaningens inriktning.

Men fredagen den 10 december hände äntligen någonting.
Utan att han ännu visste det var den tröstlösa tiden över. När
Wallander kom till sitt kontor på morgonen låg det ett med-
delande om att han genast skulle ringa till Kurt Ström. Han
hängde av sig jackan, slog sig ner i sin stol och slog numret.
Kurt Ström svarade genast.

– Jag vill träffa dig, sa han.
– Här eller hemma hos dig? frågade Wallander.
– Varken eller, sa Kurt Ström. Jag har ett litet hus på Svarta
vägen i Sandskogen. Nummer 12. Huset är rött. Kan du vara
där om en timme?
– Jag kommer.

Samtalet var slut. Wallander la på luren och såg ut genom
fönstret.

Sedan reste han sig, tog sin jacka och lämnade hastigt polis-
huset.

16

Regnmolnen jagade över hösthimlen.

Wallander var nervös. När han lämnat Polishuset hade han kört ut ur staden mot öster. Vid Jaktpaviljongsvägen svängde han höger och stannade när han kommit fram till vandrarhemmet. Trots att det blåste och var kallt gick han ner på den övergivna stranden. Han tyckte sig plötsligt förflyttad tillbaka några månader i tiden. Stranden han gick på var Jylland och Skagen och han själv var åter en gång ute på den ensamma patrulltjänsten i sitt vinddrivna vaktdistrikt.

Men tanken drog förbi lika fort som den hade kommit. Minst av allt hade han tid med onödiga drömmerier. Han försökte föreställa sig vad som gjorde att Kurt Ström hade tagit kontakt med honom. Oron kom av att han hoppades att Ström skulle kunna ge honom något som en gång för alla innebar att de fick det genombrott de så väl behövde. Men han insåg att det var ett meningslöst önsketänkande. Kurt Ström avskydde inte bara honom personligen, han hatade hela den kår som hade pressat honom ut i kylan. Av honom skulle de aldrig räkna med att få någon hjälp. Vad Kurt Ström ville var en gåta.

Det började regna. Vinden pressade honom tillbaka till bilen. Han slog på motorn och vred upp värmen. En kvinna kom gående med sin hund och försvann ner mot stranden. Wallander påminde sig den kvinna med hund han så ofta hade mött ute på Skagen. Ännu var det nästan en halvtimme kvar innan han skulle besöka Ström på Svarta vägen. Han körde långsamt Strandvägen in mot staden igen innan han vände och letade sig in bland sommarhusen i Sandskogen. Han hade inga svårigheter att hitta det röda hus som Ström hade angivit. Han parkerade och gick in i den lilla trädgården. Huset såg ut som ett uppförstorat dockhus. Det var illa underhållet. Eftersom det inte stod någon bil parkerad på gatan trodde Wallander att han hade kommit först. Men plötsligt öppnades dörren av Kurt Ström.

– Jag såg ingen bil, sa Wallander. Jag trodde inte du hade kommit.

– Men det hade jag. Och min bil ska du inte bry dig om.

Han nickade åt Wallander att stiga in. En svag doft av äpplen slog emot honom. Gardinerna var fördragna och möblerna övertäckta av vita lakan.

– Fint hus du har, sa Wallander.

– Vem säger att det är mitt, svarade Kurt Ström avvisande och vek samtidigt undan lakanen från två stolar.

– Jag har inget kaffe, fortsatte han. Det får du klara dig utan.

Wallander satte sig i den ena stolen. Det var rått och fuktigt inne i huset. Kurt Ström slog sig ner mitt emot honom. Han var klädd i en skrynklig kostym och en lång, tjock överrock.

– Du ville träffa mig, sa Wallander. Här är jag.

– Jag tänkte att vi skulle göra en affärsöverenskommelse, du och jag, sa Kurt Ström. Låt oss säga att jag har nåt som du vill ha.

– Jag gör inte affärer, sa Wallander.

– Du svarar för snabbt, sa Kurt Ström. Om jag vore du så skulle jag i alla fall lyssna.

Wallander insåg att Ström hade rätt. Han borde ha väntat med sitt avslag. Han nickade åt Ström att fortsätta.

– Jag har varit borta ett par veckor och begravt min mamma, sa han. Då hade jag en hel del tid att tänka. Inte minst på varför polisen är så intresserad av Farnholms slott. Efter det att du hade varit hemma hos mig insåg jag naturligtvis att ni misstänker att mordet på dom där advokaterna har nånting med slottet att göra. Problemet är bara att jag inte förstår varför. Sonen var ju aldrig där? Det var gubben som hade med Harderberg att göra. Han som vi trodde hade kört ihjäl sig.

Han såg på Wallander, som om han hade förväntat sig en kommentar.

– Fortsätt, sa Wallander.

– När jag kom tillbaka och gick i tjänst igen hade jag nog

glömt ditt besök, sa han. Men plötsligt kom saken i ett nytt läge.

Kurt Ström letade fram ett paket cigaretter och en tändare i ytterrocken. Han sträckte paketet mot Wallander som skakade på huvudet.

– En sak har jag lärt mig i livet, sa Ström. Sina vänner ska man hålla på lagom avstånd. Sina fiender ska man däremot ha så tätt inpå sig som möjligt.

– Jag antar att det är därför jag är här, sa Wallander.

– Kanske det, sa Ström. Du ska veta att jag inte tycker om dig, Wallander. Du representerar för mig den värsta sortens präktighet, som den svenska poliskåren är full av. Men man kan göra affärer också med sina fiender, eller dom man tycker illa om. Man kan till och med göra riktigt bra affärer.

Ström försvann ut i köket och kom tillbaka med ett tefat som han började slå av askan mot. Wallander väntade.

– Ett nytt läge, upprepade Ström. Jag kom tillbaka och möttes av beskedet att jag var uppsagd till jul. Det var ingenting som jag hade väntat mig. Men Harderberg hade tydligen bestämt sig för att flytta från Farnholm.

Tidigare var det doktor Harderberg, tänkte Wallander hastigt. Nu är det bara Harderberg, och knappt det.

– Jag blev naturligtvis förbannad, sa Ström. När jag tog jobbet som säkerhetsansvarig så blev jag lovad att det skulle vara fast. Ingen sa nånting om att Harderberg en dag tänkte flytta på sig. Lönen var bra och jag köpte hus. Nu skulle jag plötsligt stå utan jobb igen. Jag tyckte inte riktigt om det.

Wallander förstod att han hade tagit fel. Det var fullt möjligt att Kurt Ström hade något betydelsefullt att berätta.

– Ingen tycker om att mista sitt arbete, sa Wallander.

– Vad vet du om det?

– Naturligtvis inte så mycket som du.

Kurt Ström krossade cigaretten mot askfatet.

– Låt oss tala klartext, sa han. Du behöver informationer inifrån slottet. Informationer du inte kan få utan att avslöja ditt intresse. Vilket du inte vill. Då hade du bara kört rakt genom grindarna och anställt förhör med Harderberg. Varför du vill ha informationer utan att det märks bryr jag mig inte

323

om. Det viktigaste är att jag är den ende som kan ge dig dom. I utbyte mot nåt som jag vill ha av dig.

Wallander övervägde hastigt om det hela kunde vara en fälla. Hade Alfred Harderberg skickat ut Kurt Ström? Han bestämde sig för att det inte var så. Risken var alldeles för stor att han skulle genomskåda det hela.

– Du har rätt, sa han. Det finns saker som jag vill få reda på. Utan att det märks. Vad är det du vill ha i utbyte?

– Mycket lite, sa Ström. Ett papper.

– Ett papper?

– Jag måste tänka på min framtid, sa Ström. Om den finns så är det inom den privata väktartjänsten. När jag fick arbetet på Farnholms slott hade jag en känsla av att det egentligen var en fördel att jag hade ett dåligt förhållande till svenska polisen. Men i en annan situation kan det tyvärr vara en nackdel.

– Vad ska det stå på pappret?

– Ett vackert formulerat intyg, sa Ström. På polisens papper. Med Björks underskrift.

– Det går inte, sa Wallander. Det skulle genomskådas. Du har aldrig arbetat i Ystad. En kontroll hos Rikspolisstyrelsen skulle avslöja att du blev utsparkad ur kåren.

– Naturligtvis kan du ordna ett intyg om du vill, sa Ström. Och det som finns i Rikspolisstyrelsens arkiv kan jag ta hand om på annat sätt.

– Hur?

– Det är min sak. Av dig vill jag ha intyget.

– Hur skulle jag få Björk att skriva ett falskt intyg?

– Det är ditt problem. Det skulle dessutom aldrig kunna spåras till dig. Världen är full av förfalskade dokument.

– Då kan du ordna det pappret utan min hjälp. Björks signatur går att förfalska.

– Naturligtvis, sa Ström. Men intyget måste in i systemet, in i datorerna. Det är där du behövs.

Wallander visste att Ström hade rätt. Han hade själv en gång medverkat till att ett pass hade blivit förfalskat. Men tanken förblev honom motbjudande.

– Låt oss säga att jag ska tänka på det, sa Wallander. Låt

mig ställa några frågor till dig. Dina svar kan vi betrakta som varuprover. Sen ska jag svara på om jag går med på det eller inte.

– Jag avgör när svaren upphör, sa Ström. Och vi ska komma överens här och nu. Innan du går.

– Det är jag med på.

Kurt Ström tände en ny cigarett och betraktade Wallander.

– Varför ska Alfred Harderberg flytta?

– Det vet jag inte.

– Vart ska han flytta?

– Det vet jag inte heller. Men sannolikt utomlands.

– Varför tror du det?

– Vid flera tillfällen sista veckan har det kommit utländska mäklare på besök.

– Varifrån?

– Sydamerika. Ukraina. Burma.

– Ska slottet säljas?

– Alfred Harderberg har för vana att behålla dom bostäder han tidigare har haft. Han säljer inte Farnholms slott. Att han själv inte ska bo där längre betyder inte att han accepterar att nån annan gör det. Han lägger Farnholms slott i malpåse.

– När ska han flytta?

– Han själv kanske reser i morgon. Ingen vet. Men jag misstänker att det kommer att ske mycket snart, förmodligen innan jul.

Wallander tänkte efter hur han skulle gå vidare. De frågor han hade var många, alltför många. Han kunde inte bestämma sig för vad som var viktigast.

– Männen i skuggorna, sa han till slut. Vilka är dom?

Kurt Ström nickade förvånat.

– En oväntat god beskrivning, sa han.

– Jag såg två män i den stora trapphallen, fortsatte Wallander. Den kväll jag besökte Alfred Harderberg. Men jag såg dom också första gången jag var på slottet och talade med Anita Karlén. Vilka är dom?

Kurt Ström betraktade tankfullt röken från sin cigarett.

– Jag ska svara, sa han. Men det blir det sista varuprovet.

– Om svaret är bra, svarade Wallander. Vilka är dom?

– Den ene heter Richard Tolpin, sa Ström. Han är född i Sydafrika. Soldat, legionär. Jag tror inte det funnits en konflikt eller ett krig de senaste tjugo åren i Afrika där han inte varit med och slagits på den ena sidan.

– Vilken sida?

– Den sida som för tillfället har betalat bäst. Men det höll på att sluta illa redan när det började. När Angola drev ut portugiserna 1975 tog dom till fånga ungefär tjugo legosoldater, som ställdes inför domstol. Femton av dom dömdes till döden. Bland annat Richard Tolpin. Man sköt fjorton av dom. Varför man lät Tolpin leva vet jag inte. Förmodligen hade han bevisat sitt värde även för dom nya härskarna.

– Hur gammal är han?

– Ungefär 40 år. Mycket vältränad. Karateexpert. Skicklig skytt.

– Och den andre?

– Han kommer från Belgien. Maurice Obadia. Soldat även han. Han är yngre än Tolpin. 34 eller 35 år gammal. Mer vet jag inte.

– Vad gör dom på Farnholms slott?

– Dom går under namnet 'De speciella rådgivarna'. Men i grunden är dom inget annat än Harderbergs livvakter. Skickligare eller farligare personer kan man knappast få tag på. Harderberg verkar dessutom trivas i deras sällskap.

– Hur vet du det?

– Ibland om nätterna har dom skjutövningar i slottsparken. Dom skjuter till måls på mycket speciella föremål.

– Berätta!

– Människoliknande dockor. Dom siktar alltid mot huvudet. Och dom träffar som oftast.

– Är Alfred Harderberg med om det här?

– Ja. Dom kan hålla på nätterna igenom.

– Vet du om nån av dom, Tolpin eller Obadia, har en pistol av märket Bernadelli?

– Jag håller mig så långt ifrån deras skjutvapen som möjligt, sa Ström. Det finns en sorts människor man överhuvudtaget inte ska ha i sin närhet.

– Dom måste ha vapenlicenser, sa Wallander.

Kurt Ström log.

– Bara om dom vistas i Sverige, sa han.

Wallander höjde på ögonbrynen.

– Vad menar du med det? Farnholms slott ligger väl i Sverige?

– Det finns en säregenhet med 'De speciella rådgivarna', sa Ström. Dom har aldrig kommit till Sverige. Då kan man heller inte säga att dom finns här.

Han släckte omsorgsfullt sin cigarett innan han fortsatte.

– Det finns en helikopterplatta vid slottet, sa han. Ibland, men alltid om nätterna, slås dom underjordiska strålkastarna på. En helikopter landar, ibland två. Dom kommer och dom lyfter igen före gryningen. Lågtflygande helikoptrar som inte fångas upp av nån radar. När Harderberg ska ut och resa med sin Gulfstream försvinner Tolpin och Obadia med en helikopter natten innan. Sen möts dom nånstans. Kanske i Berlin. Helikoptrarna är registrerade där. När dom återvänder går det till på samma sätt. Dom passerar med andra ord aldrig några vanliga gränsövergångar.

Wallander nickade tankfullt.

– En sista fråga, sa han. Hur vet du allt det här? Du sitter instängd i din bunker vid grindarna. Du kan säkert inte röra dig som du vill.

– Den frågan, svarade Ström allvarligt, får du inget svar på. Låt oss säga att det är en yrkeshemlighet jag inte vill dela med mig av.

– Jag ska ordna ditt intyg, sa Wallander.

– Vad är det du vill veta? frågade Ström leende. Jag visste att vi skulle komma överens.

– Det visste du inte, sa Wallander. När ska du vara i tjänst på slottet?

– Jag arbetar tre nätter på rad. Jag börjar klockan sju i kväll.

– Klockan tre i eftermiddag kommer jag tillbaka hit, sa Wallander. Då ska jag visa dig nånting. Min fråga kommer då.

Ström reste sig och kikade ut genom gardinen.

– Är det nån som följer efter dig? frågade Wallander.

– Man kan aldrig vara nog försiktig, svarade Ström. Det trodde jag du hade lärt dig?

Wallander lämnade huset och skyndade till sin bil. Han for raka vägen till polishuset. I receptionen bad han Ebba att samla ihop spaningsgruppen till ett möte omedelbart.

– Du ser alldeles för jäktad ut, sa Ebba bekymrat. Har det hänt nånting?

– Ja, svarade Wallander. Äntligen har det hänt nånting. Glöm inte att kalla Nyberg. Jag vill att han ska vara med.

Tjugo minuter senare var de samlade. Ebba hade dock inte lyckats få tag på Hanson som tidigt på morgonen hade lämnat polishuset utan att säga vart han skulle. Per Åkeson och Björk kom in i sammanträdesrummet just när Wallander bestämt sig för att inte vänta längre. Givetvis utan att nämna att han ingått ett avtal med Kurt Ström berättade han om deras möte i huset vid Svarta vägen. Den håglöshet som präglat den senaste tidens möten i spaningsgruppen kändes plötsligt något mindre, även om Wallander såg tveksamheten i sina kollegors ansikten. Han tänkte att han med sin situation sannolikt kunde jämföras med en ledare för ett idrottslag som skulle övertyga sina spelare om att de nu stod inför en framgång, trots att de förlorat alla matcher det senaste halvåret.

– Jag tror på det här, slutade han sin föredragning. Kurt Ström kan visa sig mycket värdefull.

Per Åkeson skakade på huvudet.

– Jag tycker inte om det, sa han. Nu ska vi för utredningens vidare öden förlita oss på att en säkerhetsvakt som tidigare blivit utsparkad ur poliskåren ska bli vår räddande ängel.

– Vad har vi för alternativ? invände Wallander. Dessutom kan jag inte se att vi gör nåt olagligt. Det var han som kom till oss, inte tvärtom.

Björk var ändå mer kategorisk i sitt avståndstagande.

– Det kan aldrig komma på fråga att vi ska använda oss av en informatör som blivit utsparkad ur kåren, sa han. Det blir en fullkomlig skandal om det här misslyckas och kommer ut i massmedia. Rikspolischefen kommer att slita mig i stycken om jag tillåter det.

– Han kan få slita sönder mig, sa Wallander. Jag är övertygad om att Ström menar allvar. Han vill hjälpa till. Så länge vi inte gör nåt olagligt kan det heller inte bli nån skandal.

– Jag kan se rubrikerna framför mig, sa Björk. Dom blir inte vackra.

– Jag kan se andra rubriker framför mig, svarade Wallander. Rubriker som handlar om ytterligare två mord som polisen inte har lyckats lösa.

Martinson som märkte att samtalet höll på att gå över styr grep in.

– Det låter konstigt att han inte ville ha nåt i utbyte för att hjälpa oss, sa han. Kan man verkligen tro på att hans ilska över att ha mist sitt arbete är tillräckligt motiv för att han ska hjälpa den poliskår han avskyr?

– Han hatar polisen, sa Wallander. Men jag menar ändå att han är uppriktig.

Det blev tyst i rummet. Per Åkeson drog i sin överläpp medan han överlade med sig själv.

– Martinsons fråga, sa han. Den svarade du inte på?

– Han ville inte ha nåt i utbyte, ljög Wallander.

– Vad är det egentligen du vill att han ska göra?

Wallander nickade mot Nyberg som satt tyst bredvid Ann-Britt Höglund.

– Sten Torstensson dödades av kulor som förmodligen avlossats av ett vapen av märket Bernadelli. Nyberg har sagt att det är ett sällsynt vapen. Jag vill att Kurt Ström ska undersöka om nån av dom här livvakterna har ett sånt vapen. Då kan vi gå in på slottet med ett gripande.

– Det kan vi göra ändå, sa Per Åkeson. Beväpnade personer, oavsett vilka vapen dom har, som vistas illegalt i landet. Det är tillräckligt för mig.

– Men sen då? sa Wallander. Vi tar dom. Vi utvisar dom. Vi har lagt alla ägg i en korg och vi tappar den i golvet. Innan vi kan utpeka dom där männen som tänkbara mördare måste vi åtminstone veta om nån av dom har ett vapen som kan vara det rätta.

– Fingeravtryck, sa Nyberg plötsligt. Det vore bra. Så kan vi köra en kontroll genom Interpol och Europol.

Wallander nickade. Fingeravtrycken hade han glömt.

Per Åkeson fortsatte att dra i sin överläpp.

– Ingenting annat du tänker på? frågade han.

– Nej, sa Wallander. Inte just nu.

Han visste att han balanserade på en lina som han när som helst kunde ramla ner ifrån. Gick han för långt skulle Per Åkeson stoppa alla vidare kontakter med Ström. Åtminstone skulle ytterligare diskussioner innebära att de blev kraftigt försenade. Därför valde Wallander att inte redovisa hela sin tankegång.

Medan Per Åkeson fortsatte att fundera fångade Wallander Nybergs och Ann-Britt Höglunds blickar. Hon log. Nyberg nickade nästan osynligt mot honom. De har förstått, tänkte Wallander. De vet vad jag egentligen tänker. Och de är med mig.

Åkeson kom till sist överens med sig själv.

– Den här gången, sa han. Men bara nu. Inga fler kontakter med Kurt Ström i fortsättningen utan att jag är informerad. Jag vill veta vad ni tänker fråga honom om innan jag godkänner fler insatser från den mannens sida. Ni ska också räkna med att jag sannolikt kommer att säga nej.

– Naturligtvis, sa Wallander. Jag är inte ens säker på att det blir mer än den här gången.

När mötet var över tog Wallander med sig Nyberg och Ann-Britt Höglund till sitt rum.

– Jag såg på er att ni kunde följa min tankegång, sa han när han hade stängt dörren. I och med att ni ingenting sa så anser jag också att ni är överens med mig om att vi går ett steg längre än vad jag sa till Åkeson.

– Plastbehållaren, sa Nyberg. Om Ström kan hitta en likadan på slottet vore jag tacksam.

– Just det, sa Wallander. Plastbehållaren är det viktigaste vi har. Eller det enda vi har, beroende på hur man ser det.

– Hur ska han i så fall kunna ta med sig den? frågade Ann-Britt Höglund.

Wallander och Nyberg såg menande på varandra.

– Om det är som vi tror blev den plastbehållare vi hittade i Gustaf Torstenssons bil utbytt, sa Wallander. Jag tänkte att vi kunde byta tillbaka.

– Det borde jag ha förstått, sa hon. Jag tänker för långsamt.

– Ibland är det nog Wallander som tänker för fort, sa Nyberg stillsamt.

– Jag behöver den om några timmar, sa Wallander. Jag ska träffa Ström igen klockan tre.

Nyberg gick. Ann-Britt Höglund dröjde sig kvar.

– Vad ville han ha? frågade hon.

– Jag vet inte, sa Wallander. Han påstod att det räckte med ett intyg om att han egentligen inte var nån dålig polis. Men det döljer sig nåt mer där bakom.

– Vad då?

– Jag vet inte än. Jag har mina aningar. Det är också möjligt att jag tar fel.

– Det du anar vill du förstås inte avslöja?

– Helst inte just nu. Inte förrän jag vet.

Strax efter två kom Nyberg in med plastbehållaren på Wallanders kontor. Han hade packat in den i svarta sopsäckar.

– Glöm inte fingeravtrycken, sa Nyberg. Vad som helst som dom kan ha hållit i. Glas, koppar, tidningar.

Halv tre bar Wallander ut plastbehållaren till sin bil. Han ställde in den i baksätet och for mot Sandskogen. Regnet hade tilltagit och kom drivande i byar från havet. När han steg ur bilen hade Ström redan öppnat dörren. Wallander såg att han var klädd i uniform. Wallander bar in plastbehållaren i det röda huset.

– Vad är det för uniform? frågade han.

– Farnholms egen uniform, svarade Ström. Vem som har hittat på den vet jag inte.

Wallander drog sopsäckarna av plastbehållaren.

– Har du sett den tidigare? frågade han.

Ström skakade på huvudet.

– Nånstans på slottet finns en likadan, fortsatte Wallander. Förmodligen finns där mer än en. Jag vill att du byter ut den här mot en av dom. Kan du ta dig in i själva slottsbyggnaden?

– Jag går rundor på natten.

– Du är säker på att du inte har sett den här tidigare?

– Aldrig. Jag vet inte ens var jag ska leta.

Wallander tänkte efter.

– Det är inte alls säkert att jag har rätt, sa han. Men kanske det finns nåt frysrum någonstans?

– I källaren, sa Ström.

– Leta där. Glöm sen inte Bernadellin.

– Det blir svårare. Dom går alltid beväpnade. Jag antar att dom har vapnen med sig i sängen.

– Vi behöver också Tolpins och Obadias fingeravtryck. Det är allt. Sen ska du få ditt intyg. Om det nu är det du verkligen vill.

– Vad skulle det annars vara?

– Jag tror att du egentligen vill visa att du inte är en så dålig polis som många tror.

– Du tar fel, svarade Ström. Jag måste tänka på min framtid.

– Det var bara en tanke, sa Wallander. Ingenting annat.

– Klockan tre i morgon, sa Ström. Här.

– En sak till, sa Wallander. Om nåt går snett så kommer jag att förneka all kännedom om vad du har för dig.

– Jag kan reglerna, sa Ström. Om det inte var nåt mer kan du lika gärna gå.

Wallander sprang genom regnet till bilen. Han stannade vid Fridolfs Konditori och drack kaffe och åt några smörgåsar. Tanken på att han inte hade sagt hela sanningen under spaningsgruppens möte gjorde honom olustig. Men han visste att han var beredd att förfalska ett intyg åt Kurt Ström om det skulle visa sig nödvändigt. Han tänkte på Sten Torstensson som hade kommit till honom och bett om hjälp. Den gången hade han avvisat honom. Det minsta han nu kunde göra var att till varje pris få klarhet i vem som hade mördat honom.

När han hade kommit ut till sin bil igen blev han sittande utan att starta motorn. Medan han betraktade människor som skyndade genom regnet påminde han sig den gång några år tidigare då han hade kört bil från Malmö kraftigt berusad och blivit stoppad av några av sina kollegor. De hade skyddat honom och ingenting hade någonsin kommit ut. Den gången hade han inte varit en vanlig medborgare. Han hade varit en polisman som skyddats av kåren. Istället för att se till att han blev straffad, suspenderad och kanske avsatt hade Peters och Norén, de två poliser som stoppat hans vingliga framfart, skaffat sig en inteckning i hans lojalitet. Vad skulle hända den dag en av dem begärde att han skulle betala av på sin skuld?

Kurt Ström längtade innerst inne tillbaka till poliskåren, tänkte Wallander. Den ovilja och det hat han ger uttryck för är bara en genomskinlig yta. Säkert drömmer han om att en gång kunna återvända till kåren igen.

Wallander for till polishuset. Han gick in till Martinson som talade i telefon. När han hade lagt på luren frågade Wallander genast hur det hade gått.

– Ström ska jaga en italiensk pistol och han ska samla på fingeravtryck, svarade Wallander.

– Jag har fortfarande svårt att förstå att han gör det för ingenting, sa Martinson.

– Det har jag också, svarade Wallander undvikande. Men vi kan väl säga att även en sån som Kurt Ström kanske har sina goda sidor.

– Hans ena misstag var att han åkte fast, sa Martinson. Hans andra att han gjorde allting för stort och för grovt. Visste du för övrigt att han har en dotter som är svårt sjuk?

Wallander skakade på huvudet.

– Han skilde sig från mamman när flickan var mycket liten. I många år hade han vårdnaden om henne. Flickan har nån form av muskelsjukdom. Till slut, när hon blivit så dålig att hon inte kunde vara hemma längre, hamnade hon på en institution. Men han besöker henne ständigt.

– Hur vet du allt det här?

– Jag ringde till Roslund i Malmö och frågade. Jag sa att jag av en tillfällighet hade stött ihop med Ström. Jag tror inte Roslund visste om att han arbetar på Farnholms slott. Det sa jag naturligtvis ingenting om.

Wallander stod och såg ut genom fönstret.

– Det är inte mycket annat vi kan göra än att vänta, sa Martinson.

Wallander svarade inte. Sedan insåg han att Martinson hade sagt någonting.

– Jag hörde inte vad du sa?

– Att det enda vi nu kan göra är att vänta.

– Ja, sa Wallander. Och det finns ingenting som jag har så svårt för som just det.

Wallander lämnade rummet och gick in till sitt kontor. Han satte sig i sin stol och betraktade den uppförstorade översikt av Alfred Harderbergs världsomspännande imperium som hade kommit från ekoroteln i Stockholm. Han hade omsorgsfullt nålat upp den på väggen.

Egentligen är det en världsatlas jag ser på, tänkte han. De nationella gränserna är ersatta av de ständigt glidande skiljelinjerna mellan olika företag, vars inflytande och omsättningar är större än många enskilda länders nationalbudgetar. Han letade bland sina papper på skrivbordet tills han hittade en översikt av världens tio största företag som hade följt med som bilaga till någon av de allmänna översikter som ekorotlarna i överdrivet nit hade bestått dem. Av de tio största företagen i världen var sex japanska och tre amerikanska. Därtill kom Royal Dutch Shell som var engelskt och holländskt. Av världens tio största företag var fyra banker, två telefonföretag, en biltillverkare och ett oljebolag. Vidare fanns där General Electric och Exxon. Han försökte föreställa sig vilken makt dessa företag representerade. Men det var omöjligt för honom att riktigt förstå vad denna koncentration egentligen innebar. Hur skulle det vara möjligt när han inte ens tyckte han kunde förstå Alfred Harderbergs imperium, trots att det i detta sammanhang var som en mus i skuggan av en elefantfot?

En gång hade Alfred Harderberg hetat Alfred Hansson. Från en obetydlig utgångspunkt i Vimmerby hade han blivit en av de sidenriddare som behärskade världen, ständigt på nya korståg där konkurrenter skulle manövreras ut eller krossas. På ytan följde han obrottsligt lagar och bestämmelser, han var en aktad man som förärats olika hedersdoktorat, hans generositet var stor, donationerna flödade oavbrutet från hans många, till synes outsinliga källor.

Björk hade beskrivit honom som en hedervärd man som var bra för Sverige. Därmed hade han uttalat en allmänt accepterad mening.

Vad jag egentligen påstår är att det existerar en mörk fläck någonstans, tänkte Wallander. Jag arbetar enligt teorin att hans leende måste spräckas för att vi ska kunna finna en mördare som går lös. Jag försöker hitta någonting som helt enkelt är otänkbart. Alfred Harderberg har ingen mörk fläck. Hans solbrända ansikte, hans leende är något vi ska vara stolta över, ingenting annat.

Klockan sex lämnade Wallander polishuset. Regnet hade upphört och den byiga vinden hade mojnat. När han kom hem låg det ett brev bland reklamen på tamburgolvet. Det var poststämplat i Riga. Han la det på köksbordet och såg på det. Först när han hade druckit ur en flaska öl öppnade han det och läste vad hon hade skrivit. För att vara helt säker på att han inte hade missförstått hennes ord läste han det genast ytterligare en gång. Då insåg han att hon faktiskt hade gett honom ett svar. Han la ifrån sig brevet på bordet och tänkte att det inte var sant. Sedan räknade han dagar med hjälp av väggalmanackan. Han kunde inte påminna sig senast han hade varit så upprymd. Han tog ett bad och gick därefter till den pizzeria på Hamngatan han brukade besöka. Han drack en flaska vin till maten och det var först när han hade blivit lätt berusad och skulle betala som han kom på att han under hela kvällen inte hade tänkt en tanke på vare sig Alfred Harderberg eller Kurt Ström. Han lämnade pizzerian gnolande på någon improviserad melodi. Sedan strövade han runt på gatorna i centrum till närmare midnatt. Då gick han hem och läste brevet från Baiba ännu en gång, rädd att han trots allt hade missförstått hennes ord.

Det var först när han skulle somna som han åter började tänka på Kurt Ström. Med ens var han klarvaken. Vänta, hade Martinson sagt. Det var det enda de kunde göra. Otåligt steg han upp ur sängen och satte sig i vardagsrummets soffa.

Vad gör vi om Ström inte hittar någon italiensk pistol? tänkte han. Vad händer med utredningen om plastbehållaren är ett blindspår? Möjligen kan vi utvisa några utländska livvakter som befinner sig illegalt i landet. Men därutöver ingenting. Alfred Harderberg lämnar Farnholms slott i sin välsittande kostym och med sitt ständiga leende och vi står kvar med resterna av en havererad mordutredning. Vi kommer att få börja om från början igen och det kommer att bli mycket tungt. Åter en gång ska vi börja betrakta det som har hänt som om vi såg det för första gången.

När han satt i soffan bestämde han sig för att han då skulle lämna utredningsansvaret ifrån sig. Martinson skulle få överta. Det var inte bara rimligt, det var också nödvändigt. Han var den som hade begärt och drivit igenom att de skulle koncentrera sig på Alfred Harderberg som ett huvudspår. Han skulle följa utredningen till botten och när han kom upp till ytan igen var det Martinson som skulle överta ansvaret.

När han till slut återvände till sängen sov han oroligt. Drömmar splittrades och blandades med varandra, i samma bild kunde han se den leende Alfred Harderberg och den alltid lika allvarliga Baiba Liepa.

Klockan var sju när han vaknade och inte lyckades somna om igen. Han kokade kaffe och tänkte på brevet från Baiba. Sedan satte han sig vid köksbordet och läste Ystads Allehandas bilannonser. Fortfarande hade han inte hört något från försäkringsbolaget. Björk hade dock lovat att han kunde använda sig av polisens bil så länge han behövde. Strax efter nio lämnade han lägenheten. Himlen var molnfri och det var tre plusgrader. Han ägnade några timmar åt att åka runt till stadens olika bilhandlare. Länge gick han runt och betraktade en Nissan han önskade att han hade haft råd att köpa. På vägen hem parkerade han vid Stortorget och gick ner till musikaffären vid Stora Östergatan. Utbudet av operamusik var dåligt. Motvilligt lät han sig nöja med en CD som innehöll en samling berömda operaarior. Sedan handlade han mat och körde hem. Ännu var det många timmar tills han skulle träffa Kurt Ström på Svarta vägen.

Klockan var fem minuter i tre när Wallander stannade bilen utanför det röda dockhuset inne i Sandskogen. Han steg ur och gick in genom grinden. Men när han knackade på dörren fick han inget svar. Han gick runt i trädgården medan han väntade. När klockan hade blivit halv fyra började han känna en växande oro. Instinktivt anade han att något hade hänt. Han väntade till kvart över fyra. Då skrev han ett besked till Ström på ett avrivet kuvert han hittat i bilen och stack in det under dörren. Han gav sitt eget telefonnummer och polishusets. Han for tillbaka mot staden och undrade vad han skulle göra. Kurt Ström var ute på egen hand, han visste att han måste klara sig själv. Wallander tvivlade inte heller på hans möjligheter att ta sig ur besvärliga situationer. Ändå ökade hans oro hela tiden. Han gick in på sitt kontor efter att ha tagit reda på att ingen i spaningsgruppen befann sig på polishuset. Han ringde hem till Martinson. Hans hustru svarade att Martinson hade åkt till Simhallen med den ena dottern. Han skulle just ringa till Svedberg när han ändrade sig och slog numret hem till Ann-Britt Höglund. Det var hennes man som svarade. När hon själv kom till telefonen berättade Wallander att Kurt Ström inte dykt upp på den avtalade tiden.

– Vad betyder det? frågade hon.

– Jag vet inte, svarade Wallander. Antagligen ingenting. Men jag är orolig.

– Var är du?

– På mitt kontor.

– Vill du att jag ska komma?

– Det behövs inte. Men jag ringer igen om det händer nånting.

Han avslutade samtalet och fortsatte att vänta. När klockan hade blivit halv sex återvände han till Svarta vägen. Med sin ficklampa lyste han mot dörren. Fliken av kuvertet stack fram. Kurt Ström hade fortfarande inte kommit. Han hade tagit en mobiltelefon med sig och slog Kurt Ströms telefonnummer i Glimmingehus. Han lät många signaler gå fram men fick ändå inget svar. Han var nu säker på att något hade hänt. Han bestämde sig för att åka tillbaka till polishuset ännu en gång och ta kontakt med Per Åkeson.

Just när han hade stannat vid stoppljuset vid Österleden ringde hans mobiltelefon.

– En man som heter Sten Widén söker dig, sa polisvakten. Har du hans nummer?

– Jag har det, sa Wallander. Jag ringer genast.

Det hade slagit om till grönt och en bil tutade ilsket bakom honom. Wallander svängde in vid sidan av vägen. Sedan slog han numret till Sten Widén. Det var en av stallflickorna som svarade.

– Är det du som är Roger Lundin? frågade flickan.

– Ja, svarade Wallander förvånat. Det är jag.

– Jag skulle hälsa att Sten är på väg hem till dig i Ystad.

– När for han?

– För en kvart sen.

Wallander gjorde en rivstart på gult ljus och körde in mot staden igen. Nu var han säker på att något hade hänt. Kurt Ström hade inte kommit tillbaka och Sofia måste ha tagit kontakt och haft något så viktigt att berätta att Sten Widén bestämt sig för att omedelbart köra hem till honom. När han svängde in på Mariagatan såg han att Sten Widén ännu inte hade kommit i sin gamla Volvo Duett. Han stannade på gatan och väntade. Febrilt försökte han förstå vad som hade hänt med Kurt Ström. Vad var det som gjorde att Sten Widén kastade sig i sin bil och lämnade sin gård för att tala med honom?

När Duetten en stund senare svängde in på Mariagatan var Wallander framme och öppnade dörren innan Sten Widén ens hade hunnit stänga av motorn.

– Vad är det som har hänt? frågade Wallander medan Sten Widén försökte ta sig lös från det tilltrasslade säkerhetsbältet.

– Sofia ringde, sa han. Hon verkade alldeles hysterisk.

– Varför det?

– Ska vi verkligen stå kvar här på gatan? sa Sten Widén.

– Det är bara det att jag är orolig, sa Wallander.

– För Sofia?

– För Kurt Ström.

– Vem fan är det?

– Det är bäst vi går in, sa Wallander. Du har rätt. Vi kan inte stå kvar här på gatan.

När de gick uppför trappan kände Wallander att det luktade sprit om Sten Widén. Han tänkte att han borde tala allvar med honom om det. Någon gång när de hade tagit reda på vem som hade dödat de två advokaterna.

De satte sig vid köksbordet där Baibas brev fortfarande låg kvar.

– Vem är Kurt Ström? frågade Sten Widén på nytt.

– Sen, sa Wallander. Du först. Sofia?

– Det är kanske en timme sen hon ringde, sa Sten Widén och grimaserade. Först förstod jag inte vad hon sa. Hon var alldeles hysterisk.

– Var ringde hon från?

– Från sin lägenhet i stallet.

– Fan också.

– Jag tror inte det kan hjälpas, sa Sten Widén och kliade sig i skäggstubben. Om jag förstod henne rätt hade hon varit ute och ridit. Plötsligt hade det legat en docka på stigen. Har du hört om dockorna? Stora som människor?

– Hon har berättat om dom, sa Wallander. Fortsätt.

– Hästen hade stannat och vägrat fortsätta. Sofia hade hoppat av för att dra undan dockan från stigen. Det var bara det att det var ingen docka.

– Jävlar, sa Wallander långsamt.

– Det verkar som om du redan vet det här, sa Sten Widén förvånat.

– Jag ska förklara sen. Fortsätt.

– Det var en man som låg där. Han var nersölad med blod.

– Var han död?

– Det frågade jag inte om. Jag antar det.

– Vad hände sen?

– Hon red därifrån och ringde till mig.

– Vad sa du att hon skulle göra?

– Jag vet inte om det var riktigt. Men jag sa till henne att tills vidare inte göra nånting alls.

– Bra, sa Wallander. Du gjorde helt rätt.

Sten Widén ursäktade sig och gick på toaletten. Wallander

kunde höra det svaga klirrandet av en flaska. När han återkom berättade Wallander om Kurt Ström.

– Du tror alltså att det var han som låg där på stigen, sa Sten Widén när Wallander hade tystnat.

– Jag fruktar det.

Sten Widén blev plötsligt upprörd. Han svepte med armarna över bordet. Brevet från Riga föll ner på golvet.

– Polisen måste väl för fan rycka ut! Vad är det som pågår på det där slottet? Jag vill inte ha kvar Sofia där längre.

– Det är precis vad vi ska göra också, svarade Wallander och reste sig.

– Jag åker hem, sa Sten Widén. Och du ringer mig så fort du har fått ut Sofia därifrån.

– Nej, sa Wallander. Du stannar här. Du har druckit sprit. Jag släpper inte ut dig på vägen. Du kan sova här.

Sten Widén såg på Wallander som om han inte hade förstått.

– Påstår du att jag är full? sa han.

– Inte full. Men berusad, svarade Wallander lugnt. Jag vill inte att det ska hända dig nånting.

Sten Widén hade lagt sina bilnycklar på köksbordet. Wallander tog dem och stoppade dem i fickan.

– För säkerhets skull, sa han. Jag vill inte att du ska ändra dig när jag inte är här.

– Du kan inte vara riktigt klok, sa Sten Widén. Jag är inte full.

– Vi får diskutera det när jag kommer tillbaka, sa han. Jag måste gå nu.

– Jag bryr mig inte om Kurt Ström, sa Sten Widén. Men jag vill inte att det händer henne nåt.

– Jag antar att du brukar ha henne hos dig i sängen, sa Wallander.

– Ja, sa Sten Widén. Men det är inte därför jag inte vill att det ska hända henne nånting.

– Det är ju inte min sak, sa Wallander.

– Nej, sa Sten Widén. Det är det inte.

Wallander letade reda på ett par oanvända gymnastikskor i sin garderob. Vid många tillfällen hade han bestämt sig för att börja motionera. Men det hade aldrig blivit av. Han satte på sig en tjock tröja, drog en mössa över huvudet och var klar att ge sig av.

– Du får ordna det så bra du kan, sa han till Sten Widén som nu öppet hade ställt fram sin whiskyflaska på bordet.

– Bekymra dig om Sofia och inte om mig, sa Sten Widén.

Wallander slog igen dörren bakom sig. Han stod i trapphusets mörker och undrade vad han skulle göra. Om Kurt Ström var död hade allting misslyckats. Han märkte hur han plötsligt var tillbaka till händelserna året innan, till döden som väntade där ute i dimman. Männen på Farnholms slott var farliga, antingen de log som Alfred Harderberg eller dolde sig i skuggorna som Tolpin och Obadia.

Jag måste få ut Sofia, tänkte han. Jag får ringa Björk och organisera en utryckning. Vi kallar in vartenda polisdistrikt i Skåne om det blir nödvändigt.

Han tände ljuset i trappan och sprang ner på gatan. När han satt sig i bilen slog han numret till Björk.

Men när Björk svarade slog han av telefonen.

Jag måste reda ut det här själv, tänkte han. Jag vill inte ha några fler döda poliser.

Han åkte till polishuset och hämtade sitt tjänstevapen och en ficklampa. I Svedbergs övergivna rum tände han ljuset och letade reda på kartan över Farnholms slottsägor. Han vek ihop den och stoppade den i fickan. När han lämnade polishuset hade klockan blivit en kvart i åtta. Han for ut på Malmövägen och stannade vid Ann-Britt Höglunds hus. När han ringde på var det hennes man som öppnade. Han tackade nej till att stiga in, han ville bara ge henne ett besked. När hon kom ut i tamburen var hon klädd i morgonrock.

– Lyssna noga, sa han. Jag tänker ta mig in på Farnholms slott.

Hon såg att han menade allvar.

– Kurt Ström? frågade hon.

– Jag tror han är död.

Hon hajade till och blev blek. Wallander undrade hastigt om hon höll på att svimma.

– Du kan inte åka till slottet ensam, sa hon när hon hade
återfått självkontrollen.

– Jag måste.

– Vad är det du måste?

– Jag måste reda ut det här själv, sa han irriterat. Fråga inte
mer. Lyssna istället.

– Jag följer med dig, sa hon. Du kan inte bege dig dit en-
sam.

Han såg att hon hade bestämt sig. Det skulle inte vara nå-
gon mening med att han började argumentera med henne.

– Du kan följa med, sa han. Men du kommer att vänta
utanför. Jag behöver nån som jag kan ha radiokontakt med.

Hon försvann uppför trappan. Hennes man nickade åt
Wallander att stiga in och stänga dörren.

– Det är det här hon har varnat mig för, log han. Att när
jag väl är hemma så är det hon som försvinner ut.

– Det kanske inte tar så lång tid, sa Wallander och hörde
hur lite övertygande han lät.

Efter några få minuter kom hon nerför trappan igen, klädd
i en träningsoverall.

– Sitt inte uppe och vänta på mig, sa hon till sin man.

Vem väntar på mig, tänkte Wallander. Ingen, inte ens en
sömnig katt bland blomkrukorna i ett fönster.

De for upp till polishuset och hämtade två radiotelefoner.

– Jag kanske borde vara beväpnad, sa hon.

– Nej, sa Wallander. Du ska vänta utanför. Och fan ta dig
om du inte gör som jag säger.

De lämnade Ystad bakom sig. Kvällen var klar och kall.
Wallander körde fort.

– Vad är det du tänker göra? frågade hon.

– Jag ska ta reda på vad som har hänt, svarade han.

Hon genomskådar mig, tänkte han. Hon begriper att jag
egentligen inte alls vet vad jag ska göra.

De for vidare under tystnad och nådde avtagsvägen till
Farnholms slott strax efter klockan halv tio. Wallander körde
in på en parkeringsplatta för traktorer, slog av motorn och
släckte strålkastarna. De blev sittande i mörkret.

– Jag tar kontakt med dig en gång i timmen, sa Wallander.

Om jag uteblir i mer än två timmar så ringer du till Björk och begär full utryckning.

– Du borde inte göra det, sa hon.

– I hela mitt liv har jag gjort sånt jag inte borde, svarade Wallander. Varför skulle jag då sluta med det nu?

De ställde in radiotelefonerna.

– Varför valde du att bli polis och inte präst? frågade han när han skymtade hennes ansikte i det svaga ljuset från telefonerna.

– Jag blev våldtagen, sa hon. Det förändrade allt i mitt liv. Det enda jag kunde tänka på efteråt var att bli polis.

Wallander satt tyst utan att svara. Sedan öppnade han bildörren och stängde den försiktigt igen bakom sig.

Det var som om han steg rätt in i en annan värld. Ann-Britt Höglund fanns inte längre i hans närhet.

Natten var mycket stilla. Av någon anledning slog det honom att det var två dagar kvar till Lucia. Han gled in i skuggan av ett träd och vecklade upp kartan. I skenet av ficklampan försökte han lära sig de viktigaste detaljerna utantill. Sedan släckte han lampan, stack ner kartan i fickan och började långsamt springa längs avtagsvägen som ledde till slottsgrindarna. Att ta sig över de dubbla stängslen skulle vara en omöjlighet. Det fanns bara en väg in och den gick genom grindarna.

Efter tio minuter stannade han och hämtade andan. Sedan fortsatte han försiktigt fram längs vägen tills han såg strålkastarna som lyste upp grindarna och vaktbunkern.

Jag måste utgå ifrån vad de inte väntar sig, tänkte han. Att en beväpnad man ensam ska försöka ta sig in på slottet.

Han blundade och tog några djupa andetag. Sedan drog han upp sin pistol ur fickan.

På baksidan av vaktbunkern fanns ett smalt område som låg i skugga.

Han såg på sitt armbandsur. Klockan var tre minuter i tio.

Sedan gav han sig av.

17

Det första radioanropet kom redan efter trettio minuter.

Hon kunde höra honom alldeles klart, utan störningar, som om han inte hade avlägsnat sig från bilen, utan fortfarande fanns kvar där utanför i skuggorna.

– Var är du? frågade hon.

– Jag är inne på området, svarade han. Var beredd på nästa kontakt med mig om en timme.

– Vad händer? frågade hon.

Men hon fick inget svar. Hon trodde att kontakten bara tillfälligt var bruten och väntade därför på ett nytt anrop från honom. Sedan insåg hon att det var Wallander själv som hade brutit samtalet utan att svara på hennes fråga. Radion förblev tyst.

Wallander upplevde det som om han hade trätt in i dödsskuggans dal. Att komma in på området hade dock varit enklare än han hade vågat hoppas på. Han hade hastigt rört sig i den smala skuggan bakom bunkern. Där hade han till sin förvåning upptäckt ett litet fönster. Han hade hävt sig upp på tå och kunnat se in i bunkern. En enda person hade funnits där framför en terminal av dataskärmar och telefoner. En enda person och det hade dessutom varit en kvinna. Hon hade suttit och stickat. Wallander hade vantroget kunnat konstatera att hon höll på med en tröja till ett barn. Kontrasten till det som skedde innanför de grindar hon bevakade blev alltför stor och omöjlig att riktigt begripa. Men han insåg att hon minst av allt förväntade sig att en beväpnad man fanns i hennes närhet. Därför gick Wallander alldeles lugnt runt bunkern och knackade något han föreställde sig som en *vänlig* signal på dörren. Precis som han hoppats öppnade hon dörren, inte försiktigt på glänt, utan på vid gavel, som om inga faror hotade. Hon hade stickningen i handen och hon betraktade förvånat Wallander. Han hade inte ens haft en tanke på att ta upp pistolen. Han sa vem han var, kommissarie Wallander från Ystadspolisen. Han beklagade till och med att han kom och störde. Samtidigt föste han vänligt in henne i bunkern och stängde dörren bakom dem. Han försökte se om bevakningsinstallationerna på Farnholms slott var dubbelsidiga, om det också fanns någon kamera som övervakade det inre av bunkern. Men han upptäckte ingen och han bad henne att sätta sig i stolen. Då först förstod hon vad som höll på att hända och började skrika. Wallander hade dragit sin pistol. Känslan av att ha ett vapen i handen berörde honom så illa att han omedelbart fick ont i magen. Han undvek att sikta på henne, sa bara åt henne att vara tyst. Hon såg mycket rädd ut och han önskade att han hade kunnat lugna henne, sagt att hon kunde fortsätta att sticka på den tröja som säkert var till ett barnbarn. Men han tänkte på Kurt Ström och Sofia, han tänkte på Sten Torstensson och minan i fru Dunérs trädgård. Han frågade om hon hade någon löpande rapportering upp till slottet, men det förnekade hon.

Nästa fråga var avgörande för Wallander.

– Egentligen skulle Kurt Ström ha tjänstgjort i kväll, sa han.

– Dom ringde från slottet och sa att jag måste arbeta eftersom han var sjuk.

– Vem ringde?

– En av sekreterarna.

– Berätta ordagrant vad hon sa!

– 'Kurt Ström har blivit sjuk.' Ingenting mer.

För Wallander var det bekräftelsen på att allt hade gått åt helvete. Kurt Ström hade blivit upptäckt, och Wallander hade inga illusioner om att männen kring Alfred Harderberg inte också hade tvingat ur honom sanningen.

Han betraktade den uppskrämda kvinnan som krampaktigt höll i sin stickning.

– Det står en man här utanför, sa han och pekade mot fönstret. Han är beväpnad liksom jag. Om du slår larm efter det att jag har gått kommer du aldrig att bli färdig med den där tröjan.

Han såg att hon trodde att han menade allvar.

– När grindarna öppnas registreras det på slottet, sa han. Stämmer det?

Hon nickade.

– Vad händer om det blir strömavbrott?

– Det finns en kraftig generator som automatiskt startar.

– Går det att öppna grindarna med handkraft? Utan att det registreras i datorerna?

Hon nickade igen.

– Slå av strömtillförseln till grinden, sa han. Du ska öppna för mig och du ska stänga. Sen slår du på strömmen igen.

Hon nickade. Han var säker på att hon skulle göra som han hade sagt. Han öppnade dörren och ropade till den man som inte fanns där i mörkret att han kom ut, att grindarna skulle öppnas och stängas, och att allt var i sin ordning. Hon låste upp till ett skåp intill grinden där det fanns en vev. När grindöppningen var tillräckligt bred trängde han sig igenom.

– Gör som jag har sagt nu, sa han. Då händer ingenting.

Sedan sprang han genom parken mot stallbyggnaden efter den kartbild han hade i huvudet. Allt var mycket stilla och när han upptäckte ljuset från stallet stannade han och tog den första kontakten med Ann-Britt Höglund. Men när hon började ställa frågor bröt han genast förbindelsen. Han fortsatte vaksamt ner mot stallbyggnaden. Den lägenhet där Sofia bodde var en tillbyggnad till stallet. Länge stod han i skydd av en liten träddunge och betraktade stallet och omgivningen. Då och då hördes skrapanden och dunsanden från hästboxarna. Ljuset var tänt i tillbyggnaden. Han försökte tänka alldeles klart. Att Kurt Ström hade blivit skjuten behövde inte betyda att man hade förutsatt att det existerade ett samband mellan honom och den nya stallflickan. Det var heller inte säkert att hennes telefonsamtal till Sten Widén hade blivit avlyssnat. Det osäkra i situationen var det enda Wallander hade att utgå ifrån. Ändå undrade han om de hade en beredskap mot att en ensam man skulle ta sig in på slottsområdet.

Han stod kvar ytterligare några minuter i skydd av träddungen. Sedan sprang han, hopkrupen och så fort han kunde, fram till dörren i tillbyggnaden. I varje ögonblick räknade han med att en kula från ett osynligt vapen skulle slå in i hans kropp. Han knackade på dörren samtidigt som han kände på handtaget. Dörren var låst. Sedan hörde han hennes stämma, hon var rädd, och han sa vem han var, Roger, Sten Widéns vän Roger. Efternamnet Lundin som han själv hade gett sig hade plötsligt fallit honom ur minnet. Men hon öppnade dörren för honom och han såg en blandning av förvåning och lättnad i hennes ansikte. Lägenheten bestod av ett litet kök och ett rum som hade en inbyggd sovalkov. Han tecknade åt henne med ett finger över munnen att vara tyst. De satte sig i köket, på varsin sida av bordet. Dunsarna från hästboxarna kunde han nu höra mycket tydligt.

– Det är viktigt att du svarar exakt på mina frågor, sa Wallander. Jag har inte mycket tid på mig och kan inte förklara varför jag är här. Svara bara på mina frågor, ingenting annat.

Han vecklade upp kartan och la den på bordet.

– En död man låg i vägen för din häst, sa han. Peka ut var.

Hon lutade sig över bordet och ritade med fingret en liten cirkel på en plats söder om stallbyggnaden.

– Ungefär där, sa hon.

– Jag förstår att det var otäckt, sa Wallander. Ändå måste jag fråga dig om du hade sett honom förut.

– Nej.

– Hur var han klädd?

– Jag vet inte.

– Hade han uniform?

Hon skakade på huvudet.

– Jag vet inte. Jag minns ingenting.

Han tänkte att det skulle vara meningslöst att försöka pressa henne. Rädslan förträngde hennes minnesbilder.

– Har det hänt nåt annat i dag? Nåt utanför det vanliga?

– Nej.

– Ingen har kommit hit och talat med dig?

– Nej.

Wallander försökte förstå vad det innebar. Men föreställningen om Kurt Ström som låg där ute i mörkret pressade undan alla andra tankar.

– Jag försvinner nu, sa han. Om nån kommer hit ska du inte säga att jag har varit här.

– Kommer du tillbaka? frågade hon.

– Jag vet inte. Men du behöver inte oroa dig. Ingenting kommer att hända.

Han kikade försiktigt ut genom en gardinspringa och hoppades att den försäkran han hade gett henne verkligen skulle visa sig stämma. Sedan låste han upp och sprang hastigt runt huset. Först när han åter befann sig i skugga stannade han. En svag, knappt märkbar vind hade börjat blåsa. Mellan träden, på avstånd, kunde han se de starka strålkastarna som lyste upp den mörkröda slottsfasaden. Han såg också att det lyste i fönster på de olika våningsplanen.

Han märkte att han rös.

Efter att ännu en gång ha jämfört terrängen med den kartbild han hade i huvudet fortsatte han med ficklampan i handen. Han passerade en konstgjord damm som var tom på vatten. Sedan svängde han till vänster och började leta efter stigen. Han såg på klockan att det ännu var 40 minuter tills han skulle anropa Ann-Britt Höglund igen.

Just när han trodde att han hade gått fel hittade han stigen. Den var ungefär en meter bred och han såg märken efter hästarnas hovar. Han stod alldeles stilla och lyssnade. Men allt var tyst, där fanns bara vinden som långsamt tycktes tillta. Han fortsatte försiktigt framåt, hela tiden beredd på att någon skulle angripa honom.

Efter ungefär fem minuter stannade han. Om hennes märke på kartan hade varit riktigt hade han nu gått för långt. Hade han börjat leta längs en felaktig stig? Han fortsatte långsamt framåt.

Efter ytterligare hundra meter var han säker på att han redan hade passerat den punkt hon hade angivit.

Han blev stående orörlig.

Kurt Ström var borta. Kroppen måste ha förts undan. Han började gå tillbaka samma väg han kommit medan han försökte bestämma sig för vad han skulle göra. Sedan stannade han igen, den här gången eftersom han behövde kissa. Han klev in i busksnåren vid sidan av stigen. Efter det tog han upp kartan ur fickan. För att bli helt säker på att han inte hade tagit miste på stigar eller den plats Sofia hade markerat med sitt finger ville han se efter ännu en gång.

Han tände ficklampan. Ljuskäglan slog mot marken. Wallander såg en naken fot. Han ryckte till och tappade lampan som slocknade när den träffade marken. Han trodde att han hade inbillat sig, böjde sig ner och började leta efter ficklampan.

Han snuddade med fingertopparna mot ficklampans skaft. När han fick den att lysa igen såg han rakt in i Kurt Ströms döda ansikte. Ansiktet var vitt, läpparna hårt hopknipna. Blodet hade runnit ut och stelnat på kinderna. Han hade blivit skjuten mitt i pannan. Han tänkte på det som hade hänt med Sten Torstensson. Därefter vände han sig om och flydde. Lutad mot ett träd kräktes han och sprang sedan vidare. Han kom fram till den tomma dammen igen och sjönk ner på kanten. Någonstans flaxade en fågel iväg från en trädtopp. Han hoppade ner i den tomma dammen och kröp in i ett hörn. Det var som om han befann sig i ett gravvalv. Han tyckte han hörde fotsteg närma sig och drog sin pistol. Men ingen kom och såg ner i dammen. Han tog djupa andetag och tvingade sig att tänka. Paniken var mycket nära, känslan av att hans självkontroll när som helst kunde brista. Om fjorton minuter skulle han ringa till Ann-Britt Höglund. Men han behövde inte vänta, han kunde ropa upp henne nu och be henne kontakta Björk. Kurt Ström var död, han hade blivit skjuten i huvudet och ingenting kunde återföra honom till livet. De skulle rycka ut, Wallander skulle vänta på dem vid grindarna, och vad som sedan skulle hända visste han inte.

Men han gjorde inget anrop. Han väntade fjorton minuter. Först då slog han på sändningen. Hon svarade genast.

– Vad händer? frågade hon.

– Ännu ingenting, svarade han. Jag anropar dig om en timme igen.

– Har du hittat Ström?

Innan hon hade hunnit upprepa frågan hade han stängt av radion. Åter var han ensam i mörkret. Han hade bestämt sig för något han inte visste vad det var. Han hade gett sig själv en timme till ett okänt ändamål. Långsamt reste han sig. Han märkte att han frös. Han klättrade upp ur dammen och gick mot ljuset som skymtade mellan träden. Han stannade där träddungarna upphörde och den stora gräsmattan började breda ut sig upp mot slottet.

Det var en ointaglig fästning. Ändå hade Wallander en oklar föreställning om att han måste tränga sig igenom murarna. Kurt Ström var död, något han inte kunde lastas för. Inte heller kunde han ställas till svars för att Sten Torstensson hade blivit mördad. För Wallander var skuldbördan en annan, känslan av att han höll på att svikta nu igen, när han kanske stod alldeles intill en lösning. Han tänkte att det trots allt måste finnas en gräns någonstans. De skulle helt enkelt inte kunna skjuta ner honom, en kriminalpolis från Ystad, som bara försökte utföra sitt arbete. Eller det kanske inte fanns några gränser för dessa människor? Han försökte tänka sig ett svar som var det enda och det rätta. Men han hittade det inte. Istället började han göra en kringgående rörelse för att komma till baksidan av slottet, den del av byggnaden han aldrig hade sett. Det tog honom tio minuter, och då hade han rört sig fort, inte bara för att han var rädd, utan också för att han nu frös så att han skakade. På baksidan av slottet fanns en halvmåneformad terrass som sköt ut i parken. Den vänstra sidan av terrassen låg i skugga, några av de osynliga strålkastarna måste ha slutat att fungera. Från terrassen ledde en stentrappa ner mot gräsmattan. Han sprang så fort han kunde tills han åter var skyddad av skuggorna. Försiktigt tog han sig upp längs stentrappan. Han hade radion i ena handen, ficklampan i den andra, pistolen hade han stoppat ner i fickan.

Plötsligt tvärstannade han och lyssnade. Vad var det han hade hört? Sedan förstod han att det var någon av hans inre alarmklockor som hade varnat honom. Något är fel, tänkte han febrilt. Men vad? Han lyssnade, men allt var stilla, där fanns bara vinden som kom och gick. Det är något med ljuset, tänkte han. Jag dras mot skuggorna, och de finns där, nästan som om de väntade på mig. När han insåg att han hade låtit lura sig var det redan för sent. Han hade vänt sig om för att försvinna ner längs trappan igen när han plötsligt blev bländad. Ett skarpt vitt ljussken slog emot hans ansikte, han hade lockats in i den fälla som skuggan utgjorde och nu slog den igen. Han höll handen med radion över ögonen för att blända av ljuset. Samtidigt kände han hur någon högg tag i honom bakifrån. Han försökte slita sig lös men det var redan för sent. Sedan exploderade hans huvud och allt blev åter mörkt.

Någonstans var han hela tiden medveten om vad som skedde med honom. Armar lyfte honom och bar honom, han hörde en röst som talade, någon som skrattade. En dörr öppnades och stegen mot terrassens stenläggning upphörde. Han var inomhus, kanske bars han uppför en trappa och sedan blev han lagd på ett mjukt underlag. Om det var smärtan i bakhuvudet eller känslan av att plötsligt befinna sig i ett rum där ljuset var släckt eller åtminstone mycket dämpat kunde han inte avgöra. Men när han slog upp ögonen befann han sig halvliggande i en soffa i ett rum som var mycket stort. Golvet var stenlagt, kanske var det marmor. På ett avlångt bord stod datorer med lysande skärmar. Han hörde bruset från fläktar, och någonstans, osynlig för hans ögon, tickade en telex. Han försökte låta bli att röra på huvudet, smärtan vid höger öra var mycket stark. Plötsligt var det någon som talade bakom hans rygg, alldeles intill honom, en röst han kände igen.

– Dårskapens ögonblick, sa Alfred Harderberg. När en människa begår en handling som bara kan leda till att hon skadar eller förgör sig själv.

Wallander vred försiktigt på kroppen och såg på honom. Han log. Ännu längre bak, dit ljuset inte riktigt nådde fram, anade han konturerna av två orörliga män.

Harderberg gick runt soffan och gav honom hans radiotelefon. Hans kostym var oklanderlig, de svarta skorna blänkte.

– Klockan är tre minuter över midnatt, sa Alfred Harderberg. För några minuter sen var det nån som försökte kontakta er. Vem vet jag naturligtvis inte och jag bryr mig heller inte om det. Men jag antar att nån väntar sig att ni hör av er. Det är bäst ni gör som ni ska. Jag förutsätter att jag inte behöver tala om för er att inte försöka sända ett nödrop. Lämna dårskapen därhän.

Wallander slog på sändningen. Hon svarade genast på hans anrop.

– Allt är väl, sa han. Jag hör av mig om en timme igen.

– Har du hittat Ström? frågade hon.

Han tvekade om vad han skulle svara. Då upptäckte han att Alfred Harderberg nickade uppmuntrande till honom.

– Jag har hittat honom, sa Wallander. Nästa anrop blir klockan ett.

Wallander la radion vid sidan av sig på soffan.

– Den kvinnliga polisen, sa Harderberg. Jag antar att hon finns nånstans i närheten. Vi skulle naturligtvis kunna leta reda på henne om vi ville. Men det gör vi inte.

Wallander bet ihop tänderna och reste sig upp.

– Jag har kommit för att delge er misstanke om att ni är medskyldig till ett antal grova brott, sa han.

Harderberg betraktade honom tankfullt.

– Jag avstår från min rätt att ha en advokat närvarande. Var så vänlig och fortsätt, kommissarie Wallander.

– Ni är misstänkt för att vara medansvarig till Gustaf Torstenssons och hans son Sten Torstenssons död. Dessutom är ni nu också misstänkt för delaktighet i mordet på er egen säkerhetschef, Kurt Ström. Därtill kommer mordförsök på advokatbyråns sekreterare, fru Dunér, samt på mig och min kollega Ann-Britt Höglund. Det finns fler tänkbara åtalspunkter, bland annat vad som hände med revisorn Lars Borman. Men det här kommer åklagaren att reda ut närmare.

Harderberg satte sig långsamt ner i en fåtölj.

– Vill kommisarie Wallander därmed säga att jag är anhållen? frågade han.

Wallander som kände att han höll på att svimma sjönk ner i soffan igen.

– Jag saknar det formella beslutet, sa han. Men det förändrar ingenting i sak.

Harderberg satt framåtböjd i fåtöljen och stöttade hakan i ena handen. Sedan lutade han sig bakåt i stolen och nickade.

– Jag ska göra det lätt för er, sa han. Jag erkänner.

Wallander betraktade honom oförstående.

– Ni hör alldeles rätt, upprepade Harderberg. Jag erkänner mig skyldig på samtliga dom åtalspunkter ni räknade upp.

– Även i fråga om Lars Borman?

– Naturligtvis även det.

Wallander kände hur rädslan åter kom krypande emot honom, den här gången kallare, mera hotfull, än tidigare. Hela situationen var fel. Han måste komma bort från slottet innan det var för sent.

Alfred Harderberg betraktade honom uppmärksamt, som om han försökte följa Wallanders tankar. För att ge sig tid att fundera ut hur han skulle kunna ge Ann-Britt Höglund ett nödrop utan att Harderberg märkte det började han ställa frågor, som om de hade suttit i ett förhörsrum. Men fortfarande kunde han inte avgöra vart Harderberg egentligen ville komma. Hade han vetat att Wallander fanns på slottsområdet ända sedan han passerade grinden? Vad hade Kurt Ström sagt innan han blev dödad?

– Sanningen, sa Alfred Harderberg plötsligt, och bröt in i Wallanders tankar. Existerar den för en svensk polisman?

– Att urskilja var gränslinjen går mellan lögnen och den faktiska, sanna verkligheten är grunden för allt polisarbete, svarade Wallander.

– Ett riktigt svar, sa Harderberg gillande. Ändå är det fel. Eftersom det inte finns nån absolut sanning eller lögn. Det finns bara överenskommelser. Som kan ingås, försvaras eller brytas.

– Om nån använder ett vapen och dödar en annan människa, kan det knappast vara annat än en faktisk händelse, sa Wallander.

Han märkte att ett svagt stråk av irritation fanns i Harderbergs röst när han svarade.

– Vi behöver inte diskutera självklarheter, sa han. Jag söker efter en sanning som når djupare.

– Döden räcker för mig, sa Wallander. Gustaf Torstensson var er advokat. Honom lät ni döda. Försöket att dölja brottet som en bilolycka misslyckades.

– Det intresserar mig att veta hur ni kom fram till lösningen?

– Ett stolsben låg kvar i leran. I bagageutrymmet fanns resten av stolen. Bagageluckan var låst.

– Så enkelt. Ett slarv.

Harderberg försökte inte dölja att han kastade en blick mot de två männen som dolde sig i skuggorna.

– Vad hände? frågade Wallander.

– Gustaf Torstensson började vackla i sin lojalitet. Han såg sådant han inte borde ha sett. Vi var tvungna att fastslå hans lojalitet, en gång för alla. Vi roar oss emellanåt med skjutövningar här på slottet. Vi använder dockor som mål. Vi satte ut en docka på vägen. Han stannade. Han dog.

– Hans lojalitet var därmed fastslagen?

Harderberg nickade och verkade för ett kort ögonblick frånvarande. Sedan reste han sig hastigt och ställde sig att betrakta rader med siffror på en av de lysande dataskärmarna. Wallander gissade att det var börsnoteringar från någon del av världen där det redan hade blivit dag. Men hade världens börser öppet på söndagar? Kanske var det helt andra finansiella uppställningar han begrundade?

Harderberg återvände till sin fåtölj.

– Vi kunde inte avgöra hur mycket sonen visste, fortsatte han oberört. Vi höll honom under uppsikt. Han besökte er på Jylland. Vi kunde inte avgöra hur mycket han hade anförtrott sig till er. Eller till fru Dunér, för den delen. Jag har förstått det så att ni har gjort er analys mycket skickligt, kommissarie Wallander. Men naturligtvis genomskådade vi omedelbart att ni ville få oss att tro att ni följde ett annat spår. Det sårar mig att ni underskattade oss.

Wallander märkte att han hade börjat må illa. Den nakna kylan som strömmade ut från mannen i fåtöljen var något han aldrig tidigare hade kommit i kontakt med. Ändå fick nyfikenheten honom att fortsätta att ställa sina frågor.

– Vi hittade en plastbehållare i Gustaf Torstenssons bil, sa han. Jag misstänker att den blev utbytt i samband med att ni dödade honom?

– Varför skulle den ha blivit utbytt?

– Våra tekniker kunde påvisa att den aldrig hade innehållit nånting. Vi föreställde oss att den i sig själv ingenting betydde. Däremot det den var avsedd att användas till.

– Och vad skulle det ha varit?

– Plötsligt är det ni som ställer frågorna, sa Wallander. Och jag som ska svara.

– Det är sent på natten, sa Harderberg. Varför kan vi inte ge det här samtalet som ju ändå ingenting betyder ett skimmer av lekfullhet?

– Det handlar om mord, svarade Wallander. Jag misstänker att den där plastbehållaren användes till att förvara och förflytta transplantationsorgan, bortopererade ur mördade människor.

För ett kort ögonblick stelnade Harderberg till. Det gick mycket fort, men Wallander hann ändå uppfatta hans reaktion. Därmed hade han också fått bekräftelsen på att han hade haft rätt.

– Jag söker affärerna där dom finns, sa Alfred Harderberg långsamt. Finns det en marknad för njurar så köper och säljer jag njurar, för att nu nämna ett exempel.

– Var kommer dom ifrån?

– Från människor som avlidit.

– Som ni dödat.

– Jag har aldrig sysslat med annat än att köpa och sälja, sa Alfred Harderberg tålmodigt. Vad som finns av omständigheter innan varan kommer i min hand intresserar mig inte. Jag känner inte ens till det.

Wallander var mållös.

– Jag trodde inte att det fanns människor som ni, sa han till sist.

Alfred Harderberg lutade sig hastigt framåt i fåtöljen.

– Nu ljög ni, sa han. För ni vet utmärkt väl om att vi finns. Jag vill till och med påstå att ni innerst inne avundas mig.

– Ni är galen, sa Wallander och dolde inte sin avsky.

– Galen av lycka, galen av vrede, ja. Men inte enbart galen, kommissarie Wallander. Ni måste förstå att jag är en passionerad människa. Jag älskar att göra affärer, att se en medtävlare bli besegrad, att öka mina tillgångar och aldrig behöva säga nej till mig själv. Det är möjligt att jag är som en rastlöst sökande Flygande holländare. Men mest av allt är jag nog en hedning i ordets rätta och goda bemärkelse. Kommissarien känner kanske till Machiavelli?

Wallander skakade på huvudet.

– Den kristne, enligt denne italienska tänkare, säger att den högsta lyckan består i ödmjukhet, försakelse och förakt för allt mänskligt. Hedningen däremot ser det högsta goda i själslig storhet, kroppslig styrka och alla dom egenskaper som gör människan skräckinjagande. Kloka ord som jag ständigt begrundar.

Wallander sa ingenting. Harderberg nickade mot radiotelefonen och pekade på sitt armbandsur. Klockan var ett. Wallander slog på sändningen och tänkte att han nu på allvar måste bestämma sig för hur han skulle kunna sända sitt nödrop. Återigen sa han till henne att allt var bra, allt var som det skulle. Klockan två kunde hon vänta sig att han återkom igen.

Men natten gick med regelbundna anrop, utan att Wallander lyckades få henne att inse att hon måste slå larm och begära utryckning till Farnholm. Han hade förstått att de var ensamma på slottet, Alfred Harderberg inväntade gryningen då han inte bara skulle lämna sitt slott utan även sitt land, tillsammans med de orörliga skuggorna i bakgrunden, de som var hans redskap och dödade dem som han riktade sitt finger emot. Kvar fanns bara Sofia och vakten vid grinden. Sekreterarna var borta, alla de som Wallander aldrig hade sett. Kanske väntade de honom redan i ett annat slott någonstans i världen?

Smärtan i Wallanders huvud hade avtagit, han var mycket trött, och han tänkte att han hade kommit så långt att han fått veta sanningen, men att det inte hade räckt ända fram. De skulle lämna honom på slottet, kanske bunden, och när han blev upptäckt eller lyckats ta sig lös, skulle de redan befinna sig i det oändliga lufthavet. Det som hade blivit sagt under nattens timmar skulle sedan förnekas av de advokater Alfred Harderberg ställde upp till sitt försvar. De män som hade hållit i vapnen, de som aldrig passerat Sveriges gräns, skulle fortsätta att vara skuggor mot vilka ingen åklagare skulle kunna rikta ett åtal. De skulle inte kunna bevisa någonting, utredningen skulle vittra sönder mellan deras fingrar, och Alfred Harderberg skulle fortsätta att vara den respektable medborgare som stod höjd över alla misstankar.

Wallander satt med sanningen på hand, han hade till och med fått veta att Lars Borman hade blivit dödad, eftersom han hade spårat den förbindelse som fanns mellan Alfred Harderberg och det bedrägeri som utförts mot landstinget. De hade den gången inte velat ta risken att Gustaf Torstensson skulle börja se det han inte borde se. Efteråt hade det ändå skett, även om de trots allt hade försökt förhindra det. Men sanningen skulle alltså vara meningslös, den skulle till slut äta upp sig själv eftersom de aldrig skulle kunna gripa någon för de grova brotten.

Fast det som Wallander till slut skulle minnas från natten, det som för lång tid framåt bet sig fast som en ohygglig påminnelse om Alfred Harderbergs natur var några ord han sa, när klockan hade blivit nästan fem, och de åter av någon anledning hade börjat tala om plastbehållaren och människor som dödades för att deras kroppsdelar skulle kunna säljas.

– Ni måste förstå att det där bara är en obetydlig detalj i min verksamhet. Den är försumbar, marginell. Men jag köper och säljer, kommissarie Wallander. Jag uppträder på den scen som är marknadens. Jag går inte förbi en möjlighet, hur liten och obetydlig den än är.

Det obetydliga människolivet, hade Wallander tänkt. I Alfred Harderbergs värld är det den sanning han utgår ifrån.

Efteråt hade de inte sagt något mer. Alfred Harderberg hade släckt ner datorerna, en efter en och matat ner ett antal dokument i en papperstuggare. Wallander hade tänkt på flykt, men de orörliga skuggorna i bakgrunden hade hela tiden funnits där. Han hade insett att han var besegrad.

Alfred Harderberg strök med fingertopparna över munnen, som om han kontrollerade att leendet fanns kvar. Sedan såg han på Wallander en sista gång.

– Vi måste alla dö, sa han och fick det att låta som om det

trots allt fanns ett undantag, han själv. Även en kriminalkommissarie har sin tid utmätt. I det här fallet av mig.

Han såg på sitt armbandsur innan han fortsatte.

– Snart är det gryning även om det fortfarande är mörkt. Då landar här en helikopter. Mina två medhjälpare ska resa och ni ska följa med dom. Men bara en kortare sträcka. Sen ska ni få lov att pröva er egen flygförmåga.

Han släppte inte Wallander med blicken medan han talade. Han vill ha mig att be för mitt liv, tänkte Wallander. Men det ska han inte lyckas med. När rädslan når en viss punkt vänder den och omskapas till sin motsats. Det har jag lärt mig.

– Att undersöka människans inneboende flygförmåga utforskades noga under det sorgliga kriget i Vietnam, fortsatte Harderberg. Fångar släpptes, men på hög höjd, för ett kort ögonblick återfick dom rörelsefriheten, innan dom krossades mot marken och blev en del av den största friheten av alla.

Han reste sig ur stolen och rättade till kavajen.

– Mina helikopterpiloter är mycket skickliga, sa han. Jag tror dom ska lyckas med att släppa er lös att flyga så att ni landar mitt på Stortorget i Ystad. Det kommer att bli en händelse som för alltid skrivs in i stadens annaler.

Han är galen, tänkte Wallander. Han försöker skrämma mig till att be för mitt liv. Men jag gör det inte.

– Våra vägar skiljs nu, fortsatte Harderberg. Två gånger träffades vi. Jag tror att jag kommer att minnas er. Det fanns ögonblick då ni nästan visade tecken på skarpsinne. Under andra omständigheter kunde jag ha haft en plats för er i min närhet.

– Vykortet, sa Wallander. Det vykort Sten Torstensson skickade från Finland. Trots att han befann sig hos mig i Danmark.

– Det roar mig att imitera handstilar, svarade Harderberg frånvarande. Jag tror att man kan våga påstå att jag är skicklig. Jag tillbringade ett par timmar i Helsingfors den dag Sten Torstensson var på Jylland. Jag hade ett möte, för övrigt misslyckat, med en direktör på Nokia. Det var som en lek, som att peta med en käpp i en myrstack. En lek för att förvirra. Ingenting annat.

Harderberg sträckte fram handen mot Wallander, som blev så överraskad att han tog emot den.

Sedan vände sig Alfred Harderberg om och gick.

Wallander tyckte att det uppstod ett tomrum. Alfred Harderberg dominerade hela sin omgivning under den tid han var närvarande. Nu när dörren hade stängts bakom honom fanns ingenting kvar.

Tolpin stod lutad mot en av pelarna och betraktade Wallander. Obadia satt och stirrade tomt framför sig.

Wallander insåg att han måste göra något. Han vägrade ännu att tro att det kunde vara sant, att Harderberg hade gett order om att han skulle kastas ut från en helikopter över Ystads centrum.

Minuterna gick. De två männen var orörliga.

Han skulle alltså kastas ut levande, han skulle krossas mot stadens tak, eller möjligen Stortorgets stenläggning. Insikten ledde ögonblickligen till en panik som förlamade honom och spred sig som ett gift genom kroppen. Han fick svårt att andas. Förtvivlat sökte han en utväg.

Obadia lyfte långsamt på huvudet. Wallander uppfattade svaga motorljud som hastigt närmade sig. Helikoptern var på väg. Tolpin nickade åt honom, de skulle ge sig av.

När de hade kommit ut i den tidiga gryningen, ännu utan den första strimman av ljus, stod helikoptern redan på plattan. Rotorbladen skar genom luften. Piloten var beredd att lyfta så fort de hade stigit ombord. Wallander sökte desperat efter en utväg. Tolpin gick framför honom, Obadia några steg bakom, med en pistol i handen. De var nu nästan framme vid helikoptern. Rotorbladens knivar fortsatte att skära genom den kyliga morgonluften. Wallander upptäckte att det låg en hög med gammal, upphackad cement snett framför honom på plattan. Någon hade murat igen sprickor och sedan inte städat upp efter sig. Wallander saktade ner stegen så att Obadia för ett kort ögonblick hamnade mellan honom och Tolpin. Så böjde sig Wallander hastigt ner och använde sina händer som skovlar. Han kastade upp så mycket han kunde av cementen mot rotorbladen. Han hörde kraftiga smällar, fragment av den sönderslagna cementen yrde kring dem. Ett kort ögonblick trodde Tolpin och Obadia att de hade blivit beskjutna och tappade uppmärksamheten bakåt. Wallander kastade sig med desperationens hela styrka över Obadia och lyckades riva åt sig hans pistol. Han tog några steg bakåt och snubblade omkull. Tolpin hade under några sekunder oförstående betraktat det som skedde. Nu grep han efter sitt vapen under kavajen. Wallander sköt och lyckades träffa honom i ena låret. Samtidigt kastade sig Obadia emot honom. Wallander sköt igen. Han såg inte var han hade träffat. Men Obadia föll tungt omkull och skrek till av smärta.

Wallander kom på benen samtidigt som det slog honom att även piloterna kunde vara beväpnade. Men när han riktade vapnet mot den öppna dörren i helikoptern fanns där bara en ung man som var mycket rädd och lyfte händerna över huvudet. Wallander såg på männen han hade skjutit. Båda levde. Han tog Tolpins vapen och kastade det så långt bort han kunde. Sedan gick han fram till helikoptern. Piloten hade fortfarande händerna över huvudet. Wallander gav honom tecken att han skulle ge sig iväg. Sedan tog han några steg bakåt och såg helikoptern lyfta och sväva bort över slottstaket med strålkastarna påslagna. Han tyckte han såg allt som i en dimma. När han strök sig över ena kinden blev handen blodig. Den kringflygande cementen hade träffat honom i ansiktet utan att han hade märkt det.

Sedan begav han sig av mot stallet. Sofia höll på att göra rent i en av boxarna när han kom springande. Hon skrek till när hon fick syn på honom. Han försökte le, men ansiktet var stelt av allt blod.

– Allt är bra, sa han och försökte återfå andhämtningen. Men jag måste be dig om en sak. Ring efter en ambulans. Det ligger två män med skottskador på gräsmattan utanför slottet. När du har gjort det ska jag inte be dig om nåt mer.

Sedan tänkte han på Alfred Harderberg.

Tiden var nu mycket knapp.

– Ring efter ambulans, upprepade han. Allt är över nu.

När han lämnade stallet halkade han omkull i leran som hästarna hade sparkat upp. Han reste sig och sprang mot grindarna. Han undrade om han skulle hinna.

Hon hade stigit ur bilen för att röra på benen som stelnat när hon såg honom komma springande. Han såg hennes förfärade ansikte och förstod hur han såg ut. Han var nerblodad och smutsig, kläderna var sönderslitna. Men han hade inte tid att förklara, hela hans väsen var inriktat på en enda sak, att hindra Alfred Harderberg från att lämna landet. Han ropade åt henne att sätta sig i bilen. Innan hon ens hade hunnit stänga dörren hade han backat upp på vägen. Han ryckte och slet i växelspaken, gasade för fullt och förbisåg stopplikten när han svängde ut på huvudvägen.

– Hur kommer man fortast till Sturups flygplats? frågade han.

Hon letade reda på en karta i handskfacket och förklarade hur han skulle köra. Vi hinner inte, tänkte han. Det är för långt, tiden är för knapp.

– Ring upp Björk, sa han.

– Jag har inte hans hemnummer, svarade hon.

– Men ring för fan till polishuset! skrek han. Använd huvudet!

Hon gjorde som han sa. När polisvakten undrade om hon inte kunde vänta tills Björk hade kommit började också hon att skrika. Hon slog numret så fort hon fått det.

– Vad ska jag säga? frågade hon.

– Alfred Harderberg är på väg att lämna landet i sitt flygplan, sa Wallander. Björk måste stoppa det. Han har inte mer än en halvtimme på sig.

Björk kom till telefonen. Wallander hörde att hon ordagrant upprepade hans ord. Efter att tyst ha lyssnat räckte hon telefonen till honom.

– Han vill tala med dig.

Han tog emot telefonen med högerhanden och lättade på trycket mot gaspedalen.

– Vad menar du med att jag ska stoppa Harderbergs flygplan? raspade Björks röst i telefonen.

– Det var han som låg bakom morden på Gustaf och Sten Torstensson. Dessutom är Kurt Ström död.

– Är du säker på det du säger? Var är du nånstans? Varför hörs det så dåligt?

– Jag är på väg från Farnholms slott. Jag har inte tid att diskutera. Han är på väg till flygplatsen nu. Han måste stoppas genast. Vi får aldrig tag på honom om det där flygplanet lyfter och lämnar det svenska luftrummet.

– Jag måste säga att det här låter mycket konstigt, sa Björk. Vad har du gjort på Farnholms slott vid den här tiden på morgonen?

Wallander insåg att Björks skeptiska frågor var helt rimliga. Han undrade hastigt hur han själv skulle ha reagerat i Björks situation.

– Jag vet att det låter som rena vansinnet, sa han. Men du måste ta risken att tro mig.

– Det här kräver i alla fall att jag konfererar med Per Åkeson, sa Björk.

Wallander stönade.

– Det finns inte tid till det, sa han. Du hör vad jag säger. Det finns väl poliser på Sturup? Dom måste stoppa Harderberg.

– Ring tillbaka om en kvart, sa Björk. Jag kontaktar Åkeson nu genast.

Wallander var så rasande att han höll på att mista kontrollen över bilen.

– Veva ner den förbannade rutan! skrek han.

Hon gjorde som han sa. Wallander slängde ut telefonen.

– Nu kan du stänga, sa han. Det här måste vi klara själva.

– Är du säker på att det är Harderberg? frågade hon. Vad är det som har hänt? Är du skadad?

Wallander förbigick de två sista frågorna.

– Jag är säker, sa han. Jag vet också att vi aldrig kommer att få tag på honom om han lämnar landet.

– Vad tänker du göra?

Han skakade på huvudet.

– Jag vet inte, sa han. Jag har absolut ingen aning. Jag måste komma på nånting.

Men när de fyrtio minuter senare närmade sig Sturup hade han fortfarande inga begrepp om vad som skulle ske. Med skrikande däck bromsade han in vid grindarna till höger om flygplatsbyggnaden. För att kunna se klättrade han upp på taket av bilen. Runt om hade morgontidiga passagerare stannat för att se vad som stod på. En cateringbil på insidan av grindarna skymde sikten. Wallander fäktade med armarna, skrek och svor för att chauffören skulle upptäcka honom och köra undan bilen. Men mannen bakom ratten satt försjunken i en tidning utan att märka den rytande mannen på biltaket. Då drog Wallander sin pistol och sköt rakt upp i luften. Det utbröt omedelbart panik bland de som hade stannat för att se vad som stod på. Människor sprang åt olika håll, väskor blev övergivna på trottoaren. Chauffören i lastbilen hade reagerat på skottet och insåg att Wallander menade att han skulle flytta på bilen.

Harderbergs Grumman Gulfstream stod kvar. Det blekgula ljuset från strålkastarna blänkte mot flygplanskroppen.

De två piloterna som var på väg till planet hade hört skottet och stannat. Wallander kastade sig ner från biltaket för att de inte skulle hinna upptäcka honom. Han slog ena axeln hårt i gatan. Smärtan gjorde honom bara ännu mer ursinnig. Han visste att Alfred Harderberg fanns kvar någonstans därinne i den gula flygplatsbyggnaden och han tänkte inte låta honom undkomma. Han sprang mot entrédörrarna, snubblande över väskor och kärror, med Ann-Britt Höglund några steg bakom sig. Han hade fortfarande pistolen i handen när han hade passerat glasdörrarna och rusade mot Sturupspolisens kontor. Eftersom det var tidigt en söndagsmorgon var det glest med människor på flygplatsen. En enda kö hade bildats vid incheckningen, till ett charterflyg som skulle till Spanien. När Wallander kom springande, blodig och smutsig, utbröt ett våldsamt kaos. Ann-Britt Höglund ropade att det inte var något farligt, men hennes röst drunknade i allt oväsen. En polis som hade köpt en tidning såg Wallander komma rusande. Pistolen i hans hand var mycket tydlig. Han kastade tidningen ifrån sig och började febrilt slå in koden till polisstationens dörr. Men Wallander högg honom i armen innan dörren hade öppnats.

– Wallander från Ystadspolisen, ropade han. Det är ett flygplan som måste stoppas. Alfred Harderbergs Gulfstream. Det är bråttom som helvete!

– Skjut inte, sa den skräckslagne polismannen.

– Men för fan! skrek Wallander. Jag är ju polis själv. Hör du inte vad jag säger?

– Skjut inte, sa polismannen igen.

Sedan svimmade han.

Wallander betraktade vantroget mannen som låg framför hans fötter. Sedan började han banka med nävarna på dörren. Ann-Britt Höglund hade hunnit fram.

– Låt mig försöka, sa hon.

Wallander såg sig runt omkring, som om han väntade att när som helst få syn på Alfred Harderberg. Sedan sprang han fram till de stora fönstren ut mot startbanorna.

Alfred Harderberg befann sig i den lilla trappan på väg in i flygplanet. Han hukade, tog de sista stegen och var borta. Genast började dörren glida igen.

– Vi hinner inte! skrek Wallander till Ann-Britt Höglund.

Han rusade ut ur flygplatsbyggnaden igen. Hon fanns hela tiden bredvid honom. Han upptäckte att en bil som tillhörde flygplatsen var på väg in genom grindarna. Med uppbjudande av sina sista krafter nådde han fram och genom grindarna innan de gled igen. Han bankade på bagageluckan och ropade att bilen skulle stanna. Men mannen bakom ratten trampade förskräckt gasen i botten och flydde. Ann-Britt Höglund befann sig utanför grindarna. Hon hade inte hunnit igenom innan de glidit igen. Wallander slog uppgivet ut med armarna och vände sig om. Gulfstreamen var redan på väg ut mot startbanan. Den hade bara hundra meter kvar tills den skulle svänga upp och lyfta så fort piloterna fått klartecken.

Bredvid Wallander stod en traktor för bagagehantering. Han hade inte längre något att välja på. Han klättrade in i hytten, fick igång motorn och började köra mot startbanan. I backspegeln såg han att en lång orm av krängande bagagevagnar följde med. Han hade inte sett att det var ett helt koppel som hängde på traktorn. Nu var det för sent att stanna. Gulfstreamen höll på att inta sin startposition. Bagagevagnarna hade börjat välta bakom honom när han genade över gräset mellan uppställningsplattan och startbanan.

Till slut var han ändå ute på den långa startbanan där flygplanens svarta bromsspår såg ut som breda sprickor i asfalten. Han körde rakt mot Gulfstreamen som stod med nosen pekande i hans riktning. När han hade ungefär två hundra meter kvar såg han att flygplanet börjat röra sig. Men då visste han att han hade klarat det. Innan planet hade fått upp tillräcklig hastighet för att kunna lyfta skulle piloterna ha tvingats stanna för att inte kollidera med traktorn.

Wallander började bromsa. Men något hade hänt med traktorn. Han slet och drog och trampade utan att lyckas. Farten var inte hög, men ändå tillräcklig för att Gulfstreamens noshjul skulle knäckas när traktorn körde in i flygplanet. Wallander kastade sig ur traktorn medan bagagevagnarna lossnade och krockade med varandra.

Piloterna hade slagit av motorerna för att inte riskera en brandkatastrof. Wallander som hade fått en stöt i huvudet av en av bagagevagnarna reste sig omtöcknad. Allt var som en dimma för honom eftersom blodet rann ner i hans ögon. Men av någon egendomlig anledning hade han fortfarande pistolen i sin hand.

När dörren och trappan i flygplanet öppnades hörde han en armada av sirener närma sig bakifrån.

Wallander väntade.

Så steg Alfred Harderberg ut ur flygplanet och kom ner på asfalten.

Wallander tänkte att det var något som hade förändrats.

Sedan insåg han vad det var.

Leendet var borta.

Ann-Britt Höglund hoppade ut ur den första av polisbilarna som nådde fram till flygplanet. Wallander höll då på att gnida blodet ur ögonen med sin trasiga skjorta.

– Är du skadad? frågade hon.

Wallander skakade på huvudet. Han hade bitit sig i tungan och hade svårt att tala.

– Det är nog bäst att du ringer till Björk, sa hon.

Wallander såg länge på henne.

– Nej, sa han. Det får du göra. Och ta hand om Alfred Harderberg.

Sedan började han gå därifrån. Hon skyndade ikapp honom.

– Vart ska du? frågade hon.

– Hem och lägga mig, sa Wallander enkelt. Jag är faktiskt väldigt trött. Och ledsen. Trots att det gick bra.

Något i hans röst gjorde att hon inte sa något mer.

Wallander gick därifrån.

Av någon egendomlig anledning var det ingen som försökte stoppa honom.

18

På torsdagsmorgonen den 23 december gick Kurt Wallander tvehågset till Österportstorget i Ystad och köpte en julgran. Det var en dag med disigt väder, det skulle inte bli någon jul med snö och vinterstämning i Skåne 1993. Han valde länge bland granarna, osäker på vad det egentligen var han ville ha, och bestämde sig till slut för en som inte var större än att den kunde stå på ett bord. Efter att ha burit hem den till Mariagatan och förgäves ha letat efter en liten julgransfot som han trodde sig ha haft, men som han insåg hade försvunnit i bodelningen efter skilsmässan från Mona, satte han sig i köket och gjorde en lista över allt som han var tvungen att köpa in till julhelgen. Han insåg att han de senaste åren hade levt i en omgivning som präglats av en ständigt tilltagande torftighet. I skåp och lådor fattades nästan allt. Listan fyllde till slut en hel sida i ett kollegieblock. När han vände blad för att fortsätta upptäckte han plötsligt att någonting redan stod skrivet där. Ett ensamt namn.

Sten Torstensson.

Han kom ihåg att det var den första anteckning han hade gjort, den morgon i början av november, för snart två månader sedan, då han hade gått i tjänst igen. Han påminde sig hur han hade suttit vid bordet och fångats av dödsannonsen i Ystads Allehanda. På två månader hade allting förändrats, tänkte han. Nu när han såg tillbaka var novembermorgonen redan avlägsen, den tillhörde en annan tid.

Alfred Harderberg och hans två skuggor hade häktats. Efter julhelgen skulle Wallander fortsätta den utredning som sannolikt skulle pågå under mycket lång tid.

Han undrade frånvarande vad som nu skulle ske med Farnholms slott.

Han tänkte också att han skulle ringa till Sten Widén och höra om Sofia hade repat sig efter det hon hade upplevt.

Plötsligt reste han sig från bordet och gick ut i badrummet och såg sig i spegeln. När han studerade sitt ansikte insåg han att han hade magrat. Men han hade också blivit äldre. Ingen behövde längre betvivla att han om några få år skulle fylla femtio. Han spärrade upp munnen och betraktade dystert sina tänder. Missmodigt eller irriterat, han kunde inte avgöra vad han egentligen kände, bestämde han sig för att besöka tandläkaren direkt på nyåret. Sedan återvände han till sin lista i köket, strök över namnet Sten Torstensson och antecknade att han skulle köpa en ny tandborste.

Det tog honom sedan tre timmar, i strilande regn, att handla allt som fanns på listan. Då hade han två gånger fått göra nya uttag av pengar i olika bankomater och han våndades över att allt som han tyckte sig behöva köpa var så dyrt. När han sedan slutligen strax före klockan ett hade släpat hem alla påsar och satt sig vid köksbordet för att kontrollera sin lista en sista gång, insåg han att han trots allt hade glömt att köpa en julgransfot.

Samtidigt ringde telefonen. Eftersom han skulle vara ledig över juldagarna trodde han inte att det var från polishuset. Men när han lyfte på luren hörde han Ann-Britt Höglunds stämma.

– Jag vet att du är ledig, sa hon. Jag skulle inte ha ringt om det inte var nåt viktigt.

– När jag började som polis för många år sen fick jag lära mig att en polisman aldrig är ledig, sa han. Vad anser man på Polishögskolan om den saken i dag?

– Professor Persson pratade om det en gång, sa hon. Men jag minns ärligt talat inte vad han sa.

– Vad var det du ville?

– Jag ringer från Svedbergs rum, sa hon. Inne hos mig sitter just nu fru Dunér. Hon är mycket angelägen om att få tala med dig.

– Om vad då?

– Det har hon inte sagt. Hon vill bara tala med dig.

Wallander bestämde sig genast.

– Säg till henne att jag kommer, sa han. Hon kan vänta inne på mitt rum.

– Annars är allting lugnt här, sa Ann-Britt Höglund. Det är bara Martinson och jag. Trafikpoliserna förbereder sig för juldagarna. I år ska det skånska folket blåsa i ballonger.

– Det är bra, sa han. Rattfylleriet ökar. Det måste beivras.

– Ibland låter du som Björk, sa hon och skrattade.

– Det kan jag aldrig tänka mig, svarade han förskräckt.

– Kan du säga nån form av brottslighet som minskar? undrade hon.

Han tänkte efter.

– Stölder av svartvita teveapparater, sa han till sist. Men knappast nånting annat.

Han avslutade samtalet och undrade vad det var fru Dunér kunde vilja. Han hittade inget svar som tillfredsställde honom.

Wallander kom till polishuset strax efter klockan ett. I receptionen glittrade julgranen och han påminde sig att han ännu inte hade köpt några blommor till Ebba. På vägen till sitt rum tittade han in i kafferummet och önskade God jul. Han knackade på Ann-Britt Höglunds dörr utan att få svar.

Fru Dunér satt och väntade på honom i hans besöksstol. Han såg att karmen på vänster sida höll på att ramla loss. Hon reste sig när han kom, de tog i hand och han hängde av sig jackan innan han satte sig ner. Wallander tyckte att hon såg trött ut.

– Ni ville tala med mig, sa han vänligt.

– Jag menar inte att komma och störa, sa hon. Man glömmer så lätt att polisen alltid har mycket att göra.

– Just nu har jag tid, sa Wallander. Vad var det ni ville?

Ur en plastpåse som stod vid sidan av stolen tog hon upp ett paket och sträckte det mot honom över bordet.

– Det är en present, sa hon. Ni kan öppna den nu eller i morgon.

– Varför ger ni mig en present? frågade Wallander förvånat.

– Därför att jag nu vet vad som hände med advokaterna, svarade hon. Det är er förtjänst att gärningsmännen greps.

Wallander skakade på huvudet och slog avvärjande ut med armarna.

– Det är inte riktigt, sa han. Det var ett lagarbete med många inblandade. Ni ska inte tacka mig.

Hennes svar överraskade honom.

– Herr Wallander borde hålla sig för god för falsk blygsamhet, sa hon strängt. Alla vet att det är er förtjänst.

Eftersom Wallander inte visste vad han skulle säga började han öppna paketet. Det innehöll en av de ikoner han upptäckt i Gustaf Torstenssons källare.

– Den här kan jag inte ta emot, sa han. Om jag inte tar miste tillhör den advokat Torstenssons samling.

– Inte nu längre, svarade fru Dunér. Han testamenterade sina ikoner till mig. Och jag vill gärna förära er en av dom.

– Den måste vara mycket värdefull, sa Wallander. Som polisman kan jag inte ta emot den. Jag måste åtminstone prata med min chef först.

Ännu en gång förvånade hon honom.

– Det har jag redan gjort, sa hon. Han sa att ni kunde ta emot den.

– Har ni talat med Björk? sa Wallander undrande.

– Jag tänkte att det var bäst, sa hon.

Wallander betraktade ikonen. Den påminde honom om Riga, om Lettland. Men framförallt om Baiba Liepa.

– Den är inte så värdefull som ni tror, sa hon. Men den är vacker.

– Ja, sa Wallander. Den är mycket vacker. Men jag förtjänar den inte.

– Det var inte bara därför jag kom, sa fru Dunér.

Wallander betraktade henne medan han väntade på fortsättningen.

– Jag kom för att fråga kommissarien en sak, sa hon. Finns det verkligen inga gränser för människors ondska?

– Det är jag knappast rätt person att svara på, sa Wallander.

– Vem kan svara om inte polisen kan?

Wallander la försiktigt ifrån sig ikonen. Hennes fråga kunde ha varit hans egen.

– Jag antar att ni tänker på hur nån kan döda en annan människa för att komma åt en kroppsdel och sälja den, sa han. Jag vet inte vad jag ska svara. Det är lika ofattbart för mig som för er.

– Vart är världen på väg? sa hon. Alfred Harderberg var ju en människa man skulle se upp till. Hur kan man donera pengar till hjälpverksamhet med ena handen och döda människor med den andra?

– Vi måste försöka stå emot så gott det går, sa Wallander. Det är det enda vi kan göra.

– Hur ska man kunna stå emot det obegripliga?

– Jag vet inte, svarade Wallander. Men vi måste klara även det.

Det korta samtalet dog ut. Ingen av dem sa någonting på länge. Från korridoren hördes Martinsons glada skratt. Efter en stund reste hon sig.

– Jag ska inte störa längre, sa hon.

– Jag är ledsen att jag inte kunde ge er ett bättre svar, sa Wallander medan han öppnade dörren för henne.

– Ni var åtminstone ärlig, sa hon.

I samma stund påminde sig Wallander att även han hade något att ge till henne. Han återvände till skrivbordet, drog ut en av lådorna ochtog fram vykortet som föreställde ett finskt landskap.

– Jag lovade att ni skulle få tillbaka det här, sa han. Det behövs inte längre.

– Det hade jag glömt, sa hon, och stoppade det i sin handväska.

Han följde henne ut från polishuset.

– Jag får önska God jul, sa hon.

– Tack detsamma, svarade Wallander. Jag ska ta väl vara på ikonen.

Han gick tillbaka till sitt rum. Hennes besök hade gjort honom orolig. Han blev påmind om det tungsinne som han så länge hade levt med. Men han sköt undan oron, tog sin jacka och gick. Nu skulle han vara ledig. Inte bara från sitt arbete utan också från alla nerslående tankar.

Jag förtjänade inte ikonen, tänkte han. Men jag förtjänar att slippa ifrån några dagar.

Han åkte hem genom diset och parkerade bilen.

Sedan städade han sin lägenhet. Innan han gick till sängs tillverkade han en provisorisk julgransfot och klädde granen.

Ikonen hade han hängt upp i sovrummet. Innan han släckte nattlampan låg han och såg på den.

Han undrade om den skulle skydda honom.

Dagen efter var julafton.

Vädret var fortfarande disigt och grått.

Kurt Wallander tyckte sig dock leva i en värld där han inte kunde låta sig nerslås av gråheten.

Han for till Sturups flygplats redan klockan två, trots att planet skulle landa först halv fyra. Det var med stort obehag han parkerade bilen och närmade sig den gula flygplatsbyggnaden. Han tyckte att alla människor såg på honom.

Ändå kunde han inte låta bli att gå bort till grindarna till höger om byggnaden.

Gulfstreamen var borta. Han kunde inte upptäcka den någonstans.

Det är över, tänkte han. Jag sätter min punkt, här och nu.

Lättnaden var omedelbar.

Bilden av den leende mannen tonade bort.

Han gick in i avgångshallen och ut igen, nervös som han kunde påminna sig ha varit under tonåren, räknade skarvar i gatubeläggningen, övade sin dåliga engelska, och tänkte oavbrutet och hängivet på det som väntade.

När planet landade stod han fortfarande kvar utanför flygplatsbyggnaden. Sedan rusade han in i ankomsthallen och ställde sig att vänta i höjd med tidningskiosken.

Hon kom som en av de sista.

Men det var hon. Baiba Liepa.

Hon såg ut precis som han mindes henne.

Det här är en bok från

Ordfront

– en oberoende kulturförening
för det fria ordet

🖋 **Ordfront förlag** ger ut skönlitteratur från Sverige och tredje världen, historia, handböcker om skrivande, reportage, typografi och grafisk form, reseböcker, politik och debatt.

🖋 **Ordfront magasin** är Sveriges största debatt- och kulturtidskrift.

🖋 **Ordfronts kurser** lär dig muntligt berättande, att skriva prosa, lyrik och reportage; tränar dig i typografi, layout, bokbinderi och kalligrafi.

🖋 **DemokratiAkademin** ger dig i det inspirerade samtalets form insikter i vad demokrati är eller borde vara.

Bli medlem – sätt in 260:–
på pg 39 01 43–6

Föreningen Ordfront

Box 17506
118 91 Stockholm
Tel 08-462 44 40
Fax 08-462 44 90